Livro 3

O Único Destino dos Vilões é a Morte

NewPOP

Capítulo 11

Capítulo 11

— Iiii, iiiih… é… o Coelho Central.

Depois de finalizar a frase com a informação de quem era o remetente, o coelho de pano logo parou de falar. Eu observei o lenço por alguns instantes para me certificar de que aquela voz rouca não voltaria soar e, felizmente, o quarto permaneceu silencioso, indicando que não havia mais nada a ser acrescentado.

— …O que foi isso? — Só então meu corpo que, sem que eu percebesse, tinha se enrijecido em espanto conseguiu voltar a se mexer. — Por que ele está me dizendo isso de uma maneira tão esquisita? Ele não poderia simplesmente me mandar um telegrama como uma pessoa normal?

Eu seguia resmungando enquanto acalmava meu coração acelerado. Foi então que uma caixa de diálogo começou a brilhar na minha frente:

<Sistema>
Você recebeu um {convite suspeito} de {Winter Verdandi, o mago}.
Você gostaria de ir direto para a base?
[Sim] [Não]

— O quê…? — Fiquei confusa. — Por que apareceu um recado do sistema?

Normalmente, quando uma janela do sistema aparecia me notificando de algo, isso significava que aquele era o início de um novo capítulo da história, portanto, eu poderia estar entrando em uma das várias rotas diferentes do jogo – algo que eu já experimentei muito bem na última missão secreta da qual participei. Por algum motivo, minha cabeça deu um nó ao perceber que eu possivelmente estava seguindo a história normal do jogo. "Não, isso significa que eu estou me saindo bem", tentei pensar positivamente. Seria incômodo e daria muito trabalho avisar o mordomo que eu sairia, afinal, assim ele teria que preparar um veículo para mim dentre outras coisas.

— Espere só um segundo, sistema — mesmo sabendo que a caixa de diálogo não podia entender o que dizia, eu ordenei enquanto me virava para me aprontar. Me movendo rapidamente fui buscar minha capa e máscara no guarda-roupa e… — Ah! — …parei abruptamente. Parando para pensar, eu não tinha mais a máscara, isso porque Derrick tinha feito o favor de confiscá-la naquele dia. Perdida em pensamentos, percebi algo.

"Eu realmente preciso esconder meu rosto como da última vez?", na verdade, isso não tinha mais nenhuma importância, afinal ambos já tínhamos ciência da nossa verdadeira identidade, mais do que isso, sabíamos que o outro tinha tal conhecimento também. Contudo, se íamos nos encontrar na sua base, ele provavelmente estaria usando sua máscara de coelho, já que esse era um padrão do jogo. Enquanto ele usasse sua máscara, ele fingiria não saber quem eu era, então se eu fosse com o rosto à mostra, isso não tornaria a situação esquisita e desconfortável?

— Bom, de qualquer jeito não há nada que eu possa fazer.

Enquanto xingava Derrick mentalmente por ter confiscado minha única máscara, apenas uma coisa passou pela minha cabeça. Apressadamente, virei para a minha escrivaninha e abri a segunda gaveta, dentro dela havia o bracelete que Derrick me dera no mesmo dia em que tomara a máscara de mim.

— Eu imbuí joias mágicas nele. Quando você usá-lo, sua aparência mudará por conta de um selo protetor mágico. O feiticeiro que cuidou disso disse que os outros verão um jovem garoto quando você estiver o usando.

O que o rapaz de cabelos negros me disse naquela ocasião ecoou pelos meus ouvidos.

— Uma magia de mudar de aparência… — Rapidamente peguei o acessório e o coloquei em meu pulso. Assim que o fiz, um feixe de luz saiu das pedras avermelhadas que eu observava com curiosidade. Não demorou para que eu fosse verificar o resultado no espelho. — Incrível! Realmente funciona! Quem diria que isso era verdade.

Quando olhei meu reflexo, eu não parecia comigo mesma. Em vez de Penelope, vi a figura de um jovem rapaz bonito de cabelos sedosos e curtos. A única coisa semelhante entre nós dois era a cor dos olhos – o comprimento do meu cabelo e a cor do mesmo tinham sido completamente alterados – além disso, o formato do meu rosto continuou pequeno, mas agora parecia mais natural.

— Nossa, isso realmente é incrível! Uh! I-isso também muda a minha voz?! — gaguejei com a voz nova.

Ela ainda era fina, mas mais rouca que a minha original. Eu soava como um garoto que estava passando pela puberdade. Depois de repetir "1, 2, 3, testando" por mais algumas vezes, finalmente me acostumei e tinha ajustado o tom de voz que deveria usar. Assim, murmurei para mim mesma:

— …Ainda assim vou precisar levar isso a outro nível.

Ao olhar meus novos cabelos negros, Derrick, que tinha me presenteado com o bracelete, veio à mente. "Acho que ele devia ser mais ou menos assim quando era mais jovem", agora ele já tinha uma aparência ameaçadora e madura e isso fazia com que fosse difícil para eu imaginar como ele era quando criança.

Pensando na adolescência de Derrick, eu me dei conta de que as roupas que estava vestindo eram inadequadas. Aquele rapazinho não combinava muito com o vestido que eu usava, mas felizmente eu tinha roupas que cairiam bem com sua aparência. Exatamente, as roupas de caça que usei na competição! Colocar uma jaqueta cinza, um par de calças curtas e meias era realmente algo maravilhoso.

— Agora você parece um rapazinho rico que está indo seduzir uma bela senhorita — disse enquanto sorria para o espelho, não me esquecendo de pegar o lenço em formato de coelho e o envelope branco que repousavam sobre minha escrivaninha. — Certo, vamos lá.

Em vez de uma bela senhorita, vamos seduzir um belo feiticeiro.

Quando abri meus olhos depois de uma forte claridade, já estava na frente de um prédio simplesinho. Eu subi as escadas e fiquei de frente para a porta já familiar e de aparência antiga, quando ia bater nela me lembrei que, da última vez, ela tinha aberto sozinha, então apenas segurei a maçaneta e girei-a, no entanto... ***Cleck***.

— Hm?

A porta não abriu. Em pânico com aquela situação, girei a maçaneta mais algumas vezes tentando abrir a porta – ***cleck, cleck***.

— Uh, qual é. Onde será que ele foi?

— Quem é você? — Naquele mesmo instante uma voz fria ressoou de trás de mim, fazendo com que eu me virasse assustada. Um homem alto usando uma máscara de coelho apontava seu cajado em minha direção, junto a ele estava uma criança vestindo uma máscara de leão.

"Como ele, um mago 'secreto', pode sair apontando o cajado assim tão imprudentemente para os outros?" Eu estava perplexa com a sua atitude e olhava alternadamente para ele, o cajado, a varinha e os dois círculos brilhantes que haviam se formado nas extremidade das armas, quando o topo de sua cabeça me chamou a atenção. "Roxo...?" A barra roxa de afinidade brilhou rapidamente em sua cabeça.

— Quem é você e por que está futricando na entrada do comércio alheio? — Ao perceber que estava encarando algo em sua cabeça, ele começou a me interrogar. — Nós não fazemos negócios com pessoas da sua idade. Por favor, volte para sua casa.

— Sou uma cliente, recebi a mensagem do coelho branco. — Eu, que finalmente voltei aos meus sentidos, respondi apressadamente com medo de que a afinidade fosse sofrer uma queda brusca como da última vez. — ...senhor — acrescentei de um jeito estranho.

Sem que percebesse, eu acabei sendo rude e falando informalmente, parecendo ser uma aristocrata arrogante – coisa que eu não podia mais fazer. Contudo, para a minha sorte, minha resposta tinha sido o suficiente para fazer com que a barra roxa parasse de brilhar.

Vuuush – um vento forte soprou pelo beco vazio e, dado momento, o homem com máscara de coelho abaixou seu cajado abrindo a boca:

— Sua aparência... — Winter, que estava falando comigo com um tom de incredulidade em sua voz, logo virou para o leãozinho ao seu lado e ordenou: — Pare com isso, ele é um convidado.

— ...

Sem dizer nada, o menino abaixou sua mão e, com um gesto rápido, guardou a varinha em sua blusa. Ele parecia ter sido bem treinado, me lembrei da última vez que estive ali e me senti grata mais uma vez pela ajuda que o menininho me fornecera naquele dia em que a afinidade de Winter despencou rapidamente. Eu queria manter isso em segredo, mas ele não pareceu notar quem eu era de qualquer forma.

— Bem, antes de qualquer coisa... vamos entrar para conversarmos — Com isso, o rapaz também guardou sua arma e estalou os dedos – ***tlack***. Ao mesmo tempo, a porta atrás dele se abriu fazendo "***nheeeeeec***" como se nunca estivesse trancada. — Entre.

Winter, que subiu as escadas, me convidou de maneira educada. Eu não sabia o porquê, mas seus olhos azuis-escuros que me fitavam pareciam conter um novo tipo de complexidade, todavia, eu não dei muita importância a isso e entrei com passos lentos e confiantes. Seu escritório permanecia o mesmo desde a última vez que o vi.

— Sente-se, por favor.

Me acomodei no sofá obedientemente ao seu segundo convite. No entanto, ele logo veio atrás de mim e fechou a porta, deixando o menino mascarado do lado de fora. Olhando-o com uma feição de espanto, Winter me explicou casualmente:

— Ele usará a porta dos fundos.

Desse modo, ele tirou seu casaco pendurando-o no cabide e finalmente se sentou perto de mim fazendo um sinal como se chamasse alguém assim como no outro dia. As portas do armário embutido na parede se abriram e uma chaleira e xícaras saíram voando de lá. Enquanto assistia à chaleira servindo chá quentinho sozinha...

— Eu estava voltando de um trabalho, afinal da última vez você veio bem rápido — declarou Winter. — Mas não esperava que você fosse chegar tão cedo. — Seus olhos azuis me encaravam.

Eu já tinha ouvido isso em algum lugar e, ao mesmo tempo, um pensamento correu pela minha mente fazendo com que me lembrasse de algo que já tinha me esquecido.

— As pessoas normalmente só vêm um dia ou dois depois de receberem a mensagem... Não achei que você fosse vir tão logo.

Os aristocratas arrogantes tinham um costume de demorar para aparecer nesse mundo. "Droga, eu vim correndo assim que recebi o recado de novo!"

— *Ahem*, é que é melhor resolver as coisas logo do que ficar postergando. — Meu rosto ficou quente de vergonha e eu dei uma desculpa qualquer depois de tossir.

— ...

— Não é, senhor? — Depois de ficarmos um tempo sem falar nada, quando acrescentei isso tentando ser mais educada, pude ver os olhos de Winter se curvando em um sorriso através dos furos da máscara.

— Fique tranquila, pode falar como preferir —Winter tentou engolir sua risada e disse mostrando consideração. — De qualquer forma, quando eu estou aqui não possuo nenhuma posição social de prestígio, sou só alguém comum.

— Hm, é assim? Tudo bem, então — concordei, aceitando prontamente a sua oferta. Claro, isso não tinha nada a ver com o fato de eu estar envergonhada.

— Mas… isso é um bracelete que muda a sua aparência? — De repente, o olhar de Winter mudou para o meu pulso, mais especificamente para o presente de Derrick.

— Sim, eu saí de casa de fininho.

— Fico feliz que você tenha entendido o que eu quis dizer mais cedo. — Winter assentiu e continuou: — Pensei muito em como lhe transmitir o recado.

"Pra quê essa preocupação?", me questionei, inclinando a cabeça e ele a elucidou imediatamente:

— Eu ia enviar um coelho como da última vez, mas…

— …

— Como você entrou em pânico…

Eu fiquei boquiaberta com a frase que ele deixou escapar quase como um sussurro.

"Então, no fim das contas, ele estava assistindo?!", meu rosto nunca tinha estado tão quente. Ao mesmo tempo, a súbita rajada de vento e a voz retumbante que emanava de um pedaço de pano me lembravam o que havia acontecido antes.

— E-então hoje…

— Ah, eu consigo me comunicar através de animais porque eu consigo sentir levemente seus cinco sentidos, mas com objetos inanimados é algo impossível de fazer. — De qualquer forma, a primeira vez eu já tinha esboçado todo o tipo de reação possível. Honestamente, não sabia se deveria rir ou chorar. — Então, eu fiquei pensando em como poderia te mandar o recado de uma forma que fosse te surpreender menos e acabei me lembrando do lenço encantado que deixei com você.

— …

— Tive que me agarrar na esperança de que ainda tivesse um pouco de mana nele, ainda que estivesse fraca. De qualquer forma, fico feliz em saber que você conseguiu ouvir meu recado.

Foi completamente bizarro ver um lenço se levantando sozinho e falando com a voz áspera e grave de um homem, mas se eu dissesse algo do gênero seria praticamente como admitir que eu me assustei do mesmo jeito. Depois de ficar séria por alguns segundos, me voltei para Winter:

— Aliás, eu o trouxe para te devolver.

Peguei cuidadosamente o lenço em formato de coelho. Felizmente ele não tinha sido desfeito ou ficado amassado com a viagem instantânea do sistema. Quando o coloquei em cima da mesa, Winter continuou em silêncio por um tempo e apenas observou o tecido. Eu fiquei um pouco surpresa ao vê-lo desse jeito e disse sem hesitar:

— Espero que possamos manter contato por meio de correspondências o máximo possível. — Se ele continuasse me contatando dessa forma todas as vezes que precisasse falar comigo, meu coração não aguentaria mais muito tempo.

Ao me ouvir, Winter levantou sua cabeça lentamente e, por algum motivo, suas íris tremeram de leve.

— Isso quer dizer que...

— ...

— Você está considerando assinar o contrato comigo?

Fiquei embasbacada com sua questão. Se eu não estivesse inclinada a isso, então por qual motivo eu iria ali pessoalmente?

— Antes de falarmos disso, tem algo que quero saber e irei direto ao ponto. — Me endireitei no sofá, esticando minhas costas o máximo possível. — Como você sabia que eu era a dona da mina de esmeraldas? — Quando terminei minha pergunta, as pupilas de Winter, que pareciam serenas, se expandiram. Era um pouco rude da minha parte fazer tais questionamentos como se estivesse suspeitando dele, mas eu não podia evitar ficar relutante acerca disso. — Você por acaso está me espionando ou...?

— ...

— Talvez tenha até mesmo usado isso para ficar de olho... não é mesmo? — indiquei o tecido em cima da mesa.

— V-você quer dizer que eu estava te vigiando? — gaguejou Winter, mostrando um olhar de embaraço sem precedentes. Por um momento, me questionei se "tinha ido longe demais", no entanto, era melhor esclarecer isso de uma vez. — Céus, senhorita! — Contudo, ele apenas suspirou e pousou sua mão na testa. — Nunca houve mana suficiente nisso para que uma magia tão delicada como a de espionagem fosse utilizada, veja... — Com isso, ele encostou suavemente no coelho de pano e logo o animal colapsou como se nunca tivesse de fato existido. — A mensagem que lhe enviei hoje quase não foi completada com sucesso usando o pouco de mana que lhe restava. Você não ouviu alguns chiados e barulhos enquanto eu falava? — Eu tinha ouvido, então fiquei em silêncio. — Além disso, espionagem é crime. Se você tiver alguma dúvida ou suspeita, pode levar o lenço consigo e conferir com o mago de sua família.

Winter que tinha disparado como uma metralhadora parecia realmente ultrajado e vítima de uma grande injustiça. Mesmo que sua descrição fosse a de um mago excêntrico e suspeito, ao observar ele de perto, cada vez mais eu acreditava que ela não combinava muito com ele.

— Não é necessário... está tudo bem — retorqui, constrangida. Dessa vez os olhos sob a máscara voltaram ao seu tamanho habitual.

— Eu acho que, depois da última vez em que esteve aqui, a senhorita acredita que este lugar está conectado a algum tipo de organização maligna...

— ...

— Senhorita, esta é apenas uma loja normal de comercialização de informações. Eu não cometo nenhum tipo de ato criminoso.

— *Ahem*... — Me senti um livro aberto, completamente transparente. Para disfarçar, tossi uma vez apressadamente.

— ...Eu apenas deduzi que as minas agora pertenciam à senhorita — Winter calmamente abriu sua boca, desta vez saciando minha curiosidade. — Quando encontrei com seu pai na competição de caça ele estava deleitado com a notícia de que um lote muito bom de gemas tinha sido retirado das minas na porção sul do país. — Franzi o cenho ao ouvir sua frase.

"O duque?" Parando para pensar, eu me lembro de ter visto Winter e o duque conversando amigavelmente durante a cerimônia de abertura do evento, pouco antes da caça começar. "Será que eles são próximos?", inclinei minha cabeça ao considerar essa possibilidade e Winter continuou sua explicação:

— Claro, eu pensei que tais gemas seriam processadas pelos magos de sua família, mas depois de um tempo, eu estava frequentando ocasionalmente os leilões quando me deparei com um dos mordomos da mansão. Ele estava procurando por um novo prestador de serviços, então eu assumi que o proprietário da mina tinha mudado.

— …

— Se fosse seu pai ou algum de seus irmãos, não haveria motivo para usar alguém como seu representante.

"Então só de ver o mordomo ele já concluiu tudo isso?", fiquei assustada com sua perspicácia. "Bem, respondendo minha pergunta anterior, se ele está tão familiarizado com o rosto de Pennel a ponto de reconhecê-lo, então ele deve ser próximo o bastante do duque." Essa era uma informação que ninguém deveria saber – ao mesmo tempo que Winter era um marquês aclamado pela sociedade, ele também era um nerd que gostava de se ocupar como detetive, administrando um negócio de informações. Eu balancei a cabeça em resposta à sua explicação crível e fiz a próxima pergunta:

— Mas por que eu?

— …

— Eu me pergunto por que você faria um contrato com minha mina, já que você nem lida com joias. — Na verdade, estava mais curiosa para saber por que Winter estava procurando por mim primeiro.

— É que… — Ele lambeu os lábios.

— Você acha que assim poderia me retribuir com reciprocidade e igualdade. — Vendo que ele planejava usar as mesmas desculpas de sempre, eu o cortei dizendo com antecedência. Nesse momento, uma pequena risada soou de trás da máscara, como se ele soprasse um pouco de vento.

— A senhorita é... você certamente conta todas as vezes. — Lentamente arregalei meus olhos com suas palavras.

— *O marquês certamente conta todas as vezes.*

Porque foi isso que eu disse a ele outro dia. Talvez fosse porque sempre nos encontrávamos enquanto escondíamos parte de nossas identidades, mas toda vez que conversava com Winter, ele parecia citar coisas que eu havia dito anteriormente. Ao contrário do que pudesse parecer... aquilo não me era desagradável. Ao pensar nisso, me senti muito estranha.

"De qualquer forma, devo ficar em alerta. Não posso esquecer que é ele quem vai trazer a protagonista e, por conseguinte, causar a minha morte." No entanto, quando o encontrava, os limites entre ser amigável e cautelosa se tornavam turvos. Winter também me tratava sempre com muita gentileza e levando tudo isso em consideração, minha cabeça se emaranhou toda. Enquanto eu estava perdida dentro de minha própria mente e encarando o homem com máscara de coelho...

— Então eu também posso ser direto? — De repente, ele endireitou o corpo e olhou em meus olhos. — É porque estou interessado em você.

Só consegui processar o que ele tinha dito depois de alguns segundos.

— ...Perdão?

— Estou curioso sobre que tipo de pessoa você é, quais pensamentos e valores você tem e como você reagiria se eu agisse assim.

— ...

— Mas a única coisa que eu poderia usar para tentar entrar em contato com a senhorita era um contrato com a sua mina.

Quando ele terminou de falar com nitidez, meu olhar já havia se desviado de seus olhos azul-ultramarinos e estavam fixos no topo de sua cabeça. A barra do medidor era de um roxo vívido. "Hm? Então roxo é a cor do amor...?", eu era um tanto quanto ingênua e inexperiente nessas coisas de relacionamento, mas não era tão tapada a ponto de não perceber que o vermelho de Eckles ou o rosa-pálido gostavam um pouquinho de mim. Mas mesmo que não soubesse o que as cores significavam, roxo ser amor não era um pouco demais? "Ou... ele é apenas um pervertido?", com esse pensamento assustador, gaguejei e perguntei:

— Bem, é... Sobre, sobre o que você está curioso?

— Sou uma pessoa que coleta e vende informações — respondeu Winter sem hesitar, como se tivesse se preparado para isso. — Eu pensei que podia entender bem as pessoas...

— ...

— Mas ainda não sei quem é você.

Quanto mais eu ouvia sua resposta, mais confusa ficava, já que, no fim, eu também não tinha ideia de que tipo de pessoa ele era. Dito isso, eu perguntei com um olhar de incompreensão:

— ...Quando você descobrir, alguma coisa muda?

— Pode ser que sim, pode ser que não — disse uma resposta ambígua e continuou: — Os magos são um povo curioso, nós costumamos fazer de tudo para satisfazer esse ímpeto.

Mesmo que não fosse por esse contrato, parecia que ele não se incomodaria em tentar me entender de alguma outra forma. Eu fiz uma careta.

— Isso é uma ameaça?

— É uma oferta. — Os cantos de seus olhos se curvaram com desdém, fiquei chocada e comecei a rir. Felizmente, depois de dar uma resposta absurda, ele voltou ao ponto: — A razão pela qual eu não mexi com joias até agora é porque eu poderia facilmente monopolizar o mercado.

— ...

— Nenhum mago do Império pode gravar uma magia tão poderosa em uma pedra quanto eu. Tenho certeza de que também há muito pouca chance de falha durante o processo.

Ele definitivamente tinha uma grande confiança em suas habilidades e isso fez com que eu voltasse a olhar para Winter com surpresa. Quanto maior a pureza do mineral, mais difícil era de gravar magia nela. Isso ocorria porque havia uma alta probabilidade de que o mineral fosse desnaturado ou simplesmente quebrasse durante o processo. Assim, mesmo que um mago encontrasse minérios de ponta, isso não queria dizer que ele iria imediatamente infundir magia em todas as pedras para levá-las à venda. Isso ocorria porque tal atitude não seria nada além de um atalho para a falência da mina, afinal se a maior parte dos minérios extraídos fosse quebrada durante esse processo só restaria prejuízo para o seu dono. Desse modo, ouvi-lo dizer tal coisa como se não soubesse desse fato era, de fato, uma atitude muito digna.

— Se você confiar o processamento e distribuição de pedras preciosas a mim, poderá produzir a maior taxa de retorno e mais rapidamente do que qualquer outro produtor em muito menos tempo. Por isso...

— ...

— Deixe comigo, senhorita. — Havia um brilho desconhecido nas íris ultramarinas que olhavam fixamente para mim.

Depois de muita deliberação notei que havia sido eu que fui convencê-lo a assinar um contrato secreto, mas, observando com cuidado agora, parecia mais que era ele quem estava me implorando para fazermos esse acordo. "...Por quê?", mais uma vez, estava envolvida em um sentimento desconhecido. Eu não podia acreditar que era por causa da sua curiosidade absurda e que ele realmente queria saber quem eu era. Abri os olhos por um instante e o encarei. "Será que ele já encontrou a protagonista e está ponderando sobre quando deve devolvê-la à residência do duque?"

Mesmo assim, não havia nada que eu pudesse fazer agora. O que quer que Winter estivesse planejando, não mudava que essa era uma das muitas rotas, além disso, eu também precisava de um contrato com ele.

— ...Certo. Vamos em frente com o contrato da mina esmeralda. — Dissipei minhas dúvidas e humildemente respondi positivamente à sua sugestão. Então, de repente, fiquei irritada e fiz beicinho: — Afinal, você já assustou todos da casa de leilões para que mais ninguém pudesse assinar um contrato comigo.

— He, he — enquanto olhava para os lados, ele soltou uma risada estranha.

— Mas fale sobre isso com o mordomo. — Esse não era o meu propósito, então eu tracei um limite. — A razão pela qual não enviei Pennel aqui hoje foi porque quero lhe confiar um pedido pessoal, não um contrato para a mina de esmeraldas.

— Huh… — Winter me observou com olhos perplexos. Peguei o que trouxe em meu casaco e coloquei sobre a mesa. — Isso…

— É minha própria mina de diamantes — disse, empurrando o envelope branco para ele. Os olhos de Winter, vistos pela abertura da máscara, estavam coloridos de surpresa dessa vez.

— Diamantes…?

— Sim, estive pensando em como fazer isso e preciso de um agente para lidar com todo o processo, desde a mineração até a distribuição, processamento e vendas.

— …

— Eu gostaria que você pudesse assinar um contrato separado comigo sobre isso.

Ele me deu um olhar um pouco confuso e olhou para o envelope branco que eu estendi. Enquanto falava sobre esmeraldas, para sua surpresa, uma mina de diamantes de repente apareceu, mas não importa o que ele pensasse, essa era a melhor maneira. Até onde Derrick sabia, a mina esmeralda não podia ser considerada minha propriedade privada completa e o mordomo também se encarregava da contabilidade. Mesmo não sendo particularmente extravagante, se eles vissem a grande quantidade de dinheiro que o sistema consumia de repente, era certo que notariam rapidamente que tinha algo de estranho. Seria melhor acumular secretamente meu próprio fundo reserva e ao mesmo tempo me envolver publicamente com Winter, que provavelmente está planejando se livrar de mim ao trazer Ivonne de volta. Enquanto ele estiver em um relacionamento próximo sob este contrato, ele não vai apenas valorizar a mocinha, como também a "falsa senhorita".

Winter, que não tinha como saber meus cálculos, captou rapidamente o olhar de perplexidade e perguntou com calma:

— E os empregados de sua família...

— Ninguém na minha família sabe que eu tenho isso — respondi com uma voz ligeiramente abafada. Como ele já havia dito, ele sabia muito e também tinha muitas dúvidas, então resolvi reverter a situação. —Você sabe muito bem da minha situação na família. — Estendi a mão e agarrei a ponta do envelope branco e sussurrando: — Este é o meu fundo de garantia que, um dia, vai salvar a minha vida.

Na verdade, não era nada além de um jeito de me tornar bilionária e abraçar meu destino, contudo não seria melhor parecer o esforço triste de uma senhorita com apenas um "nome postiço" do que uma aristocrata ambiciosa? Eu ergui o olhar e fitei Winter. Como ele estava usando uma máscara, não tinha ideia do que ele poderia estar pensando, entretanto não deixei de ver seus olhos vibrarem por um momento quando ouviu as palavras "salvar a minha vida".

— Preciso não apenas de um agente para o negócio de mineração de diamantes, mas também de alguém para manter e administrar o dinheiro que sai disso.

— ...

—Você realmente vai fazer um contrato comigo?

— ...

— Em troca, eu lhe darei 60% do lucro total. — Essa era uma proposta ultrajante. Se os nobres fizessem lucro, guardavam tudo para si e não dariam quase nada para seus representantes, afinal eles eram apenas lacaios.

"Foi uma boa proposta? Perfeito", vendo os olhos de Winter tremulando incontrolavelmente, tive um pressentimento de que meu apelo tinha sido atraente. Ele ouviu minha história sem dizer uma palavra e depois abriu a boca:

— Senhorita, eu…

— …

—Você está confiando completamente em mim agora?

Ele não estava aceitando minha proposta, mas fazendo uma pergunta boba. Fiquei atordoada por um momento. "Confiar em… Por que isso do nada?", enquanto estava encarando o nada.

— *...Eu gostaria de devolver a gentileza que a senhorita demonstrou...*

— *Creio que a confiança tenha sido restabelecida entre nós.*

— *Então... você virá me ver novamente?*

— *...Então, você me procurará se precisar de ajuda?*

Lembrei-me das conversas que tive com ele há algum tempo. Naquela época, ele agia como se nunca mais fosse vê-lo, mas como fui até ali com um pedido pessoal como esse, aquilo já tinha sido algo satisfatório para ele.

"Ele tem uma boa memória…" Winter ainda lembra e se importa com isso? Entretanto, infelizmente não havia chances de algo como "confiança" ser construído entre nós dois, afinal como eu poderia confiar em um personagem que provavelmente traria a protagonista de volta para a história?

Os sentimentos estranhos que surgiram há pouco tempo lentamente foram se acalmando até cessarem. Não era apenas Winter, na verdade não havia nada nem ninguém em que eu pudesse confiar em momento algum nesse jogo, mas eu não podia ser tão direta assim, então sorri e respondi de maneira adequada:

— Está mais para "confiando no marquês Verdandi" — contei para ele sobre meu caixa dois, mas eu sabia sobre a sua identidade, ou seja, ambos tínhamos ciência de alguma fraqueza do outro e, com isso, era mais fácil termos um pouco de confiança. Os olhos de Winter que tremiam logo voltaram ao normal.

— ...Eu tenho uma condição.

— Que seria?

— Eu quero que obrigatoriamente tenhamos encontros para que eu satisfaça minha curiosidade.

— Encontros? — inquiri como se tivesse ouvido algo muito esquisito.

— Sim. Em troca disso, em vez dos 60%, receberei apenas os 30% como de costume.

Eu ponderei por alguns instantes. Ele continuava insistindo para que nos encontrássemos, o que era esquisito e incômodo, mas também não era uma condição ruim para mim, já que também precisava entender o que se passava na cabeça dele e como estava o andamento da questão da Ivonne.

— ...Certo — depois de me decidir, assenti e prontamente estiquei minha mão. — Por favor, cuide bem do meu dinheiro, Sr. Coelho Branco — disse sorrindo. O contrato estava feito, então nós deveríamos dar um aperto de mãos, mas Winter não parecia querer fazer isso. Eu me senti estranha ao ficar com minha mão parada no ar enquanto o homem apenas a olhava.

"O quê? Será que é estranho fazer um aperto de mãos com a minha forma masculina?", me questionei ao lembrar do disfarce que usava e, quando estava prestes a recolhê-la... ***Clap*** – Winter segurou-a de uma maneira um tanto quanto afobado e em questão de segundos senti que estava firmemente envolta por um calor bem maior que o meu.

— Eu também... aguardo sua gentil cooperação, senhorita — ele murmurou enquanto segurava minha mão. Sua voz estava bem abafada quando...

<Sistema>
Você gostaria de verificar a afinidade de {Winter}?
[Dois milhões de moedas de ouro] [Duzentos pontos de reputação]

Quando a janela brilhou perante meus olhos, eu tive a chance de verificar sua afinidade e sem hesitar pressionei os [Dois milhões de moedas de ouro].

<Sistema>
Verificando a afinidade de {Winter}
por [Dois milhões de moedas de ouro].
(Fundos restantes: 68 milhões moedas de ouro)

Como o negócio de comercialização de joias ainda não tinha sido iniciado, todo o dinheiro que eu tinha ainda era do prêmio da competição de caça, mas eu não poderia ligar menos.

Afinidade: 52%

A sua afinidade estava aumentando significativamente.

"Da última vez não estava em 44%?" Agora que já tínhamos passado dos 50%, eu me sentia, ao mesmo tempo, reluzente e vazia. Faltava menos de um mês para que a protagonista do modo normal aparecesse. Das afinidades dos protagonistas masculinos, exceto por Eckles, só uma ou duas tinham alcançado por volta da metade e, comparado ao modo normal, onde as afinidades aumentavam de 10 a 15% em cada episódio, essa era uma dificuldade absurda.

"Se eu estivesse jogando no meu celular, terminaria logo isso e deletaria este jogo", de alguma forma consegui segurar a vontade de puxar minha mão. Essa era a minha realidade, então não tinha como parar ou pausar o jogo. "Não, eu ainda não morri. Eu consegui chegar até aqui".

Enquanto tentava me convencer, as letras no topo da cabeça de Winter voltaram a dizer [Verificar Afinidade] e só então que eu fui perceber que ele ainda segurava minha mão com força.

— Eu gostaria que você me soltasse agora — disse para o homem mascarado que olhou para baixo com um rosto vago e assim soltamos as mãos rapidamente.

— ...Redigirei o contrato e mandarei ele em segredo através da correspondência.

— Obrigada, eu tenho que ir — depois de dar uma resposta curta e ríspida, me preparei para ir embora. Winter se levantou para me acompanhar e quando chegamos na porta ele me perguntou sobre algo que eu havia esquecido:

— Desta vez você se lembrou de pedir que uma carruagem viesse te buscar?

— Uma carruagem?

— Sim, quando te encontrei lá fora mais cedo você parecia estar completamente sozinha...

— ... — Silêncio.

Mas que droga de sistema de teleporte! Já fazia tanto tempo desde a última vez que saí sozinha que tinha esquecido desse detalhe.

— Deixe-me acrescentar mais uma solicitação. — No fim das contas, eu não tive outra escolha senão tentar fingir que nada tinha acontecido e lhe fazer um pedido com o rosto em chamas: — Você me levaria até a rua Hamilton?

Dessa vez, eu pude claramente ouvi-lo dar uma gargalhada alta e eu tive que abanar meu rosto vermelho com as mãos.

Depois de muito tempo, finalmente estava um sol bom. Eu saí de casa com um livro e, como sempre, fui me sentar debaixo da árvore em que costumava ler. Depois de alguns segundos, algumas borboletas apareceram voando gentilmente e uma ou duas sentaram na grama comigo. Originalmente havia muitas borboletas voando pelo jardim, então nunca tinha prestado atenção nisso. Eu só fui dar importância para tal fato quando algo estranho aconteceu – um grupo de borboletas se amontoou em um único lugar. A imagem delas abrindo suas asas e então repetidamente fechando-as em uma velocidade estranha, como se estivessem pedindo para que eu percebesse e fosse perto delas foi, de fato, chamativa.

— O-o que é isso?

Tirando meus olhos do livro, eu fiquei surpresa ao ver que as borboletas tinham se organizado formando um retângulo. Batendo suas asas incansavelmente até que eu as notasse, elas começaram a brilhar candidamente quando finalmente alcançaram seu objetivo.

"Qual é o problema dessas borboletas?" Eu as encarei e meus olhos se arregalaram. Depois de um tempo as borboletas brancas desapareceram como se fossem purpurina e um envelope surgiu no lugar em que elas repousavam até então. Aquela era uma cena e tanto para mim. Fitei o envelope sem expressão alguma no rosto e logo notei que tinha uma gravura nele. Era o símbolo do Coelho Branco.

— Winter…?

— *...Redigirei o contrato e mandarei ele em segredo através da correspondência.*

Me lembrei do que ele tinha me dito no dia anterior. Ele realmente atendeu o meu pedido de entrar em contato comigo através de cartas.

— Que inesperado, não sabia que ele poderia usar tal método. — Certamente ele era melhor do que algum animal com uma voz rouca.

Eu imediatamente peguei o envelope que pousava no chão e fui para o meu quarto com pressa. Ao chegar nos meus aposentos, abri a correspondência usando uma faca de carta. Dentro havia um contrato de processamento e distribuição de diamantes, um contrato de agência de gestão de ativos e um pequeno recado.

Por favor, leia o contrato e deixe que uma gota de sangue caia na coluna de assinatura. Eu estarei na rua Hamilton amanhã às 10 da manhã para completá-lo. Peço que o traga consigo nessa ocasião.

— ...Completar o contrato?

Ao inclinar minha cabeça, confusa, comecei a ler o documento e logo notei do que se tratava. Aquele era um "encontro", ou seja, a condição que ele me apresentou para fecharmos o acordo. Assim que assinei o contrato soube que ele realmente era um homem muito meticuloso. Olhei friamente para o recado e então cochichei como se suspirasse.

— Ok, vamos encarar isso como um encontro romântico com um personagem conquistável.

Apesar de esse ser um jogo de simulação de namoro, eu tinha passado a maior parte do meu tempo tentando sobreviver sem ter nem um encontro sequer. Agora deveriam começar a ter alguns episódios mais românticos. Eu lutava para acalmar a inquietação insistente que rastejava dentro de mim.

Cedo na manhã seguinte cautelosamente chamei Emily no meu quarto e pedi para que ela me arrumasse.

—Você vai sair, senhorita? É melhor que chamemos as outras empregadas que são bem mais habilidosas que eu.

— Eu vou sair escondida, mas volto rápido.

— ...E-escondida? — Seus olhos se arregalaram com a minha frase.

Não havia um motivo específico pelo qual decidi sair de fininho. Eu só queria evitar falar com o mordomo que definitivamente comentaria com o duque ou com Derrick do fato de eu estar saindo para me encontrar com um homem desconhecido, história essa que, com certeza, não pareceria agradável para eles.

— Sim. Então, por favor, não deixe que ninguém entre no meu quarto até que eu retorne.

— Mas… — Emily parecia inquieta com a situação.

— Qualquer coisa dê uma desculpa, diga que eu não estou me sentindo muito bem hoje.

— Bem, a senhorita voltará em breve, né?

— Até o final da tarde eu devo estar de volta — disse casualmente enquanto ela me arrumava.

Depois de fazer uma maquiagem e um penteado simples e básico, eu troquei de roupa, colocando um vestido azul-claro que ia até o joelho. Talvez fosse por conta do efeito das cores complementares, mas ele ficava muito bonito com o meu cabelo *pink*. O bordado do vestido reluzia com um tom de azul-escuro de vez em quando e era muito delicado. Eu o escolhi por conta da cor dos olhos de Winter.

"É assim que devo me preparar para um encontro com um dos rapazes", pensei enquanto olhava satisfeita para o meu reflexo no espelho, então sorri e assenti.

— E aí, o que você acha? Estou bonita? — perguntei à Emily me virando.

A moça cobriu sua boca com as mãos e exclamou admirada:

— A senhorita está lindíssima! Parece com uma deusa que veio passar um pouco do seu tempo com os mortais.

— *Tsc*, puxa-saco — revirei os olhos com os elogios exagerados dela, mas lá no fundo eu me senti muito bem com isso. — Agora vá e veja se tem alguém no corredor.

Como já estava pronta, era hora de escapar da mansão.

Felizmente, o dia no ducado começava bem cedo, então não havia muitas pessoas perambulando livremente, já que todos estavam ocupados com suas tarefas. Assim, consegui sair pela porta dos fundos da mansão e desapareci como fumaça.

Eu pensava em usar o buraco no muro, mas estava com receio de encontrar com algum dos cavaleiros que treinavam por perto, então não tive outra escolha senão trazer Emily comigo, isso porque eu queria que parecesse que estávamos passeando e não planejando uma fuga. Contudo, felizmente todos os cavaleiros estavam treinando e não tinha ninguém perto da rota de escape.

— Céus, senhorita! Quando foi que descobriu este lugar? — Emily ficou chocada ao me ver movendo o arbusto de maneira tão familiar.

— Coloque aquilo de volta no lugar quando eu sair, tá?

— Oh, você realmente precisa sair desse jeito? E por aí?

Sem respondê-la, enrolei e segurei meu vestido, colocando meus joelhos nus no chão. Demorou um pouco para que terminássemos de me arrumar, então já estava um pouco impaciente por estar em cima do horário. Enquanto me esgueirava pelo buraco com o estômago no chão, continuava ouvindo Emily repetindo uma série de "Céus!" do outro lado enquanto suspirava. Assim que terminei de sair, dei uns tapas nos joelhos e na roupa para remover a poeira, enfiei a mão no buraco e acenei para Emily.

— Daqui a pouco eu volto.

— A senhorita realmente não vai me dizer quando voltará?

— Estarei de volta antes do anoitecer. — Não achava que Winter me seguraria até de noite apenas para saciar sua curiosidade.

Deixando a empregada preocupada para trás, eu me apressei. Saindo da rua principal usando alguns atalhos, fui diretamente até a esquina deserta que Winter sempre me deixava. Como eu estava um pouco atrasada, pude ver a figura alta e forte do rapaz que já havia chegado.

— Eu te fiz esperar por muito tem-… — Ia tentar dar uma desculpa, mas parei ao ver que não era apenas ele que estava ali. O garotinho da máscara de leão do outro dia saiu de trás dele e me olhou.

"Por que ele trouxe o menino para o encontro…?" Me senti estranha com o olhar fixo da criança em mim. Desse jeito não parecia que eu estava namorando um pai solteiro? Enquanto os olhava alternadamente, fiz contato visual com Winter e pude ver suas pupilas cercadas pelas íris azuis aumentarem lentamente.

— Por que você não veio disfarçada hoje? — perguntou um tanto quanto envergonhado.

— ...Eu deveria ter vindo disfarçada? — retorqui, confusa.

— Bom, você veio da última vez, então pensei que viria hoje novamente.

—Você não me chamou para um encontro?

— ...

Houve um pequeno silêncio constrangedor no beco. Foi o riso da criança que quebrou tal atmosfera:

— Há, há, há, isto não é um encontro! Ai, ai... um encontro! — disse como se estivesse caçoando de mim.

— E-então aonde estamos indo?

— Nós vamos distribuir pão! — exclamou o menininho com ânimo.

— ...Pão?

Nesse momento, o *pop-up* apareceu repentinamente na minha frente.

> **<Sistema>**
> **~Missão Principal: O paradeiro das crianças desaparecidas~**
> **{Parte 1: Voluntariando-se com o mago.}**
> **Você gostaria de participar dessa missão?**
> **(Recompensa: Afinidade com de {Winter} +5%, Reputação +50.)**
> **[Sim] [Não]**

—Trabalho... voluntário...?

Não pude acreditar no que estava vendo. Eu estava lendo novamente as palavras escritas na caixa do sistema com meus olhos arregalados e Winter entendeu errado achando que minha reação se devia a algo que ele fizera.

— Me desculpe por não a ter avisado com antecedência. Claro, eu pensei que você estaria disfarçada, usando roupas diferentes e...

Não tive muito tempo para ficar envergonhada sozinha com a ideia de que isso seria um encontro. Ao mesmo tempo, o texto do *pop-up* mudou.

<Sistema>
Esta é uma missão principal, portanto,
ela será aceita automaticamente após 5 segundos.

5

4

"Ugh, esse jogo maluco..."

Eu pressionei [Sim] com as mãos trêmulas e então uma nova janela apareceu.

<Sistema>
Você gostaria de se teletransportar para o local da missão,
{Tratan}, usando {a ajuda do mago}?
[Sim] [Não]

Quando escolhi [Sim], Winter estendeu sua mão para mim.

— Nós iremos para Tratan usando magia, então não precisa se preocupar, não haverá nada inconveniente para a senhorita.

Isso era algo que já havíamos feito antes, mas dessa vez eu realmente não queria segurar sua mão. Fora isso, nem sabia onde ficava essa tal de "Tratan". Mesmo já fazendo um bom tempo desde que tinha ido para o mundo desse jogo, essa era a primeira vez que ouvia falar de tal lugar.

"Isso não parece muito bom..."

— ...Senhorita? — Winter me olhou hesitantemente.

Desde o momento em que li as palavras "trabalho voluntário", comecei a sentir uma pressão indescritível e uma pressa enorme para cumprir logo com a minha parte do acordo, provavelmente porque minha cabeça estava de pernas para o ar.

"...Certo, não é como se fôssemos para alguma montanha muito distante fazer esse trabalho voluntário. Há várias favelas ao redor da capital", dando um jeito nos meus arrepios, apertei sua mão quase que em lágrimas. Enquanto repetia para mim mesma meu desejo e tentava criar esperanças, o menininho segurou a outra mão vazia de Winter.

— *Piratio,* Tratan! — com um encantamento de pronúncia esquisita, tudo ao nosso redor ficou branco.

Flush! Slap! Flush – quando abri meus olhos novamente, nós estávamos em uma praia onde uma revoada de gaivotas batia suas asas e ia para longe.

— Onde diabos viemos parar...? — Observei em volta com os olhos nebulosos. Até poucos segundos atrás nós estávamos na esquina de um beco arrumadinho da capital, mas agora havia faróis, barcos e navios por todos os lados. Eu estava enlouquecendo.

— Nós estamos em Tratan, uma cidade portuária — replicou Winter educadamente.

— Uma cidade portuária? Não estamos perto da capital?

— É a linha de frente na parte oriental do Império.

— Por que viemos tão longe assim? — Eu, que ainda não tinha entendido bulhufas de onde estávamos mesmo com sua explicação, questionei-o.

— Nós estamos focando nas áreas que foram mais prejudicadas com a guerra.

"Então por que diabos você está fazendo isso quando está comigo, seu desgraçado?!", de alguma forma, consegui engolir essas palavras.

— Certo... vamos lá. — Primeiramente, isso não era culpa do Winter, afinal foi o sistema que me ordenou que viesse. Pensando assim, eu o segui.

Subimos o litoral e seguimos em direção a uma vila distante. Olhando apenas de relance e em tamanha distância já dava para perceber que esse local, cada vez mais próximo, estava devastado. Prédios desmoronados ou com metade de si destruídos e ruas em escombros. Ninguém vagava por ali durante o horário tão atarefado para pesca, então isso dava àquele lugar um ar ainda maior de abandono.

Eu me senti mal com a aparência contrastante da capital luxuosa. Por trás do Império que tinha gloriosamente vencido a guerra, sobrara uma vida completamente terrível e angustiante de paupérie.

"Não importa quão rica uma nação seja, sempre haverá esse tipo de cenário..." O que mais me atormentava era como tudo isso parecia completamente real. O modo normal mostrava apenas a vida na capital onde tudo era preenchido de sonhos e esperanças de uma menina pobre. Detalhes assim nunca foram mencionados antes e eu só conseguia me questionar o porquê de o modo difícil ter tanta miséria e sofrimento como pano de fundo. "Haa...", quando olhava ao meu redor, deixei um suspiro profundo escapar.

—Você é a vovó nobre que apareceu no outro dia, não é? — o menino usando máscara de leão que estava quieto ao meu lado sussurrou de repente.

Surpresa, arregalei meus olhos e vi que Winter andava um pouco mais à frente e, por isso, o respondi em voz baixa também:

— ...Como você descobriu?

—A sua voz, me lembrei dela.

—Você é bem esperto, hein?

— He, he — ele riu, radiante, com o meu elogio e eu dei um sorriso que há poucos segundos não seria capaz de dar.

— Obrigada por me ajudar naquele dia. Graças a você eu ainda estou viva.

Era verdade. Se o menino da máscara de leão não tivesse dado um passo à frente e me defendido, eu certamente teria continuado paralisada e morreria de nervosismo antes mesmo de Winter me atingir com sua magia. Com meu agradecimento, os seus olhos semiabertos se arregalaram e então logo ficaram depressivos.

— Depois que a vovó foi embora, eu fiquei bem encrencado.

—Vovó...?Você ainda acha que eu sou tão mais velha assim? — perguntei com sinceridade e, ao contrário do que possam pensar, não estava brava, mas incrédula com o título que recebera apesar da minha aparência jovial, delicada e decorada.

— Bem, do que eu poderia te chamar então?

— De Penelope, é o meu nome.

— O meu nome é Leon. Eu mesmo que o escolhi, assim parece com "leão" que é o meu animal favorito de todos.

— Entendi, Leon — Assenti e voltei ao assunto que tratávamos: — Por que você ficou encrencado? Por ter me deixado entrar?

— Sim, mas, ao mesmo tempo, o professor também me elogiou por ter extraído bem o relicário. Isso foi graças a vov-... quer dizer, a você!

— Fico feliz em saber disso. —Talvez por ele ser muito novinho nossa conversa era meio desconexa, mas, ainda assim, eu ouvi com calma o que o menininho tinha a falar.

— ...Mas desde então o professor tem estado bem chateado.

— Por quê?

— Ele disse que perdeu a confiança da pessoa que nos ajudou depois de ter apontado seu cajado para você.

Olhei com compaixão para as costas e a barra de afinidade roxa de Winter que andava à nossa frente. "Então ele se sente culpado?" Leon voltou a cochichar enquanto inclinava sua cabeça:

— No dia em que você veio o ver ele ficou todo felizinho.

— Sério?

— Sim! Assim que ele voltou já começou a planejar onde faríamos nosso voluntariado!

Franzi o cenho ao ouvir essas palavras. No fim das contas, ele realmente nunca teve a intenção de ir em um encontro comigo. "Parando para pensar, a maior parte das vezes que ele se encontrava com a protagonista no modo normal era em voluntariado." Os encontros entre eles eram bem raros e normalmente aconteciam durante os bailes.

Enquanto ponderava e observava a parte traseira da cabeça de Winter, nós chegamos ao vilarejo sem que eu nem sequer notasse. Na entrada, crianças com roupas sujas voltaram seus olhares em nossa direção e pareciam surpresos com as figuras desconhecidas. "De fato uma jovem nobre de vestido acompanhada por dois rapazes de máscara não é algo comum de se ver", ri sarcasticamente.

Winter caminhou até um lugar calmo e vazio. Quando chegou em um campo aberto ao lado do vilarejo, ele parou e retirou um pacote preto de seu bolso.

— Leon, verifique se há pessoas por perto.

Com essa ordem o menino com máscara de leão fez um feitiço ao proferir a palavra "turatakan" e conferiu o que seu mestre mandara.

— Não há ninguém, senhor.

Assim que todas as precauções tinham sido tomadas, Winter imediatamente começou a agir. Ele desfez o nó do pacote, pegou algo pequeno que estava dentro dele e jogou no chão. ***Kung*** – o pequeno objeto que caía se tornou uma mesa.

— O quê...? — De olhos arregalados, eu continuei observando o que ele estava fazendo.

Pouco a pouco Winter continuava tirando coisinhas de seu pacotinho. Em questão de segundos nós estávamos cobertos por uma tenda que nos protegia do sol, havia também várias cadeiras e mesas simples com um grande caldeirão de sopa, uma cesta cheia de pães grandes e uma tigela com salada em cima. Rapidamente um pequeno ambiente parecido com um restaurante tinha sido criado naquele terreno vazio.

— É magia de encolhimento — Winter viu que eu estava embasbacada com o desdobramento dos fatos e respondeu de maneira esquisita.

Ao mesmo tempo, uma brisa soprou trazendo cheiro de maresia e peixe. ***Tilingling!*** – o som de um sino ressoou com clareza. Quando me virei em sua direção vi que o sino estava pendurado no canto da tenda e estava sendo agitado pelo vento.

— Agora eles virão — Leon se aproximou de mim e disse satisfeito.

Realmente, depois de algum tempo, as pessoas que ouviram o soar do sino apareceram. Todos eles tinham uma aparência desnutrida.

— Eu distribuirei a sopa, você pode cuidar dos pães? — perguntou Winter como se me encorajasse. Aquela não era uma tarefa difícil, então fui para trás da cesta de pães e assenti. Assim, logo começamos a trabalhar.

— Obrigada, muito obrigada. — As pessoas continuavam se curvando e agradecendo o rapaz de cabelos brancos conforme recebiam seus alimentos.

O tempo passou e ainda mais pessoas apareceram. "...Hm?", eu repentinamente notei que tinha alguma coisa estranha. A maior parte das pessoas que vinham em busca de comida era crianças e não adultos, aliás, o número de crianças ali era surpreendente. Por isso, murmurei silenciosamente para Winter assim que a multidão tinha se dissipado um pouco:

— Por que a maior parte das pessoas que vêm buscar comida são crianças?

Ele me olhou com perplexidade, como se não esperasse ouvir tal questão de mim, mas logo me respondeu sem hesitar:

— ...Órfãos da guerra. O bombardeio matou seus pais durante a noite.

— ...

— As famílias decentes não vêm atrás de comida de graça. Isso seria uma desgraça para o grande Império Eorka.

Ao ouvir isso, finalmente entendi o motivo de Winter estar se voluntariando na linha de frente em vez de qualquer outro lugar do Império. Era porque ele tinha um apreço especial por crianças. Eu me senti um pouco mais séria e solene quando me lembrei de ter o questionado mais cedo do motivo pelo qual viemos tão longe.

— ...Entendo. — Depois disso foquei em distribuir o restante do pão em silêncio.

Felizmente tínhamos muita comida. Quando ela parecia estar acabando, Winter ia discretamente para trás da cabana e voltava com mais uma panela fresquinha. Foi quando os arredores se acalmaram um pouco, depois de muita correria, que algo absurdo aconteceu. Uma criança de cabelos pretos, que esteve vagando por ali mesmo depois de comer sua porção de comida entrou na fila novamente.

"Ele está com muita fome, né?", mas ele desapareceu sem comer e, logo depois, reapareceu e voltou para a fila novamente. Winter e sua máscara deviam ser assustadores para ele, pois ignorou ele que servia a sopa e pegou apenas o pão comigo. Não apenas ele, mas outras crianças faziam o mesmo fingindo que era a primeira vez que recebiam pão. Eu continuei os servindo sem dizer nada e o intervalo das filas repetidas começaram a ficar cada vez menor e mais ousado.

— ...Se continuar assim, isso nunca vai acabar. — Quando eu ia dar o quinto pão para o menino de cabelos pretos Winter me interrompeu.

— Ugh! — Ele nem disse nada para o garoto, mas, mesmo assim, ele se assustou e foi embora correndo. Olhando as costas da criança sumindo à distância eu virei para o homem ao meu lado.

— ...Você não preparou o suficiente?

— Claro que sim, mas nunca é o suficiente, senhorita — explicou ele gentilmente como se estivesse me ensinando algo. — Crianças que são servidas muitas vezes provavelmente estão escondendo a comida em suas casas e voltando para pegar mais. Ou isso, ou estão levando para a organização que cuida delas como forma de pagamento.

— Eu sei disso — respondi prontamente.

—Você sabia... e ainda assim...? — As íris azuis do rapaz foram tingidas com vergonha.

Eu imaginei que ele estaria guardando os pães e vindo buscar mais depois, mas, ainda assim, continuei o meu trabalho.

"Ele acha mesmo que eu sou uma garotinha inocente que nunca fez trabalho voluntário antes?", imaginando o que se passava na cabeça de Winter, eu voltei a falar:

— E daí? Qual o problema?

— ...

— Eles continuariam morrendo de fome por essas ruas hoje se você não tivesse vindo. — Lembrando de momentos distantes do meu passado, ri amargamente comigo mesma. — Você não pode deixar que eles juntem um pouco? De qualquer forma, mesmo fazendo isso, daqui poucos dias eles já vão voltar a passar fome.

Pude ver seus olhos se arregalando. Eu parecia não ser o tipo de pessoa que diria tal coisa depois de "servi-los sem pensar muito".

— ...Alguém que eu conheço... — Procurando algo para dizer, ele pressionou seus lábios por alguns instantes — ...me disse para vir aqui e dar a essas crianças o tanto de comida que elas quisessem.

Nesse exato momento eu parei: "Então ele já encontrou a protagonista". Eu tinha decidido ficar próxima dele para justamente descobrir sobre isso, mas não consegui deixar de ficar chocada. Ele já tinha feito trabalho voluntário com a protagonista. "O que eu deveria fazer agora?" Era de se esperar, tudo bem que as coisas estavam acontecendo de acordo com a linha temporal do jogo original, mas eu estava assustada e com medo de saber que Winter já a conhecia e, provavelmente, a traria de volta em breve. Diferentemente de mim, que se sentiu ameaçada pelas suas palavras, ele continuou seu discurso calmamente enquanto me olhava com uma expressão desconhecida em seus olhos:

— ...Se eles fizerem isso, então mais tarde as crianças mais fortes simplesmente vão tomar tudo deles. O certo é eles comerem o bastante hoje.

Seu pensamento não estava errado, mas eles estavam em situação de pobreza extrema sem ter nem sequer o mínimo para comer em casa.

— Só porque você comeu bastante hoje não significa que não passará fome amanhã — acordei dos meus pensamentos e o respondi com tom indiferente e dando de ombros. — E se você comer muito depois de passar fome por vários dias, acabará ficando doente. Você não sabe disso?

Assim que as íris de Winter ficaram visíveis através dos buracos da máscara, emoções muito claras foram refletidas e depois desapareceram.

— ...Você soa como se já tivesse passado por isso.

— Bem, o que você acha? — Me forcei a dar um sorriso que no fim não me obedeceu.

Agora eu já tinha previsto o que se passava na sua cabeça, e devia ser algo mais ou menos assim: eu, uma moça que se tornou a única jovem duquesa do Império depois de ser tirada da condição de plebeia do dia para a noite, desmerece a pobreza e pessoas em condições mais desfavorecidas ou sente pena da amável "senhorita de verdade", que floresceu como um anjo mesmo em um ambiente miserável?

— Tente descobrir que tipo de pessoa eu sou hoje.

— ...

— Não será divertido se eu te contar tudo.

O fato de ele ter me trazido para fazer trabalho voluntário com ele não importava mais, o curso natural da história do jogo estava restabelecido. Na minha cabeça, eu voltei a fazer um "X" vermelho sobre o nome "Winter Verdandi".

Quando a comida estava quase acabando, nós fomos para outro local, afinal ainda havia mais um lugar para ir.

— Você está bem?

Talvez por causa da minha roupa chamativa e um tanto quanto extravagante, o rapaz com máscara de coelho ainda parecia mal pela situação.

— Sim, tudo bem. — Era a única coisa que eu podia dizer, afinal fui eu quem tinha entendido a situação errado e além disso, realmente não tinha nada de errado em ficar parada distribuindo pão.

Atravessamos os becos sinuosos até o fim da vila. Conforme nós saímos, havia cada vez menos edifícios e pessoas andando pelas ruas. Finalmente, chegamos a uma planície ampla nas falésias que encarava o mar. Não havia nenhum prédio, apenas uma favela de casinhas feitas com tábuas velhas e amontoadas. Conforme eu passava por elas ficava cada vez mais chocada com as condições ainda piores que a da vila anterior que fora devastada pela guerra.

— Que lugar é este?

— É um lugar onde pessoas com poderes mágicos se refugiam ao serem expulsas de suas vilas pelo restante dos aldeões.

— Pessoas com poderes mágicos? Então você está dizendo que todos aqui são feiticeiros?

— Não. Eles não têm nem as qualificações, nem a instrução necessária para serem chamados de feiticeiros... eles têm apenas um pouco de poder. Depois do bombardeio eu trouxe uma bola de cristal e verifiquei exaustivamente a quantidade de mana em seus corpos.

Essa observação fez com que me sentisse ainda mais à deriva. Eu já sabia que alguns dos imperialistas rejeitavam os magos consciente ou inconscientemente, mas aglomerar todas essas pessoas em situação de vulnerabilidade não era passar dos limites?

— Por que você está fazendo isso? Este continua sendo o Império Eorka — perguntei com uma careta.

— Além da guerra, a dificuldade em recuperar as terras de Tratan se dá por causa dos constantes ataques do Novo Reino de Leila.

— Leila?

— Sim, afinal o objetivo deles é livrar o mundo de todos os feiticeiros. É por isso que as pessoas de Tratan são vistas como culpadas.

Talvez fosse por esse ser um conflito que já perdurava muitas décadas, mas não havia emoção alguma na voz de Winter e eu continuava sem me convencer.

— Por que não mandam soldados? Não há nenhum lorde aqui? Se eles ficassem a postos não seria muito difícil se livrar dos inimigos e acabar logo com essa situação.

— Os remanescentes do Novo Reino que perderam suas tropas na guerra se esconderam nas Ilhas Arkina e então usaram magia para atacar.

— Ah.

— Mas de qualquer jeito é complicado de se aproximar da localização deles, pois o terreno é muito íngreme e há muitos cânions ao seu redor. No fim, o que fazer é sempre um dilema. — Ele terminou de falar e tirou algo do bolso de seu casaco, então deu um passo em minha direção ficando ainda mais perto e se inclinou.

— O-o quê...? — Sem tempo para recuar, o homem da máscara de coelho repentinamente se aproximou de meu pescoço que ficou mais pesado.

— Certifique-se de usar isso o tempo todo, senhorita.

Olhei para baixo vendo o que ele havia pendurado ali. Uma conta branca estava embebida no meio de uma bela e delicada decoração em formato de estrela.

— Isto...

Eu sabia exatamente o que era aquilo. No modo normal, isso era utilizado para provar que a protagonista tinha sido envenenada pela Penelope.

— É um artefato antigo. — Ao mesmo tempo que ele me deu uma resposta, o sistema pulou na minha frente.

<Sistema>
Missão Secreta {A Relíquia do Mago} completada com sucesso!

<Sistema>
A {confiança} do {Mago} foi estabelecida.
Recompensa obtida! Afinidade de {Winter} +3% foi obtida.

A barra roxa no topo da cabeça de Winter brilhou, provavelmente por conta do acréscimo de afinidade dado pelo sistema. Eu olhei para o *pop-up* que recém apareceu sem acreditar muito bem no que acontecia.

— Sua cor muda quando há alguma toxina nas proximidades. Em particular, quanto mais primária for a sua cor, mais perigoso é, então evite essas localidades a todo custo e se retire imediatamente — explicou o rapaz sobre o que havia me dado.

— Por que você está me dando isto? — perguntei com uma voz perplexa. Eu não conseguia entender o motivo dele ter conferido tal objeto a mim e não à protagonista.

— Por precaução — redarguiu prontamente. Sua resposta não era a que eu esperava ou queria. — Diferentemente do lugar que servimos mais cedo, este é perigoso para forasteiros, e os remanescentes de Leila podem estar se escondendo.

— ...

— Mesmo se você estiver com muita sede, não tome nem um gole da água de ninguém — alertou Winter com seriedade.

— ...Obrigada. Tomarei cuidado. — Assenti ainda um tanto confusa.

Com isso, os olhos do mascarado que podiam ser vistos pelos pequenos furos de seu disfarce se curvaram belamente.

— Este lugar tem uma população pequena, então nós conseguiremos distribuir a comida bem rápido para voltar para a capital. — Assim, ele esticou suas costas arrumando sua postura que havia se curvado para mim há pouco e nós continuamos a caminhar.

Enquanto andávamos pela favela, pessoas com rostos sombrios saíam de seus barracos pouco a pouco para nos observar, talvez por reconhecerem Winter. Contudo, diferentemente das crianças do outro vilarejo que corriam animadas, aqui ninguém tinha tal reação. Tudo o que eles faziam era observar o que estávamos fazendo. O forte cheiro de desespero me sufocava.

No fim do penhasco, Winter repetiu o que já tinha feito mais cedo no vilarejo – pegou um saquinho em seu bolso e retirou dele todos os preparativos – a única diferença era que, dessa vez, como as pessoas ao nosso redor possuíam mana e poder mágico, ele não hesitou nem um pouco para começar esse processo. Logo percebi que ele fazia isso tão abertamente para dar esperança àqueles que estavam à sua volta.

Quando tudo estava pronto, foi só depois de um bom tempo que os moradores hesitantes vieram com suas tigelinhas surradas. Desse modo, começamos a distribuir a comida igual fizemos anteriormente. Talvez fosse por estarem em menor número, mas a fila foi atendida rapidamente, assim como Winter tinha previsto.

— Acho que já acabamos por aqui, então, por favor, sente-se um pouco e descanse, senhorita. — O homem de cabelos brancos me pediu enquanto trazia uma cadeira para mim. Quando eu o olhei com certa dúvida, ele completou seu raciocínio dizendo suas intenções: — Me dê um tempo para ver o chefe deste lugar.

— Chefe?

— Ele é um mago.

Era incrível que o líder dessa favela era um mago, mas sem demonstrar nada em meu rosto, apenas concordei:

— Fique à vontade e faça o que precisar.

— Obrigado.

Winter me deu uma breve saudação e partiu com pressa pelo meio dos barracos. Eu me sentei e fiquei feliz por poder descansar minhas pernas que começavam a doer.

— Ugh, minhas pernas — gemi baixinho ao repousar.

Bem nessa hora uma brisa marinha soprou e refrescou o calor gerado pelo meu trabalho. Peguei minha cadeira e me aproximei um pouco mais da beirada do penhasco. Era ridículo pensar que tinha ido trabalhar no meio do nada em vez de ir a um encontro, mas não era uma coisa ruim, principalmente ao ver o cenário do mar se abrindo em minha frente.

— ...Bem, não é nada mau ser boa de vez em quando.

O mar azul infinito e o céu vermelho com o sol prestes a se pôr – aquela era uma vista pitoresca que não combinava nem um pouco com a favela que se desdobrava logo ao lado. Eu estava admirando toda a paisagem com seus grandes morros e falésias perante o mar quando notei um ponto quase invisível que pairava no horizonte longínquo.

"Hã? ...Será que aquelas são as Ilhas Arkina?", se eu estivesse certa, elas eram muito mais próximas do que eu pensava. Decidi perguntar para Winter quando ele retornasse e enquanto pensava nisso, ouvi um "Hi, hi, hi" de crianças seguido por alguém chamando pelo meu nome:

— **Penelope!**

Me virei para ver do que se tratava e vi que Leon acenava para mim enquanto várias crianças o cercavam. Em sua outra mão ele segurava sua varinha que soltava bolhas pelo ar. "Será que ele está assim por estar com outras crianças na mesma situação que ele?"

Leon, que não tinha usado quase nada de mágica até agora, parecia muito confortável segurando sua varinha. Assim que ele viu que tinha me virado, o garotinho gritou com um semblante brilhante:

— Posso ir na praia abaixo do penhasco com meus amigos?

— Não — cortei-o imediatamente.

— Por quê? — perguntou novamente, mas sem nenhum sinal de chateação.

— Pergunte ao seu professor.

— Estou perguntando para você justamente porque ele não está aqui...

Era verdade. Eu me questionei se deveria lhe dar permissão para ir, mas logo balancei minha cabeça firmemente. Nós tínhamos que voltar para a capital assim que Winter retornasse.

— ...De qualquer forma é perigoso, então não. Fique apenas por aqui.

— Tá...

Quando virei minha cabeça novamente deixando Leon, que respondeu com um tom manhoso, fora do meu campo de visão, um brilho ofuscou o pôr do sol avermelhado.

<Sistema>
~Missão Principal: O paradeiro das crianças desaparecidas~
{Parte 1: Voluntariando-se com o mago} concluída com sucesso!

<Sistema>
Recompensa obtida!
Afinidade de {Winter} +5%,
Reputação +50 foram obtidas.
(Total de reputação: 460)

"Já acabou? Que dia mais gratificante." Eu olhava para a janela do sistema e dava um sorriso forçado quando percebi que a área ao meu redor estava estranhamente silenciosa e virei minha cabeça para trás por conta da sensação de desconfiança.

— ...Leon? — Obviamente, onde as crianças estavam reunidas e riam há alguns instantes estava vazio. Me levantei e olhei em volta, mas Leon não estava em lugar algum. — Leon! Pare de brincadeira! — Desci o penhasco e o chamei, no entanto não apenas Leon, mas também todas as outras crianças tinham desaparecido sem deixar rastros. — Leon?

A favela ao anoitecer parecia estranhamente calma. Mesmo esse lugar tendo um pequeno número de pessoas, era estranho que todos evaporassem em um instante. Eu senti um enorme frio na espinha. Alguns segundos, foi apenas alguns míseros segundos depois de checar a janela do sistema.

Paf, paf – me afastei do penhasco cada vez mais rápido.

— Leon! Leon, pare de brincadeira e apareça! — corri desesperada entre os barracos e chamei pelo menino.

"Eu tenho certeza de que ele só deve estar brincando de esconde-esconde com as outras crianças", tentei pensar positivamente enquanto checava cada centímetro da parte de trás de cada cabana. Mas Leon não estava em lugar algum, eu não tinha outra opção senão me enfiar nas casas das outras pessoas.

— **LEON!** — A maior parte dos barracos feito de tábuas velhas e pedaços de pano estava vazio e, nos que tinham alguém, certamente não era o garotinho mascarado.

— Ei! O que você está fazendo aqui?

— Desculpe, eu sinto muito. Você por acaso não viu um menino usando uma máscara de leão? Ele estava nos ajudando a servir comida mais cedo.

— Não vi ninguém, agora saia daqui!

Ainda que ouvissem minha voz desesperada procurando por um garotinho desaparecido, as pessoas me expulsavam friamente de suas moradias.

A cautela e o medo dos forasteiros podiam ser duramente sentidos. Eu procurei em outras cabanas, mas não consegui encontrar Leon, além disso, Winter que disse que ia encontrar com o chefe do lugar também não havia voltado.

— Há, há, há… — Olhei para a favela, que se chacoalhava com o vento que vinha do penhasco. — Aonde diabos eles foram? — Antes que eu percebesse, o sol já estava prestes a sumir.

"Será que ele foi pego por alguém do Novo Reino de Leila ou algo do tipo?", considerei todas as possibilidades, afinal Winter tinha me dito mais cedo que esse era um lugar um tanto quanto perigoso e que eu deveria tomar cuidado. Nesse ponto eu já estava começando a ter um péssimo pressentimento: "E se a afinidade cair novamente?".

No momento em que Leon desapareceu eu receei por uma nova queda enorme da afinidade de Winter mais que pelo próprio desaparecimento da criança. Mesmo reconhecendo que era algo egoísta e mau, até então eu ainda tinha pesadelos com a última vez que o homem em máscara de coelho apontou seu cajado para mim e quase me pulverizou, então esse era um instinto que não conseguia evitar. Eu me sentia muito mal pelas crianças que me salvaram naquela ocasião terem ficado em uma situação complicada por eu ter entrado no esconderijo do mago, mas a verdade é que na ocasião nem tinha prestado muita atenção nas crianças em si e isso fazia com que me sentisse ainda pior. Além disso, qual a vantagem em ter uma afinidade que mal passou da metade? Quanto mais pensava mais ficava desesperada, minha respiração pesava e meus olhos ficavam inquietos.

— Vamos, pense! O que nós devemos fazer? — Tentei raciocinar com calma e suprimir as emoções que borbulhavam dentro do meu peito. Para sair dessa, eu precisava ser racional e foi nesse momento que…

— Penelope! Posso ir na praia abaixo do penhasco com meus amigos?

A voz de Leon soou em meus ouvidos.

— Oh! — Fiquei completamente envergonhada de ter esquecido a conversa que acabara de ter com ele.

O menino de máscara de leão podia usar mágica, então eu não podia ignorar a possibilidade de ele ter se teletransportado em segredo. Assim, me virei e corri em direção à falésia. Sob o penhasco que não fora criado artificialmente e que era difícil de se locomover por causa das rochas empilhadas em tantas camadas e com tanto musgo e flores, eu levantei meu vestido, tirei meus sapatos e comecei a pular de pedra em pedra com dificuldade até chegar na maldita praia.

Quando grãos fininhos de areia tocaram meus pés, o sol já tinha se posto completamente.

— **Leon!**

Procurei por ele em todos os lugares novamente, entretanto o terreno da praia era tão amplo e escuro que fazia com que fosse muito difícil reconhecer o corpo de uma criancinha, mas, mesmo assim, continuei correndo descalça pela vasta praia. Eu já não fazia ideia de há quanto tempo estava indo de um lado para o outro gritando e procurando repetitivamente. Contudo, finalmente consegui ver algumas silhuetas se movendo à distância.

— **LEON!** — gritei a plenos pulmões pelo nome do menino enquanto corria em sua direção.

Todavia, tinha algo estranho. Talvez tenha sido reconhecida e eles começaram a ir rapidamente em direção ao mar. Eu cerrei meus dentes e corri ainda mais rápido. Quando a distância tinha diminuído o suficiente para eu conseguir ver mais claramente o que antes eram apenas sombras, – ***vush*** – uma luz azul brilhou de lá. Assim, eu pude enxergar ainda melhor as figuras que antes eram muito sutis. Seis pessoas usando capas pretas formavam um círculo e, no meio delas, havia várias crianças amarradas e apoiadas umas nas costas das outras. Seja lá o que tivesse sido feito, todas elas pareciam estar inconscientes.

"Membros de Leila!", arregalei os olhos ao perceber que minha preocupação tinha virado realidade.

— **PARE!** — Corri ainda com meus dentes cerrados.

Ao menos que você fosse estúpido, era perceptível que eles estavam tentando se locomover usando magia. A luz azul gradualmente se espalhou ao redor deles e um padrão apareceu rapidamente debaixo de seus pés. Eu corria como se minha vida dependesse disso, mas não sabia se conseguiria chegar lá antes que eles se teletransportassem, além disso, mesmo se chegasse, eu não sabia o que, como e nem se eu poderia fazer algo para impedi-los sozinha. "O que eu deveria fazer?"

Nesse momento, uma caixa de diálogo ainda mais brilhante que a luz azul dos criminosos apareceu perante os meus olhos.

<Sistema>
Um evento inesperado!
Impeça as forças do mal de sequestrem as {crianças} usando um {feitiço}.
Você gostaria de participar desse evento?
(Recompensa: Afinidade de {Winter} +3%, Reputação +50.)
[Sim] [Não]

"Sim! Sim!"

Eu nem tive tempo de suspeitar do rumo estranho que as coisas estavam levando e logo cliquei em [Sim] como uma louca. Desse modo, as palavras no quadro do sistema mudaram.

<Sistema>
Use magia contra {as forças do mal}!
(Feitiço de ativação: Thunderpirum.)

— ***THUNDERPIRUM!*** — Depois de memorizar o feitiço, gritei quase que sem ar. Ao mesmo tempo, um flash percorreu o céu e com um tremendo rugido vários feixes de luz caíram exatamente sobre suas cabeças – ***cabrum!***

— **Urgh!** — Aqueles que formavam um círculo foram espalhados como milhos de pipoca estourando. — U-uuugh…

A luz azul e o sinal no chão sumiram, agora apenas as pessoas vestidas de preto se arrastavam enquanto grunhiam. "Uau, por que essa magia foi tão poderosa?", parei de correr por um segundo e fiquei pasma olhando aquela cena. Nesse ritmo, acreditei que poderia lidar com seis pessoas sozinha, então um dos encapuzados que estava no chão se contorceu e apontou para mim.

— U-ugh… A-aquela garota… Se… se livrem dessa vadia primeiro…!

— *Thunderpirum!* — lancei o feitiço novamente.

Mais uma vez – ***cabrum*** – um raio caiu em sua cabeça fazendo com que ele enfiasse sua cara no chão. Por causa do ataque, muita areia foi levantada como se fosse um enorme montante de poeira.

— Uh — estremeci com a visão terrível.

"Isso deve doer muito!", mas não podia deixar que os outros ficassem bem e fizessem alguma gracinha.

— *Thunderpirum! Thunderpirum! Thunderpirum!*

Brum! Cabrum! Caaabrum – os raios acertaram os outros três infelizes que se contorciam no chão. Em um instante eles se acalmaram juntamente à areia que fora levantada. Como tudo ao redor estava quieto, eu me precipitei para o lado das crianças e, claro, um deles estava com uma máscara de leão.

— Leon! — Abracei o menino e o chacoalhei levemente, mas ele não se moveu.

Quando estava pensando se deveria tirar sua máscara para checar seus sinais vitais ou se deveria levar ele embora e deixar as outras crianças de lado…

— Ugh… — O menino em meus braços se moveu levemente e abriu seus pequenos olhos com um gemido.

— L-Leon! Você está acordado? Você está bem?

— Penelope…

— Não precisa, descanse.

Eu realmente me sentia muito mal pelas outras crianças, mas primeiro sairia dali com Leon, depois daria um jeito de encontrar com o desgraçado do Winter que tomou chá de sumiço e contaria o que aconteceu levando-o até lá para pegarmos o resto das crianças, ou qualquer coisa do tipo... Depois de pensar sobre isso, me levantei e, quando estava prestes a pegar Leon e começar a andar, uma mãozinha agarrou a bainha do meu vestido.

— A-atrás...

Uma sensação estranha de perigo percorreu todo o meu corpo.

— **MORRA!**

Já era tarde demais, quando me virei por conta da sensação, tudo o que vi foi o homem com roupas pretas que se esgueirou por trás de mim sem fazer um único som.

Alguma coisa brilhou vigorosamente e senti como se uma eternidade tivesse passado. Abri minha boca, mesmo sabendo que, se recitasse o feitiço agora, seria tarde demais para mim, eu precisava proteger Leon.

— ...*Piratio.* — Um pequeno suspiro foi dado, um passo à minha frente.

Meus olhos ficaram brancos. Quando os abri, estava em um lugar completamente diferente da praia em que tive uma batalha feroz. Eu estava no penhasco próximo à favela, na cadeira que sentara mais cedo observando a paisagem. A criança que estava a pouco em meus braços e a lâmina que se aproximava tinham desaparecido.

— O que diabos...?

Olhei em volta, confusa. Percebi então que pouco antes de ser atingida pelo punhal do sequestrador, Leon sussurrou algo, mais especificamente o mesmo feitiço que tinha sido utilizado para nos movermos até Tratan. "Um feitiço de locomoção..."

Arregalei meus olhos. Naquele momento crucial, Leon conseguiu fazer um feitiço e me mandar para um lugar seguro. Eu pulei do assento e corri até a ponta do penhasco. Queria ver a praia onde estava há pouco com as crianças, entretanto, por estar muito escuro e o local ser muito distante, não conseguia ver nada. Segundos depois uma luz azul brilhou ao longe. Os sequestradores tinham sido bem-sucedidos.

— **LEON!!!** — Me senti terrível por só poder seguir as ordens do sistema. De qualquer forma, eu não tinha outra opção senão falar com pressa. — *Thunderpi-...*

— Isso é perigoso, senhorita. — Alguém colocou o braço na minha frente me impedindo de chegar mais à beira do penhasco.

Eu voltei minha cabeça para a figura e vi uma barra roxa sobre sua cabeça, depois disso notei a máscara de coelho com que já estava familiarizada.

— Onde diab-...?!

"Onde diabos você esteve durante todo esse tempo?! Por que você só voltou agora?!" Quando o vi, várias coisas estavam entaladas na minha garganta, mas cerrei meus dentes e as engoli. Isso não importava agora.

— Leon! Leon foi sequestrado! — Eu respirava pesadamente enquanto contava o que tinha acontecido.

Quando descobri que Leon tinha desaparecido um tempo atrás fiquei com medo da responsabilidade se voltar para mim, mas agora já não tinha mais tempo de me preocupar com isso. Eu apontei para o ponto em que a luz azul tinha sido lançada, bem distante do penhasco e disse com urgência:

— Nós temos que impedi-los logo. Leon, os sequestradores, eles...!!!

— Se acalme, senhorita.

Mas Winter estava estranhamente calmo. Eu pensei que a barra de afinidade brilharia e mostraria algum ressentimento, mas, na verdade, ele estava preocupado comigo:

—Você se machucou?

— Eu estou bem.Vamos lá, Leon, ele...!

— Leon ficará bem.

— ...Como?

—Já está muito tarde. Eu vou te levar de volta para a capital.

Sem conseguir entender o que ele estava falando, uma janela branca se estendeu à frente de Winter.

<Sistema>
{As crianças} foram {sequestradas}.

<Sistema>
A missão {Impeça as forças do mal de sequestrem as crianças} falhou.

Eu não podia acreditar no que estava acontecendo e comecei a encarar o ar. Então Winter me apressou.

— Vamos.

— Aquela criança foi sequestrada. Aonde você está indo?

— Ele também foi muito bem treinado para caso algo do tipo acontecesse — o mago me cortou como se fosse uma faca afiada. — Nós temos várias medidas de segurança, então nada perigoso deve acontecer. Não se preocupe.

Em outras palavras ele disse que isso não era da minha conta e que eu não deveria esquentar a cabeça. Ironicamente, suas palavras estabeleceram um limite e eu pude me acalmar, foi como se ele tivesse jogado um balde de água fria em mim. Eu o encarei com olhos gélidos.

— Você planejou isso desde o início? Usar uma criança como isca para ver como eu reagiria?

— ...Não é isso, senhorita.

— Então como eu deveria ver essa situação? Deveria simplesmente considerar tudo como uma enorme coincidência, ir para casa e fingir que nunca tivemos um contrato? É isso o que você quer?

— ...

Winter não tinha uma resposta para o meu tom agressivo. Depois de um silêncio um tanto quanto longo, ele me perguntou com um suspiro profundo:

— Eu quero lhe perguntar sobre essa situação.

— ...

— Como diabos você usou mágica? — Desta vez, fui eu que fiquei sem palavras. — Magia de raios é uma magia ofensiva extremamente difícil de se dominar, destrutiva e não é utilizada com excelência nem por magos.

— ...

— Mas você, sem cometer nem um mísero erro, conseguiu atacar o inimigo perfeitamente. — Então, ele apontou seu dedo para mim e, seguindo a direção, eu abaixei minha cabeça. Abaixo da minha clavícula estava o colar mágico que Winter me deu mais cedo. — Esse colar não apenas detecta toxinas, mas também muda de cor quando está próximo a fontes de mana. — Mais uma função do acessório foi revelada e, em meus olhos, as contas ainda estavam tão brancas quanto mais cedo. —Veja, logo depois que você realizou um feitiço não há nenhuma mudança em sua cor. Isso prova que você não tem nenhuma mana em seu corpo.

— ...

— Mas eu senti uma enorme fonte mágica vindo da senhorita na véspera da competição de caça. Você não acha isso estranho?

Senti como se alguém estivesse martelando a parte de trás da minha cabeça. Nunca imaginei que alguém acharia que os movimentos do sistema eram estranhos, além disso, qual era a definição de mana e magia no fim das contas? Levantei minha cabeça novamente sem conseguir dizer como e o que Winter estava olhando por conta da sua máscara. Mas uma coisa era certa.

— ...O trabalho voluntário era uma desculpa. — No fim, esse realmente não era um episódio de encontro. —Você só queria saber se eu não estava relacionada com o Novo Reino de Leila.

— Eu precisava verificar — acrescentou Winter com pressa. — Crianças com poderes mágicos têm sido capturadas por eles todos os meses. Pouco a pouco... Eu precisava acabar com essa dúvida logo e... — Ele, que estava falando tudo isso como se fosse uma desculpa esfarrapada, se calou ao olhar para meu rosto. — Me desculpe se a ofendi, senhorita — disse o rapaz de máscara de coelho, se curvando.

Eu estava surpresa. "Descarado e louco até o fim." Mas não consegui ficar brava, afinal ele de fato tinha percebido algo estranho e suspeito.

—Você falou tanto de "confiança", mas parece que, no fim das contas, quem não confiava no outro aqui era você. — Dei um sorriso sarcástico enquanto mastigava essas palavras.

Enquanto o mago levantava seu rosto, pude ver suas íris pálidas como se tivessem perdido a vida e tremendo como um terremoto ao fazermos contato visual.

— E então? Qual o veredicto? Eu sou inocente?

— Eu ainda não sei como você consegue usar magia.

— Eu também não — respondi em um tom ríspido. — Aquele foi apenas um feitiço que apareceu na minha cabeça e eu recitei em voz alta.

— …

— Eu não ligo se você acredita e confia em mim ou não.

— Eu confio — respondeu Winter prontamente com a minha afirmação que mesclava mentiras e verdades. — Pelo menos eu sabia que você não machucaria as crianças. — Não havia nenhum sarcasmo em suas palavras. Me fitando em silêncio, Winter encerrou aquela situação: — …Eu tenho que te levar para casa agora. Se demorar mais pode ser que o sinal que recebo de Leon seja cortado.

Naquele instante…

<Sistema>
~Missão Principal: O paradeiro das crianças desaparecidas~
{Parte 2: Siga Leon com o Mago.}
Você gostaria de participar dessa missão?
(Recompensa: Afinidade de {Winter} +5%, Reputação +50.)
Se recusar esta missão, receberá a penalidade: Afinidade de {Winter} -10%.
[Sim] [Não]

Mais uma vez meus olhos brilharam com o aparecimento da janela do sistema. Eu arregalei meus olhos ao ver a palavra "penalidade" que nunca tinha aparecido antes.

"Ah, qual é! Este jogo maluco...!" Além da infeliz circunstância das crianças terem sido sequestradas, eu não queria mais ficar com Winter nesse estado de espírito, mas -10% era demais. "Será que deveria recusar?"

<Sistema>
Esta é uma missão principal, portanto,
ela será aceita automaticamente após 5 segundos.

5

4

Mas esse jogo de lixo nem mesmo me deu tempo para pensar sobre isso. Sem alternativa, disse com lágrimas nos olhos:

— ...Eu vou junto. — Winter olhou para mim com estranheza, como se tivesse ouvido algo que não deveria.

— O que você disse...?

— Vamos procurar as crianças juntos...

— ...Mas essa responsabilidade é minha como mago.

— Bem, você viu que usei magia, então creio também ter essa responsabilidade.

— Senhorita... — Ele me chamou com um tom de voz frio ao ouvir minha resposta. Todavia, a missão já tinha sido aceita, então não tinha mais para onde correr.

— Se eu for para casa desse jeito, não conseguirei dormir à noite.

— ...

— Se você não queria me envolver nisso, então não deveria ter me trazido aqui para começo de conversa.

Quando o respondi ainda mais friamente, ele se calou, não tendo como contra-argumentar. De qualquer forma, para mim, que tinha ido sem disfarce, aquilo era um tanto quanto injusto.

— Não sabemos quantas pessoas estarão reunidas ou quão perigoso será na base deles — continuou Winter tentando me impedir.

— Está tudo bem — disse decididamente, mas na verdade não estava nada bem. — Em momentos de emergência eu conseguirei pensar em mais feitiços do nada. — No caso de uma emergência, o sistema seria ativado novamente. — Fora isso, dois é melhor que um.

— ...

— Você disse que não tinha tempo, o que está esperando?

Ele finalmente esticou sua mão, um tanto quanto relutante, eu admito, mas acabou se livrando da hesitação. Quando a segurei, outra janela do sistema surgiu.

> <Sistema>
> **Indo para o local da missão principal, {Soleil}, usando {a ajuda do mago}.**

Uma forte claridade brilhou ofuscando meus olhos. Quando a luz branca parou de nos envolver, estávamos em uma praia com ondas.

— ...Onde estamos? — Olhei em volta daquele lugar estranho que certamente não era Tratan.

— É uma pequena ilha chamada Soleil que fica próxima às Ilhas Arkina.

— Ilha?

— Arkina fica um tanto quanto longe de Tratan, então aqui é um lugar que eles usam como parada intermediária, já que não conseguem se mover em grandes distâncias de uma vez só.

— Então, nós vamos para as Ilhas Arkina?

— Não. Estou sentido o sinal do Leon logo ali — Winter afastou-se do mar e apontou para um lugar.

Eu imediatamente virei minha cabeça para segui-lo e fiz uma careta. O local indicado ficava debaixo de uma grande falésia não muito longe da praia. À primeira vista, já fomos recebidos por uma caverna sombria que parecia dizer: "Se você entrar, terá dificuldades para sair".

Capítulo 12

Capítulo 12

Eu realmente não queria entrar ali, mas não havia nada que pudesse ser feito, então dei um passo à frente.

— Venha logo, vamos entrar.

— Espere um pouco. — Winter me parou e eu o olhei sem entender muito bem. — Aqui, calce isto — disse ele enquanto tirava seus sapatos.

As coisas estavam acontecendo tão rapidamente que nem percebi que ainda estava descalça. Olhei para seus sapatos grandes estendidos na minha frente e logo os recusei:

— Não precisa, meus pés já estão sujos mesmo.

— Provavelmente há pedras afiadas no chão dessa caverna.

— Mas seus sapatos são muito grandes para mim, então quando andar eles vão acabar saindo. Fora isso, se eu os calçar, então o que você irá usar?

— Este é um sapato que se ajusta de acordo com o tamanho dos pés de quem o calça, e eu coloquei um feitiço de fortalecimento nos meus pés, então não tem problema — concluiu ele em um tom sério que me fez ser incapaz de recusar novamente. — Se você quiser entrar nessa caverna comigo, então coloque-os.

Winter soou como se não fosse me deixar acompanhá-lo caso não fizesse o que ele havia pedido. De repente, senti que tinha visto vários lados diferentes dele hoje.

— ...Tá bom.

Relutantemente, coloquei os sapatos que ele me entregara. O calçado, que era grande o suficiente para que sobrasse espaço em volta de todo o meu pé se ajustou perfeitamente para o meu tamanho.

— Vamos lá! — disse Winter satisfeito, usando sua máscara de coelho, uma capa e agora descalço, uma aparência grotesca o suficiente para parecer com um lunático.

Nós nos aproximamos da entrada da caverna e não era à toa que tive aquela sensação de perigo e ameaça ao ver sua fachada. Se por fora ela parecia suspeita, por dentro ela confirmava isso com uma escadaria que levava ao subsolo, mostrando que, de fato, aquela não era uma caverna comum. Winter pegou seu cajado e – ***fush*** – fez com que surgisse um pequeno feixe de luz com um barulhinho.

— Cuidado, o chão deve ser escorregadio.

Ele começou a descer a escada na minha frente, logo em seguida cuidadosamente fui atrás dele. ***Plick, plick*** – não sabia se a caverna ia até abaixo do nível do mar, mas gotas geladas e salgadas de água pingavam constantemente do teto. Fazendo uma careta depois de ser atingida por algumas dessas gotas, pedi para Winter, o olhando de relance, enquanto ele silenciosamente iluminava o caminho:

— Nós não temos muito tempo, então, por favor, explique brevemente qual é o plano.

O homem se virou para mim como um flash, seus olhos foram comprimidos com vergonha por um instante.

— ...Não tem um plano.

— Como? — retorqui perplexa.

— O rapto de Leon tem sido planejado há um bom tempo. Nós queríamos descobrir onde ficava o esconderijo dos remanescentes do Reino de Leila, mas...

— ...

— Eu não esperava que eles fossem aparecer logo hoje e capturar todas aquelas outras crianças também.

— Você realmente... Sério, você só pode estar querendo me testar. — Novamente cheguei a essa conclusão e então franzi o cenho com um pensamento súbito: — E durante tudo isso você realmente considerou me levar de volta para a capital?

— Eu sei que parece uma desculpa... — Um tanto contrário ao seu personagem, Winter hesitou por um momento e então voltou a falar: — ...mas eu também estava fora de mim, senhorita.

— O que você quer dizer...?

— Eles apareceram do nada e a senhorita logo usou magia para salvá-las.

— ...

— Eu confirmei que você não tinha nada a ver com tudo isso, mas me arrependi de tê-la arrastado para esta situação de maneira tão imprudente.

Fitei o mago com meus olhos arregalados. Esse tempo todo ele pareceu calmo como se tudo, tivesse sido friamente calculado...

— Naquele momento tudo o que eu conseguia pensar era que precisava te devolver ao lugar seguro à qual pertence.

Contudo, no fim, ele não estava nem um pouco calmo. Contando para mim o seu lado dos fatos, ele se virou e me olhou nos olhos.

—Você não me entende, não é mesmo?

— ...

— Não vou te pedir para que me entenda, senhorita. Bem, nem eu mesmo consigo me entender. — Seus olhos que até então estavam claros se tornaram turvos e vermelhos. Obsessivamente desconfiado de tudo e arisco com todos, o rapaz parecia um cansado e louco.

Eu suspirei ao ouvir suas palavras. Suspeitar e me testar como uma das remanescentes do Novo Reino de Leila era de cair o queixo e tinha me deixado um tanto irritada, contudo eu compreendia que ele agiu de tal forma por causa do pânico e preocupação que deve ter sentido ao ver tantos ataques contra as crianças.

— Por que os remanescentes de Leila os estão sequestrando? — Coloquei meus sentimentos pessoais de lado e decidi focar nos problemas mais urgentes.

— Eles estão usando a mana das crianças para usar sua magia — respondeu Winter com certa pausa por conta da mudança repentina de assunto.

— O discurso deles não é que o "Verdadeiro Imperador" só surgirá quando todos os magos tiverem sido expurgados? Então como podem estar usando mágica?

— Os remanescentes são apenas seguidores de Leila e nenhum deles tem o real poder de Leila. Dito isso, eles roubam a mana dos magos para poder se livrar dos mesmos.

— Roubar a mana?

— É assim que eles conseguem criar e transformar monstros, você já os viu na véspera da competição de caça.

Ouvindo sua explicação, fiz uma careta com a baixeza dessas pessoas.

— Qual é o grande objetivo deles? Se livrar de todos os magos do mundo?

— E também ressuscitar Leila em um mundo sem outros magos.

— ...Ressuscitar? Como é que eles poderiam ressuscitar uma deusa imaginária?

Como uma ateia, achei esse argumento um absurdo, mas Winter negou com uma voz grave:

— Leila não é uma deusa.

— Então é o quê?

— É uma minoria de pessoas anciãs com poderes parecidos com magia.

— Minoria...?

— Enquanto os magos usam mana da natureza para fazer magia, eles usam sua própria vida e produzem poderes similares.

— ...

— Mas como eles não queriam morrer por ter usado toda a sua vida para produzir magia, eles começaram a tomar a vida de outras pessoas e continuar tendo poderes. Foram eles que construíram a antiga Balta para acumular poder e dominar o mundo.

— Eu ouvi dizer que Balta tinha sido fundada por magos... — murmurei confusa.

Mesmo o príncipe herdeiro disse que a opressão dos magos começou em Balta, mas a informação que recebi de Winter destoava em alguns pontos. Vendo-me aérea, Winter me explicou com pesar:

— No momento em que Leila foi selada pelos magos anciãos, a história foi alterada pelas suas maldições.

— Maldições…?

— Os magos que os impediram de dominar o mundo e os selaram em Balta foram esquecidos pelo restante das pessoas. Por causa da maldição, os descendentes desses magos começaram a ser perseguidos.

Fiquei chocada com a nova informação que tinha obtido. Se isso tudo fosse verdade, então os magos não estariam realmente travando uma batalha extremamente árdua? "Eu me pergunto porque o modo difícil sempre tem questões tão elaboradas", senti calafrios com os motivos ainda desconhecidos da complexidade dessa história.

Foi então que Winter parou repentinamente. As escadas acabaram sem que eu notasse e em nossa frente se estendia um caminho profundo, escuro e sinistro. Nós estávamos quase chegando, afinal era possível ver luzes penduradas no corredor. Um vento frio e suspeito soprava e, apesar de ser um ambiente muito mais claro do que as escadas completamente escuras, ali também parecia muito mais perigoso e ameaçador.

O rapaz mascarado foi quem se moveu primeiro. Eu o segui pelo corredor antes mesmo de me preparar psicologicamente e, se movendo em um ritmo acelerado, Winter de repente cuspiu uma frase inesperada:

— Eu preciso impedi-los de fazer qualquer coisa, senhorita. — Sua voz carregava uma grande agonia e desespero, como se fosse uma súplica.

— …O que acontece se Leila voltar à vida? — perguntei com cuidado, me sentindo alheia à missão de Winter, que não era nem sequer mencionada no modo normal.

— Quando Leila, que foi selada, voltar para um mundo onde até os magos contra os quais ela lutou foram extinguidos…

— …

— Então chegará o derradeiro fim do mundo.

Foi então que – ***vush*** – todas as tochas que estavam penduradas nas paredes da caverna abruptamente se apagaram.

— O-o que foi isso? A-acenda a…

Fiquei assustada e procurei por Winter, mas tinha algo estranho. Em uma situação inesperada como essa, ele normalmente teria pegado seu cajado e acendido a luz imediatamente, no entanto ele não fizera nada.

— ...Ei...

Me virei para onde ele estava em pé há alguns instantes sem conseguir ver nem um palmo sequer à frente dos meus olhos. Tateei em meio à escuridão procurando-o, todavia a ponta dos meus dedos não tocou seu braço, mas uma superfície fria e esburacada como uma parede.

— E-ei... o-o que é i-isso? — Entrei em pânico. — Winter...? — Hiperventilando enquanto o procurava, nem percebi que o tinha chamado por seu nome verdadeiro. — **Winter!**

Eu olhava ao meu redor no meio do breu quando algo começou a emitir uma luz. Olhei para baixo e arregalei meus olhos. "O colar...", uma luz amarela forte emanava do colar que o rapaz colocara em meu pescoço mais cedo.

— Esse colar não apenas detecta toxinas, mas também muda de cor quando está próximo a fontes de mana.

— Sua cor muda quando há alguma toxina nas proximidades. Em particular, quanto mais primária for a sua cor, mais perigoso é, então evite essas localidades a todo custo e se retire imediatamente.

— Então quer dizer que... eu estou em perigo...? — Me lembrei de sua voz me instruindo sobre as funcionalidades do acessório.

Neste exato momento, ouvi uma voz abafada vindo de trás da pedra que surgiu em minha frente.

— **Senhorita!**

— Winter? Winter!

— Você está bem?

— Onde você está?

— Eu acho que estou preso. Eles parecem ter mudado a estrutura da caverna... — A voz do mago ecoava como se estivesse vindo de uma grande distância. Por causa disso eu me esforçava o máximo possível para ouvi-lo e encostei meu ouvido na parede.

— Bem, e agora? Continuo seguindo reto?

— Eu vou achar um caminho, enquanto iss-…

A voz de Winter foi bruscamente cortada.

— **Ei! Ei!** — chamei, amedrontada.

Depois de um tempo pude ouvir sua voz novamente, mas as notícias não eram boas:

— …Senhorita, vários monstros apareceram por aqui. Como estão as coisas aí?

— Por aqui está tudo be-…

— ***Graaaaw.***

De repente eu me virei com um barulho estranho que penetrava meus ouvidos. Um grito grotesco vinha do outro lado do escuro. Eu congelei.

— Senhorita?

— ***Graaaaw.***

Winter me chamou na mesma hora em que o som se aproximava.

— T-tem um monstro aqui também…! — Com minha voz trêmula, tentei informá-lo que algo parecia estar se esgueirando por ali quando uma caixa de diálogo pulou na minha frente.

<Sistema>
Um evento inesperado: {Uma horda de monstros aparece}!
Você gostaria de usar um feitiço para matar {monstros} e ir encontrar {Leon}?
(Recompensa: Afinidade de {???} +5%, Localização de Leon.)
[Sim] [Não]

— …Merda! — Não pude evitar xingar o sistema que surgiu na minha frente, mas não tinha tempo para culpar esse jogo maldito.

— Senhorita! Senhorita! Você está bem? — Winter gritou por mim, que não tinha respondido.

— Tem um monstro aqui também — disse com a voz fraca.

— Por favor, aguente só um segundo. Eu já chego…!

— Não precisa — respondi encarando o breu atrás da janela do sistema que emitia o som de algo se arrastando. — Acho que consigo me virar sozinha.

Não havia chance do sistema que só aparece em momentos de emergência não conseguisse dar um jeito nisso. Assim que apertei [Sim], as palavras na janela mudaram.

<Sistema>
Use mágica contra {monstros}!
(Feitiço de ativação: Firepishon e Freezeshon.)
~Começar!~
(0/20)

— ***Graaaaaaaawl!***

Uma bolota preta e enorme que rastejava pela parede saltou em minha direção enquanto abria sua boca enorme com dentes afiados.

— *Firepishon!* — gritei incontrolavelmente, então as bolotas que se aproximavam começaram a queimar com um "***voosh***", o que me fez encolher com o calor que elas emanavam.

— ***Graaaaaaaawl!***

Os monstros em chamas gritavam e estremeciam e então caiam no chão. O fogo ajudou a clarear o ambiente, no momento em que consegui enxergar exatamente o que estava acontecendo na caverna, fiquei aterrorizada. Dezenas de monstros com aparência de lagartos escorregadios do meu tamanho estavam rastejando em minha direção.

— ***Graaawl!*** — Outro monstro pulou para me atacar.

— *Freezeshon!* — Desta vez, várias criaturas congelaram no ar – ***jick***. O monstro que se tornou um pedaço de gelo caiu no chão da caverna e – ***crack*** – quebrou se espalhando em todas as direções.

(2/20)

O número que pairava no ar aumentou. Eu estava surpresa com a força do feitiço que era mais forte do que tinha imaginado.

— Uau! Isso é incrível! — exclamei encarando os corpos carbonizados e congelados das criaturas espalhadas pelo chão com uma cara de surpresa.

— ***Graaaaaawl!*** — Uma horda de comparsas dos que haviam sido destruídos, se irritaram comigo e urraram.

Ao ouvi-los, observei as criaturas e fiz um movimento solene.

— Acabou pra vocês. — A partir de então, recitei o feitiço quase que em transe. Comparado com a última batalha que tive com o urso-pardo, isso não era nada. Além de tudo a velocidade dos lagartos não era particularmente rápida. — *Firepishon! Freezeshon!*

A única coisa que era um tanto quanto incômoda, era ter que ficar gritando os encantamentos com frequência. "Até que é bom que eu e Winter tenhamos nos separado." Se tivesse que gritar esses feitiços na frente dele, teria morrido é de vergonha.

(15/20)

Antes que percebesse, já tinha eliminado quase todos os monstros.

— *Firepishon! Firepishon!* — Queimei mais dois que se moviam de um jeito traiçoeiro.

(17/20)

— ***Greeeeeeeewl!***

Crrrrrrr – as criaturas se contorcendo enquanto queimavam era uma visão repugnante. O cheiro de queimado reverberava pela passagem da caverna. Eu cobri meu nariz e fiz uma careta, era mais eficaz e limpo congelá-los, mas então a caverna viraria uma penumbra novamente, por isso era necessário manter o local claro através dos ataques regulares de fogo.

— *Firepishon! Freezeshon!*

(19/20)

— ***Greeeeeeeewl!***

Eliminei mais duas das criaturas que se agarravam no teto da caverna. Agora restava apenas mais um. Foi só então que meu corpo, que estava tenso com todos os ataques daqueles monstros, pôde relaxar um pouco. Eu ainda não tinha visto nem um fio de cabelo de Leon, mas já me sentia exausta.

Quando esperava pelo ataque do último monstro senti que algo estava errado.

— ...O quê? Onde ele está?

A última criatura não estava em lugar algum. Vasculhei o corredor, já que eles se agarravam ao teto, no entanto, não importa o quanto eu olhasse, a única coisa por ali eram os corpos que já tinham sido mortos.

— Será que ele fugiu? — Inclinei minha cabeça e chequei o contador mais uma vez.

(19/20)

O número no contador permanecia o mesmo. A missão nunca terminaria até que o último fosse morto, então eu estava sem paciência. "Não tem jeito, vou ter que procurar por esse desgraçado", relutantemente, me movi lentamente pela caverna. Eu não queria acabar encostando em nenhum monstro nojento sem querer, então tinha ficado até então grudada na parede que me separara de Winter e gritei os feitiços.

Quando tinha me afastado dos restos mortais dos outros monstros – ***drururu*** – a caverna chacoalhou. "O que foi isso?" Hesitei por um momento, mas o tremor logo desapareceu. Quando dei mais um passo me perguntando se tinha sentido coisas... ***Drororo*** – dessa vez fora mais perceptível que na anterior. Eu congelei e... "O-o quê...?" ...parei completamente de andar. O fogo, que queimava como uma fogueira já estava quase se apagando, então sua claridade não conseguia alcançar muito longe. Eu olhei sem fôlego para o outro lado do corredor e nessa hora... *THUMP, THUMP, THUMP* – uma série de tremores começaram um seguido do outro em uma escala que era impossível de se comparar com os anteriores. Então...

— ***GROOOOOOOOOWL!***

Um rugido estrondoso ressoou na escuridão.

— Ai! — Num reflexo, levantei minhas mãos e cobri meus ouvidos.

THUMP, THUMP, THUMP – a intensidade da vibração estava ficando maior e mais próxima.

— ***Firepishon!*** — Tive um pressentimento de que algo estava errado e, por reflexo, gritei o feitiço. ***Voosh*** – o fogo voou até o outro lado da caverna mostrando uma boca se abrindo lentamente.

— ***GROOOOOOOOOWL!***

Um monstro-lagarto grande o suficiente para preencher toda a passagem estava correndo em minha direção com uma bola de fogo pendurada em um dos lados de sua cabeça. "...Insano", pensei. Toda vez que ele dava um passo – ***THUMP, THUMP*** – a caverna tremia como se estivesse prestes a desabar. Pó de rocha caía sobre minha cabeça e, graças a isso, voltei aos meus sentidos e gritei os feitiços às pressas:

— ***Firepishon! Freezeshon!***

— ***GROOOOOOOOOWL!***

O único efeito foi que ele vacilou por um tempo, mas não morreu. O monstro era tão grande que o feitiço não era capaz de causar muito dano, fazendo com que aquela se sobrepusesse à situação de caçar um urso-pardo.

— ***Firepishon! Freezeshon!*** — recuei e continuei a gritar o feitiço, porém dessa vez em vez de morrer, o monstro passou a correr com mais vontade ainda.

À medida que a distância diminuía gradualmente, um leve medo tomou conta de mim. Quando estava dando um passo para trás, algo duro de repente me bloqueou e eu não conseguia mais me mover – era o fim da linha.

Atrás de mim havia uma parede, e na minha frente um monstro enorme e resistente à minha magia.

— ***GROOOOOOOOOWL!***

A criatura veio um centímetro à frente abriu a boca para me engolir. "Eu vou ser comida", meu corpo endureceu. No momento em que eu reflexivamente fechei os olhos…

— Cuidado, princesa!

Slesh – alguém me acordou duramente com o som aterrorizante de carne sendo cortada. Eu abri os olhos com aquela voz familiar e – ***kiiiiiiik*** – ouvi um barulho assustador. Alguém estava bloqueando meu caminho com uma espada cravada na bocarra do monstro. Seu cabelo dourado brilhava na escuridão.

— …Alteza? — não podia acreditar e chamei-o sem entender. O príncipe, que estava parado bloqueando o monstro, gritou ferozmente ao ouvir minha voz:

— O que você está fazendo, parada aí que nem uma idiota? Você quer morrer? Apresse-se e lance magia em sua boca!

— Ah! — Com suas palavras, eu rapidamente recuperei a consciência e voltei a falar: — ***Firepishon! Freezeshon!*** — Magia foi lançada na boca escancarada do monstro.

— ***Greeeeeeeeeewl!***

Quando recebeu um ataque direto por dentro, o monstro começou a tremer como um louco.

— Ugh! — Tinha ficado mais difícil de contê-lo, então Callisto se inclinou em minha direção. Tudo que eu podia fazer por ele era lançar encantamentos sem parar.

— *Firepishon! Freezeshon! Firepishon! Freezeshon! Firepishon! Freezeshon! Firepishon! Freezeshon!* — Sem nem sequer respirar, continuei a entoar o feitiço.

— ***Gwooooooooooooooooooooowl!***

(20/20)

E, finalmente, o último monstro cuspiu uma enorme quantidade de fumaça e caiu. Ao mesmo tempo, a identidade de "{???}" foi revelada com a janela do sistema.

> <Sistema>
> Missão {Uma horda de monstros aparece} completa!
> Como recompensa você recebeu : Afinidade de {Callisto} +5%.

A missão repentina acabou e toda a tensão foi aliviada em um instante com o rastro da janela que desaparecia. Eu cambaleei e me encostei na parede.

— Princesa! — O príncipe herdeiro arregalou os olhos e se aproximou de mim. — O que foi? Você se machucou?

O rapaz franziu o rosto e me examinou em busca de quaisquer ferimentos. A barra indicadora de afinidade vermelho-claro piscou lentamente. Enquanto olhava alternadamente para o lagarto gigante que foi morto por sua espada e para ele, me senti estranha. "Eu teria morrido se ele não..." Não sabia descrever qual foi a sensação que tive no momento de desespero quando a magia não funcionou e meu coração entrou em pânico, além disso, também não sabia como descrever o sentimento que tive quando vi aqueles cabelos dourados aparecerem de repente. "Mas ele era uma pessoa tão terrível..." Seus olhos vermelhos que pareciam estar preocupados comigo estavam muito diferentes.

— Por que você não diz nada? Onde você está ferida? Você foi atingida na boca? — Enquanto o olhava sem dizer uma palavra, ele abaixou a cabeça e aproximou seu rosto do meu.

— O-o que você está fazendo? — Me assustei e o empurrei apressadamente agarrando meu peito latejante e me apoiando contra a parede.
— Estou bem, Vossa Alteza. Não há nenhum machucado.

Naquele momento, um odor nauseante atingiu a ponta do meu nariz. Quando ergui o olhar para o príncipe, vi que uma de suas mangas estava rasgada e um líquido vermelho-escuro escorria de lá.

— Vossa Alteza, você está ferido! — gritei com espanto.

O príncipe herdeiro, percebendo para onde eu estava olhando, fingiu ser forte.

— Não é nada, isso é apenas um arranhãozinho.

— Não importa! Sente-se aqui logo.

Passei por ele e fui em direção ao monstro morto; como ele tinha corrido direto para mim, sua espada ainda estava presa no corpo. O cadáver da criatura com a boca escancarada era absolutamente nojento, tirei a espada do príncipe do monstro que ficou preto devido à magia de ataque que usei e, com isso, – ***vrash*** – cortei a saia do vestido. Quando me virei novamente com a espada e o tecido cortado, o príncipe me olhou com uma expressão estranha.

— Venha aqui e me dê seu braço — disse estendendo a espada para ele. A meu pedido, ele humildemente pegou a arma, embainhou-a e estendeu o braço ferido.

Coloquei a saia rasgada sobre a área machucada e enrolei com força; para estancar o sangramento, segui as instruções que recordava ter visto em um livro, mas não ficou tão bonito quanto esperava.

— Você é boa com magia. Não pode usar magia de cura? — perguntou imediatamente o príncipe herdeiro, que estava olhando atentamente para o que eu estava fazendo.

Não havia nada a esconder, então respondi prontamente:

— Não.

— Isso está bem torto.

— Eu deveria tentar fazer de novo?

— Você não sabe nem brincar? Por que é tão fria?

Terminei com um nó desleixado ouvindo-o falar bobagens novamente. Foi quando estava olhando para baixo com seriedade para o tecido azul-celeste que já estava quase todo manchado de vermelho.

— Não faça essa cara. Vai ficar melhor quando eu passar um pouco de saliva.

Uma parte da emoção que estava tentando reprimir pelo meu lado pacífico vazou:

— Que tipo de remédio é a sua saliva?

— Agora parece que você decidiu blasfemar contra a família imperial. — O príncipe herdeiro sorriu como se fosse engraçado me ver irritada. Então ele imediatamente apagou sua expressão e perguntou: — Mais importante do que isso, o que diabos você estava fazendo aqui sozinha assim?

Fiquei perdida por um momento com a sua pergunta súbita.

— Hoje em dia, a área ao redor das Ilhas Arkina é muito perigosa. Além disso, você estava tentando matar os monstros sozinha sem escolta? E se isso não acabasse bem?

— …

— Pensei nisso na última vez durante a caça ao urso, mas, afinal, a princesa realmente é uma cadela louca.

Senti-me injustiçada: "Eu não sou assim porque quero!". Achei que ia morrer de frustração, mas não podia nem dizer que foi o sistema que fez isso acontecer. Vendo-me sem resposta, o príncipe herdeiro arregalou um pouco seus olhos.

— Sem chance… Você veio até aqui porque não estava satisfeita com os dados arqueológicos que eu lhe dei da última vez? Eu não sabia que a senhorita era uma pessoa tão obstinada com exploração.

— Não! Não é isso.

— Então?

— …Uma criança que veio fazer trabalho voluntário comigo foi sequestrada pelos remanescentes do Novo Reino de Leila. — Contemplando até que ponto eu deveria explicar a ele, tentei resumir concisamente os fatos. — Vim até aqui para salvá-lo.

— Trabalho… voluntário? — O príncipe herdeiro olhou para mim como se aquela fosse a primeira vez que ouvisse tais palavras. — Você… trabalho voluntário?

— Sim. — Me senti um pouco mal com o seu tom, sem saber por quê.

— Sério… Essas são as palavras mais surpreendentes que já ouvi de você — murmurou o príncipe.

— Não é esse o dever básico dos aristocratas? — cerrei os dentes com a declaração anterior do cara e rebati sem pestanejar. — Mas como diabos você está aqui?

Tinha esquecido disso porque estava muito distraída com o monstro, mas a aparição de Callisto foi definitivamente repentina. Quando olhei para ele novamente, o rapaz de cabelos dourados evitou fazer contato visual.

— ...Com a notícia de que os malditos do Novo Reino de Leila estavam vagando por aí, o palácio imperial também estava observando as Ilhas Arkina e Tratan com cuidado.

— O palácio imperial? Então Vossa Alteza também estava em Tratan?

— ...Bem, sim. — Callisto adicionou logo em seguida: — Você sabe quão surpreso eu fiquei de vê-la aqui de repente?

— ...

— Graças a você, encontramos este lugar. Tínhamos uma unidade da marinha posicionada ao redor das Ilhas Arkina, mas eu não tinha ideia de como eles estavam indo e vindo do Império. — O príncipe deu de ombros enquanto olhava ao redor da caverna.

Enquanto ouvia silenciosamente suas palavras, de repente fiz uma careta.

— Ei, por acaso... você estava me seguindo?

— O quê? Qual é! Eu? Te seguindo? — O rapaz deu um pulo ao notar meus olhos desconfiados. Isso deixava tudo ainda mais suspeito.

— Então como você acabou preso no mesmo lugar que eu? Onde você estava enquanto eu matava todos os demônios? Por causa da armadilha, a pessoa que veio comigo também foi pega.

— Ahem. Isso... — Quando disparei várias perguntas como uma arma de fogo, o príncipe herdeiro tossiu fortemente e revirou suas íris vermelhas brilhantes como se procurasse uma desculpa por um momento, e então completou dizendo: — É um segredo imperial.

Fiquei pasma com a sua ousadia.

— ...Perdão?

— Não posso te contar, caso contrário você pode acabar sendo ferida.

— Que bobagem é essa…?

— Mais do que isso, princesa. Você não disse que tínhamos que resgatar uma criança que foi sequestrada? — De repente, Callisto apontou para trás de mim. — Para fazer isso, precisamos passar por cima daquele monstro morto. Nós não temos muito tempo. — Então ele passou como um flash.

— Uh… — Olhei para as costas do tal príncipe um tanto quanto perdida.

— Venha rápido, o que você está fazendo? — Chegando ao lado do cadáver do monstro, ele me chamou rapidamente.

"Muito suspeito…" Eu ainda olhava para Callisto questionando-o, mas deixei isso de lado e o segui. Ele estava certo, tendo me seguido ou não, o importante agora era salvar as crianças.

O corpo maciço e volumoso do monstro estava preenchendo a passagem sem deixar uma única lacuna. Como o príncipe disse, era inevitável ter que rastejar sobre ele. De fato, Callisto escalou-o facilmente mesmo com a mão ferida, definitivamente como um protagonista e, quando eu estava procurando desesperadamente um modo de fazer o mesmo…

— Vamos, pegue minha mão.

De pé no topo da cabeça do monstro em um instante, ele de repente se abaixou e estendeu a mão para mim. Olhei-a silenciosamente e a agarrei imediatamente, naquele momento, percebi que não tinha mais o pensamento de "pensei que você me deixaria para trás" e isso foi uma surpresa. Então, Callisto me agarrou com força.

— Urgh! — Me puxando como se fosse um pedaço de papel, quando abri os olhos que tinha apertado muito bem, já estava acomodada na cabeça do monstro. — Uh-uh!

— Cuidado.

Vendo-me cambalear, ele apressadamente me abraçou com força. Abri bem os olhos como se meu coração estivesse prestes a sair do peito, e consegui voltar aos meus sentidos.

— O-obrigada, Alteza. — Fiquei surpresa, meu coração estava batendo como se fosse explodir. — E-eu posso ir sozinha agora.

Quando saí envergonhada de seus braços, o príncipe me soltou sem dizer nada. Sua mão estava quente, nem ousei escolher a janela do sistema de verificação de afinidade que apareceu, pois estava escondendo minhas mãos atrás do meu corpo com pressa.

Rapidamente passamos por cima do monstro e caminhamos por uma passagem reta. Andamos por um bom tempo até que, de repente, o campo de visão escuro se iluminou e quatro estradas bifurcadas apareceram.

— Droga, temos um problema — murmurou o príncipe, xingando.

Quando eu também olhava as passagens com desânimo…

<Sistema>
Você obteve {Paradeiro de Leon} como recompensa.

Uma janela quadrada seguida de uma flecha apareceu na minha frente. Ela parecia apontar para uma das quatro estradas bifurcadas e uma cor cintilante piscava pelo caminho.

— Alteza, eu acho que sei o caminho.

—Você?

— Sim, posso sentir o sinal mágico da criança.

Na verdade, não sentia nada disso, mas usei as palavras de Winter como desculpa. O príncipe olhou para mim com olhos surpresos e balançou a cabeça.

— Me siga.

Entramos apressadamente na passagem da extrema esquerda, onde apontava a flecha que só eu podia ver. A estrada que se seguiu era muito complicada e tortuosa como um labirinto e parecia ter sido feita assim de propósito para deter intrusos. Constantemente novas bifurcações apareciam no caminho e, se não fosse pela "seta" que o sistema mostrava todas as vezes, eu estaria perdida.

O príncipe herdeiro me seguiu sem titubear no meio do campo inimigo. Olhei para ele assim, e fui envolvida em sentimentos complicados uma vez ou outra. Estava andando em silêncio por um tempo e, depois de me mover na direção indicada pela seta pela terceira vez, finalmente não aguentei e abri minha boca primeiro:

— ...Você não vai perguntar?

— O quê?

— Sobre magia.

Como alguém que se lembrava de algo que havia esquecido, o príncipe herdeiro soltou um "Ah" em resposta à minha pergunta.

— Parando para pensar sobre isso, você pode usar magia muito bem. Bestas, arqueologia, magia... cada vez mais surpreendente.

— ...

— Não se preocupe, princesa. Eu não tenho preconceito com magos — sussurrou ele olhou para mim com indiferença.

Fitei-o sem expressão, fechei os olhos e perguntei cuidadosamente o que realmente me incomodava:

—Você não tem nenhuma dúvida?

— Que tipo de dúvida?

—Você não suspeita que eu possa ser aliada dos remanescentes de Leila?

— *Fiu*... — Callisto assoviou, como se estivesse atordoado. — Por que você faria uma coisa tão inútil?

— Hã...? Inútil? — perguntei, confusa e apertando os lábios.

— Sim. — O príncipe herdeiro acenou com a cabeça e murmurou o motivo: — Por que a única senhorita de Eckhart, que não tem nada a temer no mundo, faria parte de um grupo tão louco?

Dessa vez fui eu que fiquei perplexa com seu tom que não continha a menor das suspeitas. Revirei os olhos procurando por um motivo e disse gaguejando:

— Uh... Na verdade eu sou uma... grande devota de Leila...?

— Há, há, você?

O príncipe riu de mim sem nem considerar aquilo uma possibilidade e eu fiquei de bico.

— O quê? Você não consegue acreditar nisso? Por acaso não viu os remanescentes de Leila na véspera da competição de caça?

— É claro que vi. — Ele virou seu tronco em minha direção quando o respondi com indiferença. — Posso reconhecer de olhos fechados quem são os loucos que seguem suas crenças sem nem sequer considerar ou distinguir o certo e o errado. — Olhando-me, Callisto encostou seu polegar em meu olho e então apontou para o meu rosto. — Eu certamente não estou te sentindo feder dessa maneira.

— O que você quer dizer com isso?! — Me afastei dele, que ria, enojada.

— E se você fosse uma aliada deles teria sido capaz de reconhecê-lo na caverna.

— Caverna...?

— Aquele esqueleto era de um membro ancião do clã Leila, ele tentou abrir um portal que levasse até o palácio.

Olhei para Callisto com os olhos arregalados. Era incrível que os restos mortais que encontramos naquela caverna há um tempo atrás fossem de alguém do clã Leila, mas o que era ainda mais surpreendente era que o príncipe também sabia da história que Winter me contou mais cedo.

— Você sabia disso? — questionei-o.

O príncipe herdeiro virou sua cabeça e voltou a andar quando me respondeu indiferente:

— Bem, você certamente não fazia ideia disso.

— ...

— Se soubesse não teria dito tão casualmente que escavaria aqueles artefatos. E se fosse uma seguidora de Leila, teria tentado completar o portal naquele mesmo instante.

Eu o encarei um tanto quanto vagamente. Era surpreendente que ele soubesse de tudo isso ou era um alívio que ele não tinha duvidado de mim nem por um instante sequer? Eu não conseguia entender os meus sentimentos.

— Além disso, você sabe o quanto esses lunáticos valorizam suas criaturas remodeladas? — Enquanto caminhava ao seu lado com meu coração confuso, Callisto adicionou com uma feição cínica. — Quando os ataquei, eles imploraram para fazer qualquer coisa menos tocar em seu laboratório subterrâneo, de resto, poderia até mesmo matá-los.

— ...

— Quando entrei no maldito laboratório, eles estavam dando as crianças sequestradas que estavam sem mana de comida para os monstros.

— As crianças? Que desgraçados lunáticos... — Fiquei revoltada com a brutalidade inimaginável dos seguidores de Leila.

O príncipe continuou a falar com uma voz abafada e suspiros, talvez fosse por ter presenciado tal cena atroz:

— Quantos humanos eles já não sequestraram e quanto esforço eles não colocaram em fazer aquele monstro gigante que matamos mais cedo?

— ...

— Então, se você fosse parte dos remanescentes do Novo Reino, a princesa certamente não teria matado todas aquelas criaturas tão rudemente.

— Rudemente...? — Fiquei chocada com sua observação mal-educada.

— O quê? Na véspera da competição de caça você atirou naquelas criaturas com a sua besta sem nem titubear. — Ele riu de mim que estava atônita.

Tentei contradizê-lo novamente por um impulso íntimo, mas calei-me. Depois de uma longa pausa, perguntei com cuidado:

— E se... eu estivesse apenas matando um aliado para evitar suspeitas?

Me pergunto se todas essas possibilidades vinham de algum medo de mais alguém ter achado o meu comportamento estranho. Eu não conseguia parar de olhar para o príncipe herdeiro.

— Digo... e se eu realmente fosse uma das aliadas do clã Leila que... estava apenas fazendo uma performance de alto nível... — Quando viramos o canto do corredor mais uma bifurcação apareceu e, novamente, a seta nos indicou o caminho. — O que você faria nesse caso?

O príncipe parou ao ouvir minha última frase e lentamente olhou em minha direção.

— Bem, nesse caso parece que eu não teria muito o que fazer. — Uma nova flecha branca apontou para um dos caminhos, mas eu não a segui e, em vez disso, encarei Callisto. — Por favor, destrua magicamente essa droga de Império — disse ele com um sorriso travesso.

— Não estou brincando. — Franzi o cenho com a sua atitude brincalhona perante minha pergunta séria.

— Eu também não. É sério, princesa. Se você é realmente parte do clã de Leila e está tentando destruir o Império Eorka, então lhe ajudarei tanto material quanto moralmente.

—Você... está dizendo isso como príncipe herdeiro? — Fiquei surpresa e indignada ao mesmo tempo.

— E daí? Este Império está completamente podre. Está na hora de acabar. — Callisto deu de ombros. — Se eu me tornar o imperador, a primeira coisa que farei será cortar a cabeça de todos da família imperial e dos aristocratas e então jogá-las de petisco para alguns monstros.

—Vossa Alteza!

— Depois disso, distribuirei a fortuna para aqueles que estão morrendo de fome. Nos livraremos do tesouro imperial e começaremos uma guerra sem nenhum recurso.

— ...

— Farei coisas assim até que essa droga de Império seja destruída e não reste nada além de suas cinzas — murmurou em um tom misterioso fazendo com que eu não conseguisse identificar se ele estava falando sério ou se estava apenas brincando. — Será que se fizer isso o nosso querido imperador sairá de seu túmulo derramando lágrimas de sangue?

Callisto gargalhou, sugerindo que, se ele virasse o imperador, o atual estaria indubitavelmente morto. Sua aparência era um tanto quanto amedrontadora, provavelmente por ele ter um plano muito concreto para eu apenas encarar como uma piada.

— Então que a princesa se aposse do reino antes que eu vá para guerra. Isso realmente não me importa muito, está tudo bem.

— ...Infelizmente, não sou um dos seguidores de Leila. — respondi claramente e com um tom solene.

— É uma pena. — A conversa que se iniciou com suspeitas e preocupações minhas terminou mostrando o lado sombrio do príncipe. — E aí, para onde devemos ir agora?

O jovem de cabelos loiros apontou para todas as direções enquanto me questionava. Depois de alguns segundos, voltei a mim mesma e indiquei a direção que a flecha tinha mostrado.

— Se formos por aqui...

— Senhorita!

Eu respondia o príncipe quando alguém apareceu pelo lado esquerdo da caverna. Surpresa, gritei ao ver a máscara de coelho que me era tão familiar:

— Win-...! — por pouco não o chamara pelo seu nome verdadeiro, mas felizmente me lembrei da presença do príncipe herdeiro e dei um jeito de consertar antes que fosse tarde demais: — Win-... William! — com pressa, um outro nome qualquer rapidamente pulou na minha mente.

— William? — O príncipe repetiu e levantou seu queixo dando para o outro rapaz um olhar desagradável. — Quem é esse?

— Err, eu... — Ao perceber a presença repentina do príncipe, as pupilas cercadas das íris azuis por detrás da máscara encolheram rapidamente. Winter, que se mostrou um tanto quanto constrangido, me olhou como se pedisse ajuda.

— E-ele é aquele que veio fazer trabalho voluntário comigo. Assim como eu, ele também consegue usar magia.

— Que máscara esquisita é essa que você está usando? Como você ousa não tirá-la na frente de um membro da família imperial? Que desrespeito — reclamou Callisto com uma voz irritada e encostou sua mão na espada embainhada em sua cintura.

Antes que ele sacasse a arma e partisse para cima de Winter como um cachorro com raiva, eu entrei na frente do mago protegendo-o.

— É uma tradição de um país distante do Oriente. Eles acreditam firmemente que se a máscara for retirada, espíritos do mal poderão se apossar deles. — O príncipe fez uma careta reprovando a situação.

— Como que a princesa conhece uma pessoa dessas?

— Não há muitas outras pessoas que também fazem serviço voluntário em Tratan, sabe como é.

— Entendo. Quando retornar, providenciarei mais apoio para essa área. — Callisto finalmente engoliu minhas desculpas esfarrapadas com um rosto pensativo.

Olhei para Winter com uma expressão que indicava um pedido de desculpas. Quando pisquei para ele como que indicando que aquele seria nosso segredo, suas pupilas voltaram a dilatar. Pouco depois ele assentiu, afinal não havia mais muita coisa a ser feita.

— Leon está logo após a próxima passagem.

— Você disse que ele é um estrangeiro, mas ele fala nosso idioma muito bem. — O príncipe encarou Winter com desdém e ordenou arrogantemente: — Fiquei sabendo que você é um mago, vá na frente.

Com isso, o rapaz de cabelos brancos obedeceu prontamente. "O que está acontecendo aqui?", segui-os enquanto mordia meu lábio inferior com ansiedade. "Espero que o príncipe herdeiro não descubra quem ele realmente é…"

Por mais que não fosse da minha conta quem sabia ou não que o Coelho Branco era um marquês e que o marquês era um mago, se Callisto descobrisse que eu tinha ido até ali com ele, certamente algo muito ruim aconteceria.

De repente eu percebi que o príncipe ainda estava parado no mesmo lugar de antes.

— Vossa Alteza, o senhor não vem?

— Princesa, olhe aquilo — disse ele com um ar suspeito em seus olhos e deu um passo à frente quando o chamei.

"Será que ele já descobriu tudo?", meu coração se agitou e na tentativa de esconder minhas preocupações, eu o respondi baixinho:

— O-o quê?

— Ele está descalço. — Callisto apontou para os pés de Winter — … Será que o rapaz já não foi possuído por algum espírito maligno? Eu não sei de que país ele é, mas ninguém é tão biruta das ideias para andar assim por aí.

Os ombros de Winter, que guiava o caminho, estremeceram. Ainda que o príncipe herdeiro estivesse cochichando, o rapaz mascarado conseguia ouvir-nos. "Me desculpe", depois eu teria que me redimir com Winter por tê-lo tornado em um maluco possuído por espíritos do nada.

A estrada sinuosa da última passagem restante continuou interminavelmente. Com a demora constante, Winter tentou usar magia de teletransporte para cortarmos caminho, mas como a trajetória era confusa e não sabíamos a localização exata de Leon, continuamos seguindo a passos largos.

— Neste ritmo, daqui a pouco vamos fazer uma visita às Ilhas Arkina. Esses caras são incríveis — murmurou Callisto enquanto fazia uma careta.

Eu concordava com ele e fiquei arrepiada com a meticulosidade das pessoas que construíram um túnel tão complexo e fundo desses em uma caverna submersa. "Pensei que eles eram só mais um vilão passageiro do jogo..." Até a véspera da competição de caça eu caçoava deles. O nome "Novo Reino de Leila" me parecia completamente patético e o sistema também tinha feito com que fosse fácil para mim derrotá-los naquela ocasião; mas, parando para pensar, eu nunca deveria tê-los julgado de tal maneira, afinal eles foram capazes de entrar nas áreas do palácio imperial burlando todos os censores e medidas de segurança que foram construídos para impedir que pessoas com qualquer tipo de pertences com mana chegassem lá.

"...Isso significa que alguém da alta nobreza está aliado a eles." Eu não podia estimar qual era seu poder e o que aconteceria, então estremeci com medo e, ao mesmo tempo, não conseguia me livrar da sensação desconfortável de que toda a história do jogo estava estranha e profundamente conectada a eles. Quanto mais perto chegávamos de onde Leon estava, mais a ansiedade se alastrava pelo meu corpo. "Preciso sair desta droga de jogo antes que algo realmente sério aconteça...", repeti para mim mesma observando as barras vermelho-clara e roxa que caminhavam na minha frente. Meu objetivo era escapar, só isso.

Quando a direção das flechas do sistema mudou novamente...

— Argh! — O grito desesperado de alguém soou à distância.

— UGH!

Nós três, que paramos surpresos, logo fechamos nossas bocas e voltamos a andar rapidamente sem nem sequer se importar com quem estava na frente. Pouco depois uma luz fraca começou a brilhar ao longe. Finalmente o corredor sinuoso chegara ao fim e à nossa frente estava a saída.

— A partir daqui usaremos magia de invisibilidade.

Winter, que estava bem distante, se virou e nos avisou enquanto pegava precipitadamente seu cajado e o balançava em nossa direção. Uma poeira branca foi lançada e caiu sobre a minha cabeça e a de Callisto, mas não senti nada diferente. Depois de terminar os preparativos, Winter passou a nos dar as informações de precaução:

— Exceto se vocês berrarem alto, o som de suas vozes também será omitido pelo feitiço. Não usem magia nem mana, se vocês o fizerem, isso quebrará o efeito da invisibilidade.

— Então podemos nos esgueirar e matá-los usando força bruta? — perguntou o príncipe justamente o que eu queria saber.

Winter retorquiu calmamente:

— Nós não sabemos quantos deles tem lá dentro, então, por favor, evitem matá-los até que saibamos onde estão as crianças.

O príncipe assentiu às instruções de Winter sem demonstrar nenhuma sinceridade. Nesse mesmo momento...

— **Não chegue perto de mim! N-não se aproxime... Aaaargh!** — Um grito desesperado soou muito mais perto que antes. Nós fizemos contato visual rapidamente e fomos correndo até a saída.

Quando saímos da caverna escura e abafada, um espaço surpreendentemente grande se desdobrou em nossa frente. Paredes requintadas e pilastras brancas de gesso e mármore compunham o cômodo. Aquele era um cenário completamente diferente da caverna macabra que acabávamos de deixar.

— Oh, então eu queimei a base deles e eles construíram este lugar aqui. — O príncipe olhava ao redor com um semblante enfurecido e um sorriso desgostoso.

— Deusa!

Várias pessoas gritaram fazendo com que nos virássemos para ver do que se tratava. No fundo do lugar havia uma estátua e um altar que pareciam exatamente como um templo. A figura esbelta e alta de uma pessoa que usava uma túnica branca e uma máscara estava parada em sua frente. Abaixo, várias pessoas com capas pretas que cobriam até seus rostos se curvavam deitando acima de seus estômagos.

— Por favor, coma o restante da comida. — Dentre os que estavam deitados no chão, o que estava mais à frente rastejou até o início do altar e continuou: — Eu sei que você está confusa por ainda não ter recuperado totalmente suas memórias, mas pelo bem da nossa causa, você deve se alimentar para acumular poder.

"Comida...?", inclinei minha cabeça. Minha confusão se devia ao fato de não haver comida no altar. No entanto, poucos instantes depois percebi que a "comida" a que eles se referiam não era comida de verdade. As duas figuras de vestes pretas que estavam deitadas de repente se levantaram e arrastaram algo da parte de trás próxima ao altar.

— Me deixe ir, solte! Solte já!

Sleng – um homem jovem e forte foi puxado com o som de correntes sendo arrastadas. Como se estivesse se esgueirando por aí, o medo escorria pelo rosto do homem. Eles o levaram para baixo do altar e imediatamente o forçaram a se ajoelhar.

— Me solte!

O homem continuou a se rebelar violentamente, mas sem sucesso. A figura que vestia túnica branca, a única que se destacava dentre todos os outros, desceu lentamente do altar. Observei atentamente o que o manto branco estava fazendo. Ele pareceu hesitar por um momento diante do homem medroso e rebelde, depois estendeu a mão.

— E-ei, não faça isso! Não chegue perto de...!

Um grito semelhante ao ouvido pouco antes de chegarmos ali ressoou, mas para minha surpresa, o homem desesperado de repente ficou em silêncio enquanto a pessoa de branco acariciava seu rosto.

A única coisa que eu podia ver eram suas costas, então eu não pude entender o que ela estava fazendo. Quando o homem ficou em silêncio, o manto branco lentamente inclinou a cabeça sobre ele. Visto de frente, ele usava uma máscara com o nariz exposto e ao contrário do gesto que parecia hesitante um tempo atrás, pude ver seus lábios vermelhos desenhados em um arco sedutor.

"...Uma mulher?" Foi depois que eu percebi que a mulher com a cabeça baixa beijou o homem lentamente. "Como ass-... O-o que ela está fazendo? Por que você está o beijando tão de repente?" Eu não conseguia descobrir o que estava acontecendo, então olhei de soslaio para o príncipe herdeiro e Winter. Eles, como eu, estavam perplexos e sem entender nada.

Foi apenas alguns segundos depois que a situação se inverteu.

— **Aaaaawghr!!!**

O homem que estava silenciosamente aceitando o beijo da mulher de túnica branca, de repente soltou um gemido incrivelmente doloroso e sacudiu seu corpo, seus movimentos se intensificaram gradativamente, mas nem os homens que o arrastaram até ali nem a mulher que o beijou se moveram.

Fiquei tão assustada que prendi a respiração ao assistir a cena. Contudo o inacreditável aconteceu: o corpo forte do jovem que estava em convulsão foi diminuindo gradualmente de volume... como um balão furado e murchou em um instante.

— Haaaah!

Quando a mulher finalmente abriu a boca e respirou fundo, apenas as roupas largas esvoaçantes pousavam sobre um esqueleto. As duas túnicas pretas que o seguravam jogaram o homem, não, o cadáver. ***Ploft, vuush*** – assim que tocou o chão duro, o cadáver se transformou em pó e se espalhou por todo o lugar.

"Ugh", engoli em seco pensando no que tinha acabado de acontecer.

— Droga, o que diabos é isso? — o príncipe bufou pesadamente. Parecia que Winter e Callisto estavam igualmente atônitos com a cena terrível.

— Traga-me o espelho!

As coisas pioraram antes mesmo de eu entender o que diabos se passava ali. O manto preto que estava na vanguarda persuadindo a comer "comida" se levantou com a ordem. Ele parecia ter uma posição mais alta entre eles. Então os outros que estavam curvados se levantaram e desapareceram atrás da estátua. Pouco depois, eles trouxeram seis crianças atordoadas e uma caixa grande e colorida de identidade desconhecida. Eles colocaram grosseiramente o resto das crianças sob o altar, exceto uma. "Leon!", reconhecendo a máscara de leão, arregalei meus olhos.

— Ele é o que tem mais poder mágico, parece ser bastante útil.

— ...

— Vou tomar o resto do poder mágico, depois os joguem como comida para os demônios. — Aquele que dava ordens para os outros se curvou para a mulher de branco e disse algo tenebroso.

Naquele momento, uma janela branca apareceu na minha frente.

<Sistema>

~Missão Principal: O paradeiro das crianças desaparecidas~

{Parte 2: Siga Leon com o Mago} concluída com sucesso!

<Sistema>

Recompensa obtida!

Afinidade de {Winter} +5%, Reputação +50 foram obtidas.

(Total de reputação: 510)

Verifiquei a missão concluída e perguntei com urgência a Winter e Callisto:

— O-o que nós fazemos agora?

— Eles estão em grande número. Além disso, é melhor não encostar naquela maldita de branco. Parece que eles estão fazendo algum truque para fazer com que os outros não resistam. — O príncipe franziu a testa enquanto olhava para o manto branco. Ele pensou por um momento, então voltou a falar: — Ei, estrangeiro.

— Sim?

—Vou aproveitar a chance e chamar a atenção deles, então você leva as crianças ali embaixo para um lugar seguro. — O príncipe herdeiro, que falou rapidamente, virou para mim desta vez: — Princesa, você vem comigo e pega aquele com máscara de leão e então fogem com magia de teleporte. Entendeu?

A voz do príncipe era imparável, mesmo que ele tivesse se planejado em tão pouco tempo. Sua estratégia era perfeita, mas tinha um pequeno problema… O problema era eu.

— Hmm, bem, e-eu não consigo usar magia de teleporte…

— …O quê? — Callisto me fitou como se estivesse confuso. — Mas você não consegue usar magia? Por que não consegue usar justamente essa?

— B-bem…

"Merda, eu não tenho como dizer que só uso as magias que o sistema manda", quando hesitava por não conseguir pensar em uma desculpa apropriada…

— Isso… Não! — De repente, Winter olhou para algo e cuspiu sua preocupação. Seus olhos, que podiam ser vistos pela abertura da máscara, estavam rígidos.

Eu e o príncipe viramos a cabeça ao mesmo tempo seguindo seu olhar. De repente, o manto branco voltou para o fundo do altar e abriu a tampa da caixa colorida – algo flutuou para fora, eram pedaços do tamanho de um punho e afiados como fragmentos de algo quebrado. A mulher de branco os arrumou no ar com um gesto leve. Os fragmentos estavam se alinhando, como se estivesse sendo consertado e, cada vez que um pedaço encontrava seu devido lugar, era emitida uma luz azul cada vez mais forte.

— Eles não podem acionar isso — disse Winter com uma voz urgente.

— O que é aquilo? — perguntou Callisto, confuso e grave.

— É uma relíquia usada pelo antigo clã Leila. Ela destrói as mentes dos inimigos, arrastando-os para as situações mais desesperadoras — murmurou o rapaz mascarado como se estivesse confuso. — Não importa quão jovens eles sejam... Eu bem que me perguntava como eles foram capazes de doutrinar as mentes sólidas dos magos...

— E-eles vão usar aquilo no Leon? — perguntei apressada ao entender o que ele dizia.

E então... ***Vuiiing*** – de repente, uma luz azul explodiu do lado do altar.

— ***Laturica!*** — Sem pensar duas vezes, Winter balançou seu cajado e correu para a frente.

— Wint–! Não, William! Aonde você está indo?! — chamei em pânico.

De suas costas, eu podia ver uma cortina intangível de poder fluindo para baixo. A invisibilidade foi liberada devido à sobreposição de magia.

— **Intrusos!**

— **O procedimento ainda não acabou! Protejam a deusa! Soltem os demônios! Depressa!**

Vendo Winter aparecer inesperadamente, as vestes negras correram para lá e para cá. Quando o conselheiro ao lado da mulher de branco ordenou, cada um deles puxou uma bolsa preta.

— ***Batum!*** — Assim que eles abriram os bolsos gritando alguma coisa, dezenas de monstros-lagartos começaram a sair.

— ***Graaawl!***

— Merda. Ele nos disse para não usar magia, mas foi ele mesmo que usou! — exclamou o príncipe herdeiro insatisfeito com o plano que se tornara inútil e desembainhou a espada com violência. — Fique aqui por um segundo, princesa! — disse e apressadamente seguiu Winter.

— M-mas, Alteza! E-ei, William! — Assim, fui deixada completamente sozinha sem nenhuma resposta.

Quang! – assim que o príncipe herdeiro seguiu Winter, um estrondo ressoou no salão. Arregalei os olhos e virei a cabeça. A luz que foi emitida em linha reta pelo cajado de Winter, que entoava um feitiço, foi direto no artefato cheio de peças que a mulher estava montando. A relíquia quebradiça que flutuava no ar e emitia uma forte luz azul já tinha quase se completado quando a magia de Winter colidiu com ela e – ***vuuuuuuuu*** – fez com que uma rajada de vento soprasse ferozmente. Uma árdua batalha se sucedeu em um breve momento, mas depois de alguns instantes – ***crack! creck!*** – a luz azul que emanava da relíquia foi diminuindo gradativamente junto do som explosivo. Passado um tempo, a luz se apagou completamente e voltou ao seu cinza fosco original.

"...Um espelho?" Apesar de estar muito sedimentado e sujo, quando a luz foi desligada, uma seção transversal do espelho apareceu instantaneamente. Winter não parou mesmo após a luz ter se apagado e continuou a disparar. Parecia que ele estava tentando destruir o objeto que tomou uma forma fragmentada novamente.

— ***GROOOWL!***

Mas essa tentativa logo foi frustrada por causa do monstro que correu em sua direção. Pouco antes da sua boca escancarada ficar prestes a engolir a parte inferior do corpo de Winter, o príncipe herdeiro que o seguiu conseguiu enfiar sua espada na testa do lagarto.

— Ei, estrangeiro. Preste atenção no que está acontecendo ao seu redor! Você quer mesmo um príncipe tomando conta de você? — gritou Callisto raivoso e franzindo o cenho.

Winter respondeu apressadamente, congelando um dos monstros que se aproximava:

— Aquilo deve ser completamente destruído! Esse artefato tem um efeito negativo não apenas nos magos, mas também no público em geral...!

— Se você está tão preocupado, leve as crianças para outro lugar antes!

O que Callisto disse fazia sentido, então Winter não insistiu e rapidamente massacrou os monstros. Obviamente, os dois protagonistas correram à solta, e os vilões nem sequer tiveram chance de atacar.

"No fim das contas, os protagonistas sempre serão protagonistas." Vendo o número de monstros diminuindo rapidamente, fiquei aliviada, além disso a missão principal já tinha sido encerrada, então nesse ritmo o episódio terminaria logo após salvar as crianças.

— *GROOOWL!*

Graças a Winter, que atacava vários monstros ao mesmo tempo com magia, o príncipe herdeiro chegou rapidamente perto do altar – ***SLESH***.

— Ugh!

— Argh!

— Ough!

Sem hesitar, ele cortou aqueles que tiravam monstros de seus bolsos com sua espada. Assim como havia perguntado a Winter há algum tempo, sua invisibilidade não foi desfeita devido aos seus ataques serem baseados em força bruta e várias pessoas morreram em um instante sem nem sequer saber o que as tinha acertado.

— **H-há mais alguém escondido com invisibilidade!**

Será que eles acharam estranho ver seus colegas de repente espirrando sangue? Enfim, eles rapidamente perceberam que alguém estava se escondendo.

— **Proteja a deusa! Solte mais monstros!**

Aqueles que estavam sendo cortados pela espada do príncipe rapidamente se reuniram ao redor do altar por ordem de seu superior. Alguns deles pegaram uma bola de cristal brilhante como já tinha visto anteriormente no palácio imperial. Outros agarraram seus bolsos pretos e entoaram feitiços desconhecidos e – ***drurururum*** – uma vibração pesada soou.

— *GROOOOOOOOOWL!*

Eu cobri meus ouvidos com as duas mãos ao ouvir um berro terrível e, ao olhar para frente, duvidei dos meus olhos.

— Só pode ser brincadeira...

Cinco monstros de um tamanho diferente daqueles que tinham sido derrotados há pouco surgiram e ocuparam o espaço que era tão amplo. Eles eram ainda maiores que aquele que havia conseguido derrotar com a ajuda do príncipe. ***Brum, brum*** – o chão vibrava sempre que os monstros se moviam.

— ***GROOOWL!***

Enormes sombras pousaram pelo ambiente.

— Merda. Vocês são cheios dos truques nas mangas. — O príncipe herdeiro agarrou a espada manchada de sangue e soltou um palavrão em tom baixo.

Foi o mesmo para Winter, que hesitou diante do tamanho avassalador que era completamente diferente daqueles com os quais estava lidando antes.

"Por que está ficando mais difícil? Não deveria estar acabando?" De pé no canto e incapaz de fazer qualquer coisa, senti uma inquietação assustadora se alastrando pelo meu corpo. Ao contrário de mim, Winter e o príncipe herdeiro rapidamente recuperaram a compostura e começaram a lutar silenciosamente contra os monstros.

Quando Callisto cortou a perna de uma das criaturas, Winter derramou magia com seu cajado. No entanto, eles eram tão grandes que não receberam muito dano. Os monstros que foram atacados ficaram bastante irritados e correram freneticamente por todos os lados. Talvez fosse difícil controlá-los, afinal havia até aliados que eram erraticamente atropelados. O príncipe herdeiro atraiu as criaturas para atacá-los.

— **Dê comida para os monstros!** — gritou alto o chefe como se aquilo não fosse bom o suficiente.

— N-não!

Sabendo o que era a tal "comida", arregalei meus olhos e corri imprudentemente em direção ao altar onde estavam as crianças. Eu não tinha certeza se poderia detê-los sem tomar emprestado o poder do sistema, no entanto, enquanto Winter e o príncipe herdeiro lutavam, eu também precisava fazer alguma coisa. Contudo, antes que pudesse chegar perto do altar, uma túnica preta envolveu as duas crianças ao mesmo tempo.

— Ah não, você não vai fazer isso! — Cerrei os dentes.

— *Piratio!*

Naquele momento, Winter, que estava lutando com um monstro, rapidamente gritou um feitiço. As cinco crianças deitadas no chão desapareceram em uma luz branca. Parei de correr e me virei.

— Urgh!

Em troca, ele foi atingido pela cauda de um monstro-lagarto gigante, sendo lançado contra a parede e caindo. Lentamente, ele escorregou para o chão e convulsionou por um momento, então gemeu:

— Ugh…

Eu estava apavorada e incapaz de respirar enquanto o olhava. "…Ele está morto? E se ele tiver morrido?" As cenas que se desdobravam perante mim eram muito irreais e ao mesmo tempo extremamente realistas. Sempre que tudo o que eu achava que fazia parte do jogo parecia real, eu me sentia aterrorizada e maluca. Isso era assustador, queria sair dali naquele exato instante.

— **…-esa! Princesa!**

Não foi ninguém menos que Callisto, que me acordou do meu estado de pânico.

— **Penelope Eckhart!**

Só consegui voltar aos meus sentidos quando o ouvi chamar claramente pelo meu nome. Ele rolava no chão para evitar ser atingido por mais de três monstros enquanto gritava por mim.

— **Se controle! Aproveite enquanto eu ganho tempo, pegue o leão e fuja!**

Com suas palavras, virei minha cabeça reflexivamente. No altar cercado pelos mantos negros e aos pés da mulher de branco, um pequeno corpo que tapava o rosto usando uma máscara de leão continuava deitado inconsciente. Me voltei para o príncipe que lutava sozinho contra todos aqueles monstros e meus olhos tremeram.

— **Ninguém pode te ver. Você consegue!** — gritou ele novamente enquanto cortava a cauda de um dos lagartos com sua espada.

Ao ouvi-lo, meu medo desapareceu como se tivesse sido uma grande ilusão. Encorajada pelo príncipe, assenti freneticamente às suas instruções e minhas pernas logo recuperaram sua força, eu estava apenas a alguns passos de chegar no altar.

Callisto estava certo. Mesmo que Winter estivesse inconsciente, sua magia permanecia em vigência, desse modo, ninguém percebeu que eu me esgueirava até o garotinho. A mulher de branco, que também usava uma máscara cobrindo seu rosto, olhava para outro lugar enquanto abraçava seu artefato azul como uma preciosidade. Ela olhava para Callisto, parecia estar distraída com o homem invisível que derrotava tantos monstros sozinho.

Eu rastejei debaixo dela e, depois de alguma distância, consegui alcançar e agarrar o robe de Leon. A partir desse momento, o foco era arrastá-lo até o fim do altar sem que ela notasse.

Slish – pouco a pouco, puxei o garotinho em minha direção. Felizmente, nem a de branco, nem os de preto notaram nada. "Certo, só mais um pouco..." Encorajada, cuidadosamente continuei guiando Leon para longe do altar. Todavia, eu percebi que as coisas não dariam certo se continuássemos naquele ritmo. O príncipe herdeiro estava na defensiva e, desse jeito, até mesmo ele acabaria tendo o mesmo destino que Winter e o Novo Reino de Leila acabaria conseguindo completar seu plano usando Leon.

"E se eu apenas o colocar nas minhas costas e sair correndo?", pensei olhando para a mulher mascarada quando – ***pat*** – uma luz fraca começou a brilhar no artefato que ela abraçava, e o feixe azul refletiu em meu estômago. "O-o quê?!", sem acreditar no que via, meu rosto se enrijeceu. Algo estava emergindo do objeto e naquele exato momento, a mulher percebeu algo diferente.

— O espelho... — A mulher olhando para o artefato em suas mãos não demorou para voltar sua visão para mim. "Fud-...", instintivamente percebi que algo estava muito errado.

> <Sistema>
> ~Missão Principal: O paradeiro das crianças desaparecidas~
> {Parte 3: Salve as crianças raptadas pelas forças do mal.}
> Você gostaria de participar dessa missão?
> (Recompensa: Afinidade de {todos os personagens conquistáveis} +5%, Reputação +50.)
> [Sim] [Não]

"Sim! Sim!!!", gritei em minha mente enquanto apertava o botão várias vezes seguidas e então os escritos mudaram.

<Sistema>
Grite o feitiço!
(Feitiço de ativação: Dekina levathium.)

Aquela era a primeira vez que a aparição de um feitiço me trazia lágrimas aos olhos de tanta felicidade. Diferentemente das outras vezes em que o tipo de feitiço me foi informado, dessa vez não apareceu nada em específico, mas eu não estava em posição de ligar para isso.

— *Dekina...* — Quando abri minha boca com pressa, um calor estranho percorria meu pescoço. Eu cerrei os dentes e ignorei, terminando de gritar com tudo o que tinha: — ***Dekina levathium!***

Surgindo de sabe-se lá onde, grandes esferas de luz do tamanho de bolas de pilates caíram como bombas por todo o lugar. Elas se espalharam quicando por todas as direções enquanto esmagavam e destruíram tudo – ***blang, bleng, KAPLOM!***

Mais forte do que nunca, uma vibração horrível junto de barulhos de perfurar o tímpano e flashes de luz se desdobraram no salão da caverna. Quando o estrondo finalmente diminuiu e boa parte da luz tinha se extinguido, eu fiquei sem fala ao ver o que tinha acontecido. Em meio aos escombros dos pilares completamente destruídos, os cinco lagartos gigantes estavam todos mortos e soltando fumaça. De pé e envolto por toda essa bagunça, o príncipe herdeiro estava boquiaberto me encarando.

—V-você...!

O chefe que estava ao lado da mulher de túnica branca apontou para mim. Não apenas ele, mas todos os encapuzados pretos que estavam na frente do altar me olhavam. A invisibilidade tinha sido cortada ao usar o feitiço.

— C-como diabos... Usando magia antiga...?! — O homem que murmurava com uma voz trêmula sem acreditar no que tinha acontecido gritou enfurecido: — **MATEM ESSA VADIA!**

— ...*Dekina* — comecei a recitar o feitiço em voz baixa.

— Ugh!

Aqueles que tinham sido encarregados de se livrar de mim pararam de se mover com sua respiração ofegante. Todos tinham acabado de presenciar como o meu ataque era poderoso e estavam com medo.

— É melhor vocês não se moverem se não quiserem ter o mesmo fim que aqueles lagartos. — Curvei o canto dos meus lábios e ri maleficamente enquanto os ameaçava.

Então, segurei Leon nos meus braços e o levantei. Minha advertência certamente tinha funcionado, afinal eles não se moveram apesar das minhas ações, tudo o que eles faziam era tremer. Eu olhei de relance para a mulher de branco que ainda segurava o artefato. "Disseram que é um dispositivo que corrói as mentes, melhor não olhá-lo diretamente".

Quando aumentava gradualmente a distância do altar e tentava ao máximo não olhar para a mulher, eu finalmente saí de perto dos raios que refletiam em mim e a mulher de branco que me encarava sem se mover, de repente levantou o espelho em seus braços.

— *The assum* — com um feitiço em voz baixa, uma luz azul saiu do objeto.

Eu segurei Leon forte em meus braços e, ainda que eu tenha fechado meus olhos muito bem para não ver o artefato, a claridade ainda assim conseguiu penetrar através das pálpebras. Em um instante tudo ficou azul e depois várias cenas passavam. Elas mudavam tão rapidamente que eu não conseguia dizer ao certo do que se tratava.

— Ugh! — Sem poder cobrir meus olhos com as mãos por estar abraçando Leon contra mim, eu apenas cambaleei para trás conforme as cenas repetidas avançavam como flashes.

— **A-agora!**

Quando o líder gritou com convicção para que eles usassem essa oportunidade...

— **Princesa!** — O príncipe herdeiro também me gritou com ansiedade e aflição de longe, mas, ao mesmo tempo, parecendo estar incrivelmente próximo.

"Acorde! Vamos, ou você vai morrer!", tentei recuperar minha consciência em meio àquela alucinação tonteante, mas a única coisa que me veio à mente foram algumas palavras sem significado – era o feitiço.

— *D-de-...* — abri a boca tateando as palavras à minha frente. A sensação de queimação continuou na minha nuca e por algum motivo foi mais difícil falar o feitiço da segunda vez.

— **Matem logo essa vadia e peguem a criança!**

Pude senti-los se aproximando. Eu lutei bravamente contra o calor que escalava meu corpo e finalmente, com a sensação de algo escorrendo da minha boca, as palavras que tanto ansiava saíram.

— ***DEKINA LEVATHIUM!***

Meu grito desesperado ressoou e... ***BLAM, KAPLOOOM!*** – mais uma vez um estrondo acompanhado de um tremor magnânimo. A luz azul que tomava minhas vistas se foi e, com certa dificuldade, consegui abrir meus olhos novamente. Pisquei várias vezes até conseguir ver as coisas nitidamente e outra visão inacreditável estava bem na minha frente.

"O-o quê?" Muitos dos capuzes pretos que se amontoavam ao redor do altar estavam espalhados por todo o salão como se bombas tivessem caído do céu. A maior parte deles sangrava sem fazer qualquer movimento. Eles pareciam ter morrido.

BLAM, KAPLOOOM! – antes de eu conseguir compreender o que tinha acontecido, algo enorme passou voando pelos meus olhos

— **Aaargh!** — Os poucos mantos negros restantes gritaram e se espalharam, mas isso também durou pouco tempo. Depois de serem atingidos pela bola de luz que voava, eles foram arremessados para longe como se fossem feitos de papel. Aquilo era tremendamente destrutivo.

"Céus!", abri a boca, perplexa. Várias bolas com cerca do dobro do tamanho das que mataram os monstros quicavam por todos os lados do cômodo. Foi isso que tinha quebrado todos os pilares da outra vez e matado tantos monstros. As bolas de luz ricocheteavam como se quisessem acabar com tudo o que estava ali e, feliz ou infelizmente, seus ataques não me acertavam. ***Vush*** – em certo momento, uma das bolas foi em direção ao altar onde todos os encapuzados estavam e com um som altíssimo e uma grande ventania – ***quang!*** – eles colidiram com uma explosão.

— Ugh…

Eu, que segurava Leon, fui empurrada para ainda mais longe do altar. Graças às pilastras já terem sido destruídas da última vez, o perigo agora era bem menor. Quando finalmente consegui recobrar o equilíbrio parando de ser carregada pela rajada de vento, um pranto desesperado soou próximo:

— **Deusa!** — A mulher de branco estava deitada ao lado do altar. Meus olhos se arregalaram — **Deusa! A-acorde!**

O homem que ficava ao seu lado gritava por ela. Um líquido vermelho gradualmente se espalhava por suas vestimentas colorindo o que até então era do mais puro tom de branco. Talvez ela tenha sido atingida por uma das esferas de luz, e até a relíquia que a mulher estava segurando foi estilhaçada. "Sem querer, acabei fazendo o que Winter estava tentando", foi quando estava olhando para aquela cena, perplexa que, de repente, um fragmento brilhante próximo aos meus pés chamou minha atenção.

— Isso…

Era um dos pedaços do espelho quebrado que parecia ter sido arremessado até ali pela força das bolas. Ele piscava como se quisesse que eu o pegasse. Tive uma leve sensação de déjà-vu, mas mesmo assim me inclinei para frente e o peguei com uma mão. Neste mesmo instante, – ***BLEM*** – outro estrondo soou. Uma das esferas de luz que ainda não tinha desaparecido foi lançada na estátua de pedra atrás do altar. ***PLOM! KAPLOOOOM!*** – a estátua de pedra e o teto desabaram ao mesmo tempo e – ***CHUÁÁÁÁÁ*** – com isso, um cheiro salgado e de peixe se espalhou pelo ambiente. A caverna estava quebrada e a água do mar estava invadindo-a.

— **Você precisa fugir, deusa!**

Estando viva ou não, no meio daquela confusão o homem de manto preto levantou a mulher que era incapaz de se mover, pegou a bola de cristal com a outra mão e murmurou alguma coisa. Então uma luz azul irrompeu da bola de cristal e os cercou. Eu sabia instintivamente que eles estavam tentando fugir. "Preciso matá-los aqui!"

— *Dekina...!* — Quando abri a boca para lançar o feitiço mais uma vez, meus olhos se encontraram novamente com a figura da mulher que mal havia recuperado a consciência.

Provavelmente tendo sido golpeada por algo, com sua máscara quebrada, ela, que estava pingando sangue, segurava seu rosto com uma das mãos. No entanto, o capuz seriamente destroçado virara um monte de farrapos e revelava toda a cabeça que cobria. Com aquela imagem, eu esqueci de gritar o feitiço e só pude arregalar os olhos. Tudo ficou silencioso, o som das paredes desmoronando e da água do mar entrando tinham desaparecido. Eu parei de respirar, lindos cabelos rosa esvoaçavam ao vento, seus olhos azuis me encaravam.

— ...Ivonne? — Duvidei do que estava vendo.

"Não pode ser, isso seria um absurdo. Eu devo ter visto errado." No entanto, por mais que ela cobrisse metade do seu rosto, não tinha como eu, que já havia jogado o jogo e terminado todas as rotas do modo normal, confundir a aparência daquela mulher que era perfeitamente idêntica às ilustrações que tinha observado tantas vezes.

A luz azul que os cercava ficava cada vez mais forte. Foi então...

— Princesa! — Alguém agarrou rudemente meu ombro e o virou. Seu cabelo dourado esvoaçava.

— Argh! — Minha respiração que havia cessado por algum tempo voltou. — A-Alteza. — Engoli em seco e chamei-o.

Callisto puxou Leon dos meus braços, me abraçou e disse com urgência:

— Por que você está olhando para o nada tão inexpressiva? Nós também temos que sair logo daqui!

— M-mas e...

Olhei de volta para o altar ainda confusa. ***Chuááááá*** – o lugar estava vazio com apenas uma enorme quantidade de água do mar caindo.

— Como você lançou feitiços que nem uma louca, a caverna está desmoronando! Se não sairmos agora, vamos acabar sendo soterrados.

— Com suas palavras, minha alma que parecia ter saído do corpo voltou aos poucos.

— E Wint-... William? — olhei em volta procurando-o.

O príncipe herdeiro respondeu dando um passo à frente:

— Ele acordou quando você lançou o segundo feitiço. Eu mandei que ele saísse da caverna com as crianças antes que ela desabasse. — Mesmo que essa não fosse a coisa mais agradável de se ouvir, eu fiquei aliviada.

Paf, paf – antes que percebesse, a água já estava até meus tornozelos. Nós corríamos apressadamente pela passagem pela qual viemos, no entanto – ***drururu+ru*** – a caverna de repente tremeu como se estivesse prestes a desabar.

— **Uaaaa!** — gritei brevemente e me agachei.

— Caramba! Você não consegue controlar aquela magia depois de ser disparada?

O príncipe bufou e eu me senti injustiçada. "Quem diria que a magia do sistema poderia ser tão poderosa!", mesmo pensando nisso, o fato é que realmente fui eu quem destruiu a caverna, portanto não respondi nada.

Nós aceleramos ainda mais e corremos pelos corredores. Mais alguns rugidos soaram, e corremos como loucos por um tempo. ***DRERERE RERE*** – uma vibração um pouco diferente de antes começou a se aproximar de nós a cada momento. Eu e o príncipe reflexivamente olhamos para trás. ***Splaaaaash*** – além da caverna, uma coisa preta cintilante estava nos perseguindo a uma velocidade aterrorizante. Não era nada mais do que uma onda enorme.

— **Uaaaaaaaaaa!** — O príncipe herdeiro e eu gritamos ao mesmo tempo e corremos colocando nossas vidas nisso. No entanto, as pernas humanas não conseguiam superar a velocidade das ondas.

"Merda, agora essa é uma rota de afogamento?! Seu jogo maldito!" Pouco antes da água negra do mar atingir meu corpo, meu último pensamento foi, claro, um xingamento ao criador do jogo.

Como se alguém estivesse me estrangulando, meu peito estava entupido e minhas vias aéreas bloqueadas. Eu queria viver, mas não conseguia respirar direito. "Socorro...!"

Naquele momento, senti uma mão segurando firmemente meu rosto e meu nariz. Uma sensação quente e suave imediatamente tocou meus lábios. Um vento forte veio, rompendo as vias aéreas obstruídas. Quantas vezes mais aquela sensação estranha se repetiu?

— Uuurgh! Cof, cof, cof.

Depois de certo ponto, eu tossi violentamente e abri meus olhos. A água salgada do mar saiu da minha boca como se fosse uma fonte. Felizmente, ainda estava viva.

— Argh, argh...

Quando eu estava respirando pesadamente.

— Penelope!

— ...Alteza.

Cabelos dourados brilhantes escorriam pela minha visão escura. Seus olhos vermelhos brilhantes se arregalaram, e então ficaram deslumbrados de alegria.

— Estou tão feliz por você estar viva. Já estava pensando no que dizer à família do duque sobre o seu óbito. — Apesar de sua expressão exausta, o príncipe sorriu brincalhão.

Sem responder, levantei-me e sentei com as pernas cruzadas. Claramente, a caverna desmoronou e eu fui impotentemente varrida pela água do mar, contudo nós estávamos em uma praia tranquila onde as ondas rompiam. Eu não sabia quanto tempo havia passado.

— Nós... O que aconteceu?

— Nós estávamos todos sendo arrastados juntos pela caverna, realmente achei que morreríamos, mas felizmente aquele garotinho acordou e gritou alguma coisa — respondeu Callisto como sobrevivemos humildemente. — Assim, viemos parar em uma pequena ilha desabitada ao redor de Soleil.

— Ah! Leon! — Olhei em volta ao pensar no menino mascarado que eu havia esquecido. Na praia de areia branca não muito longe, vi uma máscara de leão estendida. Meus olhos se arregalaram. — Ele se machucou?!

— Não se preocupe muito. Parece que ele apenas ficou exausto por ter consumido muita mana.

Senti-me aliviada com as palavras do príncipe que se seguiram. Ao mesmo tempo, a tristeza surgiu e me senti mal. Parecia que ele havia consumido muita mana e resistência em um dia para um corpo tão frágil e pequeno. Fitei Leon com um rosto preocupado, depois olhei de volta para o príncipe herdeiro com um pensamento repentino.

— E as pessoas do Novo Reino de Leila? O que aconteceu com a base…?

— Ali.

Callisto de repente estendeu a mão e apontou para o mar. Virei meu olhar para segui-lo, mas não consegui ver nada no mar aberto e escuro. Forçando a vista, continuei a procurar o que ele me indicava.

— Você engoliu uma das ilhas. Parabéns. — Como se estivesse me provocando, ele bateu palmas algumas vezes sem sinceridade. — A caverna no subsolo desmoronou, então toda a ilha afundou logo após sermos trazidos para cá.

— …Como?! — perguntei desnorteada.

O príncipe herdeiro então murmurou admirado:

— Pois é. É a primeira vez que vejo uma ilha inteira afundar.

— E-então…

— Quando voltar ao palácio imperial, vou recompensá-la. Em reconhecimento à sua contribuição por se livrar dos remanescentes do Novo Reino de Leila e destruir seu esconderijo. — Ele sorriu e virou a cabeça para mim. — Já faz um tempo que estou tentando limpá-los do mapa. No fim, acho que seria melhor dar-lhe o título de cavaleiro por completo, o que você acha?

— Você está tirando sarro de mim agora? — Fiz uma careta.

— Tirando o sarro? Claro que não, estou falando sério. — O rapaz sorriu com um olhar nada sério no rosto.

"Sistema maluco... O que aconteceu com as configurações de balanceamento?" Fiquei um tempo sem saber o que dizer quando descobri que a magia que usei fez com que a ilha desmoronasse e até mesmo afundasse. Não sabia como expressar esse sentimento sutil de que fui eu quem fiz isso, mas na verdade não fiz, mas, ainda assim, tinha que assumir a responsabilidade.

Quando olhava para o mar distante que havia aumentado com o desaparecimento de "Soleil", de repente, meus olhos brilharam.

<Sistema>
~Missão Principal: O paradeiro das crianças desaparecidas~
{Parte 3: Salve as crianças raptadas pelas forças do mal} concluída com sucesso!

<Sistema>
Recompensa obtida!
Afinidade de {todos os personagens conquistáveis} +5%, Reputação +50 e {Fragmento de Espelho Mágico Antigo} foram recebidos.
(Total de reputação: 560)

"Há...", ri tristemente da janela que apareceu. Quando olhei para minha mão, vi que o fragmento do artefato, adquirido quando usei o feitiço pela última vez, estava sendo firmemente segurado. O pedaço de espelho não brilhava mais e destacava-se por ser uma recompensa da missão. "Missão Principal..." Foi muita sorte ter salvado as crianças, mas no fim era inevitável que isso acontecesse.

Me senti nervosa ao perceber que isso fazia parte da história do jogo e, ao mesmo tempo, lembrei-me da cena que tinha visto antes: o manto branco que desapareceu com a luz azul. "Ela realmente parecia ser a protagonista", seus cabelos rosa algodão-doce e olhos azuis que me fitavam diretamente. Lembrar-me disso fazia com que meu peito doesse como se estivesse obstruído novamente. "...Não. Talvez fosse apenas uma pessoa parecida. Não pode ser", me esforcei para negar o que vi. Como podia a heroína do modo normal que se parecia com um anjo fazer parte daquele clã que nada mais era do que o mal encarnado? Eu estava perdida em meus pensamentos.

— Você está ferida? — perguntou o príncipe, olhando para mim com seus olhos vermelhos brilhantes. Algo devia parecer estranho em mim, já que ele me inquiriu com uma cara tão séria. — O que você está pensando de tão importante?

Quando voltei para o momento atual, olhei-o por um momento, depois exalei com dificuldade.

— Alteza. Por acaso...você viu o rosto da mulher de manto branco?

— Não. A caverna estava desmoronando, como eu teria tempo para sentar e olhar para o seu rosto?

Meu coração, que estava apertado, lentamente voltou ao normal com a resposta que veio sem demora. Eu nem sabia por que estava tão tranquila, mas então, como um suspiro, as palavras que eu queria dizer saíram:

— ...Eu sinto muito.

— Quê? — perguntou Callisto, aparentemente surpreso com o pedido de desculpas repentino.

Tudo isso foi feito pelo sistema, não por mim, mas isso não era desculpa. Depois de ouvir que a ilha desmoronou, calmamente abri minha boca, forçando minha mente a se acalmar.

— Você deveria ser coroado com um império impecável. Eu sinto muito por destruir uma parte do território.

— Huh! — Aquilo fazia parte de tentar manter seus sentimentos por mim positivos, no entanto o príncipe herdeiro riu como se estivesse perplexo. — Agora é você que está tirando sarro de mim.

— Eu? Claro que não, estou sendo sincera — respondi com uma cara séria, então murmurei um pouco impotente: — ...Eu não posso controlar minha magia, então foi por isso que as coisas chegaram tão longe.

—A verdade é que graças a você, nós nos livramos de vários monstros ao mesmo tempo — respondeu Callisto em voz baixa — E, como você sabe se poderíamos deixar aquela ilha em paz e eles não sequestrariam mais crianças? O melhor foi ela ter desaparecido agora sem precisar lidar com isso novamente depois.

Olhei-o ligeiramente assustada. Sem perceber, as palavras saíram:

—Você não tem... nenhuma suspeita?

— Por que você não para de falar sobre suspeitas? — Callisto franziu a testa — A princesa é muito preocupada.

— Eu... Vossa Alteza me disse que... — Estava tão chocada que tropecei em minhas palavras, mas consegui recuperar minha sanidade. — ... Ainda assim, como eu consegui usar uma magia tão poderosa...

— Nem você mesma sabe — ele me cortou duramente. —Você continua repetindo as mesmas coisas que disse na caverna.

— ...

— Se você soubesse, não estaria assistindo aos monstros e os remanescentes do Novo Reino de Leila morrerem com uma expressão tão confusa. Eu também tenho olhos, princesa.

— ...

— Não diga mais nada.Vou julgar por mim mesmo com base no que vi.

Olhei-o com os olhos trêmulos e meu coração batia rápido demais – era por estar aliviada ou foi por ele ter me ouvido? De repente, senti como se as minhas lágrimas, que haviam secado há um bom tempo, estivessem queimando.

— Se você está tão grata assim, então pelo menos me dê um beijo.

No entanto, todas as emoções que eu tinha foram destruídas pelas palavras que vieram a seguir.

— ...O-o que você disse?!

— Ué, por que tanto espanto? É uma recompensa normal de se dar ao herói que lhe salvou. —Vendo-me gaguejar, o príncipe herdeiro repetiu descaradamente.

— Para sermos exatos, fui eu que salvei você do perigo.

— Neste caso, serei eu que lhe beijarei.

— Eu recuso — exalei resolutamente e levantei do meu lugar.

— Não há ninguém que seja tão cruel quanto você neste mundo. — O príncipe herdeiro franziu a testa e murmurou algo baixinho: — Bem, mas não tem problema, está tudo certo. Afinal... eu já fiz isso.

— ...O que você acabou de dizer?

— Nada.

Me virei para olhá-lo e perguntei, mas ele me seguiu e deu de ombros sem responder. Eu, que estava perplexa, imediatamente voltei minha atenção para algo mais urgente.

— A propósito, como vamos sair daqui?

— O garotinho disse que entrou em contato com o mago possuído antes que desmaiasse. Então ele estará aqui em breve.

Olhei para Leon, ainda imóvel, e assenti. Foi nesse momento que – ***drururururu, drururu, drururu*** – uma forte vibração soou de algum lugar. Enquanto olhava ao redor em surpresa, o príncipe herdeiro deu uma exclamação e pegou algo em seu casaco. A pequena bola de cristal brilhava intensamente.

— Espere um segundo, princesa.

Ele virou de costas com uma expressão envergonhada e logo o dispositivo começou a funcionar.

— ***Vossa Alteza, onde o senhor se meteu?!*** — Uma voz alta ecoou pelo ambiente.

"Hm?", inclinei minha cabeça. Aquela era uma voz que eu já tinha ouvido antes.

— ***O senhor não pode sair correndo do nada durante uma reunião tática! Por que você ameaçou os feitice-...?***

Click – com os gritos, o príncipe se apressou e desligou a bola de cristal que servia como dispositivo de comunicação, seguindo disso, ele me disse apressadamente e com um olhar desacreditado:

— Me desculpe, princesa. Eu acho que tenho que ir.

—Você consegue voltar sozinho?

— A família imperial tem uma magia de convocação para casos de emergência. — Assim que ele terminou de falar, uma linha dourada começou a ser desenhada abaixo de seus pés. — Ugh! Maldito Cedric Porter, ele já ativou essa porcaria.

— Cedric?

Ele era o único serviçal pessoal do príncipe herdeiro. Ainda que espantada com a sua partida repentina, eu me aproximei dele com pressa ao ver que a runa já estava quase completa.

— Alteza! Seu machucado, se certifique de tratá-lo.

O retalho do meu vestido em seu braço estava completamente vermelho fazendo com que eu não tivesse outra escolha a não ser me preocupar.

— Pode ser que os dentes dos monstros contivessem veneno, então vá ver um médico assim que chegar no castelo…

— Isso soa como música para os meus ouvidos.

O príncipe deu um leve sorriso ao ouvir as preocupações que eu derramava sobre ele. Assim, ele subitamente se aproximou de mim colocando sua mão em meu rosto e… ***Smack*** – uma superfície quente e macia encostou em minha boca, algo úmido entrou em contato com meu lábio inferior. Enquanto eu olhava para o nada e piscava repetidas vezes tentando entender o que estava acontecendo, ele pressionou seus lábios contra os meus dando um pequeno estalo – era como se carimbasse o selo de uma carta – depois disso o rapaz se afastou.

— Este é um beijo de agradecimento para a heroína que me salvou, princesa.

— M-mas… O que você…?!

— Até breve! — Callisto deu um sorriso com seus dentes à mostra enquanto falava com orgulho. Poucos segundos depois ele desapareceu em meio a luz dourada.

— Esse… esse louco…!

Tardiamente tendo entendido o que o príncipe herdeiro fizera, eu o xinguei e quis dar-lhe uma bela de uma surra, mas ele já tinha partido.

Levei minha mão até meus lábios e os toquei. A parte que havia sido brevemente tocada pelo príncipe continuava úmida.

"Seu... Grr! Eu não devia ter me preocupado com você!" Era por estar muito surpresa? Meu peito batia como se fosse explodir e meu rosto estava febril. "Não, deve ser porque estou brava", foi o modo que decidi encarar o beijo que me fora roubado, mas, na verdade, como todos esses sentimentos eram novos para mim, eu não sabia se isso era necessariamente algo ruim.

Uma brisa fria soprou, mas mesmo depois de muito tempo o calor em minhas bochechas não diminuiu. Tentei me acalmar pressionando minha mão contra o peito que palpitava e olhei para o lugar onde ficava a ilhazinha que agora tinha desaparecido. Quando virei minha cabeça, atrás da máscara de leão, um par de olhos redondos me encarava.

— L-Leon... — Sem saber quando ele tinha recobrado os sentidos, me senti envergonhada enquanto o vento continuava a soprar entre nós.

— Be-... — Leon de repente apontou para mim e gritou: — Beijoqueira! Vocês se beijaram!

Fiquei surpresa com a sua provocação repentina e balancei minha cabeça veementemente.

— Não! Não foi bem assim! Não é nada disso!

— Foi, sim! Eu vi! Ele te beijou! Beijoqueira!

— Ei! E-eu já disse que não é verdade!

Quando estava prestes a me precipitar para o menino e tapar sua boca que soltava um monte de absurdos...

— ...Senhorita. — Uma voz grave e baixa soou pelas minhas costas.

Eu parei e, com movimentos lentos, me virei para trás. Um homem descalço com máscara de coelho estava parado, minha impressão foi que ele estava tão alto que parecia ter brotado do chão como uma árvore.

— Wil-... não. Você! — consegui rapidamente mudar o nome "William" que já estava na ponta da língua. Como Callisto não estava por perto, não havia mais necessidade de chamá-lo assim.

"Céus, não me diga que ele viu o que aconteceu com o príncipe herdeiro agora há pouco..." Ele certamente tinha aparecido em um momento um tanto quanto inoportuno ou, no mínimo, desconcertante. Olhei-o nervosa, mas não consegui descobrir nada, afinal seu rosto estava sendo tapado pela máscara.

— Mestre! — Leon, que estava sentado na areia da praia com certa distância, levantou em um pulo e veio correndo até nós. — Me desculpe... Na verdade, a Penelope me disse para não ir até a praia debaixo do penhasco, mas eu queria exibir minha magia para as outras crianças... — confessou em um tom taciturno. Eu fiquei um tanto surpresa com a afirmação súbita.

— Eu não esperava que eles fossem aparecer logo hoje e capturar todas aquelas outras crianças também.

— Eu sei que parece uma desculpa... mas eu também estava fora de mim, senhorita.

Isso significava que o que Winter me dissera mais cedo quando entramos na caverna era verdade e, sendo bem honesta, naquele momento eu não acreditei nem em metade de suas palavras, afinal tinha acabado de ser apunhalada pelas costas por ele.

Winter deu um suspiro profundo ao ver o garotinho choramingando.

— ...Está tudo bem. Você se machucou?

— Não... eu estou bem — murmurou Leon e então os olhos azuis do mago se dirigiram para mim.

— A senhorita está bem?

— Sim, estou. — Assenti dizendo-lhe a verdade e perguntei algumas coisas que rondavam meus pensamentos: — Você levou as crianças para um lugar seguro?

— Sim.

— Você está...?

Eu ia perguntar se ele estava bem, mas só de olhar a aparência de Winter dava para se dizer que ele não estava nada bem e, se ele dissesse o contrário, seriam apenas palavras vazias. Líquido vermelho estava espalhado pela sua roupa, provavelmente devido ao ataque que ele sofreu pela cauda do monstro. Definitivamente ele parecia pior que o príncipe.

— Está muito tarde. Preciso te levar logo para casa.

Quando parei de falar, Winter estendeu sua mão e me encorajou a pegá-la. Eu não pude recusar a voz que soava tão exausta.

— Sim, vamos embora.

Rapidamente segurei sua mão e pouco depois nós três fomos envoltos por uma luz brilhante.

—Vossa Alteza!

Seu único empregado pessoal, Cedric Porter, saudou Callisto que tinha acabado de ser convocado ao palácio imperial através do círculo mágico.

— E aí? — O príncipe levantou sua mão cumprimentando-o de volta.

"E aí?!" Cedric apertou sua mandíbula para sufocar o sentimento que fervia dentro dele.

O único líder do país que ia para os campos de batalha junto do exército era Callisto, mas sempre que o rapaz agia como um louco, seu empregado tinha vontade de estrangulá-lo. Recentemente, reuniões intensas se arrastavam por dias inteiros e várias vezes consecutivas – seu objetivo era se livrar dos remanescentes do Novo Reino de Leila, que haviam se escondido nas Ilhas Arkina e prejudicavam o Império.

As Ilhas Arkina tinham vários desfiladeiros e recifes ao redor, fora isso as ondas eram tão fortes que os navios de guerra não conseguiam acessá-las facilmente. Ademais, os rebeldes eram inesperadamente fortes e muitas vezes aliados morreram enquanto tentavam eliminá-los às pressas. Dito isso, o príncipe e o restante dos estrategistas estavam tentando encontrar um modo eficiente de se aproximar do local com a ajuda do mapa antigo que fora encontrado durante a competição de caça.

A reunião estava a todo vapor quando um ponto vermelho apareceu no mapa que estava aberto perante todos e começou a piscar. A marca vermelha não estava nas Ilhas Arkina, mas em uma ilha nas proximidades. Todos estavam confusos com a sua aparição quando, repentinamente, o príncipe herdeiro saiu correndo como um maluco e só agora, depois de horas, ele finalmente tinha retornado.

— O que diabos... O que senhor foi fazer em Soleil? Que ferida é essa? — Cedric, que se lembrava novamente dos acontecimentos, perguntou sem pestanejar.

O príncipe franziu as sobrancelhas e, ao invés de responder, fez outra pergunta:

— Então você ameaçou os magos?

— Foi Vossa Alteza que os ameaçou, a única coisa que eu fiz foi interrogá-los para saber do senhor.

Durante o interrogatório de Cedric, os magos batiam os dentes dizendo que o príncipe herdeiro, que surgiu subitamente, disse: "Se vocês não me transportarem para Soleil imediatamente, seus cajados virarão um rabo".

Cedric continuou friamente:

— Graças a Vossa Alteza, que fugiu no meio da conferência, os funcionários ainda não puderam deixar o palácio, então muitos deles estão ressentidos. Eu tive que dar uma desculpa e dizer que o senhor não passava bem, então, por favor, ao menos me conte o que aconteceu. — A grosso modo, ele tinha feito merda, então, por ter limpado sua sujeira, Cedric queria alguma explicação.

— Como assim? É claro que eu fui até lá me livrar deles — disse Callisto dando de ombros.

— ...Como? Vossa Alteza, sozinho?

— Não.

O rapaz que andava apressadamente em direção ao seu palácio parou do nada, levantou seu queixo com um ar estranho de vigor e orgulho e disse com confiança:

— Com a futura princesa consorte.

— Ah, sim com a futura... hã? — Cedric estava tão estressado que acreditou ter ouvido errado.

"O que aconteceu com meus ouvidos?", pensou e resolveu deixar passar batido. O príncipe voltou a andar e falar:

— Nossas previsões estavam corretas. Eles também não conseguiam se movimentar com facilidade entre as Ilhas Arkina e Tratan, por isso construíram uma base em uma ilhota próxima.

—Você quer dizer que a base deles ficava em Soleil?

— Sim. A profundidade e extensão da caverna era enorme, talvez até estivesse conectada com as Ilhas Arkina.

— Nesse caso, enviarei as tropas imediatamente para Soleil e depois...

— Não, não é necessário. — Callisto levantou sua mão e interrompeu Cedric que já desenrolava uma operação em sua mente. — Eles ficarão quietos por um tempo.

— Quê? — O servo fitava seu superior com dúvida.

O príncipe que parecia perdido em seus pensamentos por um momento deu um sorrisinho e logo rompeu em uma gargalhada.

"Esse cara finalmente enlouqueceu", Cedric não conseguiu conter seus pensamentos. Claro que o príncipe tinha enlouquecido há um bom tempo, mas agora ele parecia ter pirado de vez.

— A princesa demoliu todas as cavernas. Soleil inteira afundou no oceano. — O príncipe sorridente disse em uma voz um tanto quanto prazerosa.

Surpreso com a mudança brusca de assunto, Cedric logo percebeu algo e ficou atordoado:

— Então aquele ponto vermelho... era a localização da senhorita?

Clonar artefatos antigos de Balta era muito arriscado e imprudente, por isso o príncipe herdeiro gravou um parâmetro que só permitia que

Penelope visse o que estava escrito no pergaminho e pudesse usá-lo. Ninguém sabia como ele tinha conseguido aquilo, mas essa magia deu certo graças a um punhado de cabelo da garota que estava em sua posse. No entanto, no processo de gravar a magia no pergaminho, o feiticeiro disse que havia um problema: o mapa antigo reconheceu Penelope como a proprietária, o novo mapa clonado não passava de uma reprodução exata do original. Na época Callisto não sabia o que isso significava...

— ...Vossa Alteza, isso não é um crime? — perguntou Cedric com uma feição solene.

— Uuurgh, que mané crime! — O príncipe ficou irritado — Foi só um pequeno erro.

— A senhorita sabe desse "pequeno erro"?

— ...

— Pelo que eu fiquei sabendo, a senhorita Eckhart foi embora da última competição de caça sem nem sequer se despe-... — Cedric se assustou com uma sensação repentina e assustadora. Quando ele virou, olhos vermelho-sangue estavam brilhando intensamente e o encaravam.

— Você parece ter tido muito tempo livre, não? — Callisto esticou sua mão e deu alguns tapinhas no ombro de Cedric como se o incentivasse. — Apenas escute os rumores sobre mim e a princesa Eckhart, ok? Não faça nada desnecessário, nada que eu não tenha o instruído a fazer. E mais importante de tudo, não entre na fofoca e acrescente detalhes sobre os assuntos amorosos de outras pessoas, você entendeu?

— U-ugh! S-sim. Entendido... — Pálido e com os olhos marejados, o assistente respondeu-o.

Satisfeito, o príncipe parou com a violência disfarçada de encorajamento e se virou voltando a caminhar. Depois da competição, os burburinhos de seus subordinados persistiram, mas estranhamente, isso não o incomodou. Sem nem perceber, Callisto não conseguia conter suas risadinhas e recordava que no começo tudo não passava de uma brincadeira, uma provocação.

Era engraçado e divertido vê-la tentando enganá-lo com uma mentira tão óbvia e ter problemas para sustentá-la. Porém, de uns tempos para cá, ele ansiava por quando a veria novamente e ficava recordando as reações da moça e suas respostas. A vida era realmente boa. Sua curiosidade e seu pequeno interesse não haviam desaparecido depois da competição de caça, aliás foi o contrário, ele estava ainda mais cativado. Depois dos eventos com o marquês Ellen, ele nem ficara bravo com os rumores de ter seguido a senhorita e a encontrado em segredo, mas sim impressionado; e quando ela fingiu estar doente com toda aquela maquiagem... para o príncipe sua atitude tinha sido completamente fofa e divertida. Ele pensou que ela era apenas uma jovem plebeia arrogante e estúpida como diziam os rumores. Seus pequenos e delicados lábios que o afrontavam enquanto ela o olhava direta e bravamente, e então em um ímpeto ele foi se aproximando e...

— Aliás, Alteza...

De repente, com o chamado de Cedric, Callisto acordou de seus pensamentos que estavam tão distantes.

— O quê?

— Por que o senhor está tocando tanto seus lábios? Por acaso eles também estão machucados?

Na verdade o que ele queria perguntar era por que o príncipe alisava tanto sua própria boca daquele jeito esquisito. Mas, como ele dava valor a sua vida, acabou dando um jeito de guardar tais palavras para si mesmo.

O príncipe piscou como se não tivesse entendido sua pergunta, já que ele nem tinha notado que estava fazendo tal coisa. A verdade era que ele não estava interessado em assuntos românticos. Depois de tanto tempo no campo de batalha e de ver tanto sangue e carne exposta, Callisto pensou que tanto o amor quanto seu interesse sexual tinham desaparecido por completo e nada além de ódio e violência tinham restado, entretanto naquele momento seus pensamentos estavam completamente preenchidos pelo rosto de Penelope Eckhart.

Quando a beijou, seus olhos turquesa eram redondos como os de um coelho, seus lábios vermelhos e macios tremiam de vergonha. A face da princesa sob a luz da lua era...

— ...tão linda.

— Perdão? — respondeu Cedric ao seu ínfimo murmuro.

O príncipe olhou para o subordinado e riu sem hesitação.

— Existe algo especial, mas alguém como você que nunca esteve em um relacionamento jamais poderia compreender de qualquer maneira.

— Q-quem é que n-nunca esteve em um r-relacionamento antes?!

Callisto riu alegremente e deixou para trás seu empregado gaguejando revoltado.

Quando abri meus olhos nós já estávamos de volta na esquina da rua Hamilton. Ao ver a escuridão que se alastrara pela paisagem, eu não pude evitar que um suspiro escapasse.

"Espero que ninguém tenha percebido minha ausência...", ainda havia coisas para serem conversadas com Winter, mas aquele não era um bom momento. Tanto ele quanto eu precisávamos de cuidados e um bom descanso.

— Bom, já vou para casa — disse enquanto os olhei de relance.

— Vai embora, Penelope? — perguntou Leon visivelmente chateado.

— Se tiver a chance, te vejo da próxima vez. — Dei um sorriso suave e então me virei para o homem mascarado. — Seus sapatos, muito obrigada. — Tirei os calçados e devolvi.

Eles realmente eram mágicos, pois mesmo depois de tudo não tinham ficado sujos nem molhados do mar, então não fazia sentido lavá-los antes de devolver. "Além disso, não quero vê-lo novamente, então é melhor entregar agora". Eu não ligava de estar descalça e, de qualquer maneira, a mansão já estava próxima. Levando isso em consideração, me virei sem titubear e já tinha me afastado em alguns passos quando...

— Espere um instante, senhorita. — Sua voz urgente me chamou e eu me virei levemente. — Só um segundo, por favor.

— Por quê?

— Leon, volte na frente — ordenou para o menino, ignorando minha pergunta.

— Táááá! — As instruções de seu mestre eram absolutas e o leãozinho respondeu obedientemente. Depois de alguns instantes sua pequena figura sumiu depois da palavra "Piratio".

Quando Leon se foi, Winter se abaixou e pegou os sapatos que eu tinha acabado de tirar, ajoelhado, ele segurou meus pés pretendendo me calçar novamente.

— Fique calçada até chegar na mansão… Eu te levo até lá.

— Não é necessário — recusei determinada. — Seu tratamento me parece ser mais urgente. Não tem problema se eu for desse jei-…

— Acabei de checar os arredores com a magia de maximização de audição e alguns guardas estão fazendo rondas pela mansão. Acho que eles estão procurando pela senhorita.

— O quê?! — Fiquei surpresa ao ouvir sua frase inesperada.

"Eu fui pega?! Ó céus…"

— Que horas são? — questionei o jovem de cabelos brancos, com os olhos tremendo.

— Dez horas e alguns minutos.

— Haa… — suspirei desamparada.

Eu tinha saído de casa às dez da manhã e voltara às dez da noite. Droga! "Bom, pelo menos não faz mais de 24 horas, né…?", pensei tentando me confortar com os olhos cheios de lágrimas. Ao me ver assim, Winter estendeu a mão para mim e sugeriu novamente:

— Já está tarde. Por favor, me permita levá-la até seus aposentos em segurança.

Se os guardas estavam perambulando pelos arredores da mansão, então seria impossível me esgueirar pelo buraco. Assim, coloquei os sapatos de Winter novamente e respondi com um olhar pensativo:

— …Está bem, obrigada.

Um instante depois, a luz branca nos abraçou e preencheu meus olhos. Quando os abri novamente, um lugar familiar estava em minha frente. Finalmente estava em meu quarto.

— **Ó CÉUS! MAS O QUE É ISSO?!** — Emily se assustou com a minha aparição brusca no meio do quarto. — Senhorita Penelope!

— Emily.

— Por que você chegou tão tarde? Quem é esse?

Ao ver a figura alta e com máscara de coelho, ela correu e me arrastou para longe dele. Em vez de explicar sobre Winter, perguntei com pressa:

— Deu tudo certo? Descobriram que eu fugi do meu quarto?

— Bem… o mordomo veio lhe ver no meio da tarde e acabou descobrindo sobre sua ausência — admitiu Emily hesitante.

— O quê?! O mordomo?

— Eu disse que você estava doente, mas ele insistiu que tinha uma mensagem urgente para lhe entregar, então… — Agarrei meus cabelos. De todas as coisas que poderiam acontecer, essa era um dos maiores desastres possíveis. A empregada tentou me consolar e continuou com o cenho franzido: — Eu consegui impedi-lo de contar ao duque em um primeiro momento dizendo que a senhorita logo voltaria.

Mas Pennel já estava procurando por mim sem que ela soubesse. Se não tivesse voltado em menos de 24 horas, seria questão de tempo até que o restante da mansão estivesse de pernas para o ar à minha procura.

— Ei… — Decidi que precisava usar alguns métodos extremos. — Eu gostaria de fazer uma solicitação.

— Hã? O quê…? — respondeu Winter, confuso.

— Por favor, apague a memória de todos da mansão. Eu estive em casa o dia inteiro.

— ***Gulp*** — Emily engoliu seco ao ouvir minhas palavras.

A íris azul do rapaz olhou calmamente para mim que urgia com seriedade.

— …Essa empregada está inclusa? — questionou com uma voz sombria.

— Sim.

— S-senhorita!!! — A moça me olhou desamparada ao ouvir minha resposta imediata.

— Desculpe, Emily. Se você ficar de fora não seria um crime perfeito — respondi friamente. A verdade era que eu ainda não confiava completamente em ninguém na mansão do duque.

Com isso, Winter, que estava me encarando inexpressivamente, pegou seu cajado e procedeu.

— *Ram branica*...

— S-senhorita! Por que até eu tenho...?!

— ...*ademto!* — A voz de Winter, que estava recitando o feitiço mágico, ressoou pesadamente.

Emily derramava lágrimas e me olhava com uma sensação de traição quando de repente – ***pof*** – caiu no chão. Eu olhei para o mago e fiz uma careta.

— ...Isso não é nada de mais, né?

— ...Como já te disse antes, magias relacionadas à memória tem o efeito colateral de fazer os afetados caírem em um sono profundo. — Um suspiro de alívio escapou e Winter acrescentou: — A magia funcionou e todos na mansão adormeceram. Não se preocupe, depois de acordar, tudo ficará bem, exceto pela perda de memória.

Eu assenti e abri minha boca:

— Como posso pagar pelo pedido?

O rapaz ficou em silêncio com minhas palavras. A resposta que veio depois de um tempo foi inesperada:

— ...Eu não aceitarei nada.

— Por quê?

— A senhorita chegou tarde em casa hoje... Eu tenho muita responsabilidade nisso.

— ...

— Você provavelmente não confia mais em mim. — Ele pareceu hesitar por um momento, então sussurrou baixinho: — A rescisão do contrato... Enviaremos uma carta o mais rápido possível. — Ao completar sua declaração ele soltou uma risada decepcionada.

"Bem, pelo menos ele reconhece seus erros", fosse Leila ou não, ser questionada e posta à prova era muito desagradável e irritante. Entretanto, não sei se era por causa da série de eventos chocantes, mas não estava tão brava quanto pensava que estaria. Até isso parecia cansativo demais naquela noite. Fora isso, ao olhar racionalmente, as suspeitas de Winter eram justificadas. Ele estava lutando contra Leila há muito tempo e minhas ações conduzidas pelo sistema devem ter soado muito suspeitas.

"...A propósito, será que ele viu?", de repente, lembrei-me da aparência da mulher de manto branco. Enquanto afirmava para mim mesma que tinha visto errado e que era apenas uma pessoa parecida, minha mente congelou. Dadas as circunstâncias, tudo indicava que Winter já havia encontrado a "verdadeira senhorita" que vivia como uma pobre plebeia enquanto se voluntariava. "Se a Ivonne realmente é a mente por trás dos remanescentes e está tentando sequestrar as crianças para se livrar dos magos...", eu não sabia o que ela faria ao enganar Winter e usá-lo. Quando pensei nisso, de repente senti arrepios percorrendo minha espinha.

— Você por acaso... — Tão abruptamente quanto abri, fechei minha boca.

Ele suspeitou que eu era uma remanescente de Leila por usar magia, este definitivamente não era o momento de começar um incêndio se não tinha certeza dos culpados e tampouco um balde de água para apagar o fogo. E, mesmo que a protagonista estivesse por trás de tudo, isso só aconteceria depois da cerimônia de maioridade de Penelope.

"Não é meu trabalho lidar com isso, eu só preciso escapar." Balancei a cabeça lentamente em direção à máscara de coelho que me olhava com curiosidade.

— Não, nada. Mais importante que isso...

— ...

— Vamos manter o contrato. — Com minhas palavras, seus olhos azul-marinhos se arregalaram. Ele me lançou um olhar confuso.

— Por quê...?

— Bem, é incômodo quebrar um contrato que já foi feito, e não é como se eu não confiasse em suas habilidades públicas.

Faltava pouco para eu escapar. Agora, seria muito complicado encontrar um novo contribuinte que fosse tão capaz e ardiloso quanto Winter. Seus olhos me fitavam com uma mistura de emoções que não conseguia distinguir ao certo, mas era fácil notar que havia uma leve antecipação misturada a isso.

— No entanto, não quero que você se envolva em nada além da parte pública — cortei-o como uma faca. — Acho que depois de hoje, eu não consigo continuar com os termos estabelecidos por você.

Ao me ver sorrindo brilhantemente, as íris de Winter começaram a tremer incessantemente.

— ...Senhorita.

— Eu entendo suas dúvidas e suas preocupações, a causa e dever que você carrega nos ombros também. Minha reputação e rumores nunca foram muito bons e meu uso de magia deve ter sido muito suspeito.

— ...

— Mas você não deveria enganar as pessoas com bobagens como "interesse" e "curiosidade".

Seus olhos ficaram mais vívidos do que nunca: eles estavam preenchidos de dor e arrependimento. Acima de sua cabeça, a barra roxa do indicador de afinidade cintilou lentamente e eu a olhei sem ânimo algum.

— Eu não estava mentindo — exalou ele apressadamente em uma voz sufocada. — Quando disse que estava interessado na senhorita, não era apenas por suspeita.

— ...

— Eu estava apenas desconfiado... mas não era só isso. — Winter repetiu as mesmas palavras com voz estridente.

Sua aparência cambaleante era precária e ao mesmo tempo lamentável. Eu me senti mal por ele que, sem que os outros soubessem, também tinha que ir contra os seguidores de Leila e cuidar de tantas pessoas marginalizadas. Mas compreensão e meus sentimentos eram coisas à parte.

— Bem, não importa. Dúvidas e interesses, eu não ligo, isso é com você e eu não tenho nada a ver com isso.

— Senhorita...

— Estou dizendo para você parar de me usar em sua causa.

— Senhorita, apenas uma vez. Por favor, mais uma única vez eu...

— Agora volte. E não entre em contato comigo até que eu o faça primeiro — interrompi com um aviso frio a súplica que Winter me fazia com uma voz rouca.

Consternado e como se tivesse sido expulso, o rapaz partiu segurando os sapatos que lhe devolvi. Pensei que todos os motivos para entrar em contato com ele tinham acabado, mas no momento em que tirei minhas roupas para tomar banho, senti um metal frio na minha clavícula.

— Droga.

Abaixei minha cabeça, fiz uma careta, e soltei um pequeno xingamento. O colar de Winter, que deveria ser dado à protagonista, foi deixado comigo. "Ah, eu deveria tê-los devolvido junto dos sapatos..."

Nesse clima de agora, eu só queria lidar com Winter por escrito. No entanto, como as relíquias antigas não podiam ser jogadas fora ou manuseadas de qualquer jeito, teria que encontrá-lo novamente pelo menos mais uma vez. Soltei um suspiro irritado, tirei o colar e o coloquei na gaveta da escrivaninha. Também peguei o pedaço do espelho quebrado que havia colocado em um pequeno bolso do vestido e o coloquei de lado. Quando olhei para a gaveta sem pensar, percebi que havia muitas coisas que ganhei como recompensa do jogo, e o mais estranho era que tudo aquilo parecia apenas um monte de lixo que eu não usaria para nada.

Desgostosa ao olhar tudo aquilo, fechei a gaveta imediatamente com um som alto – ***blam.***

Capítulo 13

Capítulo 13

No dia seguinte, o mordomo continuava procurando por mim com uma mensagem urgente e visitou meu quarto logo pela manhã.

— Senhorita... — Depois de uma breve saudação, ele disse pisando em ovos: — Tenho algo para lhe contar.

— O que foi?

— Eckles saiu para as aulas de esgrima com o Sir Spencer e não retornou mais para a mansão.

— ...Quê? — Sentada na penteadeira, eu parei por um instante e o olhei. — O que você quer dizer com isso? Como assim ele não voltou?

— Como sempre, depois do treino intensivo ele deveria retornar para casa no horário do jantar, no entanto noite passada sua carruagem voltou vazia.

— ...

— Estava com pressa para vir lhe contar isso noite passada, mas este velho homem acabou caindo no sono. Vergonhoso... Eu sinto muito, senhorita.

Ao terminar de falar, ele se curvou fervorosamente em minha frente para se desculpar. Como a magia de Winter tinha sido bem-sucedida, ele não se lembrava de eu não estar em casa quando viera me contar.

Minhas guardas estavam um tanto quanto baixas e o motivo pelo qual ele ignorou Emily era realmente muito mais justificável e importante do que eu imaginava. Com o rosto amarrado, questionei-o:

— Onde está o cocheiro? Ele acompanhou Eckles, deve saber alguma coisa.

— Eu o interroguei e ele disse que, mesmo depois do horário estipulado, o rapaz não apareceu. Também entrei em contato com Sir Spencer e ele informou que o treino tinha ocorrido normalmente.

— Então… — A pior hipótese me veio à mente: "Ele fugiu".

Eckles tinha um reflexo, raciocínio e força muito bons. Ele também já tinha consciência que era impossível estudar formalmente e se tornar um cavaleiro oficial do ducado. Sabendo disso, ele me pediu para atribuí-lo a um professor. "Sem chance… Era isso que ele estava planejando desde o início?", eu ainda não tinha checado direito, mas sua afinidade deveria exceder os 90%, mas agora ele tinha me usado e escapado. "Eu vou morrer", minha mão que pousava sobre a penteadeira se fechou em um punho. "Não sobrevivi até aqui para morrer por conta de míseros 10%", cerrei meu maxilar e estava prestes a mergulhar nos mais obscuros e incessantes pensamentos quando meu olhar se encontrou com o do mordomo.

— …Senhorita, eu sinto dizer isso, mas… — Ele parecia ter imaginado a mesma coisa que eu — Todos os dispositivos de contenção que os escravos usam têm uma magia de rastreamento.

— …Rastreamento?

— Sim. Então, por que a senhorita não chama o feiticeiro da família e…

Pennel deu uma espiadinha na minha mão esquerda que repousava na penteadeira e parou de falar. Eu voltei meu olhar na mesma direção de seu olhar e vi o grande anel de rubi que continuava em meu dedo indicador. O rubi tremia, talvez por causa da tensão que sentia naquele momento sem notar.

"…É melhor não tirar conclusões precipitadas", lentamente relaxei e afrouxei meu punho. Foi o Eckles que recusou com sua própria boca a tirar a coleira várias e várias vezes. Ele não era tão imprudente e estúpido para fugir usando tal item. Gradualmente, a minha razão voltava e só então que deixei de ver tudo como traição e com medo da morte.

—Vamos esperar um pouco.

Com as minhas ordens, os olhos do mordomo se arregalaram e ele imediatamente me perguntou, oscilante:

— O centro da capital do Império não é um lugar muito seguro, senhorita.Você não gostaria então de ao menos mandar que alguns guardas façam uma pequena busca só por garantia...?

— Não é preciso — afirmei decidida. Não havia nada mais ridículo do que assumir que um dos protagonistas tinha sido capturado ou sofrido algum tipo de catástrofe. —Vamos apenas esperar seu retorno.

— ...Como desejar, minha senhorita.

O mordomo parecia não entender minha reação, mas aceitou em silêncio. No entanto, isso não significava que o cerne do problema tinha desaparecido.

— Mas... o que eu deveria dizer ao jovem mestre?

Se Derrick ficasse sabendo, seria uma questão de instantes para Eckles ser banido da mansão.

— ...Por favor, não conte nada a ele.

— Senhorita...

— Eu te imploro, Pennel. Não quero fazer uma tempestade em copo d'água. Ele logo voltará — O homem assentiu um tanto reticente, mas me obedeceu. — Obrigada.Você já pode ir.

Paf – algum tempo depois, ouvi o mordomo fechar a porta. Assim que fiquei sozinha, apoiei meus cotovelos na penteadeira e pressionei minhas têmporas na tentativa de acalmar a ansiedade que se apossava de mim.

"Bem, e daí, né?" Mesmo que meu pior medo se tornasse verdade, não havia nada que pudesse fazer de imediato, então decidi apenas acreditar em Eckles. Minha vida literalmente dependia do rapaz e qualquer atitude que eu tomasse por conta de uma suspeita impulsiva só colocaria a afinidade atual em risco. "Só faltam 10%"

Foi nesse dia que comecei a lutar contra desconfianças constantes acerca do jovem escravo.

O dia passou sem que eu percebesse. Já era tarde da noite quando mordiscava o jantar que Emily me trouxera e abria e fechava repetidamente o livro que estava lendo. Já era quase meia-noite, no entanto ainda não tinha recebido notícia alguma do retorno de Eckles. Meu nervosismo tinha alcançado seu ápice e eu finalmente não conseguia mais resistir e, tocando no rubi de meu anel, disse a empregada:

— Emily, chame o mordomo.

— Sim, senhorita. — A jovem que tinha passado o dia inteiro me observando, saiu do quarto apressadamente.

— A senhorita me chamou?

Logo Pennel estava na porta e sem demorar um instante sequer, ordenei:

— Mande algumas pessoas e cães de busca para a vila em que o Sir Spencer mora. — Mesmo que Derrick descobrisse, esse era o único jeito que tinha de resolver essa questão.

— Huh? Oh, certo.

— Chame o mago da família e…

Quando terminava de dar as ordens, Emily me interrompeu:

— Minha senhorita! Mordomo! — A moça que tinha evitado dizer qualquer coisa durante o dia inteiro pulava na porta. — A sua escolta retornou!

Com seu grito, eu e o mordomo imediatamente fizemos contato visual.

— Traga-o para o meu quarto.

Depois de um breve tempo, o mordomo trouxe Eckles até o cômodo que eu estava. Com minha aura enfurecida, Pennel não demorou para escapar rapidinho do quarto assim que tinha cumprido a tarefa que lhe fora designada, deixando eu e o escravo a sós. Um silêncio ensurdecedor pairou entre nós.

— ...Mestra. — Eckles andou devagar e foi o primeiro a quebrar a atmosfera gélida.

Próximo à mesa em que me sentava, ele naturalmente se ajoelhou aos meus pés e me fitou com o rosto inexpressivo de sempre. O que aconteceu durante o dia inteiro que estivera fora? Sua aparência estava mais pálida que antes, na verdade, ele estava branco como um doente. Quando pensei em perguntar se ele estava ferido, minha paciência chegou ao seu limite.

— Onde você esteve? — Minha voz saiu cortante. Era a primeira vez que não forçava um sorriso e falava em tom suave com ele. Suas íris acinzentadas se agitaram por um momento ao me ver naquele estado.

— ...Mestra.

— Eu te fiz uma pergunta. Responda — pressionei-o sem piedade. — Por que você desapareceu sem dizer nada?

—Você... ficou preocupada?

— Preocupada? — Uma risada fria e sarcástica saiu de mim.

Eu só tinha mais três semanas até que a "verdadeira senhorita" voltasse. Com apenas esse tempo para escapar, o medo, nervosismo e o sufoco que enfrentei com a possibilidade de um dos personagens conquistáveis ter simplesmente ido embora poderia ser considerado "preocupação"?

—Você acha que eu sou uma piada? — Naquele momento eu nem vi o vermelho-escuro que brilhava acima dele. — Não precisa responder. Eu fiz tudo o que você pediu até agora, você acha que vou continuar parada aplaudindo mesmo se você sentar na minha cabeça?

— ...

— Somente por você, eu...

...Eu arrisquei minha vida várias vezes, curvei minha cabeça para o duque e seus filhos uma, duas, centenas de vezes. No entanto, eu continuava com medo, tremendo, sem saber se a afinidade cairia do dia para a noite e então não disse nada sem pensar na sua frente. Respirando fundo, dei um jeito de engolir toda essa revolta que dançava na ponta de minha língua e mudei minhas palavras.

— ...eu não sei mais por quanto tempo vou tolerar sua arrogância.

— Me desculpe, mestra. — Eckles abaixou sua cabeça para evitar meus olhos. Sua imagem lamentável se assemelhava a de um cachorrinho abandonado. — É que… houve um acidente — ele respondeu obedientemente, ainda olhando para baixo.

— Que acidente? — continuei fria como nunca.

— Eu encontrei meus companheiros do leste. — Ele olhou para mim novamente e então minha raiva indiferente se perdeu no olhar triste com que me deparei. — Aqueles que, assim como eu, foram vendidos como escravos.

— Companheiros do leste…? — Encarei-o com tais palavras.

— Um deles era um dos empregados próximos a mim que costumava servir minha família.

— …

— Eu o segui e vi que outros conterrâneos estavam sendo escravizados em uma fazenda próxima à vila.

— …Eckles.

— Então, de repente, um monstro grande apareceu na fazenda e começou a atacar as pessoas.

— O quê? Um monstro?

Fiquei surpresa com o que ele me contava. A vila que ele tinha visitado para aprender esgrima não ficava longe da capital do Império. "Por que…", por que tinha um monstro no meio do Império e não em um lugar mais distante como Tratan, que ficava perto das Ilhas Arkina…? "Essa é mais uma das rotas do modo difícil?"

Logo no dia anterior eu tinha me deparado com um grupo desses tais monstros, então senti um arrepio e estranhamento em seu depoimento. Eckles estava perdido em seus pensamentos com um rosto sério e voltou a falar lentamente e quase como um sussurro:

— Ninguém apareceu para ajudar mesmo vendo que outras pessoas estavam morrendo.

— …

— Eu era o único que tinha uma espada, mestra.

De repente, voltei aos meus sentidos. No fim, isso significava que ele mesmo tinha matado os monstros. Era algo completamente plausível que um dos protagonistas tenha sido arrastado para alguma situação espetacular do tipo em vez de ter simplesmente fugido. Eu estava tonta com tanta informação e tentei ser racional enquanto suspirava.

— Eckles — chamei-o pelo nome.

— …

— Mesmo que algo assim tenha acontecido, você deveria ter vindo para casa primeiro.

— Mas, mestra…

— Você deveria ter vindo correndo me contar e assim nós teríamos mandado reforços para cuidar da situação o quanto antes.

Para ser sincera, eu conseguia entender Eckles. A dor e desespero que ele deve ter sentido ao ver o monstro atacar rostos conhecidos provavelmente foram devastadores. No entanto, eu precisava calmamente levar em consideração os outros fatos: Eckles era um escravo de um país inimigo que fora derrotado pelo Império, e ele tinha vagado pelas ruas e usado uma arma livremente. Se alguém o denunciasse, isso poderia levar a um grande mal-entendido e o duque poderia acabar sendo arrastado para uma suspeita de conspiração contra o Estado. Essa, inclusive, era a maior preocupação de Derrick sobre fornecer ao rapaz um professor de esgrima.

— Eckles, entenda… você ainda é um escravo que não pode, em hipótese alguma, ter posse de uma espada e eu sou responsável por você. — A expressão de Eckles se suavizou um pouco com a minha atitude grave.

— Eu sei quão melhor minha vida tem sido em comparação à deles, e também sei quão despreocupado eu tenho agido — disse ele com uma voz rancorosa. — Mas enquanto lidava sozinho com aqueles monstros, nenhuma ajuda do Império apareceu.

— Você poderia ter tido a ajuda e apoio do duque.

— Sim, depois que todos já estivessem mortos e fosse tarde demais.

— Eckles…

— Não tive alternativa, senão matar os monstros, mestra. — Seus olhos acinzentados que sempre estavam tão mortos, brilhavam furiosamente.

Eu acabei me calando e, só um pouco depois que voltei a abrir a boca:

— Por que você não voltou logo após ter se livrado das criaturas?

— ...Muitas pessoas ficaram feridas — murmurando, ele se curvou para evitar meu olhar, provavelmente ele estava envergonhado com tal mérito. — Enquanto isso, os escravos cuidaram dos camponeses do Império que tinham se machucado.

— ...

— Em uma vila tão pobre quanto aquela, não havia uma única bandagem ou remédios para tratar dos ferimentos, então eu ajudei coletando ervas e lenha.

— ...

— Era tudo o que eu podia fazer para ajudar... — O canto de seus olhos caiu ligeiramente quando ele terminou de falar. Como o rapaz geralmente não tinha muitas expressões faciais, senti que a mudança sutil foi muito grande.

O nervosismo e a tensão que escalaram até minha garganta gradualmente diminuíram.

— ...E as testemunhas? Deve ter alguém do Império que estava por perto tomando conta dos escravos, não? — perguntei o que mais me preocupava, em uma voz um pouco mais suave do que antes e, como resposta, Eckles balançou a cabeça impotente.

— Tudo ao redor são favelas. Ouvi dizer que eles largam os escravos lá e vão apenas em determinadas épocas do ano para pegar as colheitas.

Ao dizer essas palavras, ele olhou para minha mão esquerda, que estava sobre a mesa. Assim, me lembrei do que o mordomo tinha me contado sobre as coleiras serem gravadas com magia de rastreamento. Finalmente tinha conseguido me livrar das preocupações que me atormentavam.

Quando o apelo desesperado de Eckles terminou, o quarto voltou a ficar silencioso por um tempo e a agitação que tivera com a ideia de o rapaz ter fugido já era apenas uma memória. Foi então que seu rosto pálido chamou minha atenção. Ao contrário da sua aparência higiênica e arrumada de sempre, o jovem estava completamente desarrumado. Eu fiz o meu melhor para escapar no dia anterior, mas hoje cá estava eu, absurdamente irritada e chateada com o desaparecimento de outra pessoa.

— ...Você se machucou? — perguntei tardiamente com uma voz preocupada.

Eckles balançou a cabeça sem dizer uma palavra. Eu o observei com cuidado, mas felizmente não havia manchas de sangue em lugar algum, apenas muita poeira e sujeira.

— Fico aliviada, então.

Ainda assim, por via das dúvidas, achei que deveria fazer um combinado com ele antes de chamar o mordomo.

— Eckles, se algo assim acontecer novamente no futuro, avise-me sobre o que está acontecendo através do cocheiro. Foi justamente por isso que ele foi designado para te acompanhar — falei com voz firme. —Você nem imagina como fiquei surpresa ao saber que você não tinha retornado para casa.

— ...

— Independentemente do que aconteça, você precisa avisar os outros sobre a situação em vez de deixá-los preocupados e incapazes de fazer alguma coisa — dei-lhe uma bronca fazendo uma careta.

Mesmo que eu não tenha feito nada nessa ocasião, lembrei-me do desespero que senti tantas vezes antes e minha voz acabou saindo um tanto desesperada. Os olhos de Eckles brilharam e ele lambeu os lábios, exalando com dificuldade.

— Foi por isso que matei os monstros e fui direto falar com o cocheiro, mas quando cheguei onde ele deveria estar, não havia mais ninguém.

Quando ouvi seu relato não consegui disfarçar minha feição. Isso tinha acontecido por ter instruído o mordomo a enviar uma pessoa que não falasse muito nem fosse intrometido para não atrapalhar nem interferir no humor do rapaz. "Ele esperou por um tempo, então desistiu e voltou sozinho...", vendo minha cara rígida e reflexiva, Eckles perguntou com cuidado:

—Você... está brava?

— Não. — Balancei a cabeça. — Também é culpa minha por não ter providenciado as coisas com o devido cuidado.

— …

— Aparentemente minhas instruções foram um tanto ambíguas. Eu conversarei direito com o novo cocheiro e direi para que ele espere uma hora depois do final do treinamento. — Ao terminar minha frase, os olhos de Eckles se arregalaram e eu acrescentei com um sorriso. — É seu tempo livre. Faça o que quiser com ele.

— Mestra…

O rapaz de cabelos castanhos me chamou um tanto encabulado. Durante esse tempo, ele teria permissão para encontrar com seus antigos conhecidos e ajudar aqueles que precisavam de ajuda. Se Derrick descobrisse isso eu também seria punida.

— Mas nada além disso. Exata uma hora — deixei o limite bem claro, pois eu não conseguiria lidar com um período superior a esse. Se descobrissem que ele estava formalmente aprendendo esgrima, não apenas ele e todos os outros escravos de Delman correriam perigo, como o duque também seria arrastado para uma situação complicada. — Você entendeu? Nada além disso — frisei mais uma vez gentilmente.

Ele me fitou com olhos vacilantes e então assentiu.

— Eu também… — O rapaz hesitou por um instante e então me perguntou algo do nada: — Mestra, eu me tornei alguém útil?

— Hã? — Inclinei minha cabeça. — Por que essa pergunta do nada?

— Se eu for inútil ou causar problemas… você vai me mandar de volta para a casa de leilão…

— Ah! — logo entendi o que o afligia.

— De agora em diante você tem que provar que vale esses cem milhões e que eu não desperdicei todas essas moedas de ouros. Senão, eu vou te devolver para este lugarzinho sem nem pensar duas vezes, entendido?

— Eu não posso insistir em manter uma pessoa inútil na mansão do duque Eckhart, não é mesmo?

Foi isso o que eu lhe disse quando o trouxe para lá, não foi? Tendo causado problemas hoje, ele ficou com medo de eu o descartar. Sinceramente, fiquei um pouco surpresa em saber que ele ainda se lembrava disso.

— Eckles… — Estiquei minha mão e gentilmente segurei sua bochecha. Nossos olhos se encontraram e o rosto do rapaz se contraiu conforme aproximei meu nariz ao seu, então sussurrei docemente: — Esqueça isso.

— …Mestra.

— Você é uma pessoa muito especial para mim. Se isso não fosse verdade…

— …

— …por que me importaria tanto assim com você?

Seus olhos que me observavam pararam de tremer. Ao mesmo tempo, senti que sua respiração também cessou e tive a ilusão de ver os olhos de Eckles descobrirem algo. Nesse instante…

<Sistema>
Você gostaria de verificar a afinidade de {Eckles}?
[Dez milhões de moedas de ouro] [Duzentos pontos de reputação]

Lentamente movi minha mão e pressionei [Dez milhões de moedas de ouro].

<Sistema>
Verificando a afinidade de {Eckles} por [Dez milhões de moedas de ouro].
(Fundos restantes: 58 milhões de moedas de ouro)

Afinidade: 94%

Minha mão que não segurava seu rosto estremeceu ao ver o topo de sua cabeça. "Só faltam 6%."

Alguns dias depois. Aproveitando-me da ocasião do "desaparecimento de Eckles", peguei um pacote bem grande e fui até ao campo de treinamento para finalmente terminar sua rota.

Sling! – pouco antes de atingir o espantalho, a espada de madeira parou no ar, deixando apenas o espaço de uma folha de papel entre eles. ***Hwaaack*** – pó de palha voou e o vento soprou fazendo som de ondas. Conforme o tempo passou e o vento diminuiu, o espantalho não tinha nem sequer um arranhão. Ele tinha atingido um nível que não deveria ser necessário acertar o seu oponente para feri-lo, no entanto ele ainda não conseguia dominar a técnica de reunir a força apenas na ponta da espada para que isso fosse possível.

Eckles abaixou sua espada que tinha sido empunhada inexpressivamente e agora seus olhos castanho-acinzentados estavam visivelmente desapontados.

— *Você tem muitas coisas na cabeça nesses últimos dias.*

— *No que o rapaz que vem treinar fica pensando toda vez?*

O rapaz se lembrou do que Sir Spencer, seu professor, havia lhe dito na tarde anterior durante as aulas enquanto batia em sua cabeça com uma espada de madeira. Eckles balançou sua cabeça e empunhou a arma novamente olhando para sua extremidade. Entretanto, sua concentração não durou muito tempo, isso porque em vez da espada, era o rosto de alguém que luzia.

— *Eckles...*

Sua única mestra era séria e fria, além disso ela era completamente solitária e não compartilhava seus pensamentos com ninguém, nem mesmo com o escravo que ela própria tinha trazido para a mansão. Eckles sabia mais do que ninguém que ela tinha o comprado por um preço muito alto e tomava conta dele com algum objetivo pessoal em mente. Além disso, diferentemente de seus belos lábios que sempre murmuravam estar preocupados com o rapaz, seus olhos nunca mostravam qualquer zelo e apreço.

Ainda assim, Eckles não conseguia descobrir quais eram os planos da mulher. Ele a odiava, odiou quando ela o comprou dizendo que o devolveria para a casa de leilões imediatamente caso ele não provasse seu valor. Aliás, não era apenas ela que ele odiava, mas todos no maldito Império Eorka.

"Vagabunda estúpida."

Ele tinha se devotado a usar aquela imbecil que gastou cem milhões de moedas de ouro para comprá-lo, então obedientemente abanava seu rabinho para ela como um filhotinho de cachorro e lambia seus pés, mas assim que tivesse a chance, ele ansiava por quebrar aquela droga de coleira e fugir dessa merda de ducado e desse Império detestável.

Entretanto, seu empenho era completamente arruinado todas as vezes que ele via o sorriso da garota de cabelos *pink*. Quando sorria ocasionalmente, sua gélida proprietária era tão linda e sedutora quanto a rainha das criaturas mágicas de uma história antiga que ouvira durante sua infância. Frequentemente, quando ela fechava os olhos e sussurrava para ele, o rapaz tinha vontade de largar tudo e se estabelecer ali. Para se proteger contra isso, ele começou a fazer aulas de esgrima fora do ducado, mas nada mudou.

— *Você é uma pessoa muito especial para mim.*

"Uma pessoa importante..." O que ela queria dizer com isso? Ele não conseguia entender. Um escravo vindo de um país derrotado. Diferentemente de outras pessoas do Império que escarravam nele ao saber da sua posição social, ela sempre o tratou com seriedade.

— *Você me é extremamente precioso, Eckles.*

"Eu sou precioso para minha mestra", as palavras de Penelope ressoavam um tanto quanto diferentes das que ela realmente tinha dito em sua mente, mas ele não ligava. As íris do rapaz relaxaram e a ponta de sua espada tremeu. "Mesmo se fugir, eu realmente não tenho para onde voltar." Sua dona estava certa, agora sua pátria tinha sido destruída e todos os traços de sua existência varridos do mapa. Os delmianos que encontrara há algum tempo atrás estavam chateados, mas, surpreendentemente, a maioria deles vivia de acordo com sua realidade sem reclamar.

Ao contrário de seu país árido, o Império Eorka tinha muito mais recursos, a civilização era muito mais desenvolvida e, além disso, o tratamento dado aos escravos não era algo terrível. Apesar de não serem tratados igual aos camponeses, ainda assim a remuneração que recebiam não era ruim. Alguns até diziam que este lugar era o paraíso comparado a Delman, onde eles passavam fome devido à seca.

Eckles não pode dizer nada aos seus colegas que trabalhavam na fazenda – comparado a eles, o rapaz vivia uma vida de fartura e cheia de riquezas. "...A mestra fez tudo o que eu poderia querer e pedir." Tratamento, alimentação, aprendizado e até mesmo tempo livre foi cedido ao escravo. Apesar de saber que isso era uma grande insensatez, ele não conseguia evitar seus sentimentos borbulhantes. Desde quando? O motivo desconhecido e misterioso da moça, que constantemente estava alerta, era estranho. Ela parecia só querer ficar perto dele o máximo possível. Engolindo seu orgulho, agora ele poderia se ajoelhar perante os nobres do Império por ela.

Como ele não tinha dinheiro algum para lhe retribuir, tudo o que pôde fazer foi uma coroa de flores miserável e chorar miseravelmente torcendo para que ela fosse aceitar. "...Contanto que eu possa continuar ao seu lado, tanto faz."

Seus olhos, que estavam tranquilos enquanto observava os cabelos cor de azaleia flutuando sobre a espada de madeira, brilharam.

— Olá — uma voz baixa soou atrás de suas costas.

Vush – Eckles se virou e reflexivamente se preparava para apontar sua espada na garganta da pessoa, mas de algum modo ele conseguiu jogá-la no chão antes disso. Essa vez tinha sido diferente das outras. Como se fosse um instinto, seu corpo, e não sua mente, reconheceu primeiro a voz de sua mestra. Os cabelos rosa-escuros apareceram em sua frente. Agora não era uma miragem, mas sim a moça em carne e osso.

— ...Mestra. — Surpreso, Eckles ofegou enquanto a chamava com uma voz áspera.

Eu estava surpresa com o comportamento inusitado de Eckles. Além disso, também não queria ter a experiência de ser golpeada por sua espada de madeira, então o chamei com certa distância entre nós, no entanto ele jogou sua espada no chão e se virou para mim. Olhei alternadamente para sua espada no chão e para seus ombros que tremiam. Sorrindo sem jeito, me aproximei cautelosamente.

— Então você não foi para a aula de esgrima hoje. — Era um pouco surpreendente que eu soubesse cada movimento seu, então os olhos de Eckles se arregalaram um pouco. — Fiquei sabendo que os cavaleiros da família foram para um campo de treinamento externo, você não está se sentindo solitário por ter ficado aqui sozinho?

Quando expliquei o motivo ter ido vê-lo com um sorriso, ele soltou um "Ah!" seguido de um suspiro curto.

— O professor tinha algo para fazer... então decidimos postergá-las por alguns dias, mestra.

— Ah, então é isso? — Na verdade, não importava se era verdade ou não. — Aqui, pegue — disse enquanto entregava o grande pacote que trouxera comigo. Apesar de ele ser volumoso, não era tão pesado quanto eu imaginava. Da última vez, as roupas foram entregues por Pennel, o que acabou me incomodando, mas dessa vez eu tive a sorte de conseguir entregar pessoalmente.

— O que… o que é isso?

— Eu trouxe algumas pomadas e ervas. — Ele me olhou perplexo. Continuei falando em voz baixa para não parecer muito condescendente: —Você não disse que teve que procurar nas montanhas porque não havia remédio para cuidar dos feridos?

— …

— Trouxe os medicamentos de maior eficácia, então leve-os com você e dê a quem precisa. — Isso era tudo que podia fazer, afinal, levando em conta que os escravos de Delman podiam se organizar e tramar algo, eu não podia lhes dar dinheiro.

— Mestra…

Achei que o rapaz ficaria feliz, mas sua expressão era muito estranha. Ele me olhava com um rosto sutilmente desalinhado, como se desembrulhasse uma coroa de flores murchas e amassada. Um sentimento desconhecido surgiu em suas íris.

— …Eu feri seu orgulho? Você não precisa aceitá-lo — apavorada, perguntei com cuidado e Eckles balançou a cabeça prontamente.

— Não… Não é isso.

— Então o que foi? Vamos lá, aceite.

A meu pedido, ele levantou lentamente o braço. Eu podia ver a mão estendendo-se em direção ao saco com um leve tremor. "…Ele está comovido?", através de sua expressão, não podia dizer o que se passava em sua cabeça, então, com a desculpa de entregar o pacote, estendi minhas mãos mais a frente e encostei meu dedo nele. Imediatamente, uma janela do sistema apareceu na minha frente.

<Sistema>
Você gostaria de verificar a afinidade de {Eckles}?
[Doze milhões de moedas de ouro] [Duzentos pontos de reputação]

"Que absurdo! Doze milhões?!", não importava quão logo eu ficaria rica, meu coração vacilava ao ver o preço da checagem de afinidade que já tinha saído do controle. Mordi minha boca com força e escolhi [Doze milhões de moedas de ouro].

<Sistema>
Verificando a afinidade de {Eckles} por [Doze milhões de moedas de ouro].
(Fundos restantes: 46 milhões de moedas de ouro)

Afinidade: 96%

Logo que vi a afinidade, a revolta com a cobrança passou. "Só mais 4%...!", alegria se apossou de mim. Logo, muito em breve... Eu tive que me esforçar muito para não demonstrar minha trepidação de felicidade. "A propósito... não sei se é por estar perto do fim, mas a porcentagem não sobe mais tão rápido quanto costumava no começo". Um tempo atrás, quando dava algo para Eckles a taxa de afinidade era aumentada em cerca de 5%, mas recentemente isso definitivamente tinha mudado e essa redução no aumento me causava um pouco de decepção. Foi então que...

— ...Muito obrigado, mestra — Eckles baixou sua cabeça e murmurou baixinho.

De repente, o texto mudou para [Verificar afinidade] e a barra vermelha-escura apareceu. Apesar de ainda ser uma cor sinistra, imaginando que era por estar na reta final, isso passou a não me incomodar tanto quanto antes. No entanto, para alcançar o final do jogo tinha mais uma condição além dos 100%.

— Talvez... — Desviei o olhar de sua cabeça e olhei para ele o mais naturalmente possível. — Tem mais alguma coisa que você queira me dizer além disso?

— Hm? O quê...?

— Oh, não. Nada.

Imediatamente balancei minha cabeça com seu olhar de perplexidade. "Deve ser porque ainda não chegou nos 100%", sorri e tentei diminuir minha ansiedade.

— O clima está muito bom hoje. Você quer ir em algum lugar e se divertir um pouco?

— Se... divertir?

—Você não acha cansativo treinar todos os dias? — Seus olhos brilhavam como os de um garotinho do fundamental ao ouvir minha sugestão. Até mesmo o som da respiração de Eckles tinha cessado com a antecipação do fim de sua rotina tediosa. Foi então que...

— Senhorita Penelope! — Alguém me chamou ao longe. Quando me virei, um homem se aproximava de mim em ritmo acelerado pela entrada do ginásio.

— ...Mordomo? — Inclinei a cabeça com o súbito aparecimento do senhorzinho. Algo de urgente parecia ter acontecido para ele vir atrás de mim tão depressa.

— Senhorita, acho que você deveria entrar — disse ele arfando depois de praticamente correr pelo jardim da mansão.

— Aconteceu alguma coisa?

— Ouça-me por um instante. — Pennel olhou para Eckles como se estivesse preocupado e inclinou a cabeça para mim. Com sua indicação, virei-me completamente para ele que sussurrou no meu ouvido: — O assistente do príncipe herdeiro está na mansão.

— ...Como?!

Fiquei surpresa com a notícia repentina, mas logo entendi por que o príncipe herdeiro havia enviado seu subordinado. "Deve ser algo sobre Soleil." Ainda que esse fosse um jogo, isso não era algo que podia ser adiado por se tratar de uma ordem da família imperial, principalmente sendo um assunto que estava relacionado com a segurança nacional.

— Certo, vamos. — Imediatamente segui o mordomo, mas depois de alguns passos – ***pick*** – percebi que a bainha da minha saia estava desajeitadamente esticada. Atônita, virei a cabeça para ver o que tinha acontecido.

— ...Você veio me ver, mestra.

Vi o rosto de Eckles retorcido e parei de respirar de surpresa. Era a primeira vez que o rapaz tão inexpressivo ao ponto de parecer com uma boneca de cera mostrava emoções tão vívidas em seu semblante. À primeira vista, a face contorcida parecia estar muito zangada e, ao ver a barra vermelho-escura piscando perigosamente, respirei fundo sem saber o que fazer ao certo —Você disse que íamos passear juntos.

— Eckles...

— Por que você sempre...?

O rapaz que se queixava calou-se de repente. Sua mandíbula estava fortemente pressionada, no entanto ele não largou a saia. Em vez de soltá-la, várias veias azuis apareceram em seu punho cerrado. "...Como eu poderia confortá-lo?", quando o olhei, atônita, tentando pensar em como proceder naquela situação tão complicada...

— *Tsc*, o que você pensa que está fazendo? — De repente, o mordomo gritou com uma voz áspera: — **Você por acaso acha que a senhorita é sua amiga?**

— ...

—Você não pode nem sequer ajudar a jovem mestra por não ser um subordinado à altura, e ainda está a atrapalhando de cuidar de seus negócios! Que pessoa mais problemática...

— Chega, mordomo — o interrompi rapidamente, no entanto o mordomo não recuou, mas sim olhou para Eckles com um rosto aterrorizante.

"Não. Não é isso!", fiquei impressionada com o lado do velho mordomo que nunca tinha visto antes e ao mesmo tempo cheia de ansiedade. O rapaz não parecia recuar com a bronca, mas aos poucos ele relaxou sua mão, soltando o vestido. Vê-lo cabisbaixo daquele jeito era de dar dó, então segurei sua mão que rapidamente se afastava de mim.

— Eckles... — As palavras "Verificar afinidade" tremeluziram sobre sua cabeça com o toque, mas eu as ignorei. — Alguém veio do palácio imperial para falar comigo.

Ele poderia já ter ouvido o mordomo e saber disso, mas ele congelou ao ouvir isso da minha voz que era a mais gentil possível. Mais uma vez ele ficou cabisbaixo e dessa vez não olhou novamente para mim. Eu apertei sua mão e sussurrei baixinho:

—Voltarei em breve, então não se preocupe muito e continue treinando.

— ...

— Nós podemos nos divertir quando voltar, certo?

Ele continuou sem responder e só quando sorri que ele balançou a cabeça ainda um tanto relutante. Contudo, sua mão agarrada na minha ainda estava fraca e era difícil para eu ir embora. Queria checar a afinidade novamente por estar com medo da pontuação que eu tinha aumentado tão arduamente fosse perdida, mas...

— Senhorita. — Ouvindo a voz do mordomo, aguentei o impulso e soltei.

Eckles não dirigiu seu olhar para mim mesmo nessa hora. No entanto, quando me virei e saí do ginásio, pude sentir seu olhar persistente na parte de trás da minha cabeça.

Estávamos andando pelo caminho com uma pequena floresta até a mansão e eu podia sentir a hesitação do mordomo que andava atrás de mim.

— ...Senhorita.

— Se você tem algo a dizer, diga logo.

Quando ele pressionou seus lábios firmemente, eu respondi logo em seguida.

— Senhorita, é bom ter compaixão por aqueles abaixo de você, mas...

— ...

— Não deixe que eles se aproximem muito. Assim pode ser que eles ultrapassem os limites muitas vezes e não haverá fim para tal tolice, minha senhorita. — A voz cautelosa do mordomo era completamente diferente de antes, quando ele me ignorou e censurou o escravo. Como membro de uma família aristocrática, senti que os conselhos do servo fiel do chefe da família eram sinceros e preocupados.

— Obrigada por pensar sobre isso — assenti e o agradeci. Tudo o que ele disse era verdade, no entanto... — Mas, no futuro, não interfira sem a minha permissão quando eu estiver lidando com algo. — Parei e o olhei. — É uma ordem.

Os olhos do mordomo se arregalaram lentamente com o meu apelo frio. Mesmo que ele se aproximasse mais que o necessário, eu não tinha escolha a não ser deixá-lo fazer como bem entendesse. "96%." Eu já tinha chegado longe demais para me sentir ofendida com a atitude arrogante de qualquer personagem conquistável, principalmente de Eckles.

Quando cheguei na mansão, fui direto para a recepção onde uma pessoa muito familiar esperava por mim. O empregado do príncipe herdeiro se levantou e me cumprimentou amigavelmente:

— Bom dia, senhorita.

— Há quanto tempo.

Quando o príncipe ficou em coma por conta da tentativa de assassinato na competição de caça, eu fiquei familiarizada com o jovem por encontrá-lo frequentemente nos corredores do palácio.

— Sente-se — disse, enquanto me acomodava no sofá em sua frente. Emily logo apareceu para nos servir algumas bebidas.

— O motivo pelo qual vim hoje, senhorita é... — disse Cedric imediatamente depois de tomar um gole de chá.

— Um instante. Pennel, Emily... — Levantei minha mão indicando para que o jovem parasse de falar e então ordenei: — Nos deixem a sós.

Ninguém sabia que eu tinha me esgueirado para fora da mansão naquele dia, portanto seria um desastre se algo sério como "Soleil" ou "Novo Reino de Leila" saíssem da boca do empregado. Porém, Cedric balançou sua cabeça assim que ouviu minha ordem.

— Oh, não! Não é necessário. Está tudo bem, aliás, seria até melhor se eles estivessem aqui.

— ...Como? O que lhe traz aqui? — o olhei curiosa. Cedric coçou sua bochecha e sorriu vagamente.

— Bem... O aniversário do príncipe herdeiro é daqui alguns dias, não?

— Aniversário? — estranhei sua afirmação como se nunca tivesse ouvido falar disso antes, mas então me lembrei que os aniversários dos membros imediatos da realeza eram praticamente um feriado nesse mundo.
— Sim, claro... — Eu não fazia ideia de quando era o aniversário de Callisto, mas fingi saber enquanto assentia. Felizmente, Cedric pareceu não notar. — Mas o que tem?

— Sua Alteza mandou um vestido de presente para a senhorita usar no dia da festa.

— ...Como? — Dessa vez eu não consegui esconder minha surpresa.
— Um... vestido?

— Sim! A senhorita gostaria de vê-lo?

— Não, não preci-...

Antes mesmo que eu tivesse respondido, Cedric piscou para os outros servos que tinham vindo com ele. Quando olhei novamente, dois empregados estavam segurando caixas de tamanhos diferentes. Um deles veio com uma caixa grande e a colocou sobre a mesa de centro. Cedric abriu a tampa com um toque extremamente suave.

—Veja, senhorita.

— **Ó céus!** — Ele falava comigo, mas quem gritou foi Emily. Ela tinha feito beicinho quando tinha lhe dito para sair, mas ao abrir da caixa a moça praticamente pulou dentro da embalagem com os olhos brilhando. — Nossa, senhorita! Que lindo! O vestido está brilhando! O que é isso? Mágica?

— *Ahem*. Tal método artificial seria extremamente entediante. O material do vestido é obtido apenas ao cortar as asas dos elfos de Kuuhn.

— Uau! Eles não são aqueles elfos do tamanho de um dedo indicador? Céus! Como pode um vestido ser feito com asinhas tão pequenas?!

Com a estranha e confiante explicação do empregado, Emily aplaudiu admirada. Eu não conseguia entender o que estava acontecendo, então apenas olhei o que tinha dentro da caixa. O vestido dobrado ao meio era preto. No entanto, enquanto olhava para ele, uma tênue luz azul brilhou, e gradualmente a cor azul escura se espalhou por toda a bainha do tecido. Sua aparência lembrava um mar noturno silencioso.

"Deslumbrante", inclinei minha cabeça olhando o vestido fascinada. Vendo que estava interessada, Cedric mandou que um dos empregados desdobrasse o vestido.

— Ó céus! — Mais uma vez, Emily deu um pequeno grito de admiração.

Diferentemente do busto simples, pedras prateadas e douradas estavam densamente incrustadas como se fossem estrelas de uma galáxia brilhando no céu noturno. Eu, mesmo que um tanto quanto obtusa, também estava surpresa com a sua coloração e voluptuosidade que estavam na medida certa, sem nenhum excesso.

— Estes são diamantes azuis da montanha Pinini...

— Montanha Pinini?!

Com a explicação de Cedric, que apontava para a pedraria brilhante do vestido, desta vez foi Pennel quem arfou admirado.

— O bordado foi feito inteiramente de ouro. Na verdade, o design original foi feito apenas com diamantes. No entanto, depois de pronto, quando Sua Alteza o viu, disse que a senhorita gostava de ouro, então o trabalho de bordado foi adicionado especialmente para lhe agradar. O ouro adicionado é da mina pessoal da família imperial, sua qualidade é altíssima, o mais puro que há. — Cedric apontou para as linhas delicadas de ouro que cruzavam os brilhos prateados dos diamantes e falava com um tom confiante.

— Bem, isso é lindo, mas... — tentei recusar com uma careta. Algumas pessoas julgavam que eu era realmente louca por ouro e pedras preciosas.

Claro, no lugar da minha relutância com a súbita "cerimônia de presentes", os dois empregados tomaram o que seria meu lugar e faziam um estardalhaço.

— Céus!!! Ó céus!!!

— As minas pessoais da família imperial!!!

— E esse ainda não é o fim. — Cedric acenou para os empregados do palácio que estavam livres. Eles trouxeram uma caixa um pouco menor que a que continha o vestido. Cedric prontamente abriu a tampa da caixa.

— I-isso…!!! — Os olhos do mordomo se arregalaram como eu nunca tinha visto antes ao compreender do que se tratava o conteúdo do outro presente.

— São diamantes popinho e pérola de casco de tartaruga de orelha vermelha.

A primeira coisa que chamou minha atenção foi a pérola do tamanho de uma moeda grande que tinha uma coloração avermelhada. Ao seu redor, dezenas de diamantes que brilhavam em cinco cores diferentes estavam enfileirados. O maior era um colar, os menores eram um par de brincos. O brilho era tão forte que poderia ser capaz de cegar alguém, e eu estava completamente sem palavras, na verdade não apenas eu, mas Emily e Pennel também estavam paralisados com uma cara de surpresa e de quem não podia acreditar que estava vendo uma peça tão valiosa assim em sua frente.

— O diamante popinho é famoso, então você já deve saber do que se trata — Cedric mais uma vez disse orgulhosamente e muito satisfeito com a nossa reação. — Claro, ela é bem rara e valiosa, mas a pérola de casco de tartaruga de orelha vermelha tem sido procurada pela imperatriz há anos. Essa gema é quase que uma lenda.

— …

— Não imaginam quão difícil foi roubá-la da imperatriz… Oh, digo. Há, há, há! De qualquer forma, o trabalho duro valeu a pena! Parece combinar muito bem com a senhorita. — Era estranho, mas parecia que eu conseguia ver o rosto do príncipe através de sua aparência. Será que ele tinha notado a minha relutância? — Senhorita? Você… por acaso não gostou? — perguntou Cedric cautelosamente.

— Não, não é que eu gostei ou desgostei…

— …

— É só que… Por que eu estou ganhando tudo isso? Sua Alteza é quem celebrará seu aniversário, é ele quem deveria ganhar presentes.

— P-perdão? — Cedric ficou muito constrangido com a minha afirmação e eu não entendi ao certo o porquê de sua reação. Depois de hesitar por um tempo, ele explicou cuidadosamente: — A senhorita decidiu ser sua parceira neste baile de aniversário... não?

— C-como?! — Em vez de respondê-lo, fiquei boquiaberta e retornei à pergunta para ele. Fiquei completamente estupefata. — Eu... Quando que fiz isso?

— Assim como imaginei — Cedric assentiu e sussurrou com uma expressão séria. — Senhorita, você poderia me ouvir por um instante?

Com suas palavras, olhei em volta rapidamente, a atmosfera tinha mudado e a feição de Emily e do mordomo estavam estranhas.

— P-pessoal, nos deem um pouco de espaço — ordenei.

Então, quando confirmei que eles estavam a uns cinco passos mais distantes, me inclinei em direção a Cedric que segredou em meu ouvido:

— ...Sua Alteza enviou uma mensagem, ele pediu que você aceitasse como uma recompensa à heroína que salvou sua vida em vez de dizer coisas negativas como "quando eu concordei com isso?". Ele também disse que isto seria melhor do que ganhar um título na frente de todos.

— O quê?!

— Se ainda assim a senhorita não os aceitar, ele instruiu que eu dissesse que consideraria isto como uma extensão de "algo" que ele lhe deu "naquele momento".

— Huh...!

Nem sequer consegui falar algo de tão impressionada que estava. Assim que entendi o que "algo que ele lhe deu" significava, não pude acreditar. Me lembrei da brisa fria do mar soprando em meu rosto, o príncipe herdeiro com seus cabelos dourados brilhantes se aproximando de mim e, de repente, uma sensação quente em meus lábios que... "...Argh! Seu lunático!", eu podia sentir a temperatura do meu rosto aumentando. Balancei minha cabeça brutalmente tentando evitar aquela maldita lembrança. Talvez ele tenha entendido minha reação erroneamente, mas Cedric continuou sussurrando para mim com uma expressão séria:

— Senhorita, estou lhe perguntando isso do fundo do meu velho coração... Por acaso a senhorita está sendo ameaçada pelo príncipe herdeiro?

— ...

— Se esse for o caso, por favor, tussa duas vezes. Eu juro que farei o possível para lhe ajudar — hesitante, ele fez uma pausa e arregalou os seus olhos. — Aliás, a senhorita está machucada? Por que está tocando seus lábios assim tão de repente...?

Fiquei espantada com suas palavras e abaixei minha mão rapidamente. Eu nem sequer sabia que estava fazendo isso, então não consegui evitar agir estranha e rispidamente.

— N-não é da sua conta.

— Oh...!

Cedric soltou um suspiro como se tivesse entendido alguma coisa a partir da minha reação. Por algum motivo eu fiquei descontente e levantei a parte superior do meu corpo que havia inclinado para ouvi-lo.

— Estou muito grata pelos presentes, mas não fiquei sabendo de nada sobre ser a parceira do príncipe, então gostaria que você se assegurasse de mandar um recado para Sua Alteza.

— Uh? O que você está falando...?

— Nós ainda não decidimos se compareceremos à cerimônia ou não, então sugiro que ele procure por outra pessoa. — Sorri com desdém enquanto dava de ombros. — Nunca se sabe quando se pode ficar com febre, passar mal e acabar acamada.

— Ó, sim, sim. Claro...

Cedric me olhou com um olhar confuso, afinal as outras pessoas não sabiam o que estava acontecendo, não é mesmo? Depois de me encarar desconfiado por alguns instantes, ele parecia pensar em alguma coisa e então se levantou e concluiu:

— Muito obrigado pelo chá, senhorita. Bem eu já lhe disse o que precisava, então irei embora.

— Sim, não posso mais retê-lo de suas tarefas. — Levantei minha cabeça como se dissesse “saia logo daqui”.

— Certo, estou indo. Muito obrigado por aceitar Sua Alteza, senhorita — disse Cedric e se curvou em silêncio antes de partir.

"Hã? Tem alguma coisa estranha", ia desejar-lhe uma boa viagem, mas parei ao pensar que tinha ouvido algo esquisito. Logo, tão rápido quando viera, o assessor do príncipe herdeiro deixou a mansão em segurança. Um suspiro de alívio escapou de mim, mas não tanto quanto eu esperava.

— Emily, pegue essas coisas e leve-as para o quarto.

— ...

— ...Emily?

Quando não ouvi uma resposta, virei-me casualmente para ver o que acontecia. A cinco passos de distância de mim, Emily e Pennel estavam parados me encarando de uma maneira estranha. O mordomo pressionou seus lábios e perguntou com certa dificuldade:

— Senhorita, por acaso... você e o príncipe herdeiro realmente... estão tendo alguma coisa...?

— O que você quer dizer com...

Assim que ia o questionar, me lembrei dos rumores durante a competição de caça sobre eu e o príncipe estarmos juntos. Mesmo depois do evento, as pessoas continuavam falando sobre isso: "O casal que secretamente estava junto há tempos e ninguém nem suspeitava!", "Eles terminaram ou aquela foi uma simples briguinha?", "O cortejo persistente do príncipe foi recusado brutalmente pela senhorita Eckhart!".

— N-não! — sacudi minha cabeça e exclamei.

— ...

— Não é nada disso! — minha voz indignada ecoou pela sala de visitas.

— Ainda não decidi se vou ou não no aniversário do príncipe herdeiro, então cuidado com o que vocês falarão por aí.

Voltei para o quarto depois de instruir o mordomo e Emily várias vezes. Eu tinha tido sorte de o duque ter ido para o palácio e os meus irmão para o treino fora da mansão. Apesar de não poder impedir que eles ficassem sabendo da vinda do empregado pessoal do príncipe, apenas aqueles que estavam presentes dentro do cômodo sabiam dos itens de luxo que tinha ganhado. Depois de um tempo, o mordomo, a quem eu tinha confiado certas instruções, retornou. Ao entrar em meus aposentos, ele estava sozinho.

— ...E Eckles?

— Aparentemente ele saiu para ter suas aulas de esgrima, senhorita.

— Aulas? — indaguei.

"Tenho certeza de que ele disse que não as teria por alguns dias..."

— Eu fui até ao estábulo e chequei pessoalmente, não havia nenhum cocheiro nem carruagem — vendo a minha careta, ele completou.

— Então ele realmente deve ter ido treinar...

A carruagem apenas o levava até a vila em que ele fazia aulas de esgrima, então, mesmo que tivesse partido abruptamente, eu não pude fazer nada além de aceitar: "Teremos que ir ao nosso encontro amanhã". A lembrança dos 4% que ainda faltavam me veio à mente, mas tentei relaxar. Se agisse por impulso não seria capaz de fazer nada direito. Enquanto estava pensando sobre onde poderia ir com ele, minha mente me levou a outro lugar e, com isso, rapidamente disse:

— Prepare as coisas para sair, mordomo.

— Mas a senhorita está sem escolta, não tem problema? — Desprevenido, o mordomo perguntou, afinal já fazia um bom tempo que eu não saia oficialmente.

— Não, logo estarei de volta.

— Aonde você vai...?

— Não tenho certeza.

Tuk, tuk, tuk – inconscientemente batendo os dedos na mesa, pensei no que dar para aqueles que já tem de tudo ou mesmo o que seria de seu agrado.

— ...Acho que ao vendedor de armas. — Eu apenas não conseguia me livrar da sensação de urgência repentina.

A saída acabou rápido como o esperado.

— Ei, fiquei sabendo que o empregado do príncipe veio aqui. O que aconteceu?

Logo que entrei na mansão, Reynold correu em minha direção e me questionou, provavelmente ele tinha acabado de chegar do treino.

— Não foi nada de mais. Ele só tinha algo para me perguntar sobre o julgamento da competição de caça.

— O quê? Mas eu tenho certeza de que consegui me livrar de todos os rumores e que tudo já tinha sido resolvido. O que mais ele teria para perguntar?

— Reynold, eu estou cansada. Vamos conversar uma outra hora.

— Ei! O que ele perguntou? Só me responda isso antes de ir!

Como realmente estava cansada, dei uma desculpa qualquer e fui para o meu quarto rapidamente para escapar.

No dia seguinte, o mordomo reportou que Eckles chegara ao alvorecer, muito mais tarde que o combinado, fazendo com que uma ponta de ansiedade começasse a pinçar em meu peito. Pensei em chamá-lo e o interrogar novamente, mas logo desisti.

"Bem, eu mesma lhe dei as ervas e medicamentos..." Claro, ele tinha apenas uma hora livre, mas tinha permitido que ele ajudasse as pessoas de sua terra natal, então perguntar por que ele tinha chegado tão tarde logo no dia seguinte de ter lhe dado autorização não seria nem um pouco legal. Além de tudo, se fizesse isso novamente, seria óbvio aos olhos do mordomo que algo não estava certo.

— Diga-lhe para vir me ver assim que acordar. — Foi tudo o que eu disse, era o máximo de consideração que podia demonstrar. Mas não pude encontrá-lo neste dia também.

— Assim que ele acordou, foi direto para a carruagem e partiu para seu treino. — A feição de embaraço do mordomo fez com que eu sentisse que algo estava estranho.

“Será que… ele está me evitando?”, contudo não havia nenhum motivo para isso. Eckles devia ter ficado chateado com a visita repentina do serviçal do príncipe, mas, de qualquer forma, ele não estava em uma posição que pudesse falar algo. Embora choramingasse muitas vezes, o escravo era mais rápido do que qualquer outra pessoa para entender a realidade. Eu estava desesperada para abraçá-lo imediatamente e conferir se sua afinidade ainda era a mesma. No entanto, não podia agarrar o rapaz que estava tão entusiasmado para aprender esgrima e perguntar se ele não preferia ir a um encontro comigo.

“Quanto tempo ainda falta para a cerimônia de maioridade?” Contei os dias que faltavam para o aniversário de Penelope e percebi que faltavam apenas duas semanas. Se isso fosse o suficiente para aumentar 4%, pode-se dizer que era o bastante. Mas, condizente ao meu nervosismo, não pude encontrar Eckles no dia seguinte ou no outro. Quando finalmente decidi ir para sua acomodação, pensando que se continuasse assim não conseguiria fugir a tempo, um convite para o banquete de aniversário do príncipe foi enviado do palácio imperial, a ordem era que toda a família do duque participasse incondicionalmente.

O tempo voou e logo chegou o dia do aniversário do príncipe herdeiro. Callisto enviou convites para todos os membros da família do duque com medo de eu fingir algum tipo de doença, fazendo com que não conseguíssemos recusar.

Assim como para qualquer banquete, naquele dia fui acordada pelas empregadas logo de madrugada. Era cansativo e irritante, mas agora, depois de ter vindo para esse mundo há tanto tempo, eu já estava acostumada e achava até que valia a pena.

— Senhorita, você precisa usar aquele vestido. — Estava meio dormindo ainda de olhos fechados e deixava tudo para as empregadas. Quando abri os olhos com as mãos agitadas e assim que vi o vestido azul-marinho esvoaçando em minha frente acordei completamente.

— Isso... — Era o vestido que o príncipe herdeiro tinha me presenteado. As luzes que estavam suavemente acesas durante o meu banho brilhavam fortemente nos diamantes incrustados no tecido.

— Uau! Você comprou um vestido novo?

— Ele é tão lindo! O toque do tecido é tão suave!

— A senhorita vai ficar tão linda nele!

A aparição do vestido que as outras empregadas nunca tinham visto causou um burburinho. Eu o encarei por um momento e logo balancei minha cabeça.

— ...Traga-me outro.

— O quê? Por que, senhorita? Sua Alteza pessoalmente...

— Emily. — A moça que tentava me questionar imediatamente se calou com o meu chamado frio.

Mais uma vez, olhei para o vestido que Callisto me dera. Eu odiava coisas chamativas, mas mesmo aos meus olhos, ele era completamente deslumbrante. Apesar de não gostar do fato que foi ele quem me deu, eu tinha que admitir que o príncipe tinha um bom gosto inquestionável. O problema era que se o vestisse, isso certamente faria a aparência elegante de Penelope se destacar.

"Fora isso, se o vestir eu certamente terei que me envolver com Callisto novamente", mas diferentemente de antes que nada era muito certo, agora o final do jogo já estava muito próximo. Por outro lado, não era mais necessário que me envolvesse com outro personagem conquistável, na verdade, não era muito desejável também, afinal eu poderia acabar sendo arrastada para eventos problemáticos sem necessidade alguma e só de pensar nisso já ficava nauseada.

— Eu vou apenas dar uma passadinha no banquete para mostrar que fui, então me traga um vestido mais simples, que não chame muita atenção.

As empregadas não contrariavam mais as minhas ordens e prontamente levaram a roupa. Depois de um tempo, em seu lugar, elas trouxeram um vestido delicado em um tom escuro de roxo. Originalmente ele não estava no guarda-roupa de Penelope, eu que o comprei depois de um tempo, seguindo meu gosto pessoal. As meninas prenderam meu cabelo normalmente e depois de colocar o mínimo de acessórios possível, eu deixei o quarto.

Conforme descia as escadas, figuras familiares estavam em pé ao lado da porta. O duque, o *pink*, e o laranja puderam ser avistados um após o outro.

— Penelope... — O duque foi o primeiro a dizer algo. Eu estava para lhe cumprimentar, mas, de repente, me surgiu uma dúvida.

— Por que vocês estão todos aqui?

— Vamos juntos para o palácio imperial.

— Vocês... não iam em carruagens separadas...?

O duque olhou para outra direção e pressionou seus lábios, desconfortável com a minha pergunta, ele tossiu e então respondeu:

— *Ahem*, seus irmãos pediram para eu ir com eles.

— Quando que a gente...! — Do nada, Reynold deu um grito, mas rapidamente ficou em silêncio ao receber um olhar do duque que ordenava que ele se calasse. — Sim, é verdade... Obrigado... — Com o duque os olhando alternadamente, Reynold se esforçou para confirmar o que seu pai dizia.

— Você não recebeu nenhuma solicitação para ser acompanhante de ninguém desta vez, né?

— O quê...? — Quase respondendo "fui", eu parei. Se terminasse de falar, teria que revelar que, na verdade, um louco tinha empurrado seus planos de me fazer seu par no baile.

— Não se preocupe com isso, seus irmãos vão te acompanhar. Viu? E você pensou que ia sozinha. Agora deve estar se achando.

— Há, tem certeza que só não está usando isso como uma desculpa por ter sido recusado ao se candidatar ao ser o par de alguém?

— Você quer apanhar?

— Parem, Reynold, Penelope — interrompeu o duque a nossa briguinha infantil com um tom severo. — Chega. Vamos, está na hora de ir.

Reynold continuou me encarando até o fim e depois virou sua cabeça. "Que cara mais infantil", fazendo bico, eu os segui.

Na frente da mansão a carruagem dedicada ao duque estava estacionada, era a mesma que tinha nos levado para a competição de caça da outra vez. O duque foi o primeiro a entrar, depois Reynold e, quando estava para subir e já levantava a barra de meu vestido...

— Aqui. — De repente, a mão de alguém apareceu na minha frente. Ao me virar, Derrick estava me encarando com seus olhos azuis. Eu estava surpresa, mas assenti.

— ...Obrigada, irmão. — Talvez por tê-lo chamado de "irmão" depois de muito tempo chamando-o apenas de "jovem mestre" sua mão tremeu e ao mesmo tempo um brilho surgiu perante meus olhos.

<Sistema>
Você gostaria de verificar a afinidade de {Derrick}?
[Dois milhões de moedas de ouro] [Duzentos pontos de reputação]

Eu estava um pouco distraída quando a janela do sistema apareceu subitamente. "Parando para pensar sobre isso... nunca verifiquei sua afinidade desde que a função de verificar afinidade foi mudada."

Hesitei em escolher [Dois milhões de moedas de ouro], afinal não havia necessidade de vê-la, mas com a pura curiosidade de saber se ela tinha diminuído, decidi fazê-lo apenas uma vez.

<Sistema>
Verificando a afinidade de {Derrick} por [Dois milhões de moedas de ouro].
(Fundos restantes: 44 milhões de moedas de ouro)

Afinidade: 45%

A afinidade de Derrick apareceu. Felizmente, ela não tinha caído em comparação à última vez que a tinha visto, pelo contrário, tinha aumentado mais do que eu tinha imaginado. Entretanto, talvez por já ter visto um placar perto do máximo, não fiquei nem um pouco surpresa com a sua afinidade inferior aos 50%.

— ...O que você está fazendo que não entra logo na carruagem? — Uma voz fria me acordou e eu percebi que fiquei parada apenas o encarando por algum tempo enquanto segurava sua mão.

— Ah, desculpe. — Me virei e pisei na plataforma da carruagem. Somente quando já tinha entrado na carruagem que...

—Você está vestida como uma bela dama hoje. — Uma voz baixinha pôde ser ouvida vindo de trás. Eu parei e o olhei, mas ele se sentou perto de mim silenciosamente, como se nunca tivesse dito nada.

"...Tá, mas qual o problema dos lugares de novo?", mais tarde, percebi que estávamos arranjados dentro do veículo do mesmo jeito que no dia da competição de caça. Eu já me sentia sufocada.

Não muito depois da carruagem ter partido, o duque quebrou o silêncio pesado que pairava no ambiente.

— O imperador estará presente também, então não ajam descuidadamente. Especialmente você, Penelope.

"Por que você sempre fala assim comigo nessas situações?", mais uma vez sendo o "problema", eu estava prestes a fazer bico, mas acabei não o fazendo com a continuação do sermão do duque.

— E também não chute ninguém só porque alguns idiotas estão flertando com você e te chamando para dançar. Em vez disso, chame a mim ou aos seus irmãos em voz alta, isso já deve dar conta.

— ...

— Eu já te disse isso, mas se você quiser bater em alguém, leve-o para um lugar deserto e então o faça. Entendido?

— Pai, já lhe disse várias vezes para não dizer isso.

— *Ahem.* — Com a bronca de Derrick, o duque virou sua cabeça para o outro lado e tossiu em vão.

— Hm, ele está certo. Levando em consideração que ela quase cortou a fonte de linhagem do visconde Hail no baile de aniversário do príncipe herdeiro no ano passado… Ugh, céus! — Reynold estremeceu enquanto falava, parecendo estar aterrorizado com a situação.

Olhei para meus pés e a ponta afiada do sapato de cristal foi revelada brevemente pela bainha de meu vestido. "Uh, que ótimo. Então sapatos de salto até que são úteis", olhei alternadamente para os sapatos de Reynold e os meus, então dei um pequeno chutinho, me vangloriando da nova habilidade ofensiva que tinha descoberto. O rapaz que se sentava do outro lado gritou enquanto chacoalhava seus ombros:

— Ei! Ei! Por que você está olhando para seus pés com essa cara tenebrosa do nada?

— Eu? Quando? — Dei um sorriso para ele e para o duque e então respondi: — Certo, pai.

— Ugh, essa doida… — murmurou Reynold alguma coisa e Derrick me olhou friamente, mas eu não liguei e continuei dando chutinhos com a ponta dura de meus sapatos mais algumas vezes.

Depois de um tempo a carruagem chegou ao palácio imperial. Eu estava internamente nervosa até descer completamente do veículo. Isso porque estava com medo do príncipe herdeiro aparecer do nada e dizer alguma bobagem como "minha parceira está aqui?" ou algo do tipo. Inclusive foi exatamente por isso que mudei propositalmente o vestido, desse modo me destacaria menos e seria mais difícil para ele me achar. Contudo, felizmente, seus cabelos dourados não podiam ser vistos em lugar algum pelas escadas que nos levavam para o salão de banquetes. Eu olhava em volta à sua procura.

— Minha querida. — De repente, o duque me chamou e, quando me virei, vi uma mão enrugada na minha frente. — Você permitirá que seu pai te acompanhe?

— …

— Ou você prefere recusar e entrar sozinha em vez de com um homem mais velho?

As palavras que ele acrescentou em um tom brincalhão fizeram com que eu ficasse de olhos arregalados. Era de meu conhecimento que Penelope era meio biruta por conta da negligência do duque, mas a jovem garota que passava pela puberdade poderia ficar envergonhada de ser vista em público segurando a mão de seu velho pai por não ter um parceiro de sua idade. "Mas você não deveria ter dito isso tão claramente, Penelope, sua estúpida!"

Quando olhei para baixo, para a mão do duque, com um ar um tanto atordoado, ele disse:

— Não tem problema se você não quiser.

Por não ter pegado sua mão prontamente, o duque tentou escondê-la por vergonha. Eu a agarrei rapidamente.

— De forma alguma…

— …

— De forma alguma isso poderia ser verdade, pai. — Ao ver o rosto do duque que se alegrou tanto, eu dei um sorriso dolorido. — Vamos! — Com essas palavras, a ansiedade começou a dançar dentro de minha barriga.

— Os membros da família do duque Eckhart, chegaram! — As portas gigantes do salão abriram depois do anúncio de um dos servos. Lá dentro já estavam vários membros da nobreza.

Conforme andei pelo salão segurando a mão do duque e desesperadamente reprimindo o meu estômago enjoado, meus olhos se encontraram com os de outra pessoa. Todas as vezes ele estava usando uma máscara de coelho, então ver seus belos cabelos prateados brilhando e seu rosto descoberto era diferente. Apesar do contato visual, Winter não olhou para outro lado, depois de alguns segundos, fui eu que evitei o contato por me sentir mal com os acontecimentos de nosso último encontro.

> **<Sistema>**
> **Um evento inesperado: {Nesta noite ardente, dancemos juntos}!**
> **Você gostaria de convidar {Winter} para dançar?**
> **(Recompensa: Afinidade de {Winter} +5%, Reputação +50.)**
> **[Sim] [Não]**

Uma caixa de diálogo do sistema de repente apareceu na minha frente. "O que é isso?", fiz uma careta e cliquei em [Não] algumas vezes seguidas, só então que o aviso desapareceu.

— O que aquele tiozinho tá olhando?

Uma voz nervosa soou do meu lado. Ao virar minha cabeça, vi que Reynold estava olhando para Winter, que por sua vez me olhava com os olhos bem abertos. Mas, nesse mesmo momento...

> **<Sistema>**
> **Um evento inesperado: {Nesta noite ardente, dancemos juntos}!**
> **Você gostaria de convidar {Reynold} para dançar?**
> **(Recompensa: Afinidade de {Reynold} +5%, Reputação +50.)**
> **[Sim] [Não]**

Outra janela indicando um evento apareceu. "Esse jogo é completamente biruta, né?!", estava genuinamente surpresa. "Não, não, não!", nervosa, apertei várias vezes o botão [Não] novamente. Eu não queria chamar a atenção do príncipe herdeiro e, para isso, até mesmo coloquei um vestido bem modesto, então todo meu esforço simplesmente não iria para o ralo se eu decidisse dançar com um dos protagonistas masculinos? "E por que sou eu que tenho que chamar eles para dançar?!" No modo normal eram eles que pediam que nem loucos para a protagonista se eles poderiam ter "a honra de ter a sua primeira dança". Contudo, Reynold estava ocupado encarando Winter e não parecia que iria se propor para dançar comigo. Eu fiquei perplexa e olhei para os outros lados.

— O que foi? O que você está olhando agora?

— ...

Fiz uma careta e o ignorei. O duque e Derrick já tinham saído para cumprimentar seus amigos e eu pensei que Reynold faria o mesmo, mas jamais tinha imaginado que o rapaz ficaria do meu lado de vigia.

— Ei! Ei! Para onde você está indo?!

—Você não precisa saber — respondi indiferentemente e fui para um canto do salão com o objetivo de evitar as pessoas.

Eu planejava ficar ali até que o imperador aparecesse e desse seu discurso de parabenização. Peguei uma taça de vinho de um dos empregados que passavam e me acomodei em um cantinho escondido. Reynold que tinha me seguido até ali ficou de pé com os braços cruzados a alguns passos de distância de mim. Mesmo que aquele fosse um lugar afastado, as pessoas continuavam a olhar em minha direção por causa da presença de Reynold.

— Por que você está me seguindo? — perguntei com uma feição incomodada.

— Eu não te segui, sempre fico neste lugar. — Em resposta à sua justificativa infantil, me virei para não o escutar mais, todavia não conseguia dar nem um passo sequer para longe do rapaz de cabelos rosa sem que ele segurasse meu ombro.

— Aonde você está indo?

—Você disse que sempre fica neste lugar, então estou tentando evitá-lo — disse sendo meio-sincera, a verdade era que eu não queria ficar sozinha com ele.

Esse jogo tinha a droga de um sistema extremamente persistente, se eu ficasse ao seu lado sabe-se lá quando ele me ofereceria a missão de dançar com ele novamente. O melhor jeito de evitar problemas era ficar longe de todos os personagens conquistáveis.

— Foi você que me pediu para ficar com você... — Reynold me olhou irritado franzindo o cenho. Talvez fosse a iluminação, mas seu rosto estava muito vermelho. — Que garota irritante... — Ele se virou e saiu pisando duro.

"Quê? Eu pedi?", estava boquiaberta enquanto o via ir embora e então uma cena passou pela minha cabeça.

— Você precisa ir mesmo agora? Não pode ficar aqui comigo...?

— O-o que deu em você?!

Isso tinha acontecido durante a competição de caça, naquela ocasião eu não sabia quando o príncipe herdeiro apareceria então eu estava me agarrando em meus escudos que me deixaram um por um, fazendo com que eu ficasse desesperada... Honestamente, estava um pouco surpresa por Reynold ainda se lembrar disso.

Olhei para sua barra *pink*, que contrastava bem com seus cabelos rosa-claros, flutuando sobre sua cabeça, já difícil de se ver no meio da multidão. Parando para pensar, também já fazia muito tempo que não via sua afinidade.

"Quando ele voltar, será que deveria sugerir de dançarmos?", quando o olhava perdida em meus pensamentos, repentinamente comecei a sentir que estava sendo observada. Quando me virei inadvertidamente, meus olhos se encontraram com seus olhos azul-escuros novamente. "Ah, não! Eu tinha me escondido de propósito, como foi que você me achou?!"

Ou ele também tinha me seguido, ou o lugar que eu estava não era tão distante quanto eu achava. Para evitar ser encontrada, parecia que teria que me enfiar no meio daquela aglomeração. No entanto, não poderia deixar de saber onde ele estava por conta de sua barra roxa olhando para mim o tempo todo. "Eu vou enlouquecer!" De repente, Winter endireitou sua postura e lambeu os lábios. Por alguma razão, eu senti que era uma questão de tempo até que ele viesse em minha direção. "Parece que este não é o melhor lugar para ficar", me virei e voltei a me mover.

— O que você está fazendo aqui? — Mas alguém de terno preto bloqueou minha passagem. Era Derrick.

> <Sistema>
> **Um evento inesperado: {Nesta noite ardente, dancemos juntos}!**
> **Você gostaria de convidar {Derrick} para dançar?**
> **(Recompensa: Afinidade de {Derrick} +5%, Reputação +50.)**
> **[Sim] [Não]**

"Aff... Por favor, tenha piedade de mim!!!" Assim que nossos olhos se encontraram, engoli em seco com a visão do aviso do sistema.

— Só... parada. — Ao mesmo tempo, estava desnorteada com a aparição repentina de Derrick na minha frente.

Diferentemente de sua pose de aristocrata sangue-frio, ele estava sempre rodeado de pessoas nesse tipo de evento social. Eu o encarava e, como se fosse uma pegadinha, a música mudou para uma romântica e lenta.

— Você gostaria de dançar? — Palavras inacreditáveis saíram da boca de Derrick fazendo com que eu piscasse em confusão.

— ...Comigo?

— Sim. — Derrick estendeu sua mão para mim. Não sabia o que estava errado com o rapaz que odiava que eu encostasse nele ou o chamasse de "irmão".

— Por... — Prestes a perguntar "por quê?" reflexivamente, meus lábios entreabertos se cerraram.

— Eu... também não sei.

Sua voz respondendo calmamente roçou em meus ouvidos. Eu não sabia seu motivo para fazer isso e tampouco ele mesmo deveria saber. "Bem, essa missão vai continuar aparecendo repetidamente, então terei que fazê-la uma ou duas vezes de qualquer jeito."

Em vez de recusar, o melhor seria aceitar logo e acabar de uma vez por todas com isso. A recompensa não era ruim e não era eu a pessoa a ter que pedir para dançarem comigo de maneira servil apenas para ganhar uns pontinhos. Depois de me decidir, lentamente estiquei minha mão em sua direção e estava prestes a clicar em [Sim], quando minha cintura foi vigorosamente puxada para o lado.

— Me desculpe. — Indefesa, – ***vush*** – fui arrastada impotente pelos braços de alguém. — Sou eu que dançarei com Penelope.

Na frente dos meus olhos, cabelos dourados esvoaçantes cintilavam refletindo a luz do lustre. Ao mesmo tempo, mais uma janela pulou em minha direção.

<Sistema>
Você gostaria de verificar a afinidade de {Callisto}?
[Dois milhões de moedas de ouro] [Duzentos pontos de reputação]

Me distraí com isso por um momento, mas uma voz gélida soou ao meu lado trazendo-me de volta para a realidade:

— Vossa Alteza, o que você pensa que está fazendo?

Virei minha cabeça. O olhar glacial de Derrick estava olhando para a mão do príncipe ao redor de minha cintura. Só então que percebi a situação e tentei me afastar de Callisto.

— Alteza, o que é...? Ugh!

No entanto, seu braço forte me segurou com mais firmeza, impedindo que eu fugisse. O príncipe herdeiro franziu o cenho ao olhar para mim que estava confusa.

— Cheguei um pouco tarde porque tive que cuidar de algumas coisas. Não importava o quanto olhasse pelo salão, não conseguia te encontrar...

— ...

— Então você estava se escondendo aqui. Estou te procurando já faz um bom tempo, princesa.

— Eu perguntei o que você está fazendo... — Derrick se aproximou em grande velocidade e cerrou seu punho como se estivesse segurando sua raiva e vontade de arrancar a mão do príncipe de mim. A atmosfera do ambiente ficou fria em um piscar de olhos — Tire as mãos dela.

— Não? — O príncipe deu de ombros e inclinou sua cabeça apesar do aviso do jovem duque. — Como vocês são irmãos, podem dançar quando quiserem. Me ceda a chance hoje.

— Sinto muito, mas acho que não será possível — retorquiu Derrick sem parecer nem um pouco intimidado pela resposta do príncipe. — Eu tenho estado muito ocupado com o trabalho recentemente, então não tenho tido muito tempo para ficar com a minha irmãzinha. E é melhor não ser tão rude com os Eckhart, Alteza.

Diferentemente da última vez durante a competição de caça em que Derrick agiu como se tivesse sofrido uma lavagem cerebral e apenas nos encarou com um rosto inexpressivo, agora ele reagia de maneira protetora.

— Uma reunião com a alta nobreza logo será realizada sob a liderança da Sua Majestade, o imperador.

De repente – ***creck*** – consegui ouvir o som de dentes rangendo sobre mim, era tão sutil que apenas eu conseguia ouvir por estar muito próxima do príncipe herdeiro.

— ...Que rude de sua parte. Estou desapontado. — Com sua mandíbula ainda cerrada, Callisto deu um sorriso e disse: — A senhorita é minha acompanhante hoje, jovem duque.

— Essa é a primeira vez que ouço alguém dizer que arrastar uma dama pelo salão é um convite para tê-la como sua acompanhante.

— Eu educadamente solicitei sua companhia através de meu empregado e a senhorita aceitou.

— ...

Eu prestava atenção na discussão com ansiedade quando de repente um silêncio ensurdecedor tomou conta do ambiente. Derrick já estava pronto para responder o príncipe, mas ao ouvir sua última frase, fechou a boca lentamente e depois de um momento em silêncio, olhou para mim e perguntou:

— ...Isso é verdade?

Tardiamente entendi do que Callisto estava falando. Ao ver a barra laranja piscando acima dele, sacudi minha cabeça veementemente.

— Q-quando foi que eu aceitei...?!

— Se você recusar, vou gritar para o Império inteiro sobre a heroína que varreu Soleil do mapa — sussurrou o príncipe no meu ouvido de modo que apenas eu conseguisse ouvir, assim, olhei-o com os olhos arregalados, mas tudo o que ele fez foi dar um risinho sádico.

"Esse maníaco desgraçado!" Eu estava farta, mas sabia que esse lunático estava falando sério.

— ...Irmão. — No fim, acabei chamando por Derrick com lágrimas nos olhos. — É uma honra ser chamada para dançar com Sua Alteza... — Mesmo com os lábios tremendo, eu dei um jeito de completar uma frase, mas não disse nada que o reconhecesse como meu parceiro.

— ...Penelope Eckhart.

Derrick cerrou sua mandíbula de um jeito que nunca tinha visto antes e rapidamente virou e se afastou. A barra laranja que tremeluzia sumiu do meu campo de visão em um piscar de olhos. Apesar de estar aliviada pela situação ter acabado pacificamente, me senti meio mal por ele. "Vai ficar tudo bem... né?", independentemente de quantas vezes repetisse essa frase, eu continuava preocupada se as coisas realmente não acabariam complicadas para o meu lado. Foi então que...

— Há, é a primeira vez que vejo o jovem duque desse jeito. Graças a você eu tive uma visão privilegiada, senhorita.

Quando me virei em direção a voz maldosa, o príncipe estava dando risadinhas com uma expressão engraçada.

— O que você está fazendo? Quando foi que eu disse que seria sua parceira?

O príncipe logo parou de rir e me respondeu calmamente.

— O quê? Não é verdade?

— Estou indo. Você pode dançar sozinho. — Me virei irritada.

— Princesa! — Callisto me segurou com uma rara feição de preocupação e vergonha. — ...Você está brava?

— ... — Eu estava atônita com a pergunta do rapaz.

— Ó céus! Vossa Alteza, o príncipe herdeiro...

— Então parece que o rumor era verdade...!

Devido a aparição repentina do príncipe, os nobres começaram a cochichar entre si. Eu queria sair dali o mais rápido possível, mas a apenas um passo de distância o jovem de cabelos dourados segurava a barra da minha saia como uma criancinha indefesa. Olhando em volta, respondi:

— O que você está fazendo?

— Dance um pouco comigo, princesa.

— Já disse para dançar sozinho.

— É meu banquete de aniversário, mas não consigo evitar a tristeza de ser recusado pela minha própria parceira, ainda mais sendo o príncipe herdeiro do Império... — disse ele fazendo uma expressão exagerada de tristeza.

Enquanto isso, ele ainda segurava minha saia com força e, ao ver essa cena, suspirei e franzi o cenho. "Você não é mais uma criança... Qual o problema desse cara?!" Seu comportamento tinha passado o limite do que poderia ser considerado "rude". Contudo, nós não estávamos a sós e eu não poderia dar um tapa na sua mão ou simplesmente puxar meu vestido, afinal ele era um membro da realeza e nós estávamos cercados de nobres que assistiam atentamente cada movimento que fazíamos. Claro, Callisto fez isso justamente porque tinha consciência dessas circunstâncias.

— Eu tenho certeza de que, em vez de mim, há várias outras jovens que anseiam pela sua companhia.

— Não sei — respondeu e olhou ao redor.

Então, alguns nobres, que nos assistiam prendendo a respiração, viraram a cabeça com pressa ao perceber o olhar do príncipe herdeiro sobre eles. Um grupo de jovens senhoritas que estava próximo a nós até mesmo saiu de perto e se encaminhou para outro canto do salão. Seu olhar voltou para mim enquanto eu observava o salão de banquetes.

— Viu? — O príncipe inclinou a cabeça e disse: — Desde a última vez que nos vimos a princesa desenvolveu um talento incrível para me deixar triste.

— ...

Eu apenas pisquei e não disse nada. Nos olhos dos nobres pelo salão claramente havia medo e vigilância, o que não correspondia com os sentimentos que eles deveriam ter por aquele que seria o próximo imperador. "Bem, depois da cena que ele fez no aniversário do segundo príncipe..." A culpa era dele por ter cortado a cabeça do assassino na frente de todo mundo e bem no meio da festa. Além disso, mesmo no modo normal do jogo era conhecido que ele era um assassino a sangue frio.

"Parando para pensar...", de repente as palavras de Derrick passaram pela minha mente e me ocorreu que logo haveria a reunião com a alta nobreza para decidir sobre a sucessão do trono. Depois de muito tempo no campo de batalha e de trazer grandes vitórias para o Império, Callisto não tinha recebido nenhum crédito por isso, nem mesmo de seu pai biológico, o imperador.

— Por que você só não me faz companhia? — Com a fala do príncipe, eu acordei de meus pensamentos. — É o meu aniversário. Você não poderia ficar de bico fechado e concordar com isso depois de todos aqueles presentes caros que te mandei?

— ...

— Os acessórios foram feitos com um dos tesouros nacionais de um dos países que derrotei na guerra. Sabe, princesa, o valor daquilo é inestimável e ninguém conseguiria comprá-lo nem por um bilhão de moedas de ouro.

Eu pensava em uma forma de refutá-lo, mas apenas me calei. Ele permanecia com a sua aparência ameaçadora de sempre, mas, por algum motivo, o modo como ele segurava persistentemente minha saia... me pareceu pegajoso e de dar pena. Por outro lado, ele parecia muito mais persistente que os outros personagens conquistáveis que apenas iriam embora assim que eu os recusasse.

— ...Eu não sei dançar.

Depois de olhar para os lados e ver a janela do sistema que continuava flutuando, respondi em um tom de confissão. Quando parei para pensar, percebi que não sabia como eram as danças da aristocracia e também era improvável que eu dançasse bem apenas ao seguir o ritmo. "Como imaginei, é melhor deixar de lado essa missão maldita", quando tinha acabado de me decidir...

— Então podemos fazer assim.

— Aaaak!

Ele soltou a bainha de minha saia e me levantou no ar pela cintura usando apenas uma mão. Eu dei um gritinho de surpresa e segurei forte em seus ombros. Felizmente ele logo me desceu, mas o que meus pés tocaram não foi o chão firme de mármore. Debaixo dos meus sapatos de salto que foram modestamente escolhidos para combinar com o meu vestido, algo firme, porém macio podia ser sentido.

— O-o que você está fazendo?!

Ele estava tão próximo que eu podia sentir sua respiração. Constrangida pela distância que nos encontrávamos um do outro e pela firmeza com que ele segurava meu corpo, me debati impetuosamente.

— Ugh! — Um pequeno gemido de dor saiu da boca de Callisto e só então que eu parei de me mover. —Você sabia?

— O-o quê?

— Às vezes, quando conversamos, você me olha como se realmente quisesse me espancar. — O príncipe herdeiro, que segurava minha cintura tão firmemente a ponto de eu mal conseguir respirar, tirou uma de minhas mãos do seu ombro e a segurou. — É um crime e extremamente proibido tocar no corpo de um membro da realeza. Então, em vez disso, pise nos meus pés o quanto desejar.

— Q-quê?! E-espere um pouco...!

O jovem começou a se mover e meu corpo foi levado junto, foi só então que percebi que ele tinha me levantado para apoiar meus pés nos seus. Seus movimentos eram lentos como o ritmo da música, a sensação de apoiar o peso do meu corpo nos pés de outra pessoa era estranha e, apesar de serem poucos centímetros, eu estava com medo de cair. Sem perceber, o segurei forte e apertei sua mão que envolvia a minha, depois disso, comecei a balançar seguindo seus movimentos com cuidado.

Nesse ponto, eu não sabia que estávamos próximos demais um do outro, que estávamos dançando de um jeito estranho em um canto escuro ao invés do centro do salão e, claro, tampouco percebi que, aos poucos, as pessoas começaram a se reunir à nossa volta.

— Já está bom, não?

— Ninguém presta atenção neste canto.

Ao ouvir isso me questionei então sobre o porquê de não continuar dançando, mas não pude me dar ao luxo de refletir muito sobre isso. Talvez fosse engraçado me ver daquele jeito, pois de repente, uma risada baixinha soou ao meu lado:

— Pise o quanto você quiser, princesa! — Ele ria enquanto falava comigo.

— ...Você está tirando sarro de mim?

Dei uma olhadinha para ele e então senti um movimento fazendo com que eu olhasse para nossos pés. Se pudesse, adoraria dar-lhe um pisão com meu salto, mas receava perder o equilíbrio e cair ao levantar meu pé. O príncipe herdeiro gargalhou com a minha reação e com o nervosismo em minha voz.

—Você realmente não sabe dançar.

— Isso...

"Não é que eu não saiba dançar, na verdade a culpa é sua!", frustrada, neguei sua afirmação para mim mesma e, quando ia dizer algo para ele, levantei minha cabeça. Contudo, quando vi seu rosto, todas as palavras, tudo o que eu tinha em mente desapareceu. Os olhos do príncipe herdeiro bem a minha frente, seu sorriso, toda sua aparência brilhava de alegria. Ele parecia genuinamente feliz e se divertindo. Eu não conseguia acreditar que aquele homem sempre tão maluco e com um espírito tão feroz podia fazer uma cara dessas. Sua aparência extremamente diferente para mim fez com que eu apenas olhasse para seu rosto por muito tempo. Nessa hora, a música, o som das pessoas conversando, tudo desapareceu e a única coisa que ouvia era o bater descontrolado do meu coração.

A música acabou. Felizmente, não precisávamos mais dançar, isso porque tínhamos começado no clímax da música. Com o *grand finale*, Callisto lenta e cuidadosamente me colocou no chão.

— Obrigado pela dança, princesa. — Dando um passo para trás, Callisto se curvou em minha direção. Sua postura era perfeita, quase parecendo uma estátua. Quando ele já tinha levantado e nós nos encarávamos em silêncio...

<Sistema>
O evento {Nesta noite ardente, dancemos juntos} foi completado com sucesso!
Gostaria de receber a recompensa?
[Sim] [Não]

Eu acordei com a aparição repentina da janela do sistema. Mesmo depois de recusar, essa droga de jogo completava automaticamente as missões caso as condições fossem atendidas. De qualquer forma, não havia motivo para não aceitar as recompensas obtidas.

<Sistema>
Recompensa obtida!
Afinidade de {Callisto} +5%, Reputação +50 foram recebidos.
(Total de reputação: 610)

Olhando para o texto no quadrado branco, meu senso de realidade gradualmente voltou como se estivesse acordando de um longo sonho. Além disso, ao contrário das palavras do príncipe herdeiro, uma atmosfera barulhenta e cheia pôde ser sentida ao nosso redor.

"Doido!", pensei comigo ao ver que havia uma boa quantidade de nobres à nossa volta. Além disso, alguns casais que dançavam no centro do salão se moveram para onde estávamos, seguindo o exemplo do que seria a dança principal. Ao perceber tudo isso, fiz um bico e me virei apressadamente.

— Princesa!

Ouvi o príncipe me chamando com uma voz confusa, mas não podia ligar menos naquele momento. Eu estava tremendamente envergonhada por ter sido flagrada dançando de um jeito esquisito nas pontas dos pés do meu parceiro.

"Droga! Por que o sistema não tem uma função para momentos assim?" Depois de xingar o sistema sem sentido do jogo, acabei indo para o terraço sombrio com o objetivo de evitar os olhares dos outros. O terraço não era usado, exceto nos casos dos amantes, principalmente os secretos. Inclusive, essa era uma das cenas de fundo frequentes em todos os bailes que a protagonista do modo normal ia depois de voltar para casa. Certamente esse ambiente era muito bem usado nessas ocasiões para aumentar a afinidade dos personagens, afinal esse era um maldito jogo de simulação de namoro. Entretanto, eu não tinha interesse nisso e estava com pressa para fechar a porta, mas antes que pudesse atingir meu objetivo, o pé de alguém me interrompeu.

— O que aconteceu? Por que você está fugindo? — Com seu pé entre a porta de vidro, o príncipe indagou com uma expressão de quem não conseguia entender o que se passava.

— Nós já dançamos, Alteza. Agora, por favor, me deixe sozinha.

Plaf, plaf – balancei a porta descontroladamente, sem me preocupar se a quina quebraria seu pé ou não.

— Ugh! Quando deixei você pisar no meu pé você ficou parada, mas agora você está tentando esmagá-lo. Isso é uma blasfêmia contra a família imperial, princesa.

Plaf, plaf – bati em seu pé mais algumas vezes com força sem responder nada.

— Ugh! Se continuarmos assim, os nobres e os guardas virão ver o que está acontecendo. Por que você não me deixa entrar e então nós fechamos as cortinas prevenindo que mais rumores circulem por aí? — o príncipe gemeu e disse calmamente.

Era constrangedor, mas fazia sentido. Na verdade, no fim eu não tinha muita escolha, pois Callisto começou a empurrar a porta com força fazendo com que não tivesse como o impedir.

Depois de um suspiro profundo, abri a porta e o deixei entrar. O príncipe deu um sorriso mostrando seus dentes e em resposta eu lhe dei um olhar de cansaço.

— Por que você está me perseguindo? Eu já fiz o que você me pediu, não?

— Eu não posso ficar aqui? É o meu palácio, tenho acesso irrestrito a todos os lugares, na verdade é você quem está usando meu espaço.

— Então irei embora. Adeus.

— Ah, vamos lá! Eu não posso nem fazer uma piada?

Ele se enfiou na frente da porta e fechou as cortinas. Impressionada com a velocidade que ele bloqueou meu caminho, eu dei uma risada suave.

— A propósito… — Ele me olhou de cima a baixo com seus olhos semicerrados. — Por que você não vestiu o vestido que lhe dei?

Por causa da missão e agora assustada com o olhar repentino do príncipe e com sua pergunta, eu esqueci que não usava o vestido.

—Você nem sequer está usando os acessórios.

Ao perceber que eu não respondia, as dúvidas se intensificaram nos olhos vermelhos que me fitavam. Relutante, eu tentei dar uma desculpa:

— …Eu os achei tão lindos que fiquei com dó de usar.

— Há, há, há — Callisto caiu na gargalhada.

Eu fiquei um pouco encabulada, minha resposta tinha sido tão aleatória que até mesmo eu queria rir de mim. Ele franziu suas sobrancelhas ao olhar para mim, que evitava fazer contato visual.

—Você acha que não te conheço?

— …O quê?

— Eu tenho certeza de que você não deve tê-lo vestido por não querer chamar a minha ou a atenção dos outros.

— …

Fiquei sem palavras com seu acerto tão preciso. "Se você sabia disso, por que me deu algo tão extravagante?!", ao mesmo tempo, um ressentimento surgiu em meu peito. Ele nem sabia o quanto o mordomo estava preocupado e queria ir até o duque ou Derrick para contar que eu tinha ganhado um vestido do príncipe herdeiro.

—Você ganhou uma mina de diamantes, mas não quer usar acessórios ou vestidos de diamantes? — Com uma careta, ele estalou a língua e continuou: — Que personalidade estranha…

— Vossa Alteza fala da minha personalidade… — Dei um jeito de engolir o meu estresse e fechei a boca acenando com a cabeça. — Obrigada pela sua preocupação, mas eu não preciso de recompensas nem nada do tipo.

Por ele ter partido tão abruptamente naquele dia, não pude dizer isso naquela ocasião, então acabei o notificando tarde demais fazendo com que o príncipe me olhasse surpreso. Eu também estava preocupada com a identidade de Winter, que acabou se encontrando com ele naquele dia, então qualquer lembrança daqueles acontecimentos eram apenas um estorvo. Olhei para Callisto e lentamente abri minha boca novamente:

— Por favor, finja que… aquilo nunca aconteceu.

— O quê? Que nós nos beijamos duas vezes?

— Não! — Balancei minha cabeça, impressionada com seu comentário rude. — E duas vezes?! Como assim não foi só uma?!

Ele assentiu com minha frase proferida com uma entonação de nojo e desgosto.

— …Prossiga.

— **So-le-il**, estou falando disso — disse com todas as minhas forças, e fiz questão de reforçar para o caso dele ter entendido errado. — Foi apenas um acidente. Eu não quero que as pessoas fiquem sabendo do que aconteceu, Vossa Alteza.

Não queria mais falar sobre isso por ser um segredo. Todavia, em vez de me responder, o príncipe disse algo estranho mudando de assunto:

— Eu tive uma conversa privada com o duque em uma reunião há pouco tempo.

— Meu pai… e você?

— Ele parecia não ter ideia sobre as suas habilidades, isso sem mencionar o fato que você tinha saído da mansão.

— I-isso… — Tateei alguma resposta com nervosismo. O príncipe estava me subornando para manter a questão da minha magia em segredo do duque?

— É por isso que você não quer receber nenhuma recompensa, não?

Fiquei surpresa com a sagacidade de Callisto de entender a situação tão rapidamente e com tão pouca informação.

— ...Sim. — Claro, esse não era o único motivo, mas ele não precisava saber. — Eu posso ser a senhorita Eckhart, mas não sou sua filha de verdade — acrescentei assentindo levemente.

— É verdade — concordou Callisto com uma expressão pesarosa. — Na verdade... eu sabia que você iria dizer isso.

— Você sabia...?

— E também não esperava que você fosse usar o vestido.

Incrédula, o questionei com o cenho franzido:

— Então por que você me deu aquilo?

— Só...

— ...Sim?

— Senti sua falta.

Não consegui acreditar no que tinha acabado de ouvir. Segurando minha respiração, olhei para o príncipe herdeiro que virou seu rosto para a paisagem em frente ao terraço e murmurou tão baixo como se falasse consigo mesmo:

— Assim que vi aquelas coisas, me lembrei da princesa.

— ...

— Pensei que precisava achar alguém que combinasse e os merecesse em vez de lhes deixar cair nas garras do mal.

— ...

— Foi só isso.

Eu o encarei com estranheza sem dizer uma única palavra, ele parecia especialmente diferente nesse dia. Uma brisa fria dançou entre nós no terraço e pude sentir meus cabelos fazendo cócegas em minhas bochechas, assim, voltei aos meus sentidos e fiz uma pergunta tão estranha quanto a frase em que ela estava inserida:

— Garras do mal...?

— A imperatriz — respondeu Callisto franzindo o nariz e percebi que já não ficava mais surpresa ao ouvir ele usando palavras tão vulgares e inadequadas para a única esposa do imperador.

"Então você só os deu para mim porque não queria que a imperatriz pegasse para ela", não sabia se isso era completamente verdade, mas decidi encarar desse modo depois de ouvir sua explicação. De outra forma, não seria capaz de acalmar meu coração palpitante.

— Mas... — O príncipe subitamente virou seu rosto para mim. — Eu fiquei à toa durante todo esse tempo e não perguntei. Você não trouxe nenhum presente para mim?

Balancei minha cabeça apressadamente para ele não notar que eu o estava observando. Então, o príncipe arregalou seus olhos.

— Sério? Você realmente não trouxe nada?

— Eu... dancei com você, não foi?

— Como você pode ser uma cidadã do Império Eorka e não oferecer um presente para o primeiro e único príncipe herdeiro?

— O ducado deve ter enviado alguma coisa para o senhor.

— Há! Os Eckhart não te ensinaram modos? A cortesia da sua família é muito ruim — Callisto riu indignado com a minha resposta.

Ele já tinha dito coisas como "você precisa de aulas de etiqueta novamente" e "vou te mostrar o subsolo do palácio onde fica a prisão" anteriormente, então não liguei, na verdade tapei meus ouvidos com as duas mãos por não querer ouvir suas queixas infantis. Então, antes que ele começasse a fazer uma ceninha dizendo "como você se atreve a tapar os ouvidos na presença do príncipe herdeiro" e blá-blá-blá, procurei um pequeno pacote no bolso interior do meu vestido.

— Aqui, aqui. — Assim que o encontrei, entreguei para o aniversariante resmungão, fazendo com que ele se calasse prontamente. — Eu vou te entregar mais cedo que o planejado, já que você insiste.

Logo que ele colocou suas mãos no pacote, começou a rasgá-lo sem parar enquanto sorria. "Eu o comprei só por precaução, mas se não tivesse trazido nada, certamente teria sido arrastada para uma confusão...", pensei enquanto o observava abrir a embalagem.

— Pra quê empacotar isto de um jeito tão difícil?

— Se você não gostou é só devolver.

— Quem disse que não gostei?

Quando estendi minha mão para pegá-lo de volta, o príncipe ergueu seu braço para o alto e terminou de rasgar o embrulho. Em poucos segundos o papel deu lugar para uma bela caixinha de veludo que repousava em sua mão.

— Uh, é uma caixinha de acessórios — disse abrindo-a sem hesitação. Em instantes, seus olhos brilhavam. — Isto… — Callisto fez uma pausa e olhou para o conteúdo que estava guardado dentro da embalagem pouco antes de retirá-lo de lá.

Sob a luz do luar, um rubi oval da cor dos olhos do príncipe brilhava em um tom vermelho-sangue. O tamanho da gema era o mesmo de uma unha do polegar, o acabamento parecia meio grosseiro e gasto – a única coisa que segurava a pedra era uma agulha de ouro.

— Uma abotoadura?

— Não é uma simples abotoadura.

— Então?

— Ela tem mágica gravada em si…

Na verdade, esse era o limite da minha criatividade. Eu pensei muito sobre isso, mas não consegui ter nenhuma ideia melhor de presente para uma pessoa extremamente poderosa e que já tinha tudo o que se poderia imaginar. Além disso, eu nunca tinha comprado um presente de aniversário para um homem adulto. Assim como quando dei algo para Winter, eu fiz uma escolha simples, contudo, diferente daquela vez, quando o conteúdo do presente foi revelado, eu fiquei envergonhada por algum motivo.

"É por isso que só ia entregar na hora que estivesse indo para casa…" Eu não tinha confiança para olhar a expressão que o rapaz loiro fazia, então olhei para o seu ombro e depois para a parede que estava atrás dele enquanto explicava:

— Magia de cura funciona melhor se for gravada em pedras brutas.

— …Magia de cura?

— Sim. Se você se ferir, basta colocá-la próximo ao machucado. Me disseram que a magia vai continuar funcionando até que o rubi esteja completamente quebrado.

Os belos e adornados acessórios que a nobreza normalmente ostentava não tinham magia nenhuma em si, mas eram de muito bom gosto. Apesar disso, o valor da joia desajeitada era extremamente mais caro em comparação a joias normais, isso porque ela tinha um uso prático e que também era muito duradouro.

— Da próxima vez que tiver algo errado com seu corpo, não me pergunte se eu posso usar magia de cura e, em vez disso, apenas use isso.

No fundo, toda aquela justificativa era só para explicar o fato de eu ter escolhido o seu presente com base na utilidade dele e não na estética, mas isso poderia parecer apenas um monte de desculpas esfarrapadas. Minha voz gradualmente foi ficando cada vez mais baixa, chegando a um nível que nunca tinha sido tão baixa antes. Quando minha visão também estava se abaixando... ***Sklesh*** – um som aterrorizante soou próximo a mim.

— O quê...? — Reflexivamente levantei minha cabeça e abri minha boca ao ver Callisto. Ele estava furando sua orelha com a abotoadura que eu tinha lhe dado, que originalmente deveria ser pendurada em sua roupa.

— Como ficou? — perguntou ao afastar sua mão da orelha. Por conta do furo ignorante que a agulha de ouro fez em sua orelha pálida e nua, uma gota de sangue escuro pingou de seu lóbulo.

— **V-Vossa Alteza!** — Eu estava simplesmente atordoada.

Callisto riu como se estivesse se divertindo com a minha reação. Depois de uma longa pausa e de um bom tempo segurando minha respiração, eu voltei a gritar indignada:

— **O que diabos... O que você está fazendo?!**

— O quê? É mais prático usar assim para tirar quando precisar.

— Quem em sã consciência usa uma abotoadura na orelha?!

— O príncipe herdeiro deste Império, oras. — Ele levantou o queixo e balançou a cabeça arrogantemente. Então riu como um louco como se o que eu disse fosse engraçado.

Enquanto olhava para o príncipe completamente intrigada, uma luz vermelha começou a brilhar no rubi em contato com o lóbulo de sua orelha. O artefato que sentiu a ferida ativou a magia.

—Viu? Não é nada para se preocupar. Estou bem graças ao seu presente.

— Sério... eu não consigo te entender. — Suspirei amargamente olhando sua orelha que ainda estava suja de sangue.

— Bem, eu digo o mesmo — respondeu ele de uma forma desgostosa.

— O que foi que eu fiz?

— Já não lhe disse que você é a garota mais estranha que conheço?

— Saiba que sou perfeitamente normal. Bom, Vossa Alteza deveria conversar com algumas pessoas do conse-...

— Então vamos nos divertir como as pessoas estranhas que somos. — O príncipe herdeiro parou abruptamente de falar e se endireitou. Ele me olhou com seus olhos vermelhos brilhantes como em rubi sua orelha e sussurrou: — Namore formalmente comigo, princesa.

Eu não consegui entender o que o príncipe herdeiro estava dizendo e parei de respirar. Encarei inexpressivamente os olhos inimigos que estavam cravados em mim por um tempo, então, consegui abrir minha boca e, como se inspirasse, disse:

— Agora... O que você...?

—Vamos namorar de verdade em vez de apenas gerar vários boatos.

A voz claramente audível de Callisto de repente fez meus olhos se arregalarem. Meu coração, que tinha estranhamente parado de bater, pulsava como louco; cerrei os dentes. Contudo, ao contrário do habitual, dessa vez meu peito não se acalmou mesmo depois de cerrar os dentes e prender a respiração. No fim, fiquei parada sentindo essas emoções tão estranhas subindo até o final da minha garganta e me atormentando.

— Isso é tão surpreendente assim? — Callisto inclinou sua cabeça ao me ver encarando-o quase que petrificada. — Pensei que a princesa também se sentia assim a meu respeito.

— ...

— Se alguém visse isso pensaria que a ocasião do labirinto foi apenas um devaneio meu — mencionou ele esse passado vergonhoso no qual eu disse qualquer coisa para sair dali viva e, ao me ver fazendo uma careta instintivamente, ele perguntou com um sorriso sutil: — Você... ainda tem raiva de mim pelo que aconteceu naquele dia?

— O que... aconteceu?

— Sim, quando coloquei minha espada em seu pescoço...

Arregalei meus olhos com suas palavras. Fiquei surpresa por ele ainda se lembrar e se importar com isso, mas fiquei ainda mais surpresa pelo fato de eu mesma ter me esquecido desse fato. "Eu estava tão nervosa naquela época..." Desde quando as coisas tinham mudado tanto? Surpreendentemente, Callisto não era mais tão repugnante aos meus olhos e eu não odiava mais ter que vê-lo. Ultimamente, toda vez que o encontrava eu sentia algo diferente e que não sabia o que era...

— Se lhe der minha espada e pedir para que você corte meu pescoço, assim como fiz com a princesa...

— ...

— ...isso faria com que você se sentisse melhor? — No meio da minha reflexão sobre a sua pessoa, Callisto disse algo horrível ao me ver em silêncio.

— Não! Não é nada disso, aquilo foi apenas um acidente e... — disse enquanto balançava minha cabeça.

— Aqui, pegue. — Antes que pudesse completar minha frase, o príncipe maluco e proativo já tinha retirado algo de dentro de seu casaco. Era um punhal esplêndido com o desenho de um dragão amarelo gravado nele. Era isso que ele me oferecia.

— O-o que é...?

— Como é minha festa de aniversário, não pude trazer uma espada longa comigo.

— ...

— Então, em vez de usar a espada, por favor, corte-me com isto.

Ele bateu seu dedo no seu pescoço. Coincidentemente era o mesmo lado que estava sujo do sangue de sua orelha. Segurando a adaga, eu o olhei em silêncio e então gritei com ele:

— **Que besteira é essa?! Chega! Basta!**

— Por quê? Eu tenho o artefato que você me deu, então posso cuidar do ferimento na hora.

— Esse não é um péssimo motivo para eu ser decapitada por traição? Guarde isso, é perigoso. — Ao fazer uma careta e encolher meus ombros, o príncipe herdeiro sorriu, contente, em vez de continuar insistindo.

— Então isso quer dizer que não há nada que lhe impeça de namorar comigo, certo?

Observando-o, algo chamou minha atenção. Piscando sobre seus cabelos dourados, logo abaixo da lua alva estava a barra de afinidade. "...A sirene." Me lembrei da impressão que tive da sua barra de afinidade que era de um vermelho tão brilhante quanto os olhos do príncipe e parecia piscar para mim como um sinal de perigo. Já fazia um bom tempo que não checava a afinidade de Callisto, provavelmente por ele ser o rei do "X" e eu pensar que ele era o personagem mais improvável e impossível de me prover uma rota de fuga. Mas, agora... eu já não tinha tanta certeza disso. Talvez só estivesse inconscientemente mantendo a distância dele. Porque... Porque...

— ...Alteza.

Estiquei meu braço e gentilmente segurei sua mão que ainda estava parada no ar empunhando a adaga. Com o meu toque, sua pupila se dilatou.

<Sistema>
Você gostaria de verificar a afinidade de {Callisto}?
[Dois milhões de moedas de ouro] [Duzentos pontos de reputação]

Entre nós uma janela branca apareceu.

<Sistema>
Verificando a afinidade de {Callisto} por [Dois milhões de moedas de ouro].
(Fundos restantes: 42 milhões de moedas de ouro)

Assim, letras apareceram no topo de sua cabeça.

Afinidade: 76%

Quando vi a afinidade, senti algo indescritível. Ao mesmo tempo que estava aliviada, uma emoção desconhecida e pesada caiu sobre meu coração. Parecia... decepção.

— ...-esa? Princesa?

O príncipe me chamou, fazendo com que eu despertasse do transe. Era estranho segurar sua mão sem dizer nada, então rapidamente a removi das costas de sua mão.

— Por que você de repente ficou com essa expressão?

Eu não sabia que cara estava fazendo, tudo tinha parado depois dos "76%", ainda assim não conseguia evitar falar sobre isso.

— ...Alteza.

— Diga.

— Você... me ama?

As pupilas do príncipe que já estavam dilatadas se estenderam em uma escala nunca vista antes. Como se tivesse ouvido algo que desconhecia, ele perguntou com estranheza:

— ...Amar?

— Sim. Você... está me pedindo em namoro por me amar?

— Princesa, — Callisto me fitou confuso e disparou: — essa não é uma definição muito ingênua para se falar de nós?

— ...

— O que aconteceu? Você mesma disse na véspera da competição de caça.

— Como...?

— A princesa disse que acharia alguém que combinasse melhor com a sua posição.

Naquele momento minha mente ficou em branco como se alguém tivesse dado uma martelada na parte de trás da minha cabeça. O sentimento que julguei ser semelhante à decepção aumentou e embrulhou meu estômago. O príncipe que não sabia dos meus sentimentos segurou seu queixo e disse enquanto o acariciava levemente:

— Parando para pensar, até que faria sentido, mas a princesa está errada.

— ...

— Nós estamos em uma posição em que essa seria a solução mais prática e condizente com a nossa situação. É a combinação perfeita entre o príncipe herdeiro que corre risco de perder o trono e o patinho feio do duque.

— ...

— E além disso... eu gosto de ficar com a princesa, me sinto confortável. Você não acha que nós nos damos bem?

— ...

— Não importa o quanto você corra de um lado para o outro causando confusão e fazendo loucuras, depois da cerimônia de maioridade a princesa terá que se casar de acordo com a vontade da sua família. — Callisto guardou a adaga em seu peito e me olhou nos olhos. — Então apenas fique comigo.

— ...

— Eu sinceramente acho que nós seríamos ótimos parceiros. — Ele encolheu seus ombros e deu um sorriso como sempre, apesar de parecer o mesmo de sempre, de alguma forma seu rosto me parecia estranho. — Nós poderíamos achar o nosso paraíso, a nossa segurança neste maldito Império sob a companhia do outro.

Entendi, então, que a "parceria" de que ele falava não era uma troca de sentimentos, mas sim uma escolha racional nascida da combinação de nossas necessidades. Diferentemente de mim que estava olhando para isso como um "jogo de simulação de namoro", ele estava encarando a sua realidade em um ponto que chegava a ser frio e calculista.

"Ele está em 76% e continua gélido desse jeito..." Mas, claro, com 76% também não era possível dizer que ele não gostava de mim. Foi então que finalmente consegui admitir isso. O que eram esses sentimentos estranhos que me causavam tanto mal-estar e me faziam querer chorar?

...Eu tinha uma queda pelo príncipe herdeiro que era o único que me tratava sem segundas intenções. Ele também gostava de mim, nossos sentimentos eram recíprocos. Contudo, não passava disso. Para o príncipe de agora, que estava prestes a ser retirado da posição de herdeiro e tinha uma péssima reputação, não havia tempo para se dar ao luxo de se preocupar e pensar em coisas como amor. O mesmo valia para mim.

"4% e 24%...", a quantidade que faltava não podia nem ser comparada. A coisa que mais me importava era sobreviver e fugir desse lugar e, infelizmente, ainda havia muita coisa para fazer em apenas uma semana. Diferentemente da protagonista do modo normal, eu nunca estive em uma posição que permitisse me agarrar em uma afinidade fraca e me dedicasse na esperança que um romance fosse florescer.

Minha cabeça confusa foi esfriando e minha racionalidade foi retornando gradativamente. Sua sugestão era perfeitamente natural, contudo eu não podia entender por que tinha perdido a força em minhas pernas.

— Eu... — Pensei que cairia se relaxasse por um único instante. Suportando o meu corpo que colapsava, olhei diretamente para o príncipe. — Eu realmente não quero esse tipo de relacionamento com você...

— Vossa Alteza...! — Atrás da porta de vidro, o grito de seu servo reverberou e, ao mesmo tempo – ***jiiiing, jiiiing*** – um som vibrante pôde ser ouvido vindo de seus peito.

— Mas que droga, Cedric Porter! Esse maldito está surtando de novo. — Irritado, ele pegou sua bola de cristal e rapidamente se dirigiu a mim. — Quão logo será sua cerimônia de maioridade? Não me responda até lá e pense a respeito. Peço que me diga sua decisão no dia de seu baile, princesa.

— Não, eu não preciso de mais tempo para pensar sobre...

— *Shh!* — Callisto imediatamente bloqueou meus lábios com seu dedo indicador enquanto eu tentava recusar sua proposta. Seus olhos vermelhos brilharam e ele disse em tom ameaçador: — Levar um fora no seu aniversário é algo muito triste. Você não concorda?

— Uh...

— Obrigado pelo presente, princesa. Você pode levar o tempo que quiser para voltar ao salão, afinal ainda devem ter curiosos que estão interessados na nossa relação.

— Uh! Alteza... escute minha resposta!

O príncipe tirou seu dedo dos meus lábios e escapou rapidamente pelas cortinas esvoaçantes me deixando completamente sozinha no terraço tranquilo.

— Haa... — suspirei vendo as costas do Callisto sumindo. Assim como ele tinha dito, era bom ficar ali por mais um tempo para que as pessoas não falassem bobagens, no entanto, quando já estava completamente sozinha, uma sensação de fadiga profunda se alastrou por mim.

O tempo passou e já estava na hora de voltar para o salão, mas não tinha forças para isso. Eu teria que fingir que estava tudo bem, colocar uma máscara e ver os personagens principais, interagir com pessoas e falar com elas... Eu me sentia tão mal que não conseguiria fazer isso decentemente.

— ...E se eu simplesmente fosse embora?

Olhando para o parapeito do terraço, fui tomada por um impulso. "Por que tenho que me forçar a ficar aqui?" Tudo o que tinha que fazer era prestar atenção na afinidade dos protagonistas e não deixar ela cair o bastante a ponto de correr o risco de morrer. Sem motivos para manter relações com a nobreza, que era apenas um pano de fundo do jogo, olhei para baixo. Para o primeiro andar aquela era uma grande altura, mas dava para pular. "Vamos lá!" Levantei meu vestido e subi no parapeito sem pensar duas vezes e, quando estava prestes a pular, o rosto do duque veio à minha mente, mas isso não era nada comparado ao que Penelope já tinha causado antes.

O salão onde o imperador fazia seu discurso de felicitações estava mortalmente silencioso. Eu chamei um empregado que esperava do lado de fora do lugar e pedi que ele chamasse uma carruagem para mim.

Quanto tempo fazia que estava com a cabeça encostada no vidro do veículo enquanto observava o cenário noturno das ruas da capital? Eu não sabia, mas depois de um tempo, a carruagem parou. No entanto, o destino não era a frente da mansão, mas em um portão distante.

— Senhorita, não posso ir mais adiante que isso — o cocheiro abriu a janela lateral e disse com cuidado.

Olhei para o outro lado da janela e vi que os porteiros estavam firmemente em guarda. Embora o padrão do palácio real estivesse gravado nela, era impossível levar uma carruagem externa sem um dono específico para o ducado.

— A senhorita quer que os porteiros chamem a carruagem do duque?

— Não precisa. Obrigada pelos seus serviços. — Entreguei ao cocheiro algumas moedas de ouro extras e abri a porta da carruagem.

— S-senhorita? — Os soldados, que estavam em alerta com a aparência do desconhecido se aproximando da mansão no meio da noite, arregalaram seus olhos ao me ver descendo da carruagem.

— Por que a senhorita está sozinha a esta hora...? — Desnorteado por um momento com a aparição inesperada, o supervisor habilmente me acompanhou. — Vou avisar o mordomo e dizer para que ele lhe envie uma carruagem imediatamente.

— Não precisa fazer uma tempestade em copo d'água. Só abra o portão.

— Mas...

— Eu vou caminhando.

A distância entre os portões do ducado e a mansão era um tanto quanto grande de carruagem, então a pé levaria ainda mais tempo, entretanto, com a minha ordem, os guardas fizeram o que disse sem pensar duas vezes. ***Nhiiiiiic*** – o portão de ferro gigante lentamente se abriu na minha frente.

— E-eu acompanho a senhorita até a frente da mansão — um jovem soldado juntou coragem para falar comigo. Mais tarde percebi que a atitude dos empregados tinha se tornado mais cuidadosa, respeitável e sofisticada que antigamente – isso fez eu me sentir estranha.

— Não. Não me siga. — Balançando a cabeça, chequei se o portão já estava aberto o suficiente e entrei sem demora.

Conforme me afastava da entrada iluminada, a estrada bem pavimentada escureceu rapidamente. Eu achei que tinha partido pouco depois do pôr do sol e retornado não muito tempo depois, mas sem que percebesse já estava tarde da noite.

O ar noturno estava gelado e eu andava sem pressa. Não era mentira nem uma desculpa o fato de querer fazer uma caminhada – precisava acalmar minha mente e replanejar o que faria dali em diante… mas eu não fiz isso, eu apenas andei sem pensar em nada. Parecia que estava caminhando em um sonho, o que foi bem estranho.

Por quanto tempo já tinha caminhado? Talvez por causa dos passos, ainda que lentos, diligentes, eu já podia ver a tão familiar mansão à distância. "Preciso ir para o meu quarto e me deitar." A única coisa que conseguia pensar, era em tomar um banho e ir para a cama. Acelerei o ritmo do meu caminhar e, quando atravessei o vasto quintal, finalmente cheguei à entrada da mansão.

— *Fuiick!*

Um som fino e baixo chamou a atenção dos meus ouvidos em algum lugar. "…Um pássaro?", parei e olhei em volta.

— *Fuiick, fuiiiick!*

Então, outro barulhinho foi ouvido, parecendo propositalmente indicar que ainda estava ali. Como se estivesse em transe, segui o som e, logo no canto esquerdo do prédio.

— *Fuiick!*

Uma penugem rosa-carmesim brilhava pela janela aberta. Eu me aproximei.

— *Fuiick, fuiiiick!*

Vendo-me aproximar, o pássaro na gaiola bateu as asas como se me desse as boas-vindas. Era o escritório de Derrick.

— Ah, então era você. — Mesmo no escuro, os olhos do pássaro que pareciam uma joia brilhavam intensamente, emitindo cinco cores.

Inclinei-me lentamente e encostei no parapeito da janela. Quando aproximei meu rosto, o pássaro desceu do poleiro e andou de um lado para o outro. Então, depois de bicar a barra de ferro, ele colocou sua cabeça para fora – era seu jeito de pedir carinho. Eu reflexivamente levantei minha mão e hesitei. E se fosse bicada por tentar acariciá-lo do nada?

— *Fuiick!*

Mas o pássaro me incentivava batendo com o bico e colocando a cabeça para fora novamente. Suas penas rosas brilhantes saindo pelas grades eram um pouco engraçadas. Eu finalmente sorri e gentilmente acariciei a cabeça do pássaro com meu dedo indicador.

— *Piink, piiiink!*

De bom humor, a ave fez um som diferente do anterior e – ***flap, flap*** – bateu as asas.

— ...Você não está frustrado? — Até então tinha permanecido sem pensar em nada, mas de repente essas palavras saíram sem que tivesse consciência.

O pássaro rosa-escuro que se assemelhava à cor do meu cabelo, era caro e tinha uma aparência mais esplêndida do que qualquer outro, e ainda assim estava trancado em uma gaiola onde não podia fazer nada. De vez em quando as pessoas que passavam lhe davam atenção e essas eram suas únicas fontes de alegria: comer e receber carinho...

— Na verdade, sou eu quem está frustrada. Isso me tira o fôlego a todo momento. — Ele não parecia nada diferente de mim presa nesse maldito jogo. — Pensei que estaria tudo bem se eu simplesmente escapasse daqui...

— *Fuiick!* — Como se respondesse às minhas palavras, o pássaro imediatamente gorjeou. Eu sorri fracamente com a visão e então levantei minhas mãos e cobri o rosto.

— Há, há — um riso desamparado escapou de minha boca.

Quando o príncipe herdeiro foi embora e eu fiquei sozinha no terraço, senti uma autocomiseração que não podia ser expressa. Eu sabia mais do que qualquer outra pessoa que isso era um simples jogo, mas, ainda assim, me senti tão estúpida e patética por ter alguma expectativa. Depois de esconder meu rosto com as mãos para que ninguém pudesse o ver, lentamente arranhei minha face com as mãos.

A todo momento tentava me enganar dizendo que esse era apenas um jogo e que não me importava com nada que acontecia nesse mundo, pois uma vez que chegasse a algum final e fosse embora, tudo ficaria para trás. Todavia, a verdade não era essa, o fato era que nem por um segundo sequer eu realmente deixei de ligar, de me importar com as coisas que aconteciam comigo e ao meu redor nesse lugar. Eu estava com medo, aterrorizada e ressentida a todo instante.

"Pensei que não havia inferno pior do que quando eu morava naquela casa..." Não havia nada que eu pudesse fazer sozinha ali. Começando com comida, roupas e abrigo, eu tinha que considerar tudo várias e várias vezes antes de proferir uma única palavra. Porque esse era um jogo e eu era a vilã com a pior reputação de todas, e tinha plena consciência disso desde o primeiro segundo em que me vi ali.

— Então por quê...?

Mas por que só tinha percebido isso agora, alguns dias antes de fugir? Por que a pessoa por quem eu me apaixonei pela primeira vez na vida era o homem de jogo que se viraria contra mim quando a protagonista do modo normal aparecesse? Eu também era uma pessoa com sentimentos, então não poderia deixar tudo isso passar despercebido. Colocar uma máscara e continuar fazendo as coisas de maneira fria e calculada tinha se tornado cada vez mais difícil para mim, tinha se tornado um fardo que eu já não conseguia mais carregar.

— Há, há...

Quando comecei a pensar nessas coisas, o som da minha risada estava gradualmente se misturando com um gemido e choro. De repente, me senti muito cansada, exausta.

— *Fuiick.*

Talvez o pássaro tenha estranhado meu comportamento e, por isso, bateu na gaiola com seu bico mais algumas vezes. Neste momento...

— ...Mestra?

De repente, uma voz familiar me chamou. Eu lentamente afastei o rosto das minhas mãos.

— ...Eckles.

Não era uma alucinação. No escuro, a sua barra indicadora reluzia. A uma curta distância, o protagonista me fitava inexpressivo. Como se estivesse surpreso com o encontro inesperado, seus olhos cinzas se arregalaram ligeiramente e, com a cabeça erguida, ele se moveu.

Paf, paf – olhei-o se aproximar de longe em uma velocidade constante, com isso coloquei as mãos em minhas bochechas – meu rosto não estava molhado, o que era uma grande sorte – ao mesmo tempo, Eckles, que era alto, parou em minha frente.

— ...Você voltou agora da aula de esgrima?

Não estava com vontade de sorrir, mas coloquei minha máscara de volta e estampei um sorriso nos lábios. Eckles me olhou estranho e então assentiu.

—Você chegou muito tarde.

Por mais que não soubesse a hora exata, ao olhar para o céu, eu fiz uma estimativa grosseira. Na verdade, não estava com vontade de pensar que poderia ter sido descoberta, que alguém tinha me flagrado em um mau momento.

Eckles abriu a boca e disse sem pressa:

— O que... O que você está fazendo?

— Nada de mais, só... — Dei de ombros como se não tivesse nada de errado. — Estava observando o pássaro.

Ouvindo essas palavras, o olhar de Eckles mudou para a gaiola ao lado. Seus olhos cinzas permaneceram na ave carmesim presa na gaiola por um momento e depois voltaram para mim.

—Você... saiu hoje?

Ele parecia intrigado com a minha roupa. Quando lembrei que estava usando uma maquiagem elaborada e um vestido de banquete, assenti.

—Ah, sim.

— ...

— Houve um banquete no palácio imperial — expliquei em termos mais gerais, sem mencionar que a ocasião tinha a ver com o príncipe herdeiro, afinal eu me sentiria culpada se falasse para ele sobre o homem que destruiu sua terra natal. No entanto, essa consideração foi inútil por conta de sua resposta imediata.

— O banquete de aniversário do príncipe?

— Como… você sabe?

— Meu professor também participou.

— Sério? — Surpresa, apenas pisquei com sua resposta.

"Então no fim das contas hoje não teve aula, né?", assim que essa pergunta surgiu, Eckles mudou de assunto.

— A propósito…

— …

— Por que você voltou sozinha, mestra?

Eu me senti nauseada. Então, era claro para os outros que eu tinha voltado sozinha. Na verdade, era meio óbvio, afinal se o restante dos membros da família também tivesse retornado, a mansão não estaria tão calma. No entanto, não havia necessidade de contar a Eckles a história frívola da minha noite.

— …

Assim, eu apenas sorri vagamente sem dizer nem uma palavra sequer. Porém, naquele momento, os olhos de Eckles se contraíram.

— Por quê…?

— …Sim?

— Por que você está sorrindo assim?

Seu rosto, como sempre, estava monótono como uma boneca de cera, fazendo com que eu não conseguisse entender imediatamente o que ele estava dizendo.

— Eles te magoaram de novo?

— O quê…?

— O duque, seus filhos e os outros nobres.

Por um momento, fiquei atordoada com as palavras que se seguiram. ***Paf*** – Eckles deu mais um passo para perto de mim. Seu rosto, escondido nas sombras noturnas, foi revelado sob a luz do luar.

— Toda vez que você sai com aqueles malditos, você sempre volta com esse tipo de expressão em seu rosto.

Dessa vez, a face do rapaz estava completamente contorcida. Espantada com as palavras rudes que ouvia dele pela primeira vez, eu fiquei sem saber o que dizer.

— Quem foi o merdinha que te deixou assim desta vez? Foi o duque? Seu segundo filho? Ou foi o…

— Eckles! — rapidamente interrompi temendo os xingamentos que se seguiriam. — Não é isso.

— …

— Estou bem, não aconteceu nada.

Realmente não tinha acontecido nada, eu só estava cansada e vi um pássaro preso em uma gaiola. Só isso. No entanto, os olhos de Eckles ficaram nebulosos, talvez não acreditando no que eu disse.

— …Eu vi e ouvi coisas, mestra.

— Do que você…?

— Estou plenamente ciente que a razão pela qual você me trouxe da casa de leilões tem algo a ver com sua situação.

Felizmente, isso não foi uma grande surpresa. Eu sabia que Eckles já tinha entendido minha posição na mansão do duque, então, em vez de espantada, dessa vez, fiquei preocupada. Temi que a situação de "falsa senhorita" afetasse sua afinidade como da última vez. Será que era por isso que ele tinha andado me evitando? Ele estava bravo comigo e me achava patética?

— Por causa da minha situação… tem mais alguém te incomodando?

— Não é isso… — Com a minha pergunta cuidadosa, Eckles de repente cerrou os punhos e respirou fundo, só depois ele replicou: — … Não aconteceu mais desde aquela vez.

— …

— Mas não era disso que estava falando… Estou perguntando por que você está aí sozinha na frente dele.

"O que ele quer dizer com isso…?" "Quem te magoou?" e "Por que você está sozinha?" não pareciam nem um pouco ser a mesma pergunta, mas eu rapidamente aceitei seus questionamentos. Isso porque subitamente entendi como minha expressão de pouco tempo atrás deve ter sido compreendida por ele. Eu estava rindo e gemendo com o rosto enterrado nas mãos em frente a um pássaro, então devo ter parecido terrivelmente lamentável.

"Seria melhor apenas ganhar mais pontos?" Minha preocupação de um dos "merdinhas" que Eckles citou estarem o assediando desapareceu. Desse modo, respondi com uma voz mais relaxada:

— Eu só estava observando a beleza desse pássaro, mas então me senti cansada.

Era um pouco vergonhoso ter sido flagrada, mas também não era uma desculpa completamente inconvincente. No entanto, Eckles apenas olhou para mim com uma expressão diferente e, depois de um tempo, ele perguntou algo fora do comum:

— Você está feliz agora, mestra?

— ...Como?

— Você está mais feliz... do que era antes de eu vir morar no ducado? — Pisquei sem entender. Eu não consegui entender por que ele disse isso de repente. — Ou a mestra ficou mais infeliz desde que vim para cá?

— ...Não. De jeito nenhum...

— Não parece, mestra. — Eckles balançou a cabeça.

— Por que você está perguntando isso?

— Eu só quero saber... como a mestra era antes. — Com os olhos fixos em mim, ele insistiu em uma resposta. Eu me senti atordoada.

— Bem... — murmurei.

"Se estou feliz?" Eu não sabia. Quando pensava nos meus sentimentos depois de ir para lá, no geral estava mais perto da infelicidade do que da felicidade, mas... isso significava que estava completamente infeliz? Novamente não sabia. Enquanto houvesse uma saída, isso não era nada. Eu não era uma pessoa que estaria para sempre envolvida em miséria e frustração. Mesmo tendo me sentido profundamente mais cansada que antes, eu já havia pegado minha máscara e voltado a sorrir.

— Eu nunca pensei sobre isso, então não sei. O que você acha? Como eu pareço? — Dei de ombros casualmente, mas Eckles não mudou sua expressão.

— A mestra… às vezes parece estar bem, mas às vezes também parece se sentir mais infeliz do que qualquer outra pessoa.

— …Sério?

— E às vezes… parece que você vai desaparecer em algum momento. — Fiquei horrorizada com o que ouvi.

"Ele… Como ele percebeu que irei embora daqui?" Pensei que nunca tinha transparecido tal expressão antes, mas ele conseguiu notar isso ainda que sutilmente. Meu coração estava acelerado e eu abri minha boca apressadamente.

—Você está enganado, Eckles. Como eu poderia deixar você?

— …

— Estou bem, apenas um pouco cansada. Não precisa se preocupar tanto.

Para lhe dar paz de espírito, enfatizei que nada havia acontecido. Até que escapasse, não deveria instigar nenhuma ansiedade nele.

— É melhor você sair daqui comigo, senhorita. — O que ele disse dessa vez era mais alarmante do que a raiva que ele tinha expressado há alguns minutos.

— O que… o que você disse?

— Fuja comigo.

— Eckles. Você…?

— Alguns escravos vão fugir para outros países.

— …

— Planejamos nos infiltrar nos navios que alguns delmianos que estão trabalhando no porto indicaram. Então, eu posso falar com eles…

— …

—Vamos sair do Império juntos, mestra.

Fiquei tão atordoada que não tinha o que dizer. Eu pensei que ele estava apenas ajudando as pessoas de sua terra natal que estavam em condições piores do que a dele, mas não sabia que eles estavam planejando algo tão grande. A parte do meu coração que ficava fria toda vez que ouvia o relato de que ele estava vindo para casa tarde estava certa.

— ...Você está pensando em fazer o mesmo? — Não sabia o que dizer, então apenas mordi a boca, e de repente uma terrível sensação de traição subiu pela minha garganta. — Você me enganou. Você também está tentando ir para outro país?

— N-não, mestra. — Ele rapidamente balançou a cabeça com os olhos arregalados ao som da minha pergunta acusativa. — Não é desse jeito. Não foi isso o que eu quis dizer.

— Então por que você está falando disso comigo, Eckles?

— Eu compreendi mal as vontades da mestra, me desculpe. — Seus olhos se arregalaram com minhas palavras. Parecia absurdo que ele tivesse feito tais suposições, mas enquanto isso, eu não conseguia evitar que minha cabeça ficasse girando.

"Se Eckles e eu fugirmos sozinhos, posso aumentar a favorabilidade que falta e escapar." Não sabia se o modo difícil realmente tinha um final assim, mas não era uma ideia ruim. No entanto, se pensasse de forma realista, havia muitas outras restrições à fuga.

Faltava cerca de duas semanas para o aniversário de Penelope. A afinidade de Eckles era de 96%. Eu podia continuar fazendo como antes, chamando-o confortavelmente para a mansão ou fazer um ato de desespero e levá-lo para o porto, evitando os numerosos soldados que o seguiam. Se escolhesse o último, definitivamente poderia aumentar sua afinidade, mas não poderia garantir o que aconteceria com a dos outros protagonistas. Em particular, Reynold, que parecia ter aberto seu coração para mim, e Derrick, que estava preocupado que os Eckhart fossem envolvidos em traição. Se a afinidade dos dois despencasse, ter 96% com o Eckles era completamente inútil. "E...", assim que a imagem dourada passou pela minha mente, eu balancei a cabeça para espairecer.

— Eckles. — Tendo tomado minha decisão, olhei nos olhos do rapaz que ainda estava me encarando até então. — Você não deve sair por aí e dizer essas coisas. Mesmo que seja na minha frente.

— ...Mestra.

— Antes de ser sua mestra, eu sou uma nobre do Império e a única duquesa desta nação.

Os lábios pequenos e doces de Eckles não conseguiam pronunciar mais nenhuma palavra, mas era possível ver seus olhos gradualmente sendo tingidos de decepção. Não tinha outro jeito, eu não queria me arriscar tanto quando ainda faltavam 4%.

— É graças a minha posição, a eu estar aqui, que posso te ajudar, então não abuse.

— É, e ainda assim está em uma posição onde até mesmo os empregados te menosprezam e ignoram — disse ele em uma voz abafada.

— Eckles.

— Nunca ouvi falar de uma senhorita da aristocracia que volta para casa sozinha, sem nem mesmo uma escolta. — O jovem de cabelos acinzentados cerrou sua mandíbula o suficiente para ela se destacar. Ele realmente parecia sentir pena da minha situação e sugeriu que eu fugisse.

Era um pouco estranho para mim que ele tivesse tanta pena de mim, mas parecia esquisito pensar que tudo se devia apenas por conta do seu placar. Se eu escapar, ele ficaria sob os cuidados da protagonista do modo normal de qualquer forma...

"Mas... o que acontece com os sentimentos dos personagens conquistáveis em relação a Penelope quando o modo normal começa? Eles são resetados?"

De repente, quando esse pensamento me ocorreu, eu percebi que não sabia o que aconteceria. Eu nunca tinha chegado no final do modo difícil, então não tinha ideia de qual era o conteúdo do "final secreto". Claro, depois de voltar para o meu dia a dia normal não teria mais que me importar com isso, mas...

No topo da cabeça de Eckles, um vermelho-escuro piscou fazendo com que eu perdesse a linha do raciocínio.

— Me leve junto. — A frase do rapaz fez com que eu voltasse para a realidade. — É por eu ser um escravo e não poder entrar no palácio?

— Isso... Eu não pude fazer nada sobre isso hoje, já que estava na mesma carruagem que o resto da minha família.

— Família? — Os olhos de Eckles se contraíram com a minha desculpa. — Como eles podem ser considerados sua família...?

— Pare — disse resolutamente ao ver que Eckles estava passando dos limites. — Se acalme.

Estendi a mão para ele que estava prestes a voltar a discutir. Um calor tocou a palma da minha mão.

— Não sei o que fez você ficar tão agitado sobre isso, mas não aconteceu nada, nem na carruagem nem no palácio.

Acariciei gentilmente sua bochecha com o objetivo de acalmá-lo. Como um filhotinho fofo, Eckles logo relaxou seu rosto na palma de minha mão.

— ...Sua mão está gelada.

— É por eu estar fora por muito tempo.

—Você nem sequer veio em uma carruagem.

— Eu... — Fiquei envergonhada por um instante, mas logo retomei a força em minha voz. — Só estava com vontade de caminhar. Não foi nada de mais, não se preocupe com isso.

— Então, a mestra não deveria ter me comprado naquele dia.

— ...

— ...Você não devia ter feito com que eu me importasse.

— ...Eckles.

— ...Você não devia ter me feito seu primeiro e único guarda pessoal. — O rapaz que esfregava sua bochecha em minha mão lentamente virou seu rosto e eu não sentia mais a textura suave de sua pele, mas uma macia e úmida. Aquela sensação... — Agora é tarde. — Enquanto – ***smack*** – beijava a palma de minha mão, Eckles mantinha seus olhos em mim.

Eu esqueci como se respirava por um breve momento devido à sensação de cócegas que foi reproduzida em minha mão. Apesar de ter entrado em contato com ele várias vezes, Eckles nunca tinha demonstrado afeto por mim de maneira tão aberta.

"Nunca..." Ainda que suplicasse para que viesse lhe ver mais vezes, ele nunca tinha tomado nenhuma atitude e encostado em mim. Olhando-o surpresa, eu respirei lentamente, quase que como suspirando. Foi repentino, mas não surpreendente. "96% é suficiente", assenti ao lembrar que mesmo no modo normal, os encontros e o contato físicos com ele eram tardios devido à diferença de status social.

De repente, senti uma ardência perto da minha bochecha e, quando olhei para cima, meus dedos formigaram levemente ao ver que o seu olhar ainda estava fixado em mim. Uma sensação de calafrio percorreu minha espinha. Tentando não expressar aquele sentimento estranho, sorri sem jeito.

—Você está me culpando agora? Que rude.

— ...

— Minha felicidade e meu humor não deveriam importar para você.

Eckles que ainda tinha seus lábios pressionados contra minha mão voltou sua cabeça à posição anterior.

— ...Certeza?

— Apenas foque no que você tem que fazer.

— No que eu tenho que fazer?

— Sim. Assim como você disse, você é meu primeiro e único guarda pessoal. Fique mais forte do que qualquer outra pessoa neste Império e me proteja.

— ...

—Você é único para mim, Eckles.

Nesse momento, tive a impressão de suas íris piscarem e então desaparecerem. Ele lentamente levantou seu braço e segurou minha mão que pairava sobre sua bochecha. Eu podia sentir seu calor sendo passado para as costas de minhas mãos frias. Involuntariamente lhe dei uma ordem com uma voz um tanto quanto desesperada: — Fique comigo.

Até eu escapar, continue ao meu lado. Não pense em fugir e continue onde está.

—Você fará isso por mim?

— ...

— Hein?

Com meu pedido insistente, Eckles sussurrou:

— ...Eu não sei no que a mestra está pensando...

— ...

— Mas... espero que você não se sinta mais triste por causa das pessoas que lhe trataram mal.

— Está tudo bem.

— Eu farei meu melhor para fazer com que você se sinta ainda melhor — sua voz baixinha fez essa jura algumas vezes e gradualmente se acalmou.

"É, não tem como um personagem conquistável me abandonar." Fiquei aliviada e dirigi minha visão para sua barra de afinidade.

<Sistema>
Verificando a afinidade de {Eckles} por [Catorze milhões de moedas de ouro].
(Fundos restantes: 28 milhões de moedas de ouro)

Depois de escolher com cuidado fiquei apavorada com a dedução absurda que tinha tido nos meus "fundos restantes", mas isso durou apenas um instante.

Afinidade: 98%

— Eckles...

2%... "Finalmente."

—Você tem... algo para me dizer?

Engasguei repentinamente e perguntei com certa dificuldade. ***Kwak*** – podia sentir a força da minha mão sendo aplicada em sua bochecha. Depois de hesitar por um segundo com seus lábios semiabertos, ele disse com uma voz decidida e corriqueira:

— ...Eu vou garantir que isso aconteça, mestra.

Não era a resposta que eu queria. Dei um jeito de segurar minha decepção e nervosismo que aumentavam. "É só porque ainda não cheguei nos 100%." Faltava pouco mais de uma semana para a cerimônia de maioridade.

Se eu insistisse um pouco mais conseguiria subir os 2% que faltavam e a confissão de amor. Com esse pensamento, a pontuação acima de sua cabeça voltou a dizer [Verificar afinidade].

— Eu... eu vou garantir que isso aconteça — murmurou Eckles novamente, como se falasse consigo mesmo.

No dia seguinte, convenci o duque de que tinha tido um mal-estar repentino e por isso fui para casa primeiro. Aparentemente, Penelope fazia isso frequentemente, então não houve problema.

— Mas me avise antes de partir. *Tsc*, sua cerimônia de maioridade já está chegando, por quanto tempo você continuará se comportando como uma criança? — Contudo, os resmungos e broncas eram inevitáveis.

Eu visitei Eckles logo que pude naquele dia, no entanto, aumentar os 2% restantes era uma tarefa difícil. Talvez fosse por estar chegando ao fim. Às vezes o presenteava, às vezes lhe sussurrava palavras doces como mel. Além da dificuldade de ganhar esses 2% ter aumentado, as aulas de esgrima dele ainda atrapalhavam meu processo. Apesar de ter sido eu quem providenciou esse professor para aumentar sua afinidade, o tempo que me era tomado tinha começado a me irritar cada vez mais.

— E se nós cabulássemos o treino hoje e ficássemos fazendo algo divertido juntos?

Um dia, eu decidi tentar convencê-lo com uma voz fofa e carinhosa. No entanto, imediatamente dei para trás em minhas palavras e disse que era apenas uma brincadeira ao ver a barra de afinidade piscando junto a expressão perplexa do jovem. Eckles, que era bem contemplativo, disse que não ligava e eu percebi que ele tinha começado a valorizar muito a esgrima. Ele estava indo em direção ao curso natural da história.

Depois de visitá-lo com afinco, consegui chegar aos 99%, mas já faltavam apenas seis dias para o aniversário de Penelope. O tempo passava e eu continuava sem conseguir chegar aos 100% – era incrivelmente difícil e eu já não sabia se conseguia esconder minha ansiedade.

"Haa... Como? Como eu consigo fazer com que ele diga que me ama depois de alcançar os 100%?", segurando minha cabeça latejante, eu refletia em agonia.

No modo normal eu não precisava me preocupar com isso. Quando a hora chegasse, ele viria e se confessaria por livre e espontânea vontade – às vezes isso acontecia mesmo antes de ter completado os 100% – a barra ficaria rosa, indicando que ele estava pronto para se confessar.

— É verdade, parando para pensar, isso acontecia frequentemente. — Lembrei de alguns detalhes que tinha me esquecido devido à minha preocupação com outras coisas.

"A cor da barra de afinidade..." Conforme a rota progredia, a barra de afinidade mudava temporariamente de cor. Não era como o que estava experienciando agora no modo difícil, mas... "Será que isso era importante?" Até então, eu não tinha me importado muito com a cor das barras de afinidade, isso porque a pontuação estava conectada diretamente com a minha vida, então tinha mais no que pensar. Mas agora que o final do Eckles estava se aproximando...

O vermelho-escuro de sua afinidade começou a me preocupar. "Não me diga... vermelho-escuro não significa sede de vingança pelo Império nem nada do tipo, né?", balancei minha cabeça desesperadamente com esse pensamento. "Não, não. Se fosse assim, seus 99% não fariam sentido algum", me convenci. "1%... Como diabos eu vou conseguir aumentar isso? Eu vou ter que agarrá-lo e beijá-lo como aquele louco fez comigo?", quando estava ocupada mordendo meus lábios sem saber e fazendo um grande esforço mental... ***Toc, toc!***

— Senhorita, sou eu, Pennel.

A visita do mordomo me trouxe de volta para a realidade. Eu estava um pouco surpresa com sua vinda tão tardia, afinal já tinha passado da hora do jantar.

— ...Pode entrar. — Assim que lhe dei permissão, a porta foi aberta e o mordomo entrou no cômodo. Depois de me cumprimentar educadamente, ele logo disse para que tinha ido me ver.

— Senhorita, o duque pediu que você tome o desjejum com ele amanhã cedo.

— ...O desjejum?

— Sim. Ele disse que será difícil para vocês jantarem juntos nos próximos dias, já que ele ficará ocupado com a reunião dos aristocratas e a cerimônia de maioridade.

Fiquei confusa ao ouvir as notícias súbitas e então, com sua explicação, assenti.

— ...Entendo. Claro, eu comparecerei. Diga-lhe que acordarei mais cedo e me aprontarei para isso.

— Sim, senhorita.

— Bem, obrigada. Pode ir.

— Oh, err... — Mesmo depois de terminar esse assunto, o mordomo hesitou antes de sair. — ...Chegou mais uma carta do palácio imperial, senhorita.

Minha mão que casualmente passava a página do livro, parou.

— É um convite para algum banquete?

— Não. Desta vez ele enviou a carta diretamente para a senhorita através de um servo do palácio...

— Queime — respondi sem pestanejar. — Não estou me sentindo muito bem, então diga que estou tomando um tempo para me recuperar.

— ...Sim, senhorita — disse o mordomo hesitante. Sua pausa fez com que me sentisse sufocada. ***Paf*** – fechando o livro grosseiramente e estalando a língua irritada, me dirigi ao empregado novamente.

—Você não precisa me perguntar o que fazer. Apenas faça o que você já sabe que deve fazer, mordomo.

Pennel se curvou profundamente, provavelmente tendo notado meu desconforto e então se apressou para fora do quarto.

Na manhã do dia seguinte, eu acordei cedo e fui para o salão, assim como tinha prometido para o mordomo. Mesmo que não estivesse completamente acordada ainda, minha cabeça já estava em polvorosa. Depois do café e de ver o duque ir embora, ficaria muito corrido para conseguir encontrar Eckles antes de ele partir para sua aula, no entanto não tive muito tempo para organizar meus planos e estava na porta do salão de jantar.

— É a primeira vez que a senhorita vem aqui depois da reforma — observou o mordomo, que veio me buscar.

Era verdade. Originalmente, eu costumava ficar no meu quarto o tempo todo e fazia as minhas refeições lá, por isso ainda não tinha visto o resultado da renovação do salão.

— A senhorita deveria ficar ansiosa para isso. — Com expectativa em suas palavras, Pennel abriu a porta.

O espaço amplo, que eu não sabia o que tinha para se consertar, estava completamente diferente de antes. "Uau..." O ambiente estava surpreendentemente lindo e extravagante. Uma grande quantidade de arranjos de flores grandes e moedas de ouro estava espalhada pelo local. À primeira vista, o ambiente parecia caótico e bagunçado, mas quando observei mais de perto, a decoração era mais harmoniosa do que tinha imaginado. Certamente o design tinha sido feito com muito esmero e cuidado. Dentro desse lugar desconhecido, enquanto o admirava, uma flor se destacava no meio de todas as outras e chamou minha atenção. Podia-se dizer que aquela era a flor que mais decorava o lugar.

"Essa...", seu folheado era delicado e sua coloração rosa-carmim chamativa.

— São rosas Alnwick.

No outro dia, quando almoçamos na estufa por causa da reforma, o duque me informou o nome da planta por causa do interesse que fingi ter nela para fugir da briga com Reynold. Parando para pensar nisso, aquela foi a primeira vez que o duque falou comigo sem ter nenhum objetivo ou motivo maior. "Acho que ele realmente deve gostar dela", pensei cinicamente tentando reprimir a náusea e a ansiedade dentro de mim. Dar muito significado para isso apenas traria dor e decepção mais tarde.

Felizmente, com todas as mudanças que foram feitas no salão, eu não fui lembrada daquele pesadelo em que tive que passar fome na frente de um monte de comida. A mesa não era mais a antiga feita de carvalho, mas de mármore e estava luxuosamente posta.

— Você chegou! — o duque, sentado na ponta da mesa, me cumprimentou.

— Bom dia, pai, irmãos.

— Bom dia pra quem? Você não ia chegar cedo? — Eu tinha me atrasado por poucos minutos, mas o de cabelo rosa já começou a implicar comigo.

— Chega, Reynold.

— Eu nem fiz nada. Tsc! Porque o pai sempre tem que me dar uma bronca... — Quando os olhos do duque foram em direção ao rapaz, ele fechou a boca.

Derrick estava parado e apenas me olhava com seu rosto frio de sempre. Como já tinha passado por isso várias vezes, estava acostumada com o fato de ele simplesmente me ignorar.

— Vamos comer.

Exceto pelo horário extremamente cedo, o café da manhã foi normal. Ocasionalmente havia um som de talheres batendo na luxuosa e silenciosa sala de jantar.

— ...Seu aniversário é daqui alguns dias, Penelope. — No meio da refeição, o duque começou a conversar subitamente.

— Sim, já está chegando — respondi com um sorriso, mesmo que esse assunto me deixasse enjoada.

— Você já está se preparando para a cerimônia?

— E o que eu poderia fazer? O mordomo e as empregadas estão tomando conta de tudo em meu lugar.

Eu realmente não estava fazendo nada. A única coisa da qual participava era quando as empregadas apareciam e diziam que eu precisava tomar duchas longas e massagens para deixar minha pele bonita e meu corpo em forma. Como também já tinha me acostumado com isso, eu realmente não pensei em nada.

— Tem alguma coisa que você queira para a festa? — questionou ele e, sem pensar muito, eu o respondi.

— Hm… Na verdade, não tenho nada em mente. — A variedade de vestidos e joias que tinha já era o suficiente para a cerimônia de maioridade e o que eu realmente queria o duque não podia me dar.

— Não precisa de frescura, só fala o que você quer e a gente compra. — Como sempre, Reynold fez um comentário em tom sarcástico, parecendo que estava apenas esperando pela deixa. — Você não ficou morrendo de inveja quando o pai me deu um iate mágico na minha cerimônia de maioridade?

— Ah, verdade. — Não era de todo ruim passar horas tomando banho com as empregadas todos os dias. Isso porque ouvia um monte de histórias engraçadas. — Esse é aquele barco que você ficou se gabando, mas no fim acabou arrastando o coitado para o rio Altes e o derrubou da cachoeira por não conseguir dirigi-lo corretamente, né?

Seu rosto ficou vermelho em um instante ao me ver sorrindo e falando de uma das histórias que tinha ouvido há pouco tempo.

— Q-q-quem disse isso?! F-foi apenas um acidente!

— Há, há, aquilo foi patético.

— Huh? Por que você está rindo, pai? Para com isso! — gritou Reynold enquanto reclamava com o duque, mas não adiantou de nada. Enquanto ele fazia um escarcéu, eu aproveitei e me inclinei em direção ao duque.

— Só… — sussurrei. — você poderia vir se despedir de mim na manhã da cerimônia?

— Despedir?

— Sim. — O duque pareceu confuso ao ouvir meu pedido repentino, então, olhando-o, eu lentamente voltei a falar: — …Se despedir da sua filha caçula e imatura.

— O que você quer dizer com se despedir, Penelope? Do que você está falando?

— Eu irei me tornar uma adulta decente. Depois da cerimônia, gostaria de esquecer sobre meu passado vergonhoso e me tornar alguém madura

— terminei calmamente meu discurso, escondendo as palavras "último adeus" e fingi estar falando sobre meu crescimento.

— Quando foi que você...? — Os olhos do duque que me olhavam com certa estranheza se tornaram calmos e carinhosos. — Certo. Eu com certeza passarei para me "despedir" de você pela manhã — repetiu sua promessa.

Essa mentira foi muito difícil e amarga para mim, mas tentei me desfazer desse sentimento com um sorriso forçado. De repente – ***nheeec*** – a porta do salão se abriu e o mordomo entrou com um gesto apressado. Ao chegar na ponta da mesa onde o duque sentava em instantes ele disse sem delongas:

— Duque, o senhor deveria vir para a entrada da mansão por um momento. — Seu rosto estava pior que nunca e, com sua interrupção, o duque mostrou sinais de desconforto.

— Bem, já faz um tempo que nós não comemos juntos, Pennel. Fale comigo mais tarde se não for nada urgente.

— É... — O mordomo, que hesitou com uma cara perturbada, logo se abaixou e disse algo na orelha do duque.

O rosto do homem, que havia expressado desagrado pela interrupção de sua refeição há pouco, gradualmente se enrijeceu. O mordomo, que finalmente terminou de falar, levantou a parte superior do corpo e nesse momento – ***blam!*** – o duque pulou de seu assento e – ***vush*** – saiu apressadamente do salão de jantar, sem prestar atenção em sua cadeira que havia caído no chão. O mordomo o seguiu apressadamente. Não só eu, mas Derrick e Reynold que não entendemos muito bem a situação ficamos a sós no cômodo apenas piscando de surpresa. ***Blam!*** – imitando seu pai, Derrick levantou de sua cadeira com pressa.

— Eu devo ir — depois de proferir essas palavras, ele deixou o salão sem olhar para trás.

— Céus, o que foi isso?! Enquanto nós estávamos comendo... — murmurou Reynold nervosamente.

"Não me diga... que o príncipe herdeiro veio até aqui novamente só porque eu ignorei sua carta?", de repente, uma cena familiar me veio à mente. Levando em consideração que estávamos falando daquele louco, isso era completamente plausível. Se fosse esse o caso, faria sentido o duque ter saído com tanta pressa, levando em consideração que da última vez ele não conseguiu impedi-lo de fazer o que queria. "Louco! Qual é o problema dele?!", enquanto franzia a testa pensando nessa possibilidade, Reynold me olhou estranho.

— Ei, o que você está fazendo? Vamos também.

— Uh... hm, uhum.

Reynold levantou-se de seu assento e incitou-me a sair, ao que respondi com uma careta. Eu realmente não queria ir. O pensamento de voltar e ver o rosto do príncipe herdeiro já me dava dor de cabeça.

Segui Reynold que corria pela porta do cômodo, tropeçando. Depois de passar por um longo corredor, finalmente chegamos na escadaria central. Como o mordomo disse que havia um problema, a porta da frente da mansão estava escancarada e, entre eles, um homem alto estava parado. Através da porta aberta, um cheiro fresco veio do lado de fora e encheu o ar da manhã.

"Eles não vão capturar essa pessoa?", andei mais rápido com a testa ainda franzida enquanto passava pela sala de estar e chegava ao lugar onde o duque e o mordomo, Derrick e Reynold estavam parados. Em vez dos cabelos dourados que eu esperava, vi alguém que não imaginava que encontraria ali.

— ...Eckles?

Meus olhos se arregalaram. O homem de pé na porta da frente da mansão não era outro senão o meu pobre escravo. Ao meu chamado, ele me fitou e houve uma ondulação instantânea nos olhos cinzentos, que sempre estiveram inertes.

— Por que você está aqui a esta hora...?

De repente, meu coração disparou sem motivo. Aquela era a mesma estranheza que senti um dia antes de minha mãe morrer. No momento em que esse sentimento correu pelo meu corpo como um relâmpago.

— Bem. — Uma figura pequena saiu de trás das costas de Eckles. — ...Pai.

— ...

— Irmãos... — Seu lindo cabelo rosa se parecia com o de Reynold, suas íris azul-claras tornava impossível negar que ela era da linhagem de Eckhart. — Sou eu... Ivonne.

Foi naquele dia, de manhã cedo, cinco dias antes da cerimônia de maioridade.

Capítulo 14

Capítulo 14

Como se tivesse um *bug*, tudo começou a passar em câmera lenta. Eu encarei a pequena silhueta da garota que surgira de trás de Eckles sem nem piscar. Em um dos lados de sua testa havia uma gaze. Exatamente no mesmo lugar em que a mulher de túnica branca fora atingida pela minha magia naquele dia em Soleil.

"É mentira, né?" Não era da minha conta e não me importava se a filha do duque era a líder dos remanescentes de Leila, a questão era que ainda não era a data da minha cerimônia de maioridade. Ainda não tinha chegado o dia do banquete. Ainda faltavam cinco dias até o banquete de maioridade. "...Por quê?"

Tirei meus olhos de Ivonne e olhei novamente para Eckles. Desde o início ele estava me encarando com a mesma expressão de sempre. Parecia que ele estava observando como eu reagiria. Há alguns dias ele foi o único personagem conquistável que ficou ao meu lado e disse que faria de tudo por mim, que não deixaria me chateassem, que pessoalmente me faria feliz. "Por quê?"

Por quê? Como ele pôde? Por quê? Por quê? **Por quê? POR QUÊ?!** Minha cabeça estava preenchida por tal questionamento. Depois de um tempo eu finalmente consegui recuperar minha respiração no meio de todo aquele silêncio sufocante da porta principal.

Quando o duque não disse uma única palavra, o rosto amável da jovem gradualmente foi se transformando em uma cara de choro.

— ...Reynold, Penelope. — O duque quebrou o silêncio e ordenou seriamente: — Vocês dois deveriam voltar para seus quartos.

— Pai! — Reynold reagiu antes de mim. Entretanto, ele permaneceu em silêncio com o estalar de língua que seu pai deu como aviso.

Pude sentir o olhar do duque sobre mim, que não me movi mesmo com a sua ordem. No entanto, eu simplesmente não conseguia me mexer. Mais cedo nessa manhã todos pareciam distraídos e tranquilos até que uma bomba caiu em nosso colo. Mesmo sem ter ido para meu quarto como instruído, o duque se virou para a garota e falou com ela:

— E você... — Claramente pude ver naquele momento a expressão de dor e sofrimento que o duque, sempre tão racional e indiferente, fez. — Me siga por um momento. — Então, sua razão voltou a falar mais alto: — Há alguns testes que você precisa fazer para provar que é, de fato, minha filha. Várias pessoas já vieram até esta casa tentando nos enganar.

— ...Testes?

Os olhos azuis da menina tremeram. Sua aparência era a mais pura e inocente do que qualquer outra vista. Naturalmente a protagonista do jogo passaria tranquilamente por todos aqueles "testes". Eles constavam em uma característica física, e lembranças, como identificar os itens da duquesa falecida ou a estrutura da mansão e seus cômodos. Todos esses detalhes eram difíceis de saber, a menos que fossem parentes, então ninguém que tinha se infiltrado para tomar o cargo da senhorita até agora tinha passado.

— Se for descoberto que, na verdade, isso não passava de uma fraude, a penalidade para o crime de falsidade ideológica de um membro da nobreza é a morte — alertou o duque com um tom de voz severo. — O que você pretende fazer agora? Irá me seguir?

— Eu ainda não recuperei completamente minha memória, mas... — Mesmo que ainda não fosse o dia da cerimônia de maioridade. — Eu irei tentar. — Ivonne assentiu com um olhar determinado. Tudo estava indo de acordo com o jogo, até mesmo suas falas, me senti sufocada.

O duque, que conseguiu parar de olhar para a garota, virou a cabeça e deu uma ordem para Derrick.

— E Derrick...

— Sim.

— Mantenha este rapaz preso no subsolo. Eu terei que questioná-lo mais tarde sobre o que aconteceu. — Derrick logo se aproximou de Eckles.

— Espere! — Nessa situação tão estranha, eu tentei impedir o duque, mas Ivonne estava um passo à minha frente. — Eu irei fazer o teste, então não faça isso. E-Eckles me ajudou muito até aqui — suplicou ela para o duque com uma voz manhosa.

— Isso não é da sua conta. Ele é um aprendiz da nossa família. — O duque balançou sua cabeça firmemente.

— Bem, mas...

— É impossível sair da mansão sem permissão. Descubra como esse garoto saiu daqui. — Derrick e eu ficamos sem graça com a ordem do duque.

— Não o arraste por aí. Ele é meu acompanhante, então é responsabilidade minha — intervi quando Ivonne finalmente calou a boca.

— Penelope! — O duque e Derrick de repente me olharam com surpresa ao se virarem. Eles pareciam não ter notado que eu continuava ali.

— Eu preciso falar com ele. — Minha cabeça estava girando, mas tinha que perguntar isso agora.

— Penelope.

Eu andei em direção a Eckles sem que ninguém me impedisse. A protagonista que estava ao seu lado me observou com uma expressão estranha em seu rosto. Entretanto, eu estendi minha mão sem me importar com isso e agarrei a gola de sua blusa.

— ...Você.

Nesse momento...

<Sistema>

Você gostaria de verificar a afinidade de {Eckles}?

[Dezoito milhões de moedas de ouro] [Quatrocentos ponto de reputação]

Eu escolhi [Dezoito milhões] sem nem pensar duas vezes. Mas...

<Sistema>
Fundos insuficientes.
(Fundos restantes: 12 milhões de moedas de ouro)

Assim que o texto mudou eu consegui me manter calma e escolhi [Quatrocentos pontos de reputação].

<Sistema>
Reputação insuficiente.
(Total de reputação: 360)

Eu sabia, já tinha gastado todo o meu dinheiro para verificar sua afinidade sem nem hesitar. Eu estava tão confiante que conseguiria os 100% num piscar de olhos. Além disso, não estava muito preocupada com dinheiro, pois o mordomo tinha me informado que as vendas das esmeraldas processadas com magia já tinham começado. Se soubesse que esse jogo estúpido faria uma coisa dessas comigo, eu...

Quando não tinha outra escolha a não ser observar aquela janela branca estúpida na minha frente, senti uma ira enorme crescendo dentro de mim. A necessidade de violência, de arremessar alguma coisa se alastrou pelo meu corpo. ***Vup*** – minha mão que segurava Eckles pelo colarinho sacudia tanto que apenas um borrão era visto em seu lugar.

— Penelope! Pare com isso e afaste-se — o duque me avisou uma segunda vez.

Quando voltei aos meus sentidos, olhei para frente e vi os olhos cinzas do rapaz olhando calmamente para sua blusa. Surpreso, suas pupilas dilataram.

— ...Mestra.

—Você... Por quê?

Eu não tinha escolha a não ser perguntar que nem uma idiota. Entre todos, por que logo você foi me trair e trazer a verdadeira senhorita da casa?

— Por quê? — repeti apenas essa palavra.

O reflexo do meu rosto perante as íris de Eckles estava completamente distorcido. Ele me olhou de cima com uma cara apática e falou lentamente:

— ...Mesmo que seja um escravo de um país derrotado, estou em dívida com a família Eckhart. Eu sabia que a família estava procurando por sua filha perdida, então não poderia simplesmente ignorar nosso encontro.

— Há, há, há... — Ao ouvir a resposta de Eckles, como se ele tivesse feito alguma grande contribuição, dei uma gargalhada. Eu podia sentir meu estômago pegando fogo. — ...Não fode, seu merdinha. — Minha voz abafada escapou pelos meus dentes que rangiam. — **A benevolência que você recebeu veio de mim, não da família Eckhart! Fui EU que comprei você naquela maldita casa de leilões...!**

Apesar de saber que minha reação era estúpida, eu não conseguia parar os gritos que escapavam de mim. Minha outra mão levantou no ar, enquanto tremia. Pouco antes de ele dar um tapa forte na cara do moleque.

— Penelope! — O duque rugiu com pressa. — Mordomo! Pegue a Penelope e suba.

— Ah, não! Eu ainda tenho mais a dizer.

— Penelope Eckhart! — Desta vez foi Derrick que me chamou frio como gelo. — Eu não vou repetir.

— Então vou terminar logo de dizer o que preciso para o meu guarda pessoal...!

—Você não tem mais doze anos, por quanto tempo eu terei que continuar vendo você agir como uma criança maldosa? — aborrecimento brilhou nos olhos do duque.

Eu estava cansada do modo como era olhada. Eu estava cansada de como a "verdadeira senhorita" apareceu e eu, a "falsa senhorita" parecia estar fazendo uma ceninha por ciúmes. Eu estava cansada.

O duque, Reynold, Derrick, o mordomo. Vários funcionários também apareceram para ver o que estava acontecendo por conta do barulho.

Eu olhei um por um deles com medo. Vermelho-escuro, laranja, rosa-claro. As barras indicadoras de afinidade esmagadoras dos protagonistas estavam todas piscando.

— ...Senhorita, por favor, pare — o mordomo me chamou com uma voz pesada. A mão que havia subido alto para bater em Eckles desceu lentamente. Mesmo em meio a isso, não tive escolha a não ser me preocupar com a queda da favorabilidade.

A força da mão que segurava a sua gola ficou frouxa. Eu cerrei os dentes e lentamente virei as costas para os personagens masculinos. Naquele momento não pude fazer nada e apenas segui o mordomo para o andar de cima.

A atmosfera era sangrenta e eu não sabia o que fazer. Meus olhos se encontraram com alguém que estava ciscando com os pés. O rosto da mulher estava contorcido de arrependimento e culpa. A protagonista do modo normal era sempre boazinha e gentil enquanto a falsa senhorita era ameaçadora e agressiva, tanto em sua aparência, quanto em seu comportamento. Nessa situação, que de alguma forma estava progredindo assim como o jogo, uma sensação assustadora de repente envolveu minha garganta.

Voltando ao meu quarto sob a supervisão do mordomo, fui direto para a mesa e me sentei. Talvez tendo ouvido a notícia, Emily já me esperava e me seguiu cuidadosamente.

— ...Senhorita.

— Saia.

— Mas... — Eu podia ver seus olhos castanhos rolando para mim. Talvez a moça astuta estivesse arrependida de ficar ao meu lado. Na verdade, talvez ela queira dizer que está deixando de ser minha empregada pessoal para ficar ao lado da "verdadeira senhoria" que de alguma forma retornou.

— **Você não me ouviu? Eu tenho algo para pensar, então saia!** — gritei nervosamente com Emily.

— Sim, sim! Estarei esperando lá fora, então se precisar de mim, me chame, senhorita — respondeu ela com espanto e saiu apressadamente do quarto.

Depois disso, o cômodo ficou tão silencioso que não conseguia ouvir nem um piu sequer.

— Haa... — Soltei um suspiro profundo e enterrei meu rosto em minhas mãos.

Ainda era de manhã, começo do dia, mas estava exausta como se tivesse ficado acordada a noite inteira por vários dias. Mas mesmo sentir essa sensação era um luxo.

— Pense. Você não pode morrer assim.

Agarrei o espírito de fraqueza e o removi à força enquanto levantava meu rosto de minhas mãos. Então, olhei para o ar e balancei a cabeça.

Por alguma razão desconhecida, um dos personagens conquistáveis tinha me traído e trazido a protagonista de volta para a mansão. Eu não queria ser arrastada pelo modo normal e morrer miseravelmente como uma vilã. Entretanto, isso não significava que permaneceria parada e desencorajada. Felizmente, a heroína não tinha aparecido na minha cerimônia de maioridade assim como no jogo.

— Eu ainda tenho cinco dias.

E isso significava que tinha a chance de escapar. "99%. Ele só precisa dizer que me ama." Não fazia diferença se a protagonista tinha aparecido ou não, o que eu precisava fazer continuava sendo a mesma coisa.

— Eu preciso ver esse maldito.

Olhei para o nada por um tempo esperando impaciente até que aquela droga de interrogatório chegasse ao fim e ponderei sobre onde arrumaria dinheiro e qual seria a desculpa que usaria para verificar sua afinidade e também qual seria a desculpa que daria ao duque que descobriria que Eckles estava tendo aulas de esgrima. Eu já não sabia mais quanto tempo estava esperando – ***toc, toc.***

— Senhorita, sou eu, Pennel. — Finalmente alguém tinha vindo me trazer notícias.

— Entre — ordenei com urgência.

— Senhorita, o primeiro colar de esmeraldas que entrou em leilão ontem à noite já tem um dono. Os rendimentos foram entregues à mansão através do Coelho Branco Central pouco tempo atrás.

— O dinheiro já foi depositado?

— Sim.

"Ótimo", embora aquela não fosse uma notícia relacionada ao Eckles, era algo bom no meio daquela situação de merda.

— Preciso ver Eckles agora mesmo — pulei de meu assento com a notícia de que meu cofre estava cheio novamente e uma tênue esperança penetrou em meu coração. Precisava ouvir sua declaração de amor imediatamente após verificar sua afinidade. Não importava se o meio para conseguir isso fosse através de persuasão, chantagem ou à força. Eu estava prestes a deixar o cômodo com pressa, quando...

— Senhorita, espere um minuto. — O mordomo parou na minha frente com uma feição esquisita. — Há algumas pessoas que preciso lhe apresentar.

— O quê? Quem? — Fiz uma careta com a novidade repentina.

— Entrem — sussurrou o mordomo baixinho. Então, com a porta ainda aberta, dois homens vestidos com suas armaduras entraram no cômodo. — Estes são os novos acompanhantes da senhorita. Sir Philip e Sir Ed.

— Olá, senhorita. Prazer em conhecê-la.

— Estou ansioso para trabalhar com a senhorita.

— Sir Philip e Sir Ed pertencem à unidade de escolta pessoal do duque e são muito versados em esgrima...

— Mordomo — chamei Pennel com uma voz fria e ignorando completamente as saudações gentis dos homens que o acompanhavam.

— Agora, o que você está fazendo no meu quarto?

— O duque... — O velho mordomo hesitou por um momento com certo constrangimento, depois abriu a boca com dificuldade. — Por enquanto, foi emitida uma ordem proibindo o contato da senhorita com pessoas de fora da família. Isso inclui Eckles.

— ...Como? — Minha visão ficou turva. As chamas vermelhas que mal tinha conseguido conter se inflamaram novamente até minha garganta. Com os dentes cerrados, perguntei — Por que eu?

— Para mantê-la segura até o final do interrogatório.

— Por segurança?

— ...Sim.

— Não para me confinar e me manter sob vigilância? — Não-intencionalmente, um dos cantos de meus lábios estava curvado. Vendo-me sorrindo como uma verdadeira vilã, o mordomo não conseguiu fazer contato visual.

— ...Jamais seria algo do tipo. Isso é impossível, senhorita.

— Então me explique por que não posso nem encontrar com meu guarda pessoal e, ainda por cima, tenho que substituí-lo por pessoas que nunca vi antes.

— O jovem mestre... ele liderou pessoalmente um pelotão de cavaleiros até Priboux — arregalei os olhos com a explicação que Pennel me dava com certa dificuldade. Priboux era o nome da aldeia que ficava fora da capital e onde residia o professor de Eckles.

— Por quê?

— Ivonne que chegou hoje... Não, digo, a garota que chegou hoje foi gravemente ferida por um monstro que apareceu pela região há alguns dias.

— Isso... — Engoli a vontade de refutá-lo e dizer que seus ferimentos não foram causados pelos monstros. Não era da minha conta se a protagonista era realmente a mente maligna por trás dos remanescentes de Leila ou se era tudo um mal-entendido e eu apenas tinha visto errado.
— Então...? — Incitei o mordomo, tentando manter a calma.

— Foi dito que os escravos da região cuidaram da nossa hóspede ferida. Acontece que todos eles são delmianos.

— Mas o mordomo já sabia disso, não?

Era verdade que não sabíamos disso quando encontramos um professor adequado para Eckles, isso porque a fazenda onde os escravos trabalhavam estava localizada em uma área pouco povoada e bem distante da aldeia. No entanto, no dia em que Eckles chegou tarde na mansão por ter encontrado um conterrâneo e ter matado o monstro que de repente atacou a fazenda, eu pedi ao mordomo algumas ervas medicinais e disse que as entregaria aos escravos com acompanhamento secreto. Aquele era um segredo tácito entre mim e o mordomo.

"...Foi assim que eles se encontraram", logo identifiquei como Eckles e Ivonne tinham se conhecido. "Merda!", xinguei mentalmente e mordi meu lábio inferior a ponto de ele sangrar. "Por que eu não pensei com mais cuidado sobre a aparição do tal monstro?" Por mais que estivesse arrependida, não adiantava chorar sobre o leite derramado. Na época, tudo o que eu enxergava era sua afinidade que se aproximava dos 96%.

"Falando nisso, fora Winter no modo normal, será que todos os outros personagens podem trazer Ivonne de volta para casa no modo difícil?", inclinei a cabeça com o questionamento que surgiu de repente. Sem que percebesse, comecei a me sentir cada vez mais desconfortável com o desenvolvimento do jogo e, quando estava prestes a ficar perdida em meus pensamentos com uma expressão séria...

— Vocês, saiam daqui — instruiu o mordomo aos cavaleiros que tinham invadido meu quarto sem minha permissão. Quando eles partiram, Pennel franziu o cenho com um semblante sério. — Fomos informados que os delmianos estão se reunindo e tentando fugir, minha senhora.

Fiquei atônita ao ouvir do empregado a mesma coisa que Eckles tinha me informado há pouco tempo.

— Portanto, o duque e o jovem mestre decidiram fazer uma prisão preventiva...

— Espere um pouco. — Levantei a mão interrompendo o mordomo. — Foi aquela garota que disse isso?

— Não. Todas estas informações saíram da boca de Eckles durante o interrogatório, senhorita.

— O quê? Como?

— O remédio herbal que a senhora os deu através de Eckles... aparentemente eles se tornaram o financiamento para sua fuga.

— ...

— Ele disse que a senhorita lamentou profundamente ao ouvir que um monstro apareceu de repente e machucou seus colegas nativos, e por isso a senhorita ofereceu generosamente sua ajuda.

— ...Mas...?

— No entanto, ele soube que a consideração da senhorita foi distorcida e, depois disso, ele sozinho estava pensando sobre como dissuadi-los dessa decisão. Enquanto isso, ele conheceu a garota e decidiu retribuir a sua gentileza ao duque...

— Há... — Assim que o mordomo terminou de me contar sobre o depoimento do escravo, eu soltei uma risada gélida.

— Aquele desgraçado maluco. — Tremi sutilmente, horrorizada com sua ardileza. O garoto que queria fugir comigo há pouquíssimo tempo atrás agora entregou seus companheiros sem nenhuma hesitação. Eu vagamente adivinhei o motivo: "Foi porque eu disse que não queria ir."

Eckles era assim desde o início. Ele fingiu ser um cão leal quando na verdade só estava escondendo suas garras. Contudo, pensei que com o tempo eu havia conseguido provocar alguma mudança em sua personalidade à medida que sua afinidade aumentava, mas estava enganada. Para ele, sua própria segurança era mais importante do que seu amor sincero pelo seu povo e seu ódio pelos imperialistas.

Na minha frente, fui capaz de ver claramente o quanto o rapaz estava fingindo ser uma pessoa de boa índole que se preocupava com seus conterrâneos. Seria melhor ficar na mansão do duque, ou seria melhor ajudar alguns estranhos que apenas tinham vindo do mesmo lugar a escapar do Império? Ele fez sua escolha. Ele sacrificou os seus companheiros e trouxe Ivonne para a mansão, decidindo, portanto, ficar ali. Além disso, ele se aproveitou dessa oportunidade para elevar sua moral, mas para não correr o risco de ser envolvido com os escravos, e me colocou no meio de toda essa palhaçada.

Reprimindo minhas emoções intensas, eu perguntei:

— ...O que meu pai disse a respeito?

— Ele enviou o jovem mestre pessoalmente para confirmar se era verdade.

— E o teste?

— Ainda está em progresso.

— Então, até que meu irmão volte e o teste seja finalizado, eu não poderei me encontrar nem com Eckles nem com meu pai?

— …

O mordomo não respondeu. Aquela era uma afirmação silenciosa. Respirei fundo e fiz um gesto com minha mão.

— Certo, pode ir.

— Se a senhorita precisar de qualquer coisa, me chame a qualquer hora. — Pennel me olhou, curvou-se educadamente e saiu do quarto. Esse cuidado e educação que ele tinha comigo desapareceriam logo que Ivonne passasse no teste do duque.

— Filho da puta — xinguei Eckles.

Estava tão irritada que não conseguia me conter. Levantei a mão no ar pronta para jogar tudo o que estava em cima da mesa no chão, mas não podia perder a paciência com isso. Eu tinha muito para pensar. Eu precisava sobreviver. "Não pode acabar assim." Abaixei a mão e me levantei caminhando para a cama. "Preciso de uma solução, um plano B."

Enquanto estava deitada na cama impotente e rolando de um lado para o outro enquanto minha mente trabalhava, de repente, me senti terrivelmente miserável, incapaz de fazer qualquer coisa. Como se a morte estivesse se aproximando, eu me senti sufocada.

Sem comer nada por um dia inteiro e sem pregar os olhos durante a noite, deixei meu quarto na manhã seguinte. Decidi fazer isso porque senti que, se continuasse naquele lugar, o fogo que queimava dentro de mim iria me consumir por inteira.

— Aonde você está indo? — Assim que abri minha porta, os guardas do dia anterior me atrapalharam.

— Saiam da frente.

— Por questões de segurança, a senhorita precisa nos informar aonde está indo.

— Eu não posso mais nem andar livremente pela minha própria casa? — Depois de dizer isso de maneira grosseira, admiti que estava sendo muito sensível e me esforcei para revelar qual era meu destino: — Irei caminhar na estufa.

— Então nós iremos lhe acompanhar.

— Não me sigam.

— Mas o duque…

— Se vocês derem um único passo em minha direção quando sair daqui, eu vou gritar e fazer uma confusão dizendo que vocês insultaram e abusaram de mim.

— S-senhorita!

Seus rostos ficaram brancos e suas feições congelaram. Eles tinham plena ciência de que o duque era um tanto quanto sensível a certas coisas a meu respeito devido a acontecimentos anteriores.

— Ele disse para vocês me guardarem, não para me seguirem para todos os lados e me vigiarem.

— Mas, senhorita…

— Não criem uma confusão para nada. Eu já volto.

Assim, eles não tiveram escolha a não ser me observar saindo do quarto e andando como se fosse um fantasma. Ao longo do corredor, todos os empregados que encontrei ficaram me olhando de um jeito estranho e, mesmo antes de chegar ao meu destino final, eu já estava exausta. De repente, um pensamento desesperador surgiu em minha mente… E se, talvez, nunca conseguir sair desse jogo maldito?

Eu percebi que, se isso acontecesse, teria que passar por coisas assim todos os dias até o derradeiro momento de minha morte. Meus olhos ficaram turvos mais uma vez.

Definitivamente me sentia melhor ali fora do que encarcerada dentro daquele quarto. Lentamente, avancei e reorganizei os pensamentos e planos que fiz na noite passada.

"A propósito... ele não disse algo sobre o subsolo? Então, não seria o porão da mansão?", me questionei sobre onde Eckles estava sendo mantido. Ouvi dizer que o porão da mansão geralmente era usado para prender e torturar criminosos, mas havia outro lugar perto do local de treino. Lá era onde os cavaleiros que cometiam irregularidades eram mantidos, em outros termos, era como um quartel. "De qualquer forma, como Eckles é um aprendiz e pertencente à família, ele deve estar lá."

Tendo tomado uma decisão, rumei em direção à floresta que levava à área de treino. Eu não pensava que poderia vê-lo imediatamente só porque fui lá, no entanto achei que morreria de loucura se não fizesse nada, então fui dar apenas uma espiadinha.

Andei muito pelo caminho da floresta enquanto estava absorta em meus pensamentos, tanto que nem percebi quem estava vindo do outro lado do caminho.

— Ugh... — Quando percebi, deixei escapar um pequeno gemido.

— O-olá, Vossa Excelência... — Embora parecesse estranho, ela me cumprimentou com um rosto inofensivo e gentil e ainda me tratou cordialmente.

"'Vossa Excelência'? Me dá um tempo, sua..." Aquele era o mesmo jeito que ela chamava a Penelope quando a encontrava pela primeira vez durante o modo normal, ao lembrar disso tive que me esforçar para engolir os xingamentos.

Seus olhos azuis me encaravam e eu planejava a ignorar, mas me lembrei da sua figura sugando o homem nas profundezas da caverna em Soleil... Arrepios correram pela minha espinha. Se ela realmente era parte do clã Leila, era melhor que não tivesse nada contra mim. Quando fiquei ali sem dizer nada, senti uma estranha sensação de estar de ponta-cabeça.

— ...Vossa Excelência? — Ela me chamou novamente, me acordando da terrível lembrança.

"Merda", olhei ao redor e abri minha boca relutantemente. Nós estávamos sozinhas nessa longa estrada.

— ...Olá.

— Você... você me respondeu? — As íris da garota tremeram levemente ao som da minha voz.

A protagonista do modo normal era facilmente comovida até pelas coisas mais simples e frequentemente caía em lágrimas. Eu a encarei com um rosto inexpressivo contrastante, então voltei a falar:

— Você está voltando depois de encontrar Eckles?

— Ah, sim! Exatamente.

— Fiquei sabendo que você ainda não terminou os testes.

A moça franziu os olhos de vergonha e, depois de hesitar por um momento, respondeu:

— Pedi ao duque para vir ver Eckles no meu horário de almoço. Afinal ele está preso por minha causa...

Fiquei um pouco irritada quando pensei que não podia fazer nada para impedir que eles se vissem, mas me esforcei para aguentar aqueles sentimentos. "Então, é verdade que Eckles está trancado em uma cela em vez de no porão da mansão", aquilo era inesperado.

— Por que você está sozinha sem uma empregada? — perguntei imediatamente e sem rodeios. As bochechas de Ivonne enrubesceram com o meu questionamento.

— A empregada... me levou até lá, mas ela estava muito ocupada e eu queria dar uma volta sozinha...

Isso me soou um tanto quanto ofensivo. "O teste ainda nem acabou e ela pode perambular por aí sem uma empregada?" A empregada-chefe originalmente odiava a "falsa senhorita" desde o início e foi quem assumiu a liderança no abuso. Desde que me lembro, viver na mansão era exaustivo, então como eu poderia ficar feliz e receber de braços abertos a "verdadeira senhorita" que voltou magicamente para a mansão e me contentar em observar de longe a diferença de tratamento entre nós? Segurei a risada distorcida que tentava escapar de mim e fitei o rosto de Ivonne.

— Deve doer.

— ...Perdão?

— Sua ferida.

Exatamente em sua testa, tinha uma ferida coberta com gaze. Em um instante, a mulher se encolheu ligeiramente. Eu não tinha mais nada para falar com ela além disso.

— Bem, boa sorte.

Eu a encarei por um instante e então passei por ela sem olhar para trás. Na verdade, eu quase tinha passado por ela, mas foi aí que…

— Espere! — De repente, meu pulso foi agarrado. Eu fiz uma careta e virei a cabeça.

— O que foi?

— Desculpe, me desculpe. — A garota me olhava com lágrimas enormes penduradas em seus olhos. Ela era fraca e patética o suficiente para que até mesmo eu entendesse por que os protagonistas se sentiam atraídos por ela. Mas como eu não tinha feito nada, eu apenas a olhei assustada.

— Haa… do que você está falando?

— Eu apareci de repente… Você deve ter ficado surpresa com isso, Vossa Excelência — com a voz trêmula, ela implorou por perdão por algo que, na verdade, era um mal-entendido. — Eu não deveria estar aqui… Mas como Eckles implorou para eu o acompanhar apenas uma vez, então…

— …

— Me senti muito culpada porque pensei que havia lhe magoado sem querer. Eu realmente sinto muito…

— Ei. — Calmamente cortei o pedido de desculpas que estava ficando cada vez mais intenso. — Você disse que chama Ivonne, né? — Com seus olhos redondos e chorosos ela me olhou e assentiu. — Seu nome era Ivonne quando era uma plebeia?

— …Sim, isso mesmo.

"Ela perdeu a memória, mas tinha o mesmo nome como plebeia e como nobre…?", senti uma sensação de incongruência, mas ignorei esse fato e acenei com a cabeça.

— Eu não me importo com o que você veio fazer aqui.

— ...Como? — Suas íris azuis ficaram surpresas.

Com medo de que ela me interpretasse mal, acrescentei uma explicação mais clara:

— Não se preocupe, estou bem. Para ser exata, apenas finja que eu não existo, entendeu?

— I-isso...

— Se você entendeu, me deixe em paz.

Meu pulso estava frio como gelo. Eu não sabia se era devido ao medo que sentia ou se era algum o poder bizarro de Leila, mas senti um calafrio e puxei meu pulso para longe dela.

— Além disso, eu também já fui uma plebeia e conheço muito bem essa situação, mas fique avisada que, se você encostar em um nobre desse jeito sem seu consentimento, acabará levando um tapa.

— ...

— Bom passeio. Adeus.

Rapidamente virei as costas para ela. Então pensei que esse cenário era um pouco engraçado. Isso porque me recordei da época em que tinha acabado de ser transportada para esse jogo maluco e toda vez que me deparava com os filhos do duque tinha medo de morrer. No entanto, ao contrário dos rapazes que me deixaram fugir por causa de seu ego inflado, a protagonista não me deixou ir tão facilmente.

— E-eu juro que não tenho nenhuma intenção...! — gritou ela enquanto eu partia.

Crench – apertei a bainha de minha saia com raiva. Mesmo sem ter dito nada, a maldita da protagonista apelou com um grito injustiçado.

— E-eu perdi minha memória quando era jovem. Recentemente, a recuperei vagamente e, graças ao Eckles, tive a coragem de vir até aqui. Se eu estiver enganada e não for filha do duque, serei punida. Sério! Realmente, eu...

— Haa... — Dei um suspiro profundo e virei, me aproximando dela novamente —Você não precisa dar desculpas para mim.

— S-senhorita...

— Eu já disse que não ligo.

Quando Ivonne viu que eu me aproximava, oscilante, ela deu um passo para trás.

— U-uwaa!

Então, ela tropeçou, provavelmente em uma pedra. Mesmo caindo, a protagonista era linda e elegante. Eu estiquei meu braço e agarrei seu braço, puxando-o em minha direção. Seu corpo, que caía como flores silvestres no vento do outono, conseguiu recuperar o equilíbrio.

— Ugh! — Sua pele em contato com a palma de minha mão era assustadoramente fria, parecendo um cadáver.

— Cuidado.

— O-obrigada — murmurou ela.

Eu aproveitei e rapidamente disse o que queria:

— Escute, Ivonne.

— O-o quê?

— Não é da minha conta se você é realmente a verdadeira filha desta família ou se você veio até aqui por outro motivo.

—V-Vossa Excelência!

— De agora em diante, todas as vezes que nos encontrarmos eu serei eu mesma e você também.

— Mas… — Seus olhos que eram redondos como os de um coelho gritavam "como você pode dizer algo assim?" por um segundo, mas logo se escureceram. — Se eu realmente for a filha perdida… Nós somos uma família! Não vejo como nós poderíamos…

— Família? — Fiquei confusa ao ouvir sua declaração esquisita. Assim, preferi negar as ilusões que a menina tinha: — Eu não sou sua família.

— …

— Eu sei que você pensa a mesma coisa, não precisa fingir. Uma família… Não, isso é apenas um relacionamento temporário que logo chegará ao fim — disse, pensando que esse era o final dos eventos desastrosos do dia.

— Continue, você ganhou minha atenção. Vamos, quero ouvir tudo o que você tem a dizer — alguém se intrometeu e entrou no meio de nós duas.

Tanto eu quanto Ivonne olhamos para a mesma direção, cabelos rosas adoráveis, assim como os da protagonista, esvoaçavam no meio da paisagem verde das árvores. "Que hora ótima para aparecer...", deixei escapar uma pequena risada. Cada vez que eu ficava nervosa parecia mais e mais louca. A barra rosa de afinidade acima de sua cabeça brilhou brevemente, talvez demonstrando que tinha perdido alguns pontos.

— Você realmente... é isso o que você pensa? — inquiriu Reynold ferozmente, se aproximando de mim.

Olhando para o topo de seu cabelo, eu me dirigi a ele com um suspiro:

— O que eu fiz dessa vez?

— O que você...?! — Seu rosto se contorceu, mas estranhamente, eu já não sentia mais medo. — Essa é realmente a primeira coisa que você tem a dizer para ela que chegou ontem? Que ela não faz parte da sua família e que seu relacionamento será apenas temporário?!

— Eu não menti.

— O quê?

— O teste ainda nem acabou.

— Eu não estou falando sobre isso! — gritou ele, provavelmente frustrado com a situação.

Franzindo o cenho reflexivamente por causa da dor em meus ouvidos, eu o questionei:

— Então do que você está falando?

— Estou falando da sua atitude indigna, Penelope Eckhart! — O som de seus dentes rangendo podiam ser ouvidos de longe.

— ...Ugh! — A menina ao seu lado arfou suavemente.

Talvez Reynold não tenha gostado da minha resposta casual, já que me impeliu com seu péssimo temperamento.

— Você já está implicando e maltratando a garota como se ela fosse uma ratazana, nem sabemos ainda se ela é realmente da família ou não. Pare de tratar os outros como se fossem insetos ou escravos!

Não demorou para que eu notasse para onde ele estava olhando: minha mão que segurava o braço da jovem de cabelos algodão-doce.

— Tem certeza que sou eu quem trata os outros assim? — Assim que seu discurso penetrou em meus ouvidos, aquele dia ficou claro em minha mente.

— *...Você sempre faz parecer que eu sou pior que um pedinte ou um escravo.*

No último dia do festival, no sótão, ele estava comparando meus gritos daquele dia, que emiti implacavelmente enquanto tremia com a queda de afinidade, e as palavras que disse em desespero sobre minha situação com o que acontecia agora. Tudo isso realmente mostrava que não nos importávamos um com o outro... Esse desgraçado.

Por que eu? Realmente acreditei que algo tinha mudado depois de ser submetida a esse tipo de coisa várias e várias vezes? No fim das contas, eu era uma idiota. Depois de tantos problemas... Eu apenas me enganei.

— Há, há...

Quando ri como se tivesse perdido a cabeça, tanto Reynold quanto Ivonne tiveram um pequeno espasmo.

— Você...

Em menos de um instante, Reynold fechou a cara, achando que eu estava caçoando dele e, claro, sua barra de afinidade piscou. "Será que caiu 1% ou 2%?" Bem, diferentemente de antes, eu não estava mais em uma situação tão precária, então desde que não caísse para além dos 30%, tudo ficaria bem.

Virei-me despreocupadamente, enquanto imaginava qual teria sido o prejuízo em sua afinidade e então abri minha boca:

— Ivonne, é você quem deve responder.

— O quê...?

— Eu te agarrei como se fosse uma ratazana?

Nessa hora eu estava puramente curiosa sobre o que ela responderia. "A personalidade verdadeira da protagonista é, de fato, tão boa assim como mostrada no modo normal do jogo?", levando em consideração o andar da carruagem, não ficaria surpresa se ela respondesse que a agarrei e estava fazendo bullying, pronta para lhe estapear.

— É claro que se você perguntar para ela desse jeito...

— N-não! Claro que não! — Ivonne balançou sua cabeça veementemente. — Jovem mestre, a senhorita está falando a verdade! Eu apenas fui descuidada e tropecei, quando estava para cair, a senhorita me segurou.

— ...Como? — O rosto de Reynold congelou como se não conseguisse acreditar no que tinha ouvido. — Então... — Ele olhou para o braço de Ivonne, ainda entre minha mão, com uma feição surpresa.

Quando ele apareceu de repente, eu não tive tempo de soltá-la, mas anteriormente, eu não tinha o feito porque queria ouvir a resposta da garota. Então, na frente de seus olhos, cuidadosamente abri os dedos deixando o braço de Ivonne cair impotente.

— Infelizmente parece que você não mudou nada desde aquele dia. — Dei de ombros enquanto murmurava. Ao ouvir isso, os olhos de Reynold tremeram.

— P-penelope... — Ele me chamou, mas eu me virei e voltei a caminhar.

A ideia de dar uma volta para descobrir o paradeiro de Eckles tinha sido arruinada. De qualquer forma, eu tinha sido convencida pela declaração de Ivonne e também não queria ter que passar por eles, portanto voltava com pressa para meu quarto.

— Penelope!

Paf, paf – ouvi um som vindo de trás de mim e não demorou para que meu caminho fosse bloqueado. "Huh? Eu pensei que ele ia consolar sua irmãzinha chorosa", arqueei uma sobrancelha e soei irritada.

— Saia.

— Eu... — Reynold, que respirava pesadamente, pressionou seus lábios. — ...me desculpe.

— ...

— Eu me enganei — admitiu ele seu erro sem pestanejar.

Ao mesmo tempo, a afinidade começou a brilhar. Com isso me lembrei dos acontecimentos envolvendo Derrick no palácio imperial – a afinidade subia e descia facilmente, mas, para minha sorte, já não me impressionava com isso.

— Tudo bem, agora saia da frente.

— É que a atmosfera dentro da mansão está um caos agora, se você se envolver em qualquer comoção agora... — Quando fitei o rapaz que começara a disparar um monte de justificativas logo após seu pedido de desculpas ele se calou aos poucos. Ele parecia envergonhado e seus olhos estavam vermelhos.

— Isso é tudo o que você tem para dizer?

— Me desculpe por te julgar precipitadamente.

— Sério? — Assenti ao ouvir seu pedido de desculpas fazendo com que ele sorrisse.

— Então está tudo resolvido, né? Não fique chateada com isso e vá dar uma caminhada...

— Mas eu não quero — cortei a fala aliviada do rapaz sorridente. Seu rosto ficou confuso.

— ...O quê?

— Eu não quero as suas desculpas — gentilmente pronunciei palavra por palavra.

A Penelope de verdade e estúpida era sempre quem se desculpava primeiro quando eles brigavam. Nunca recebi nem um pedido de desculpas sequer por nenhuma das brigas e xingamentos que tive que ouvir. "Ah, na verdade isso aconteceu uma vez, mas foi só depois que vim para cá", eu sabia das circunstâncias da "falsa senhorita" ou pela Emily ou pelos sonhos que tinha.

— Você... — ele não esperava essa resposta e ficou perplexo por um bom tempo, mas logo seu rosto ficou vermelho e sua ferocidade voltou ao normal. — Você por acaso se sente melhor quando diz algo rude para alguém que está se desculpando com você?

— E você se sente melhor ao me fazer sentir mal quando você está se desculpando?

— Isso está ficando...

— Você também já não aceitou minhas desculpas várias vezes, por que eu tenho que aceitar as suas como se isso fosse a coisa mais natural do mundo?

— O quê?

— Eu posso não querer aceitá-las de vez em quando também — disse em tom de bronca. — Como pode alguém ser tão coração de pedra? Não se força alguém a se desculpar nem a aceitar suas desculpas.

— Huh! Você está agindo assim para se vingar do modo que eu me comportava antes?

— Uhum — concordei com o rapaz que falava bobagens uma atrás da outra. —Você precisa experimentar isso também. A sensação de falar com alguém que te trata como um cachorro sarnento, quão miserável é ser ignorado. — Em outras palavras, eu iria o tratar igual ele me tratava.

— Ei, você...

Entendendo o recado, ele me olhou com uma intenção assassina em sua aura. Conferi a barra piscando acima dele e depois os arredores para me certificar que não havia pedras, galhos pontiagudos ou outros objetos perigosos. Claro, nada mudaria se ele decidisse me enforcar com as próprias mãos. Contudo, ele felizmente não se moveu e ficou apenas me encarando com raiva por algum tempo, então parecia que a afinidade não tinha caído muito. Por fim, ele arrumou seu cabelo quando tentei ir embora novamente.

— Haa... Certo, certo. Eu já disse que estou errado. Me desculpe. — Com um suspiro irritado, o rapaz inesperadamente admitiu sua culpa novamente. — Nós não somos mais crianças, vamos parar com isso logo. Como ficará o prestígio dos Eckhart entre os plebeus se continuarmos assim?

Pelo canto de seu olho, ele espiou Ivonne que estava parada no mesmo lugar durante todo esse tempo. Eu pensei que sua reação era engraçada.

— O prestígio dos Eckhart? — repeti sua fala e caí na gargalhada como se ele tivesse contado uma piada. —Você realmente não sabe de nada? Eu fui maltratada até mesmo por uma empregada.

— O quê? Por que você está falando disso agora?

— Porque a culpa é sua, Reynold. — Eu parei de rir e o olhei nos olhos.

— Como?

— Você só está agindo assim por estar na frente de um plebeu.

— Ei, Penelope. Do que diabos você está...?

— Mesmo na frente dos cavaleiros e dos empregados, você me maltratou todos os dias.

Como ele era um dos personagens conquistáveis, eu estive me controlando há muito tempo. Mesmo que estivesse irritada, com ódio, que tivesse chegado ao meu limite, eu sempre levava minha posição em consideração e dava um jeito de me acalmar em certo nível. Nunca mencionei explicitamente nada sobre o abuso que sofria. Quando chegamos no nosso limite e a questão do colar roubado veio à tona, não comentei nada com ninguém e continuei mantendo nosso relacionamento a panos quentes. Eu sabia que falar sobre a honra dos Eckhart traria grandes estragos, já que Reynold era completamente narcisista e orgulhoso, mas a situação não estava nem um pouco boa. A protagonista tinha aparecido antes da cerimônia de maioridade e o medo de não conseguir voltar para casa estava me assolando. Fora do meu perfeito juízo, isso fez com que eu acabasse revelando meus sentimentos mais íntimos, sentimentos esses que eu tinha escondido com muito esforço até então.

— Você. É por sua causa, Reynold Eckhart. — O que saia de mim não eram mais palavras, mas puro ódio. Reynold ficou surpreso e assistiu tudo aquilo ferver e transbordar de mim através de uma voz áspera: — Prestígio? Que prestígio é esse que você tanto fala? — Foi só então que perdi minhas forças, sob seu olhar mortificado. — Mesmo que você me veja por aí, não fale comigo por um tempo.

— P-penelope!

— Por favor. Se você realmente sente muito, faça isso por mim, irmão. Tenha um bom dia. — Com um sorriso amarelo, eu tentei me despedir o mais educada possível, como se eu não tivesse acabado de transparecer meu ódio e desgosto. Desse modo, eu fugi daquele lugar sufocante, deixando-o para trás com uma expressão transtornada.

Assim que passei por ele, o sorriso de mentira em meus lábios sumiu e, em seu lugar, um olhar destemido e firme surgiu. Pude sentir que estava sendo observada até o fim. Mas eu não me importava.

Assim que cheguei em meu quarto fui logo em direção a minha cama e me deitei. Depois de certo tempo, acordei de um cochilo e, pulando o almoço, dormi de novo e de novo e de novo e de novo.

— ...-nhorita. Senhorita Penelope.

Emily me acordou cuidadosamente. Quando abri meus olhos o quarto já estava escuro e o sol já tinha se posto. Com uma voz rouca, lhe perguntei:

— ...O que foi?

— A senhorita deveria jantar. Você não come nada desde ontem — sugeriu ela em um tom inquieto.

— Não é preciso, não estou com fome. Eu só quero dormir mais um pouco — recusei sua recomendação e enterrei meu rosto no travesseiro novamente. Eu não tinha feito nenhuma refeição nem beliscado nada, mas não estava no clima para comer e temia que, se o fizesse, fosse sofrer de indigestão.

— Senhoritaaa... — Emily me chamou com uma voz que transparecia sua decepção ao me ver recusando comida.

Quando não a respondi por estar sem força e me sentindo mal, um dos lados da cama afundou – isso porque ela tinha se sentado. "O que está acontecendo?", virei minha cabeça em sua direção para perguntar o que ela queria.

— Senhorita... — Ela começou antes que eu pudesse falar qualquer coisa, mas hesitou por um tempo, então abaixou sua cabeça e cochichou para mim: — A garota... ela acabou ficando na mansão.

Eu fiquei um pouco surpresa com seu comportamento ao me contar as notícias sobre Ivonne e arregalei meus olhos, porém a notícia em si não tinha me afetado, pois já sabia que isso aconteceria. Deste modo, logo perdi o interesse no assunto e perguntei para ela com calma:

— Ela passou por todos os testes?

— Acho que não por conta de sua perda de memória. Então foi decidido que ela continuaria na mansão por um tempo e que ela seria observada para averiguar os fatos.

— Entendi.

— Mas é claro que ela é falsa, senhorita. — Era um tanto engraçado ver Emily discutindo a veracidade da garota e chamando-a de "falsa" para a "falsa senhorita".

— Está tudo bem, você não precisa dizer isso — respondi com uma voz risonha, então acrescentei com um suspiro: — Parece que você tem mais alguma coisa para me dizer. Vá em frente.

Era hora de deixar Emily partir. "Bem, no fim ela recebe ordens da empregada-chefe..." Ainda que a identidade de Ivonne não tivesse sido completamente averiguada, ela passaria a morar na mansão, então precisava de alguém para servi-la.

Eu não tinha gostado de Emily da primeira vez que nos encontramos, mas era verdade que, com o tempo, ela tinha deixado minha vida ali muito mais confortável. No fundo, sentia que não tinha sido uma boa "chefe", contudo era um tanto quanto amargo pensar que ela me deixaria depois de ter criado afeto por ela. Talvez tenha sido por isso que a expulsei do meu quarto no dia anterior, não queria ouvir que minha empregada iria me abandonar. "No fim, isso ia acabar acontecendo de qualquer jeito. Daqui a pouco a pessoa a partir serei eu", felizmente não ressenti por muito tempo e fiquei apenas esperando pelo que Emily diria a seguir.

— E-eu lhe informarei sobre todos os passos dela.

— ...Como?

Depois de uma longa pausa, a garota me disse algo completamente impremeditável.

— A menina que foi designada como sua empregada temporária é uma conhecida da minha cidade natal...

— ...

— Quando éramos mais novas, sua casa pegou fogo e seus pais faleceram, no fim ela acabou vindo morar na nossa casa durante um ano.

— ...E?

— Originalmente, órfãos não são aceitos como empregados de nobres, senhorita. Isso porque não há ninguém para confirmar sua identidade caso aconteça algum acidente.

— ...

— Nós não nos dávamos muito bem, mas meus pais gostavam muito dela, então quando eu me candidatei para a vaga de empregada no ducado, eles acabaram escrevendo uma carta se responsabilizando por ela e acabamos vindo juntas... — Cuidadosa, Emily segredou ainda mais baixo: — Se a carta de garantia for mencionada, ela fará qualquer coisa que lhe for exigido.

Em um instante, uma luz escura brilhou em seus olhos castanhos, mostrando um pouco de loucura. Eu parei por um momento com suas palavras, então franzi as sobrancelhas e perguntei:

— ...Você está falando sério?

— Mas é claro! — Emily assentiu entusiasmada. — E se enquanto essa garota estiver na mansão ela planejar alguma coisa para te substituir?

Ela compartilhou sua teoria com um semblante sério. Não importava o quanto a olhasse, ela realmente parecia sincera e não estava escondendo nenhuma carta na manga. Com essa visão, eu comecei a rir.

— Se esse for o caso, então nós precisamos estar preparadas... — Perdida em suas preocupações, Emily só foi notar minha reação depois de algum tempo. — Senhorita! Não é hora de rir desse jeito! — a jovem resmungou um tanto quanto ressentida.

— Desculpe, desculpe. Há, há... — Finalmente consegui parar de rir e expliquei: — É que isso soou tão típico de uma vilã, Emily.

— Estou falando sério! Caso contrário não teria entregado a fraqueza da minha colega... — ela suspirou e resmungou deixando sua preocupação ainda mais verossímil.

Eu não sabia se era por mim ou se era pela sua posição na mansão, mas as palavras dela tinham conseguido me confortar.

— Certo, tudo bem. Obrigada por ter se preocupado — assenti a agradecendo ternamente e seus olhos brilharam.

— Então você está disposta a seguir meu plano, né?

— Bem…

Tomei um tempo para ponderar. Era conveniente ter alguém para fazer isso por mim sem que eu tivesse que levantar um único dedo, mas não tinha certeza se saber do dia a dia da Ivonne iria me ajudar em alguma coisa, afinal eu já sabia da história do modo normal de qualquer forma… "Não." Pensando com mais cuidado, eu deveria deixar de lado essa confiança que tinha nos acontecimentos prévios do jogo. O modo normal e o modo difícil eram completamente diferentes entre si, então não deveria assumir que a Ivonne do modo normal e essa eram a mesma.

— …Eu não preciso saber de tudo o que ela faz. Quem tem muitos segredos, fatalmente irá cometer enganos. — Depois de pensar mais um pouco, completei: — Peça para ser informada apenas das coisas suspeitas que ela fizer.

— …Suspeitas?

— Sim, por exemplo… — Instantaneamente me lembrei da figura usando túnica branca em Soleil. Máscaras, relicários, pedaços de espelho quebrados. — Hmm, se ela tem algum tipo de obsessão ou se ela se comporta de um jeito estranho quando ouve alguma palavra.

— Ah, sim! Entendi! Deixe comigo, senhorita — respondeu Emily com um olhar determinado.

Claro, eu não tinha grandes expectativas. Se a protagonista era realmente a líder do clã Leila ou algo do tipo, ela não seria estúpida a ponto de deixar que algo transparecesse para a empregada. Entretanto, a disposição de Emily era tão fofa que eu não podia fazer nada contra, então apenas ri novamente. Talvez ela tenha percebido que me sentia um pouco melhor agora.

— E... o que você me diz sobre jantar agora? — perguntou ela novamente, me olhando com cautela.

Naquele instante mal consegui segurar minha expressão prestes a colapsar. "Agora tenho alguém para tomar conta de mim e impedir que passe fome."

— Emily... — Uma voz suave saiu enquanto me esforçava para segurar o nó em minha garganta.

— Sim?

— Você está se saindo muito bem... cuidando de mim.

— Claro, senhorita. Eu sou sua empregada — retorquiu Emily, atônita, com um sorriso doce.

— Bem... neste caso, me traga o jantar.

— Sim, senhorita! Eu já volto! Espere só um pouquinho! — Emily correu para fora do quarto animada.

Se a Penelope de verdade voltasse para casa ela ficaria muito feliz. Agora ela tinha alguém que se importava com ela, alguém que preparava refeições e se assegurava sobre seu bem-estar.

Três dias para o baile... Na manhã seguinte, após eu terminar de tomar café da manhã, o mordomo veio me ver com uma mensagem do duque:

— Eu vou me arrumar e já saio. Espere lá fora — ordenei.

No dia anterior, Emily me informou que Ivonne ficaria na mansão por um tempo e, por isso, eu não imaginei que o duque iria me convocar tão cedo. Depois de terminar de me vestir, imediatamente segui o mordomo até o escritório do duque.

Toc, toc!

— Entre.

Com sua permissão, Pennel abriu a porta e eu entrei no cômodo levemente tensa. Eu e o duque tínhamos coisas muito importantes e sérias para discutir. Ao entrar em sua sala, vi o homem sentado em sua mesa com um charuto em sua boca e, na sua frente, várias pilhas de documentos.

— Pai.

—Você veio.

Ele levantou seus olhos em minha direção. Sua aparência estava muito cansada, provavelmente tinha passado a noite inteira acordado resolvendo vários assuntos pendentes.

— Sente-se.

Ele se levantou de sua cadeira e fez um gesto indicando o sofá. Se acomodando na minha frente, o dono da mansão ficou apenas me encarando. Mesmo depois que a empregada trouxe os refrescos, o duque que continuava em silêncio pegou um novo charuto e o acendeu sem dizer nenhuma palavra. A atmosfera estava ficando cada vez mais e mais sufocante. Após muito tempo, o duque finalmente apagou seu cigarro no cinzeiro e abriu sua boca:

— Penelope.

— Sim, pai — respondi seu chamado severo me endireitando no assento.

— ...Você pediu em segredo para que seu irmão arrumasse um professor de esgrima àquele garoto.

— ...

— Por que você não me disse antes?

Na verdade, para mim, esse problema era maior do que Ivonne ter passado no teste. Assim como esperado, fechei meus olhos quando ele perguntou e depois de fazer uma pausa, decidi falar a verdade:

— ...Pensei que você não fosse concordar.

— Haaa...

O duque inspirou profundamente. Mesmo que ele fosse apenas um personagem secundário do jogo, eu não conseguia evitar tremer com a aura pesada que emanava dele depois de tanto tempo.

— Na manhã passada, seu irmão prendeu alguns escravos de Delman que tentavam fugir pelo porto de Priboux e os entregou para o palácio. Você sabe que isso significa que eles foram... executados hoje cedo, né?

— ...

— Todo o testemunho de Eckles foi comprovado.

Meu coração apertou ao ouvir sobre a execução. Entretanto, o choque que senti não durou muito tempo, afinal, pelas palavras do mordomo, eu já tinha deduzido mais ou menos que esse seria o caso. O duque abaixou sua voz ao ver que o ouvia atentamente:

— Aparentemente, o dinheiro que financiava a fuga dos escravos foi obtido através da venda das ervas medicinais que você os deu.

— ...

— Você tem consciência que, se o palácio imperial tivesse conduzido uma investigação antes de nós, você não apenas teria se envolvido nesse caso de traição, mas também teria envolvido toda a família Eckhart?

As minhas mãos que repousavam nos joelhos se cerraram em um punho, amassando o vestido. Eu realmente me arrependia de todas essas coisas que tinha feito impulsivamente por causa de alguns pontos de afinidade, na época não achei que tudo isso iria se voltar contra mim. "Pelo menos não fui ingênua e os dei moedas de ouro", pensei levando em consideração o que poderia ter acontecido se não tivesse dado as ervas.

— Eu sinto muito, eu fui precipitada. A culpa é toda minha.

— ...

— Estou pronta para aceitar qualquer punição pelos meus atos...

— Fiquei sabendo de tudo pelo mordomo — ele repentinamente me interrompeu. — Você não fez isso por maldade. O modo que você lhe deu um professor e remédios...

— ...

— Você apenas tem um bom coração. — Lentamente levantei minha cabeça e o encarei surpresa.

Diferentemente da Penelope de verdade, eu não tinha motivos para me preocupar com o retorno de Ivonne, afinal não havia nenhum histórico de abusar de empregados e escravos nem nada do tipo, mas, ainda assim, tinha colocado a família em perigo. Minha intenção original não tinha nada a ver com isso, mas por causa do maldito do Eckles, as coisas acabaram acontecendo desse jeito e, por isso, acabei concluindo que o duque estaria extremamente bravo comigo. Mas em vez disso...

— Ontem e hoje, você continua sendo surpreendida incessavelmente, não é? Te chamei aqui porque fiquei preocupado. Não estou brigando com você nem procurando um culpado.

Mesmo estando completamente cansado e atarefado, ele ainda tinha arrumado tempo para pensar sobre mim. Pronto para mudar de assunto, o duque respirou fundo:

— Penelope.

— ...

— Ivonne... não, aquela garota. Eu decidi deixar que ela fique na mansão por um tempo.

Eu já sabia disso, mas ouvir dele fez com que ficasse triste. Era como se estivesse segurando no meu último raio de esperança e ele fosse tirado de mim. "Sim, isso era óbvio e inevitável", ri fria e internamente. Todo o perdão e consideração que ele tinha demonstrado pelos eventos anteriores não passavam de um preâmbulo, de uma introdução para chegar nesse evento principal.

O duque me olhou com estranhamento ao notar que eu não tinha tido nenhuma reação perante as novidades. Eu o encarei e abri a boca com dificuldade:

— ...Ela passou todos os testes?

— Por conta de sua perda de memória, não. Mas... — Ele hesitou e então acrescentou: — Todas as respostas sobre sua mãe estavam certas.

— ...

— Além disso, a posição dos pontos é a mesma. Assim como Evelyn, Ivonne... não, a menina, tem a mesma marca de nascença na sua mão que minha filha tinha e que também era igual à de minha falecida esposa.

— Entendo.

Não estava surpresa, afinal já sabia disso e já tinha visto no jogo, mas então percebi que minha resposta tinha sido muito fria e insincera, portanto, forcei os cantos da minha boca em um sorriso.

— Nesse caso, parabéns, pai.

— ...Quê? — O duque fez uma feição confusa.

Com dificuldade para acreditar que realmente tinha dito aquilo, o homem me fitou sem entender o que estava acontecendo e eu voltei a falar calmamente:

—Você finalmente encontrou sua filha que tinha desaparecido há anos!

— ...Penelope. —Titubeante e sem acreditar na reação positiva que acabara de receber, ele me questionou com um semblante extremamente contrastante ao que fazia poucos minutos atrás. —Você ficará bem... se eu a deixar ficar na mansão?

— Claro.

— ...

— Obrigada por me consultar antes, mas esse assunto não requer minha opinião ou minha permissão.

Seus olhos azuis em choque tremeram. Não importava o quanto estivesse mortificada e irada com a traição de Eckles, isso não tinha nada a ver com o duque. "Sua filha de verdade finalmente voltou para casa. Como eu, uma substituta, poderia esboçar algum descontentamento?", além disso, antes do modo normal começar, eu planejava ir embora daqui. Por já saber que isso aconteceria desde o início, não esperava nada de mais.

— Se você tiver algo contra...

— ...

— Eu posso mandá-la para outro lugar do ducado. — sua afirmação era completamente inesperada.

Eu, que olhava para baixo, levantei meus olhos e vi o rosto do duque completamente exausto e conflitante. Ainda que estivesse esperançosa, eu engoli tais sentimentos. "Ah...", eu normalmente não era muito rápida para observar essas coisas, mas perceber isso foi muito fácil.

—Você está falando sério...? — Eu já sabia a resposta.

— ...Pensei sobre isso a noite inteira.

— ...

— Em vez de ficarmos todos na mesma casa e tendo que lidar com confusões o tempo todo, acho que seria melhor e mais prudente deixá-la longe por um tempo, pelo menos até que fique claro se ela é realmente quem diz ser, e além disso…

— Pai. — Eu o interrompi assim que percebi com o que ele estava se preocupando. — Ela deve ficar aqui. — Dei um jeito de sorrir mesmo com os músculos faciais estivessem rígidos.

— …Penelope.

— Mesmo que no fim das contas nós descubramos que ela não é realmente sua filha biológica. Eu não pretendo causar nenhum tipo de problema. — As "confusões", "comoções" e "alvoroços" frequentemente mencionados eram sempre sobre mim. — Não se preocupe com a possibilidade de eu a machucar, pois isso não acontecerá.

Os ombros do duque se contraíram e ele balançou sua cabeça fervorosamente.

— Eu não estava falando…

— Não foi por isso que você colocou alguns seguranças atrás de mim mesmo que estejamos em casa?

— …

Sua boca se fechou instantaneamente. O histórico de Penelope era realmente tão impressionante que fazia sentido ele ter se preocupado com algo do tipo. No modo normal, ela normalmente ficaria com tanto ciúme e inveja da atenção que a protagonista estava recebendo da família, dos empregados e dos personagens conquistáveis que ela tinha tentado envenenar a moça incontáveis vezes. Levando isso em consideração, a reação do duque era nada além de natural. Porém, por algum motivo, meu estômago começou a arder muito.

— Não se preocupe, pai — repeti com um sorriso desesperado. — Eu me sinto muito grata por toda a gentileza que o senhor demonstrou por mim até agora. Já não sou mais uma criança e já passou da hora de parar de ser imatura e malvada.

Com minhas palavras, o duque caiu em um silêncio profundo e, depois de algum tempo, ele afrouxou seus lábios:

— Então, anteontem, por que você...? — Antes de terminar sua frase ele se calou como se percebesse que estava cometendo um erro. No fim das contas, ele não conseguia evitar questionar meu comportamento sobre quando Eckles trouxera Ivonne de volta para casa e, percebendo isso, aproveitei a oportunidade para esclarecer algumas coisas.

— Contudo, não tente tirar as poucas coisas que são minhas e o que eu as proporcionei — disse erradicando o sorriso de meus lábios.

— O quê...?

— Fui eu quem trouxe Eckles para esta casa. Ele é **meu** guarda pessoal, pai.

— ...

— Se o interrogatório já terminou, por favor, me devolva-o.

A única coisa que me importava agora era aquele rapaz. Ivonne, a mudança na situação na família Eckhart, tudo isso era irrelevante; tudo o que eu queria era meu bilhete de fuga, meus 99%.

— Me devolva o Eckles, pai. — O rosto do duque endureceu com a minha voz determinada.

— Ivon-... A menina. Ela parece querer ficar por perto dele. Eu creio que seja por ela estar em um lugar estranho e ele ser o único rosto conhecido que ela tem por aqui.

— E você vai permitir isso?

— Penelope, querida. — O duque tentou me acalmar e impedir que eu continuasse o questionando. —Veja bem, seu velho pai não gosta nem um pouco daquele sujeito.

— Por que ele estava envolvido com o caso da fuga dos escravos? Mas o senhor já disse que tudo foi resolvido e que o depoimento dele era verídico.

— Não é isso.

Se não era isso, então os motivos do duque eram realmente muito difíceis de entender. Fitando-o sem compreender, eu balancei minha cabeça e, olhando nos meus olhos, ele explicou com relutância:

— Pouco antes da execução dos escravos, Derrick ouviu uma conversa estranha deles…

— Que tipo de conversa?

— Quando os escravos estavam discutindo sobre como poderiam financiar sua fuga, Eckles foi quem sugeriu que eles vendessem as ervas que você os deu.

“Ele me usou… não foi?”, fiquei surpresa com a novidade que tinha ouvido. “Desde quando…” Quanto mais eu sabia, mais tinha calafrios.

Como o duque também tinha dúvidas sobre seu caráter, tentei esconder meus lábios trêmulos e tentei o convencer:

— As pessoas naquela área estavam trabalhando sob situações precárias, ele desabafou sobre isso comigo uma vez… Eu pensei que estava apenas ajudando a melhorar um pouco suas vidas…

— Que estranho, fiquei sabendo que aquela fazenda é um lugar bom de se trabalhar e que, mesmo que fosse pouco, eles até recebiam um salário — disse ele com um olhar curioso.

Um pensamento atormentador surgiu. E se desde o início ele já estivesse planejando trazer Ivonne de volta para conseguir sua alforria?

— De qualquer forma, ele foi de grande contribuição ao nos contar sobre tais perigos — o duque assentiu parecendo ter sido persuadido por minhas palavras e, parecendo não pensar em mais nada, ele continuou despreocupadamente: — Além disso, ele ainda trouxe minha filha perdida de volta para casa depois de tanto tempo. Realmente foi de grande ajuda aos Eckhart.

— …

— Na tarde de ontem, Derrick perguntou o que ele queria como recompensa.

— …E o que ele respondeu? — Esperei impaciente e nervosa pelas más notícias que poderiam se seguir.

— Só que… Ele só pediu que nós não o expulsemos e pediu para que deixássemos ele aprender mais sobre esgrima.

Contudo, a resposta que obtive apenas me deixou confusa.

— Só isso? Ele não pediu por condições melhores ou... um título?

— Sim, exatamente.

"Então por que ele entregou seus companheiros para nós?", além disso, assim como o duque tinha dito, ele poderia ter pedido um bilhão de moedas de ouro por ter trazido a "verdadeira senhorita" para casa. "Ele pediu para que eu fugisse com ele pouco tempo atrás e agora pediu para ficar no ducado...?"

Eu não conseguia entender o que ele estava planejando. Quando franzi o cenho por causa da minha pequena confusão interna, o duque disse como se se simpatizasse com meus sentimentos:

— Também não consegui entender aquele sem-vergonha. — E então perguntou com uma voz cheia de reprovação: — Você tem certeza de que quer manter aquele sujeito por perto?

— Por que você o deixaria ficar ao lado de Ivonne...?

— Penelope... — ele me chamou como se estivesse me avisando para não prosseguir com esses questionamentos. Eu não entendi por que ele estava me censurando sobre isso, mas não fazia diferença para mim naquele momento. Eu precisava encontrar Eckles, eu precisava vê-lo...

— Primeiramente, me deixe vê-lo.

— De jeito nenhum.

— Pai, por favor... — Já estava ficando cansada dos cortes do duque sempre que falávamos disso.

— Já estamos nas vésperas da sua cerimônia de maioridade. — Talvez ele também estivesse farto daquilo, pois começou a dar desculpas em um tom ameaçador. — Toda a atenção estará voltada para os Eckhart e eu não vejo como poderemos lidar com toda a fofoca vulgar de você estar, de alguma forma, envolvida com um escravo! — A primeira coisa que ele conseguiu pensar foi a questão do baile. — Então, a resposta continua sendo a mesma de antes: não.

Ao fim de suas palavras, eu desmanchei a expressão de súplica que tinha no rosto e endireitei minha postura. Havia duas coisas que precisava resolver com ele hoje: a primeira era a questão de voltar a ter contato com Eckles, e a segunda era...

— Por favor, cancele minha cerimônia de maioridade.

— Penelope! — exclamou o homem com raiva.

— É realmente necessário ter a cerimônia em uma época tão sensível como esta que estamos passando? Levando em consideração o que aconteceu nos últimos dias, eles vão fofocar sobre mim de qualquer jeito.

Esse era o último recurso que eu tinha. "Eckles... se eu colocar minhas mãos naquele desgraçado não importa o que eu tenha que fazer, eu vou ver o final deste maldito jogo e sair daqui." Eu precisava de um plano B. "Se cancelarmos ou adiarmos o baile de debutante, então pode ser que o final do modo difícil também seja prorrogado", mesmo que essa fosse uma ideia ingênua ou até mesmo puramente idiota, eu precisava tentar. Eu precisava conseguir dar o fora desse lugar.

— **Como você pode considerar cancelar sua cerimônia só por causa de um reles escravo?** — O duque explodiu de raiva. Seu rosto estava vermelho e eu o encarei vagamente enquanto dava minhas justificativas.

— Na verdade, não é apenas por causa de um "reles escravo".

— Então, por quê?

— O rumor de que a "verdadeira senhorita" Eckhart voltou para casa já deve ter se espalhado por toda a capital, então, meu caro pai, quão patética não seria essa celebração?

— "Verdadeira senhorita"?! Mas o quê...? Penelope que absurdo é esse que você está falando?! — furioso, o duque deu o seu melhor para conversar comigo reprimindo sua raiva ao olhar para meu rosto. — Por que você está fazendo essa cara...?

Depois de começar sua pergunta, ele cerrou seus lábios como se estivesse tentando segurar alguma coisa. Sem entender do que ele estava falando, eu levei minha mão até o rosto, porém ela continuou seca e sem nenhum traço de umidade.

— ...Não se preocupe com Ivonne, eu conversei com ela e concordamos em introduzi-la de maneira apropriada apenas depois de termos confirmado sua identidade.

— Ela já está morando na mansão, como você acha que pode prevenir que a presença dela seja descoberta?

— Penelope Eckhart, pare com isso.

— ...

— Você tem ideia de quanto esforço eu coloquei na sua cerimônia de maioridade? Além disso, todos os convites já foram enviados para o palácio imperial. Não é possível cancelá-lo, tire isso da sua cabeça.

Já decidido, o duque me mostrou que estava determinado e isso me deixou completamente desapontada.

— ...Meu pai pede pela minha compreensão, mas nem se preocupa em ouvir o meu lado — murmurei ressentida como se falasse sozinha.

— ...Penelope.

— Já é o suficiente. — Pulei de meu assento antes que ele pudesse me impedir. No entanto, ele não insistiu nem tentou fazer com que eu parasse enquanto saia de seu escritório.

Quando cheguei em meu quarto, me deparei com dois homens parados na porta do meu quarto. "Eles não estão me protegendo, mas sim me encarcerando." Passei por eles friamente em silêncio e entrei nos meus aposentos fazendo uma careta. Emily, que tinha acabado de arrumar a cama, me deu as boas-vindas.

— Senhorita, você já voltou?

Me senti mal por desperdiçar o trabalho duro que ela tinha tido, mas não consegui segurar minha vontade de me jogar na cama. Percebendo que não me sentia muito bem, ela perguntou cuidadosamente:

— Tem algo especial que a senhorita gostaria para o almoço? Eu pedirei para o chef preparar...

— Emily.

— Sim?

— O que ela faz o dia inteiro?

A boa notícia era que, assim como eu não podia sair da mansão o dia inteiro, a protagonista também não podia. Agora mesmo o próprio duque tinha dito que não tinha a menor intenção de deixar que os outros ficassem sabendo da presença dela na mansão até minha festa de debutante.

— Quer que… eu vá perguntar para a Becky? — Emily que logo entendeu do que eu estava falando abaixou sua voz e eu assenti.

— Mas não pergunte muitos detalhes. Só quero ter uma ideia básica do que ela tem feito para passar o tempo e como está se adaptando à vida na mansão.

— Certo, entendi. Eu já volto, senhorita.

E assim ela rapidamente deixou o quarto.

Depois de alguns minutos.

— Senhorita. — Assim que retornou, ela já começou a me passar as informações que tinha coletado: — …Durante o dia, ela segue sua empregada pela casa para ver se consegue recuperar sua memória e depois do jantar ela sai para dar uma caminhada sozinha.

— Sem uma empregada?

— Sim.

— Ela vai em direção à floresta, não?

— Como você sabia? — Ela arregalou os olhos e me perguntou de volta.

Era completamente óbvio que ela estava indo visitar Eckles, não?

— O que ela está fazendo agora?

— Hm… — A empregada hesitou por um instante. Então, ao ver meus olhos que quase arrancavam as palavras de sua boca, ela não conseguiu aguentar e finalmente me contou: — Ela está tomando chá com o jovem mestre…

Logo entendi o motivo de ela ter hesitado por tanto tempo – Emily estava preocupada com a possibilidade de eu ficar triste, afinal tinha acabado de voltar do meu encontro com o duque e já não parecia muito feliz. Mas para minha surpresa, eu não liguei nem um pouco.

— Mas claro que ela vai almoçar sozinha…

— Tá. Tem mais uma coisa que eu quero te pedir, Emily. — Logo cortei suas palavras de conforto.

— Uh... O quê?

— Chegue mais perto, eu vou lhe contar — sussurrei meu pedido em sua orelha e a moça arregalou os olhos ao ouvir do que se tratava.

— M-mas, senhorita, para que você quer isso?

— Para quê? Bem, tem algo que eu preciso fazer.

— Mas não acho que vá ser tão fácil assim... E se a senhorita for pega logo de cara?

— Não se preocupe, você só precisa fazer exatamente o que eu te disse.

— Tá. É uma f-fuga secreta, né? — Ela ainda parecia confusa, mas assentiu suavemente. — Eu já volto!

Ao contrário de suas preocupações, ela parecia estranhamente animada ao deixar o quarto com pressa e determinação. "Agora só preciso me esgueirar para fora daqui...", o único jeito de sair dali sem que os guardas soubessem era pela janela. Já era a segunda vez que tinha que fazer isso. "Quanto trabalho por aquele desgraçado", pensei enquanto olhava para fora melancolicamente.

Só faltavam três dias para a cerimônia de maioridade e o tempo voava. Quando anoiteceu, todos jantavam e Emily foi ao meu quarto com uma bandeja de comida.

— Senhorita, ela também está jantando agora.

— Bom trabalho. Vamos começar a nos preparar.

— Eu já estou pronta, e a senhorita? — Ela me observou enrolar minhas mangas longas na frente da penteadeira com um olhar perplexo e, cuidadosamente, me perguntou com um olhar preocupado: — A senhorita tem certeza de que isso não é óbvio demais, senhorita?

Eu podia me ver claramente no espelho. Estava vestindo roupas largas masculinas, para ser mais específica eram as roupas que os empregados da casa usavam. Mesmo que Emily tivesse me trazido o menor tamanho possível, minha estatura pequena fazia com que muito tecido sobrasse, mas não tinha o que fazer. Contudo, a pergunta que Emily tinha me feito não era por causa do tamanho das vestes, mas pela minha aparência ser claramente a de Penelope.

—Veja com cuidado.

Quando pedimos ajuda, não podemos controlar o quanto a pessoa saberá sobre nossos segredos, então, mesmo na frente da empregada, eu coloquei o bracelete que Derrick tinha me dado de presente e, assim que o fechei em meu pulso, as joias começaram a brilhar.

— Ó c-céus!

Olhei para meu reflexo no espelho. A senhorita que há pouco estava ali tinha desaparecido e dava lugar a um belo e jovem garoto com cabelos curtos.

— Uau! Isso é mágica, senhorita? — perguntou a empregada completamente admirada com a mudança da minha aparência. Eu assenti rapidamente.

— Não vou demorar para voltar, então memorize meu rosto.

— Jamais reconheceria a senhorita se não tivesse visto com meus próprios olhos. Não sabia que você conseguia se disfarçar de menino! Como você conseguiu isso?

Não respondi sua pergunta, afinal não podia dizer que tinha ganhado o acessório do rapaz que estava tomando chá com a protagonista de manhã.

—Vamos, eu tenho que ir e você também deveria partir. — Uma voz rouca e diferente da normal saiu pela minha boca.

Emily que não conseguia parar de repetir "Ó céus, ó céus" se calou quando viu minha expressão arrogante. Depois de me observar por poucos instantes, ela me seguiu até a janela.

— Senhorita, isso não é perigoso demais? Não seria melhor você sair comigo pela porta?

— E o que vai dizer para os guardas? Que eu sou o amante da senhorita que estava escondido em seu quarto durante sabe-se lá quanto tempo?

— Senhorita! Não diga uma coisa dessas! — Quando sorri com aquela frase, o rosto da moça ficou vermelho. — Mas aqui é muito alto.

Na frente da janela estava uma pilha de lençóis que eu tinha amarrado durante o dia inteiro. Ao me lembrar do fracasso que foi no dia do festival, dessa vez eu tinha deixado o comprimento maior e a grossura também. Para mim, a sensação era ainda pior. Só de pensar em ter que me agarrar nesse monte de pano para tentar fugir eu já me sentia desgastada. Entretanto, não tinha outro modo de sair do quarto graças aos guardas plantados na minha porta.

— Haa… — quando olhei para baixo e suspirei…

<Sistema>

Um evento inesperado: {Teleporte}!

Faltam 3 dias para o limite do modo difícil! Se você ainda não alcançou os requisitos para terminar a história, visite os personagens conquistáveis que esperam por você!

1. [Derrick]
2. [Callisto]
3. [Winter]
4. [Reynold]
5. [Eckles]

De repente, um clarão tomou conta dos meus olhos e um quadrado branco apareceu na minha frente. Ao olhar para ele eu imediatamente fiz uma careta. "Seu jogo filho da… Urgh! Você podia ter aparecido antes de eu amarrar todos esses lençóis!!!"

No fim, todo o trabalho que tive arrastando e amarrando esses cobertores grossos durante o dia inteiro iriam ser desperdiçados. Tremendo de raiva com os punhos cerrados, inspirei fundo e disse para Emily enquanto ainda olhava para o recado do sistema:

— …Emily.

— Sim?

— Vá fazer sua parte.

— Mas como eu poderia ir e te deixar descendo nessas condições sozinha…

—Vá. Você precisa fazer sua parte bem para eu não ser pega.

Ela precisava ficar de olho e impedir que entrassem no meu quarto. Com a minha voz, que começou a soar irritada, a garota respondeu timidamente:

— Certo, senhorita. Tome muito cuidado e…!

— Se apresse e vá. — Com minha impaciência, ela saiu do quarto correndo.

Tak – a porta se fechou e o silêncio se instalou no quarto. Eu olhei para a caixa do sistema que continuava pairando no ar. Ainda que estivesse irritada por essa missão só ter aparecido agora, eu estava aliviada de não ter que me dar ao trabalho de descer de rapel pela janela. Estiquei meu braço para fazer minha escolha, mas parei e hesitei em minha escolha por um instante, contudo dei um jeito de me livrar dos pensamentos. Eu tinha que escolher.

<Sistema>
Você selecionou [Eckles]. Gostaria de se teletransportar agora?
[Sim] [Não]

Assim que pressionei [Sim], meus olhos ficaram brancos. Eu não conseguia entender por que estava tão indecisa se o plano estava dando certo. Quando abri os olhos novamente, estava parada na frente de um prédio.

"Isso…" Exceto pela entrada, o prédio era escuro e não tinha nenhuma luz acesa. Depois de olhar brevemente em volta eu percebi que esse era o lugar onde eles mantinham os cavaleiros presos. Certamente aquela instalação era uma prisão e estava posicionada em um canto ainda mais obscuro que onde os aprendizes ficavam. Eu fui direto em sua direção e já tinha em mente uma desculpa para entrar.

Na entrada do prédio havia apenas dois guardas, talvez fosse por causa do horário da janta. Quando eu me aproximei repetindo a desculpa que tinha pensado em minha mente, – ***paf, paf*** – alguém se aproximou rapidamente da entrada. Mesmo com uma claridade péssima, eu consegui reconhecer quem era. Seus cabelos eram completamente escuros, assim como os arredores. "Esse infeliz!!!"

— Boa noite, senhor! Pode entrar. — Eles se curvaram para Derrick que tinha acabado de surgir.

— Bom trabalho, senhor!

Como estava por perto, me curvei com pressa e dei um cumprimento rápido. Meu coração estava acelerado de medo de ser pega.

"Está tudo bem. Ele nunca viu minha aparência com o bracelete", abaixei a manga do braço em que estava o acessório. Por estar escuro, ele provavelmente não notaria nada de incomum. Assim como esperado, ele passou casualmente por mim, que fingia ser um empregado de passagem. "Ufa..." Quando tinha acabado de levantar minha cabeça e suspirado internamente de alívio, ele subitamente parou de andar.

— Ei. — Ele se virou e chamou por mim.

"Essa não, será que ele percebeu?", meu coração estava quase saindo pela boca, mas consegui acalmar os nervos sob seu olhar frio e então finalmente respondi:

— O s-senhor me chamou? — Mesmo sem estar fingindo muito bem, minha voz rouca soava como a de um empregado. A barra laranja no topo da cabeça de Derrick brilhava claramente no meio daquela penumbra.

— Pelas suas roupas parece que você trabalha na mansão. — Ele olhava para mim de cima a baixo. — O que você está fazendo aqui?

— Oh... Eu vim buscar as roupas sujas do escravo está aprisionado, senhor — disse calmamente a resposta que tinha preparado previamente.

— Escravo? E quem te deu essa ordem?

— A senhorita.

— A senhorita? — Em um segundo sua pupila cercada pelas íris azuis se dilatou levemente. Mas logo depois ele franziu as sobrancelhas como se não tivesse gostado do que tinha ouvido. — Penelope... mandou que você fizesse isso?

— Não, senhor. São ordens de... Ivonne, a jovem senhorita — respondi ao perceber sua reação prévia. Fitei diretamente seus olhos enquanto dizia aquilo de forma suavemente. Era mentira, mas se ele achasse suspeito, podia ir checar com a protagonista e assim eu não teria mais problema algum. Quando senti o suor frio escorrendo pela nuca...

— ...Cuidado com o que fala. — Derrick, que parecia estar perdido em pensamentos por um momento, de repente disparou: — Não saia falando de coisas que ainda não foram confirmadas, você tem a boca muito grande. Não te falaram da ordem de não mencionar sobre isso?

Fiquei chocada com a mudança repentina de assunto. "Por que ele está irritado de repente se foi ele que perguntou?", resmunguei interiormente. De repente me lembrei que Ivonne também tinha sido atormentada por seus irmãos mimados nos primeiros dias. "De qualquer forma, ele tem uma personalidade péssima", no entanto eu ficaria em uma situação ruim se minha identidade fosse descoberta, então rapidamente abaixei a cabeça.

— Ah... D-desculpe, jovem mestre. Isso não acontecerá novamente, perdão! — Me curvei em noventa graus para realmente parecer um servo.

Derrick perguntou, me olhando com uma expressão arrogante:

—Você é novo por aqui?

— Sim, sou sim.

— Que estranho.Você me parece familiar... — Meu coração tremeu com suas palavras. Sem poder responder nada, simplesmente congelei. — Entre. — Estalando a língua, Derrick finalmente me deu permissão para entrar.

— Ah, sim! Obrigado. Me desculpe novamente, jovem mestre. — Enquanto me curvava repetidamente, Derrick se virou sem responder e caminhou rapidamente.

"Maldito." O observei desaparecer pela floresta escura e cuidadosamente esfreguei minha mão sobre o pulso. Caindo em si novamente, voltei apressadamente para o prédio pensando que o jovem de cabelos negros tinha consumido mais tempo meu do que eu tinha imaginado.

—Vim ver o escravo...

— Entre. — Por terem ouvido toda a minha conversa com Derrick, os cavaleiros que estavam ali obedientemente abriram caminho. — Ah, aquele escravo está no porão. Não suba as escadas, desça.

Graças à gentil explicação dos guardas, consegui ir direto para Eckles sem me perder. As escadas foram a primeira coisa que vi assim que entrei no prédio, ela era escura e havia apenas algumas lanternas penduradas esparsamente. As escadas levaram a um corredor úmido e também pouco iluminado, no fim dele, depois de andar algum tempo, me deparei com barras de ferro – como uma prisão de verdade. Talvez o lugar não fosse usado com frequência, pois, exceto pelo seu extremo, onde a luz nem alcançava, a velha prisão estava vazia. Provavelmente os guardas que ficavam no portão de fora eram de extrema confiança, afinal ali dentro não tinha mais ninguém para vigiar o subsolo.

"Mesmo sendo um aprendiz, o tratamento que ele recebe é horrível desse jeito." O processo de confirmação da identidade de Ivonne e as investigações ainda não tinham terminado, mas mesmo que ele não pudesse ser solto imediatamente, as condições daquele lugar eram absurdamente precárias. Além disso, de certa forma ele também era o benfeitor que tinha trazido a "verdadeira senhorita", então esse tipo de tratamento normalmente não faria sentido, contudo ele deixava claro a hostilidade de Derrick e do duque em relação a ele.

"Bem, isso não é da minha conta." Olhei para todos os lados dentro do calabouço e tirei meu bracelete. Antigamente eu sentiria algum tipo de ressentimento e pensaria que tudo isso só estava acontecendo porque não deixei o duque o trazer para lá como era pressuposto da história, porém, a esse ponto, eu já não me sentia mais desse modo. Depois de sua traição, tudo o que sentia era a mais pura decepção e dor.

Assim que a magia parou de funcionar, meus cachos desceram até cobrir meus ombros. Quando coloquei o bracelete em meu bolso, tudo o que restou em minhas mãos foi meu grande anel de rubi. Meu tempo já estava acabando, então andei com pressa até o final do corredor sem enrolar. ***Paf Paf*** – apesar do som dos passos de alguém se aproximando, Eckles, que estava jogado em um canto, não se mexeu. ***Paf*** – finalmente parei na frente do meu destino final, tirei a luz da parede e a direcionei para as barras de ferro. A luz se alastrou pelo ambiente removendo toda a escuridão fazendo com que eu pudesse ver sua cabeça acinzentada encolhida de maneira lastimável.

— Olá — disse, quebrando o silêncio.

O rapaz, que não tinha se movido até então apesar de minha aproximação, levantou a cabeça lentamente. Com os olhos semicerrados por conta da claridade súbita da lâmpada, ele me olhou e seus olhos se arregalaram aos poucos.

— ...Mestra? — Desacreditando a minha aparição, Eckles murmurou com um olhar sombrio em seu rosto pela primeira vez. Então, ele se levantou de seu lugar e começou a vir em minha direção com passos lentos.

Eu pensei que ele estava sendo maltratado por estar encarcerado em um lugar tão escuro, mas parecia que não era esse o caso e eu só tinha imaginado coisas, afinal ele não estava algemado nem preso por correntes. Enquanto observava suas condições, ele já tinha chegado perto das barras de ferro, passando sua mão por entre elas, o rapaz colocou sua mão sobre minha bochecha e eu pude sentir o frio de sua pele. De alguma forma consegui conter o impulso de me esquivar de seu toque.

— Isto... é um sonho? — Depois de alguns dias trancado ali, ele tinha perdido um pouco de peso e disse essa frase com um rosto que parecia de uma boneca. Naquele mesmo instante...

<Sistema>
Você gostaria de verificar a afinidade de {Eckles}?
[Dezoito milhões de moedas de ouro] [Quatrocentos pontos de reputação]

Mais do que qualquer outra pessoa, eu queria que essa maldita situação fosse apenas um sonho. Todavia, vendo a caixa de diálogo do sistema tão clara em minha frente, eu sabia que aquilo nunca poderia ser um sonho.

— ...Claro que não — eu sorri e respondi.

A palma de sua mão que repousava em minha bochecha tremeu, talvez por ele ter percebido que não era um devaneio, e seus olhos tremeram sob a luz da lamparina.

— Como você entrou aqui...? — perguntou ele com uma expressão incrédula. Eu continuava sem evitar sua mão que acariciava minha bochecha.

—Você está bem?

— ...E você, mestra? Como está? — Eckles prendeu a respiração e me perguntou de volta com uma voz abafada.

— Levando... — Seus olhos que estavam me olhando de forma carinhosa, de repente mudaram e ficaram nebulosos. —Você não tem estado muito bem, né?

— ...

—Tive que vir vê-lo em segredo por conta de como as coisas estão.

Palavras que eu nunca lhe diria antes saíram de mim. Eckles não parecia nem um pouco comovido por elas. Nós estávamos muito distantes e desolados, quase como dois castelinhos de areia no meio de um vendaval.

—Você ficou sabendo das notícias? Todos os delmianos que tentaram escapar foram capturados e executados.

— ...

— Graças a isso o restante dos trabalhadores da fazenda foram espalhados para vários lugares distintos do reino.

Pensei que ao ver seu rosto eu ficaria morrendo de raiva, mas quando vi sua falta de expressão, percebi que aquele era um sentimento tolerável. Eckles assentiu sem mexer um músculo de sua cara.

— ...Nesses últimos três dias, eu não consegui parar de pensar nisso — disse tentando parecer ser indiferente.

— ...

— Por que você fez isso comigo? Alguma vez eu deixei de dar alguma coisa para você? Ou foi porque nossos status, ao qual eu nunca dei a mínima, eram muito diferentes? — Meus olhos desceram até seu pescoço que continuava sendo envolto pela coleira de contas amarela. — Ou foi só algum tipo de mal-entendido absurdo...?

— ...Mestra.

— Eu pensei muito, Eckles. Desesperadamente. — Subi minha visão do colar para seu rosto novamente. — Mas fiquei sabendo que você não pediu por condições melhores, dinheiro nem por um título. Isso foi o pior...

Seu rosto continuava o mesmo de sempre, contudo seu dedo que repousava em minha bochecha teve um pequeno espasmo.

— ...Você realmente me ressentia tanto assim?

— Mes-... tra.

— A ponto de querer se livrar daquela que te tirou daquele lugar? Durante todo esse tempo você me odiou o suficiente para trazer a filha verdadeira do duque?

— Isso...! — Do nada, Eckles aumentou o tom de sua voz.

— Ou no fundo você só queria uma nova mestra? Você achou que eu não podia fazer muito por você, não é isso?

— Não...! — Estávamos tão próximos que eu conseguia ver seu rosto empalidecido como se fosse feito de papel. — Não é nada disso, mestra!

— ...

— Como eu poderia ousar fazer algo assim?

— Mas foi exatamente o que você fez comigo, Eckles. Não foi? — Tentei manter a conversa o mais calma possível, mas meu tom constantemente acabava saindo do que seria o consenso de "suave".

Eu estava penando para conter minhas emoções intensas. Afastando a mão de minha bochecha, apoiando-a na barra da cela e recostando meu rosto nela. Como se não estivesse com raiva e sentisse mais preocupação e tristeza do que qualquer outra coisa, continuei:

— Como você me envolveu na conspiração dos seus colegas delmianos, estou proibida de manter qualquer contato com você.

— ...

— E então? Quem será seu novo dono agora?

— Isso não vai acontecer — afirmou ele com uma rara firmeza em sua voz — Logo serei liberto, então não precisarei de outro mestre.

— Do que você está falando?

— Como o palácio imperial descobriu que o delator também era um escravo do mesmo reino, aparentemente eles gostariam de me fazer plebeu deste Império, abrindo um precedente para os outros imigrantes.

— Então por que você recusou a sugestão do meu irmão?

— Assim eu, com certeza, poderei ficar aqui. — Meus olhos se arregalaram com aquela história tão sem pé nem cabeça.

— ...Como?

— Se pedisse ao duque um título ou ouro, ele usaria essa desculpa para me tirar da mansão.

— ...

— É sórdido, mas é verdade. Eu tenho que servir como uma pessoa leal e retribuir a gentileza que sua família me deu... Na mansão Eckhart poderei permanecer em segurança ao seu lado, mestra.

— Ao meu lado...? — repeti como se tivesse acabado de aprender uma palavra nova.

— Sim. Ao lado da mestra — ele assentiu confirmando.

— Há! — Ao mesmo tempo, eu explodi em riso. Estava tão perplexa que nem conseguia entender ao certo do que ele estava falando. — Há, há... Que tipo de besteira é essa que você está falando agora, Eckles?

— ...

— Você tem estado ao meu lado por todo esse tempo. Mas graças a você ter trazido a filha de verdade do duque, agora eu estou prestes a ser expulsa do ducado.

— ...

— Então me diga, como? Como você pode ficar ao meu lado nessa circunstância?

— Nesse caso... eu a seguirei para fora do ducado.

— Pare de falar tolices!

Naquele instante eu percebi que tudo o que tinha aguentado até ali tinha sido inútil. O jeito que Eckles falava tornava difícil acreditar que ele era o personagem mais próximo de mim. A mão que segurava seu rosto desceu por sua pele lisa e fina e agarrou na gola de sua blusa.

— Quando foi que eu disse que queria isso? — Sua barra de afinidade começou a piscar perigosamente. Eu sabia que tinha que parar, mas não conseguia represar mais a raiva que rompia de mim. — Foi você que supôs isso, você tirou suas próprias conclusões, eu nunca te pedi nada, seu louco!

— Não. Esse não é o caso desta vez, mestra.

— ...Como?

— Desta vez, eu não fiz isso por você. Foi por mim.

— ...?!

— Eu fiz tudo isso pensando apenas em mim e no que eu queria.

Ao ouvir isso, fiquei incrédula. Eu sempre dei o meu melhor para adivinhar quais seriam as ações dos personagens e agir de acordo com elas, caso contrário não conseguiria ter sobrevivido por tanto tempo. Porém, agora, minha mente estava completamente em branco e eu não conseguia entender como ele poderia ter feito algo por capricho próprio.

— ...Por quê? — Era uma pergunta estúpida, mas, mesmo assim, eu realmente não entendia. O que tinha dado errado? — Eu fiz tudo o que você me pediu.

Eu estava sem fôlego. Depois de ter decidido como procederia e qual das rotas queria seguir, dei o meu melhor. Defendi e cuidei de Eckles desesperadamente e abaixei minha cabeça para o duque e os irmãos para que eles não acabassem descontando no rapaz.

— Você teve **TUDO** o que poderia precisar ou querer: tratamento, professor, roupas, tudo o que você pedisse você ganhava...!

Às vezes eu nem mesmo me importava em correr um grande risco por ele. Claro, a história continuou avançando de acordo com o que já tinha sido preestabelecido pelo jogo e eu sabia muito bem disso agora.

— ...Eu resolvi tudo o que poderia te causar problemas! Eu tentei fazer de tudo por você! Então por quê?! — Agarrei-o pela gola da blusa e o questionei com um tom de voz desesperado: — É por eu não ter te deixado ir embora? Ou foi por eu não ter te salvado mais cedo?

— ...

— ME RESPONDA! POR QUÊ?! POR QUE VOCÊ ESTÁ FAZENDO ISTO COMIGO???

Por que você só foi aprontar algo assim alguns dias antes de eu conseguir fugir? Por quê? Por que ele nem sequer se prestava a me dar uma pista? Chacoalhando o homem que não respondia nenhuma de minhas perguntas, eu continuei:

— Você me ama, não é? Hein?!

— ...

— Se você me ama, por que está fazendo isso comigo? Hã? Por que diabos?!

99% era amor. Tinha que ser amor.

— Você me ama, Eckles?

Diga que sim. Por favor, diga que sim. Olhei para o topo de sua cabeça e pedi – não, era mais como implorar – ambas as minhas mãos que seguravam sua roupa tremiam. Naquela hora, eu já estava perdendo minhas esperanças.

— Você... — Ele abriu levemente seus lábios trêmulos. — Você sabia...? — Eckles me olhou com indignação e falou com uma voz seca. Seus olhos tremeram por um breve instante.

— Não tinha como eu não saber.

Vendo seu olhar exasperado, soltei uma risada estranha misturada com choro. Eu me lembro perfeitamente de quando os olhos de Eckles ficaram mais profundos. A partir de certo ponto, ele passou a demonstrar mais suas emoções para mim e começou a fazer pedidos egoístas, eu, besta, acreditei que era um bom sinal.

— Nenhum outro escravo olharia para seu mestre de um jeito tão atrevido assim.

Suas íris cinza que tremiam até então pararam e, levando o queixo, ele se dirigiu a mim:

— Se você sabia...

— ...

— Por que se recusou a fugir comigo quando eu lhe chamei?

— O que mudaria se tivesse aceitado?

Por causa da circunstância especial de estar envolvida em um jogo, eu até tinha considerado a possibilidade, mas levando em conta a queda na afinidade de todos os outros personagens e as várias situações inesperadas que isso poderia levar, sua rota certamente não era melhor que nenhuma das outras. Mas colocando tudo isso de lado, nem se eu fosse a Penelope de verdade faria algo tão arriscado e imprudente. Já estava tudo acabado, mas eu ainda não tinha conseguido compreender essa obsessão dele de fugir comigo.

— Você queria que eu te seguisse, deixando para trás minha casa e dinheiro para ser perseguida por aí? Se esse era o caso, então e depois?

— …

— O que eu diria para o meu pai e irmãos? Que eu iria imigrar para outro reino como refugiada e viver minha vida na miséria? Ou eu deveria lhes dizer que estava tão louca por um escravo que abdicava meu status social e todo meu orgulho?

— Eu temia isso. — Antes que eu terminasse meu discurso, Eckles me interrompeu. — Como imaginei, é muito improvável que você largue este lugar.

— …Como?

— Seu rosto era o mais infeliz do mundo, mas você nunca tentou sair desta maldita casa.

— Do que você…? — Eu ia perguntar o que ele queria dizer com tudo isso, mas me calei. Isso porque seus olhos, iluminados pela lamparina, transmitiam uma sensação de perigo.

— Você não tem ideia de quão preocupado eu estou desde que me encontrei com Ivonne, mestra.

— …

— Se eu tivesse a assassinado sem que ninguém soubesse…

— …

— Se eu me livrar de todas as coisas que te ameaçam, então você poderá sorrir alegremente?

Dizendo essas coisas, Eckles sorriu esperançoso para mim. Por outro lado, eu prendi minha respiração ao ouvir sua ideia e uma sensação de formigamento correu pela minha espinha. Eu nunca tinha entendido o que se passava em sua cabeça, mas também não tinha imaginado que ele era tão pérfido e horrível desse jeito. Quando tirei minha mão de seu colarinho e, sem perceber, estava prestes a recuar de perto dele, o rapaz agarrou minha mão e a pressionou contra seu rosto.

— Se esse for o caso, ficarei mais do que feliz em ajudá-la.

— …

— É realmente uma lástima que você tenha que permanecer nesta mansão, mas se é o que você quer, se matarmos Ivonne, você poderá manter sua posição como a única e verdadeira senhorita Eckhart.

—Você…

— Eu estive pensando sobre isso e, usando Ivonne, nós podemos isolar você do restante da casa, depois eu daria um jeito de fazer com que cada um dos funcionários pagasse pelo que eles…

— Chega. Eu já ouvi o bastante.

Eu queria saber o que ele pensava, mas isso já era demais e não desejava ouvir mais nem um instante de seus planos atrozes. Eu estava apavorada e, em vez de me soltar, Eckles esfregava sua bochecha contra a palma de minha mão.

— Por que você não desiste de seu objetivo e descansa um pouco?

— Objetivo? — Meu coração parou por um segundo e eu cambaleei. — Que objetivo?

— A razão pela qual você me comprou na casa de leilões.

"Ele percebeu?" O motivo era escapar desse maldito jogo. Todos perceberam que eu tinha o trazido com um objetivo e estava agindo de maneira extremamente cuidadosa e calculada. Congelada respirei fundo e tentei negar sua proposição:

— Eu não tenho objetivo nenhum.

Como se risse de mim, o leve sorriso em seus lábios se tornou mais sombrio com a minha resposta.

— Não há nada que eu não possa conquistar com minha própria força. Você não pode perder seu único mestre espadachim do Império.

—Você… você…

A única coisa que consegui fazer foi encarar o rapaz que estava me fazendo de idiota. Eu não conseguia lhe dar um tapa no rosto nem nada do tipo, afinal ele estava me segurando.

— ...Mas, nesse caso, também não vou conseguir ter o que quero. — O olhar do rapaz se transformou no de um cachorrinho sem dono.

— Que seria...?

—Você, Penelope.

Sua feição era a mesma do dia em que ele me pediu para fugir. Mais uma vez – ***smack*** – ele beijou a palma da minha mão e continuou, sem que eu dissesse nada:

— A mestra está me usando para chegar em seu objetivo.

— ...

—Você diz coisas tão doces e então foge assim que eu tento me aproximar um pouquinho mais.

Suas íris castanho-acinzentadas que me encaravam não pareciam nem um pouco com olhos de carinho ou afeto – eles estavam mais para obsessão. Sim, a obsessão que se sente por alguém que você odeia tanto que nem sabe o que fazer com ela.

— Ah, e... você não gosta de mim nem um pouco.

Depois de muito tempo, ele finalmente disse o que eu queria tanto ter ouvido:

— Mas eu, Penelope... Eu te amo.

<Sistema>
Verificando a afinidade de {Eckles} por [Dezoito milhões de moedas de ouro].
(Fundos restantes: 999.999.999+ moedas de ouro)

Mesmo que tivesse ouvido as palavras que tanto esperava, meu rosto se contorceu inteiro.

Afinidade: 99%

Apesar de ter conseguido a confissão de amor, continuava presa nesse jogo maldito.

— Mesmo que eu me torne um traidor, um tirano, mesmo que tenha que entregar todos os cidadãos de Delman para a forca.

A afinidade não tinha aumentado nem um pouco. Ainda faltava 1% e, naquele segundo, eu já tinha a sensação de que jamais conseguiria preenchê-lo.

— Eu vou conseguir te ter, Penelope Eckhart.

— Você... é louco.

— Sim, foi você quem me deixou assim, você me obrigou a fazer tudo isso e durante todo esse tempo fingiu não saber de nada... Há, eu estou enlouquecendo.

— ...

— Mas o que mais eu poderia fazer? Ainda assim você é completamente adorável e eu não consigo lidar com esse amor...

Seu olhar mudou para os de alguém apaixonado, fazendo com que tudo ficasse ainda mais abominável e aterrorizante para mim, que estava petrificada e já tinha parado de sentir o sangue circulando em meu corpo. Ele inclinou sua cabeça, como se estivesse confuso com a minha reação e, enquanto eu respirava pesadamente.

— Por que você está tremendo tanto, mestra?

— ...

— Você está brava? Eu fiz tudo o que você me disse para fazer. Eu finalmente provei meu valor e posso ficar aqui com você.

— ...

— Ou será que você está com medo de mim assim como da primeira vez que nos encontramos? Coitadinha...

— Desgraçado maluco!

Com dificuldade para respirar, eu já não conseguia aguentar mais e soltei um pequeno xingamento, mas o rapaz pareceu não ligar nem um pouco. Em vez disso, ele colocou sua mão sobre a minha e gentilmente acariciou um de meus dedos, para ser mais específica, o dedo na qual usava o anel de rubi.

— ...Não tema, mestra. Mais cedo eu estava apenas jogando conversa fora. Nada acontecerá.

— …

—Você continua sendo a senhorita Eckhart e eu, seu primeiro e único cavaleiro. O único.

— …

— Por que você estaria tão preocupada com isso se está, literalmente, segurando as "rédeas" de um homem completamente apaixonado por você? — falou ele baixinho enquanto chegava perto do anel em meu dedo, seus olhos estavam encharcados de amor e ódio. A barra vermelha no topo de sua cabeça brilhou ameaçadoramente como se fosse feita de sangue. — Você é a única que pode segurar minha "guia", minha querida mestra.

Tive que admitir que tinha falhado completamente na rota do Eckles. Eu não o amava nem um pouco a ponto de ele saber muito bem disso e isso foi o que causou minha derrota.

— …Sua "guia"?

Como se tivesse acordado de um pequeno pesadelo, toda a névoa que tinha preenchido minha cabeça se dissipou aos poucos. Agora já estava claro que eu tinha fracassado e, portanto, não precisava mais manter as aparências. Estava na hora de arrumar outra saída:

— Por que eu faria isso?

— …

— Um cachorro tão insolente lá pode ser disciplinado assim? Há… Você nem vale o esforço. — Curvei os cantos dos meus lábios enquanto era sufocada pela minha derrota. — Como você se atreve a morder sua própria dona?

— Mest-…

— Calado. Eu não quero ouvir sua voz. — Seus olhos tremeram com a minha rispidez. Ele tentou acariciar seu rosto com minha mão novamente, mas dessa vez eu consegui me soltar.

— Mestra… — Eckles esticou seu braço, tentando me alcançar, mas eu dei mais um passo, me distanciando das barras de ferro.

— Sim, você está certo. Eu te trouxe aqui com um objetivo e tentei me aproveitar de você. Mas e daí? Por sua causa, em vez de alcançar meu propósito, em menos de cinco minutos você conseguiu arruinar tudo.

— ...

— Um cão deveria se comportar como um cão. Me diga, Eckles, qual é o valor de um vira-lata que morde seu dono? — falei rindo amargamente da minha desgraça.

Ele já não tinha mais utilidade para mim. Quando o rosto de Eckles começou a se contorcer em câmera lenta, eu tirei rudemente o anel de rubi do meu dedo indicador.

— Mestra...! — o rapaz chamou por mim com seus olhos arregalados e eu joguei a joia o mais longe que pude no meio da escuridão do corredor da prisão sem hesitar.

Kling, plick, kang – um som agudo soou com sua queda ao acertar o chão várias vezes. Desde que havia trazido Eckles para lá, eu nunca tinha o tirado, mas agora meu dedo estava finalmente vazio. Ele olhava para a minha mão com uma feição desolada.

— Eu te avisei, Eckles. Traição só levará a morte.

— ...

— E agora você está mais do que morto para mim.

Diferentemente de quando cheguei, me virei fria e sem pestanejar. Esse era o nosso fim.

Kling – seguindo a trajetória do anel lançado pela escuridão, – ***vuuu*** – um vento fraco soprou. Quando virou sua cabeça reflexivamente, ele viu cabelos rosa escuro esvoaçando como pétalas caindo.

— Espere... — Eckles estendeu a mão tentando alcançá-la. — Mestra, mestra!

Mas antes que conseguisse capturá-la, Penelope virou completamente as costas para ele. As íris de Eckles começaram a tremer. O rapaz tentou encontrar o anel e pegá-lo para ela, mas sua mestra se afastou sem nem olhar para trás.

— Não vá, não vá, mestra, espere...

Eckles chamou-a ansiosamente e, ao contrário de seu coração ardente, sua voz estava cheia de ressentimento e era extremamente seca.

— Mestra!

Mas era estranho. Nesse ponto, ela já deveria ter se virado pelo menos uma vez... Ela sempre o fazia. Mesmo quando dizia palavras duras e fingia que iria enviá-lo de volta à casa de leilões, ela em dado momento o perdoava. Ela sempre ouvia tudo o que ele queria e ainda que passasse dos limites, ela era generosa e lhe dava o que quer que quisesse, então ele não conseguia desistir.

No entanto, a pessoa que tanto o domesticou, que fez o pobre cachorro rastejar, não olhou para trás. A figura esbelta não mostrava qualquer sinal de que pararia, mas, gradualmente, ficava mais e mais e mais longe... De repente, lhe ocorreu que algo estava errado.

— Mestra! Mestra! Não vá, não vá! Por favor, não me deixe, eu ainda tenho algo a dizer...!

Como se tivesse tido um estalo, ele começou a voltar a si e sua cabeça, que estava turva, ficou mais clara. "Por que minha dona jogou o anel?"

— Penelope! — Qual era a sua expressão naquele momento? — Não vá... Penelope!

Vomp – Eckles esticou o braço pelas barras estreitas para tentar pegar a mulher já distante. Talvez por ele ter quase se espremido, um som arrepiante saiu de seu corpo com um grito de dor. Claro que não mesmo assim foi possível alcançá-la. Seu braço estava pateticamente esticado em direção ao cabelo rosa-escuro que havia se afastado para longe e chacoalhava-se no ar.

— Penelope! — Pela primeira vez desde que tinha sido trazido para o Império, o medo tomou conta de seu corpo. — Penelope!

Poc, poc – mas seus passos continuaram, não mostrando nenhum sinal de parar. No fim, ele foi deixado em um silêncio ensurdecedor. Era o fim.

Sua única dona foi embora, deixando a única prova de seu relacionamento próximo com ele nessa prisão fria e escura. Eckles, que estava grudado nas grades e olhava para o corredor da prisão com uma expressão vazia, de repente apertou os lábios.

— …O anel.

Ele correu para o canto onde ouvi o anel sendo jogado. O interior da prisão, onde a luz da lâmpada não alcançava estava tão lúgubre que não dava para ver nem um centímetro sequer à sua frente. Eckles deitou-se de bruços no chão sujo sem pensar duas vezes e começou a se rastejar como uma cobra enquanto tateava o chão. Felizmente, pouco antes de cair no poço, o anel estava preso na fenda do chão de pedra. Ele o pegou e voltou para as barras iluminadas. Aquele era o lugar onde sua mestra acabara de ficar.

Felizmente, o rubi vermelho na luz estava intacto. Mas, sob o rubi, o anel de ouro foi completamente amassado, sendo impossível colocá-lo no dedo. Com isso, ele pôde ver quão forte sua dona o jogou. Os olhos de Eckles tremeram ligeiramente quando ele se virou e olhou cuidadosamente para o anel.

— …Por quê? — ele inclinou a cabeça e murmurou para si mesmo.

Ele não conseguia entender sua proprietária. Claro, ele tinha previsto que levar Ivonne para a mansão a deixaria mais furiosa do que nunca, no entanto não a ponto de isso acontecer. "Minha mestra não vai me abandonar", pensou Eckles, afinal… "Você tem que continuar me usando, Penelope", mesmo que fosse apenas para cumprir seu objetivo, ela não podia o abandonar.

— E agora você está mais do que morto para mim.

Os olhos que jogaram o anel, o rosto que se virou sem olhar para ele, sua postura… ela parecia tão aliviada. Como se desse jeito fosse melhor.

— Por quê…? Por quê? Por que, Penelope?

Mesmo trazendo Ivonne para o duque, sua firme convicção de que a dona não lhe largaria começou a desvanecer aos poucos.

— Não. De jeito nenhum. É impossível — negou Eckles a realidade com um rosto confuso enquanto segurava o anel. Sua proprietária só estava muito brava agora, mas certamente voltaria em breve quando a fúria tivesse passado. Sim, e como sempre, com um lindo sorriso, um sorriso tão lindo como uma flor…

— …Eckles.

Seu nome, que pairava nos pensamentos nebulosos, tornou-se realidade e penetrou em seus ouvidos. Uma saia macia esvoaçava a seus pés, contudo, em vez de alegria e alívio, o que lhe permeou foi o desespero. Isso porque o que ele reconheceu diante de si não era a voz nem o rosto da pessoa sorridente em sua imaginação.

— Eckles, você está doente?

Ao ouvir aquela voz gentil, Eckles ergueu sua cabeça que estava curvada. Sob a lâmpada, cabelos rosa-claros esvoaçavam e olhos azul-claros o fitavam com curiosidade. As cores quentes e sua aparência tão marcante tornavam impossível que ele confundisse as duas.

Eckles saltou do lugar onde estava sentado e a alcançou através das barras em um piscar de olhos, agarrando seu pescoço.

— Argh!

A mulher, sem conseguir respirar, se contorceu e arregalou seus olhos azuis. O rapaz olhou entorpecido para seu corpo minúsculo, que estremecia de desespero e medo.

— Você disse que se eu te trouxesse para cá em vez de te matar tudo seria resolvido.

— I-…Iiik… urgh!

— Eu não disse a verdade porque achei que minha dona ficaria desapontada, então só por isso que entreguei todas as pessoas da minha cidade natal.

— Urgh…

— Eu fiz como você disse, Ivonne.

Se ele pudesse matar alguém com os olhos, Ivonne já teria sido rasgada ao meio muitas vezes. Mesmo que ele já estivesse estrangulando seu pescoço com todas as suas forças, Eckles ainda não estava contente.

— Mas agora minha mestra disse que nunca mais quer me ver. Ela disse que eu morri para ela!

— Uck… Iiik… Urgh.

— **Por quê?! Por quê?!**

O rosto branco de Ivonne estava vermelho como se estivesse prestes a explodir. Seus olhos claros tinham sido horrivelmente tingidos de sangue. Mesmo parecendo que a garota estava à beira da morte, Eckles não afrouxou suas mãos.

— Hein? Me diga, por que Penelope está fazendo isso?

— A-argh...!

— **Me responda!**

Lentamente, as pálpebras da moça começaram a fechar. Ivonne deu alguns tapinhas desesperados no braço insistente de Eckles como se estivesse pedindo que o soltasse para que pudesse responder suas perguntas. O homem, que estava olhando ferozmente para ela, relutantemente tirou as mãos que envolviam seu pescoço.

— *Ooof... cof, cof...* — Ivonne tossiu sem fôlego. Muito tempo depois, quando a tosse cessou, enquanto segurava seu pescoço, ele perguntou para ele: — Q-qual o seu problema?

— Qual é o meu problema? — Os olhos de Eckles brilharam violentamente de ódio. — Se você tivesse dito que se lembrava das coisas, você logo teria retornado como a senhorita da casa e eu teria recebido uma patente dentre os cavaleiros e não teria que ter feito o trabalho sujo de entregar meus compatriotas. Com a minha força, eu já teria uma posição decente...

— Seria um cavaleiro? — Ivonne interrompeu sua resposta e riu. — Mesmo que você tenha habilidade e seja um guardinha, você não poderá ficar ao lado da senhorita.

Mesmo depois de ter sido quase sufocada até a morte, Ivonne ainda o olhava sem medo e com amargura.

— Para um escravo de um reino vencido, com certeza receber um título seria algo bom, mas mesmo que você virasse um visconde, um homem sem dinheiro é a mesma coisa que um plebeu, Eckles. A diferença entre você e a senhorita continuaria sendo enorme.

— ...

— Pobre Eckles, você sabe que estamos no mesmo barco, né?

— Por que estaríamos? — perguntou ele, resmungando.

Ivonne o fitou com tristeza, mas não respondeu. Era repugnante, mas ele tinha que admitir, ambos estavam rastejando no mesmo fundo de poço e tentando escapar. Um dia, ele também teve um sonho. Ia aprender oficialmente a manusear a espada para provar sua habilidade, e seria oficialmente condecorado, ficando de pé ao lado de sua mestra como um cavaleiro, não um escravo. Era uma aspiração inocente, inócua. Mas desde quando? Desde quando ele começou a ser forçado a perceber gradualmente que não importaria o quanto tentasse, ele nunca conseguia e nem conseguiria se aproximar da senhorita da mansão? Ele ainda era um escravo, embora tivesse sido paparicado por ela, ganhado um professor, sido ensinado e se aperfeiçoado. Para alcançar seu sonho, ele precisava ser reconhecido, precisava receber algum crédito e foi então que Ivonne o ajudou. No dia em que o monstro apareceu na fazenda, os escravos cuidaram dela, que estava ferida após ser atacada. Aquele foi o primeiro encontro deles. Eckles a reconheceu à primeira vista, era óbvio que ela era a filha biológica do duque e, por isso, ele tentou se livrar dela para o bem de Penelope. Mas Ivonne simpatizava com seu sonho ingênuo, mesmo no momento em que sua garganta estava sendo esmagada por sua mão.

— A senhorita... só está passando por uma época confusa. — Talvez por causa dos efeitos do aperto na garganta, com uma voz estridente, Ivonne acalmou Eckles: — Ela deve estar surpresa e chateada porque eu apareci de repente e já causei muitas mudanças.

— ...

— É muito triste que algumas pessoas tiveram que ser executadas... Mas essa foi a melhor coisa que pudemos fazer, Eckles. O fato de eles estarem tentando escapar era verdade!

— ...

— A senhorita logo entenderá sua intenção e seus sentimentos. Você não concorda? Afinal, ninguém nesta casa se importa com ela mais do que você — consolou ela e cobriu de esperança com um rosto angelical.

Ivonne queria uma família e Eckles queria Penelope. Não demorou muito para que um acordo entre eles fosse feito. Ela conseguiu entrar na casa do duque através dele, e através de Ivonne ele arrastaria a distante Penelope para seu lado. Ou, pelo menos, era o que ele esperava que fosse acontecer em breve, contudo Eckles muitas vezes se perguntava: "Este é realmente o caminho certo a seguir?" e talvez ela tenha percebido sua incerteza.

— Pense nisso, Eckles. Se você não tivesse feito as coisas desse jeito, o que teria acontecido com Penelope? — disse a garota baixinho como se estivesse cantando uma canção de ninar.

Eckles estava perdido em pensamentos e parecia ter sido persuadido pelas suas palavras. Naquele dia, o dia em que Penelope voltou sozinha do palácio sem uma carruagem, foi quando ele chegou em seu limite. O rapaz não podia deixá-la soluçando com o rosto enterrado em suas mãos. Se fosse deixada sozinha, ela certamente teria morrido com o desprezo e negligência do duque, seus filhos e dos demais desgraçados aristocratas. A figura de Penelope, que chorava desgastada, veio à mente diante dos olhos de Eckles.

"Me ajude! Me mate. Não, socorro! Me ajude. Me leve deste mundo...", os olhos do escravo estavam confusos enquanto imaginavam a figura infeliz da senhorita Eckhart. Por causa disso, ele não percebeu que Ivonne se aproximava e lentamente retirava algo do bolso e apontava em sua direção.

— *The assum* — ela recitou um feitiço em voz baixa. — Só você pode salvar sua mestra, Eckles.

Ivonne segurou algo de aparência bem antiga na frente de seus olhos e, gradualmente, uma luz azul começou a ser emitida de tal objeto. O jovem de cabelos acinzentados olhou para aquilo e parecia ter sido completamente possuído. O brilho azul tomava conta de seus globos oculares.

— Mas ela odeia você. Você é insignificante e miserável. Não passa de um mero escravo de um reininho derrotado — sussurrou a garota tão meiga como se fizesse uma lavagem cerebral. — Então não confie muito nela. A senhorita Eckhart é tão fria e indiferente que se ficar nervosa, é capaz de te mandar de volta para a casa de leilões, ou ainda pior... ela pode matar você.

— ...

— Você já deve conhecer os rumores horríveis sobre ela, não é mesmo, Eckles? Hoje mesmo, o comportamento dela provou que era tudo verdade...

— ...

— A única em quem você pode confiar sou eu. Nós estamos completamente sozinhos no mundo, nós estamos na mesma situação...

— ...Nós não estamos na mesma situação. Eu preciso ajudar a mestra e para isso, você deve morrer.

Ivonne, que estava sussurrando em seu ouvido enquanto se inclinava sobre a grade, de repente parou de falar quando ele lhe respondeu repentinamente. Mesmo que ela o tenha colocado sob o efeito do espelho dezenas de vezes, ele nunca tinha sido levado por ela. Já fazia um bom tempo que a bela moça estava tentando semear o ódio entre o escravo e sua dona que não o amava, contudo até então ela só estava colecionando um monte de falhas.

Ivonne mudou sua expressão ao olhar para Eckles, que mostrava uma forte obsessão por Penelope, mesmo enquanto estava sob o efeito do artefato.

— ...Preciso encontrar logo aquele fragmento — murmurou ela baixinho enquanto recolhia os pedaços de seu querido objeto.

Dessa vez, sua figura tão inocente e angelical tinha desaparecido, era realmente assustador como seu rosto tinha se contorcido como o de um demônio.

Por conta do encontro com Derrick que causou um pequeno atraso, Ivonne chegou antes do que o esperado. Enquanto eu subia as escadas, ouvi passos vindo de trás de mim e me escondi apressadamente atrás da porta. O que aconteceu a partir dali foi absolutamente aterrorizante e surpreendente.

Observando tudo que a mulher estava fazendo, agarrei meu peito que batia como um louco e subi as escadas prendendo a respiração. Quando finalmente saí do prédio, quase soltei um grito junto da respiração que consegui segurar.

— Foi real.

Tudo o que vi em Soleil não foi uma ilusão.

Fiquei apavorada e corri pela floresta como se estivesse sendo perseguida por alguém. Eu estava com medo de que a mulher tivesse notado minha presença e viesse atrás de mim com seu espelho azul. Durante o caminho, tropecei e quase caí várias vezes por olhar para trás. Em pouco tempo, uma mansão enorme e reluzente começou a surgir à distância. Não demorou muito para que eu saísse do caminho da floresta e alcançasse a entrada do edifício.

— Arf... arf...

Eu lentamente voltei a mim mesma com o belo cenário iluminado da mansão. Naquele momento, a força de minhas pernas sumiu e meu corpo cambaleou como se estivesse prestes a desmoronar, mas consegui me segurar em uma árvore ao meu lado e respirei fundo. Os meus batimentos cardíacos foram diminuindo pouco a pouco.

Depois que algum medo passou, percebi mais tarde que estava andando por aí sem nem sequer me disfarçar, então rapidamente tirei a pulseira do meu bolso e coloquei no pulso. Depois de um tempo, a joia se iluminou.

— Haaa...

Me arrastei enquanto soltava um som que não sabia se era de alívio ou de dor. Ao alcançar a porta dos fundos, alguém andava impacientemente de um lado para o outro.

— Emily — chamei-a calmamente.

— Senhori-...! — Ela pulou e começou a me chamar, mas quando viu minha forma transformada, rapidamente fechou a boca. Caminhando até mim, a moça sussurrou: — Por que você demorou tanto?! Aquela garota foi passear na floresta!

Originalmente o plano era encontrar com Eckles antes que Ivonne terminasse seu jantar e fosse vê-lo, entretanto, as coisas não tinham saído como esperado. Eu balancei a cabeça e suspirei silenciosamente:

— Eu sei, eu a vi.

— Ugh! E então, v-vocês se encontraram?

— Não.

— Então…

—Vamos entrar. Se ficar mais tarde, pode ser que estranhem — interrompi Emily, que estava curiosa, e entrei pela porta dos fundos.

Uma sensação de letargia intensa e exaustão emocional dominava todo o meu corpo. Eu estava acabada e não tinha mais energia para pensar. Subi rapidamente a escada central com Emily. Nesse meio-tempo, encontrei alguns empregados, mas todos eles não notaram nada de diferente. Quando finalmente cheguei ao segundo andar, vi dois homens grandes parados na frente da porta sem se mexer. De pé atrás de Emily e se aproximando, os escoltas ficaram alertas.

— Quem é você?

— É a pessoa que a senhorita Penelope tinha chamado — disse Emily o que já tínhamos combinado antes.

— Ela lhe chamou? Eu nunca te vi por aqui antes… A qual setor você pertence e o que te traz aqui?

— Sou jardineiro. Alguns dias atrás, durante uma caminhada, ela perdeu um acessório e pediu para que eu o encontrasse. — Os guardas me olharam com dúvida.

— Sério?

— Sim. — Olhei-os e arregacei as mangas. Em meu pulso havia uma pulseira delicada que não era muito adequada para um menino na puberdade. — Estava com medo de perdê-la, então assim que o encontrei, coloquei em meu pulso — respondi calmamente.

Os guardas, que não podiam nem sonhar que o garoto na frente deles era a senhorita que supostamente estava no quarto, fizeram contato visual entre si e imediatamente balançaram a cabeça.

— Entre. — Assim, Emily e eu entramos no quarto em segurança.

— Aqui. — Rapidamente tirei minha pulseira e roupas e entreguei para Emily. Agora era a vez dela. Depois de responder: "Volto logo, senhorita!", ela saiu vestindo as roupas de homem e a pulseira que lhe entreguei. Nossa sorte era que a magia não se limitava a mim e funcionava em qualquer um que usasse o bracelete.

Enquanto Emily saiu para enganar os guardas e voltou para trocar de roupa, eu tomei um banho e fui direto para a cama. Minha cabeça estava uma bagunça. Eu queria dormir, mas não conseguia.

"Ivonne realmente é do clã Leila e ela fez lavagem cerebral no Eckles usando aquele artefato antigo", era difícil dizer se sua lavagem cerebral realmente não tinha funcionado, já que Eckles tinha mudado tão drasticamente. "Além disso, ela pode ter o usado no Derrick e no Reynold também", felizmente, o artefato não estava em perfeitas condições. Eu logo descobri, ela estava tentando encontrar o fragmento do espelho que eu peguei para poder consertá-lo.

— Eles não podem acionar isso. É uma relíquia usada pelo antigo clã Leila. Ela destrói as mentes dos inimigos, arrastando-os para as situações mais desesperadoras.

A voz pesada de Winter ressoou em meus ouvidos como se o ouvisse agora mesmo.

Três dias antes da cerimônia de maioridade eu tinha falhado no meu plano de preencher a afinidade de Eckles e receber sua declaração. Não apenas isso, mas agora protagonista do modo normal, que apareceu antes do que deveria segundo a história original, estava fazendo uma lavagem cerebral nos personagens conquistáveis.

"Se as coisas continuarem assim... eu vou acabar morrendo", meu instinto gritava. À medida que o prazo final do modo difícil se aproximava, naturalmente notei que a morte estava diante dos meus olhos. De repente, senti um vazio sem fim como se estivesse de frente para uma rua sem saída.

Meus olhos ficaram embaçados e já não sabia se realmente existia alguma maneira de fugir desse maldito lugar.

Fiquei acordada a noite toda com os olhos bem abertos, contei as pontuações que faltavam e pensei em vários planos não dando nenhum descanso para o meu cérebro.

Era madrugada, eu silenciosamente me levantei do meu assento e puxei a corda que ficava ao lado da cama. Minha empregada leal e dedicada entrou no quarto, forçando seus olhos sonolentos a se abrirem.

— Você me chamou, senhori-...? — Como resposta, a encarei com olhos vermelhos e Emily se assustou com a minha aparência. — Não me diga que você não dormiu...

— Emily.

— Sim, senhorita. Por favor, fale, o que foi?

— Como é uma cerimônia de maioridade?

— Perdão? A cerimônia?

Emily não conseguiu esconder seu constrangimento quando me viu a chamar de madrugada para fazer perguntas aleatórias. Mas ela rapidamente retomou sua expressão séria e respondeu:

— Normalmente... depois de receber uma carta régia com o selo do palácio imperial, o membro mais velho da família faz um discurso de parabenização e então você e os membros de sua família imediata compartilham um brinde como uma celebração por se tornar uma adulta.

— Certo, ótimo... — Fiquei aliviada em saber que o baile procederia exatamente como no jogo. Depois de pensar por um momento, imediatamente dei a ela uma ordem secreta que ninguém deveria saber. — Quando amanhecer, vá para o Coelho Branco Central.

— No informante?

— Sim.Vá e diga ao dono... — sussurrei as instruções em seu ouvido e a moça arregalou os olhos.

— S-senhorita! Mas isso...!

—Você pode fazer isso por mim?

— M-mas... — Ela hesitou por um instante, com um olhar nebuloso em seu rosto. — E se... E se ele rejeitar a missão?

— Então diga para que ele pague a dívida que tem comigo desde o outro dia em vez de fazer como um serviço comum. — Emily apertou os lábios com um olhar perplexo. Eu perguntei com uma voz fria: — Você pode fazer isso ou não? Se não, é só dizer que eu peço para outra pessoa.

— Ó, não! Eu… Eu vou fazer isso, senhorita! Eu consigo! — Ela balançou sua cabeça e ficou repetindo que conseguia.

— Emily, isso tem que ser feito o mais discretamente possível — disse sombriamente.

— S-senhorita…

— Se você for pega… já sabe, né? — A garota, com lágrimas nos olhos, titubeou, mas logo assentiu.

— Daqui em diante, eu confio plenamente em você. Espero que você não me traia.

— E-eu vou conseguir, senhorita. Farei de tudo para que consiga o que deseja. — Suas íris brilhavam de ânimo. Aquele era o mesmo rosto insidioso que eu tinha visto depois de ser furada no primeiro dia que cheguei ali.

"Ela parece uma empregada do mal", só então que removi minha expressão séria e dei um sorriso. Ainda tinha um jeito de escapar. Mesmo que fosse um método bem arriscado e sem garantia de funcionar nesse jogo maluco… "Eu não posso ficar parada que nem uma idiota e esperar ser morta", pensei enquanto olhava para o nada.

Dois dias para o baile… Assim como lhe foi instruído, assim que amanheceu, Emily deixou a mansão. Eu também saí, mas os dois guardas me escoltavam, no entanto não dei muita atenção, afinal era mais frustrante ficar presa dentro do quarto do que ser monitorada.

Ao contrário da minha mente sombria, o céu estava ensolarado. Ontem à noite, eu estava atordoada, provavelmente isso também era efeito de não ter pregado os olhos. Dei a volta no prédio e fui para a estufa de vidro. Os dois homens que me acompanhavam abriram a porta com gestos rápidos e ficaram de guarda em ambos os lados da entrada. "Eu sou uma prisioneira agora?", encarando-os com frieza, suspirei e fui para meu destino.

— Não deixe ninguém entrar — ordenei antes de fechar a porta.

A noite anterior tinha sido um caos, mas não queria estragar minha paz momentânea por acabar encontrando a "verdadeira senhorita", então, mesmo que fosse incômodo ser seguida por esses dois caras, ainda era algo que me dava certa vantagem.

Eu caminhei dentro da estufa de vidro que estava repleta de flores coloridas e que desconhecia, mas elas não eram o que mais me chamavam a atenção. Em um canteiro escondido, flores brancas silvestres desabrochavam sobre a grama verde. Essa era a mesma flor que Eckles tinha usado para fazer a coroa depois de nosso encontro na estufa. Fiquei parada em sua frente e o observei por um tempo sem nenhuma expressão no rosto, depois deitei-me em cima dele. Ali ele tinha sorrido para mim e eu sussurrei que ele era o único para mim... "Eu estava cheia de esperanças de escapar em breve", mas agora, tudo isso parecia tão distante. Pisquei vagarosamente e fechei os olhos "Estou tão cansada."

O silêncio preenchia o lugar inteiro. Senti como se estivesse adormecendo, mas não consegui dormir completamente. Levantei um braço e coloquei sobre meus olhos com um suspiro. Não estava dormindo nem cochilando, era como se estivesse simplesmente flutuando em algum lugar do meu inconsciente normalmente tão caótico.

De repente, senti a presença de alguém e ouvi o – ***click*** – da porta se abrindo. "Huh? Mas eu tenho certeza de que disse para não deixarem ninguém entrar", franzi minha testa sob o braço. Eu ia me levantar e dizer que demitiria quem havia me desobedecido, mas desisti. Naquele momento não tinha forças nem para isso. ***Paf, paf*** – ouvi os passos do intruso se aproximando com determinação e notei que quem quer que fosse, não tinha a menor intenção de ocultar sua presença. "Será que é um dos guardas? ...Talvez seja Emily."

Com o ritmo apressado, imediatamente me lembrei da empregada que tinha sido encarregada com a tarefa de visitar Winter. Eu queria saber qual era a resposta que ela havia obtido. "Se ele recusar até o fim, as coisas vão acabar ficando complicadas..." Já tinha parado de me importar com a presença da pessoa de identidade desconhecida e voltado a pensar no que faria nos próximos dias. ***Paf*** – os passos daquele que se aproximava de repente pararam ao lado de onde eu repousava.

— Eu achei que tinha dito para não deixar ninguém entrar — disse irritada ainda com o braço sobre meus olhos.

— "Ninguém" também inclui os membros da família imperial? — No entanto, a voz que me respondeu era de uma pessoa completamente inesperada.

Joguei meu braço para o lado, o que fez com que ficasse temporariamente cega devido à claridade súbita que penetrou meus olhos. Um reflexo dourado e vermelho rubi brilharam perante minha visão turva.

— Callisto?

Isso era um sonho? Eu encarava o rapaz quando um par de rubis chegaram muito próximos a mim. Seus cabelos fizeram cócegas na minha testa e então, a figura disse:

— Oh, não. Você não deveria ter acordado agora. Ainda nem dei um beijo em minha princesa. — A voz baixa e sorridente penetrou meus ouvidos com mais clareza e só então acordei completamente, como se tivessem jogado um balde de água fria.

— V-Vossa Alteza! — Quase bati minha cabeça na dele enquanto pulava de meu lugar. Dizendo "Ops!", ele esquivou seu corpo para o lado e riu de forma bem-humorada. Confusa por um momento, gaguejei: — C-como você e-entrou aqui?

— Seus guardas são bem leais. — Callisto deu de ombros — Ninguém se atreveria a ficar no caminho do príncipe herdeiro, então eles acabaram desmaiando e eu entrei.

— Desmaiaram...?

— É, tanto faz. Quem liga? Talvez eu tenha batido neles também, nada de importante.

— Como?

Não sei por que a história fluiu assim, mas, de repente, me senti um pouco aliviada quando soube que ele os tinha nocauteado. Talvez fosse por causa da ordem do duque, mas eles me ouviram e não o deixaram passar. "Talvez, da próxima vez que quiser sair do quarto sem eles, eu devesse tentar esse método...", enquanto pensava nisso, o rapaz de cabelos dourados me perguntou por que estava com uma cara tão besta e, com isso, voltei a mim.

— O que você está fazendo aqui? — Depois que a vergonha e confusão com sua aparição repentina desapareceram, minha voz lançou essa pergunta friamente sem que eu percebesse.

— Huh. — Ele abriu um sorriso. — Eu não posso simplesmente querer vir visitar minha noiva?

— Noiva? Não ouvi nada a respeito disso. Me diga, qual dos meus dois irmãos é o sortudo? — Ele franziu a testa quando uma resposta calma e tão absurda quanto a bobagem que ele mesmo tinha começado a falar.

— Que tipo de piada terrível é essa? Eu não achei que você pudesse ser tão maldosa desse jeito.

— Estou falando sério.

Com uma resposta curta, me levantei do meu lugar e arrumei minhas roupas que estavam desgrenhadas por estar deitada. Então me virei e olhei para o príncipe herdeiro. O rapaz estava agachado no gramado parecendo não se importar com o fato das suas ficarem sujas e amassadas. Eu pude ver que um pouco de grama e terra sujavam a beirada de sua calça branca e então estendi minha mão para ele.

— Pare com isso. Venha, levante-se, Alteza. Você vai sujar sua roupa desse jeito.

— ...

O príncipe herdeiro olhou para minha mão parada em sua frente com uma expressão estranha. Nesse ritmo, suas roupas ficariam completamente sujas.

— O que você está fazendo? Apresse-se. — Acenei com impaciência, então ele finalmente agarrou minha mão e levantou-se.

Vendo-o totalmente de pé, imediatamente relaxei e tentei me soltar, mas dessa vez o príncipe herdeiro não soltou minha mão. Olhei para baixo por um momento e pensei em afastá-lo, mas logo perdi a coragem, isso porque eu achava que ele não iria me soltar facilmente. Sua força era o suficiente para fazer com que meus dedos ficassem dormentes. Eu me afastei, trazendo-o silenciosamente até a mesa que ficava no meio da estufa de vidro enquanto sentia o calor de suas mãos nas minhas. Apesar de ter percebido que tinha uma queda por ele, isso não mudava em nada o nosso relacionamento. Eu estava em uma situação extremamente perigosa e complicada, portanto, a última coisa que me importava eram meus sentimentos. Não era como se apenas andar de mãos dadas fosse fazer com que meu coração batesse mais rápido. Não, eu não era mais uma adolescente. De forma alguma, na verdade, meu coração nem sequer estremeceu. Meus sentimentos não importavam.

— Sente-se.

Quando cheguei à mesa, ofereci-lhe um assento. O príncipe herdeiro então soltou minha mão e se sentou em uma cadeira. Minhas mãos estavam dormentes e eu não conseguia sentir o calor do meu sangue passando por elas. Levantei o sino que estava sobre a mesa e o chacoalhei algumas vezes sem demonstrar nada sobre minhas mãos ou meus sentimentos. Com o soar do sino, uma empregada logo viria trazer um lanche.

O príncipe herdeiro olhou para mim como se estivesse surpreso.

— Eu pensei que você iria me expulsar imediatamente.

— Como ousaria fazer isso com o príncipe herdeiro? Por mais que você não ache, eu não sou uma pessoa tão sem noção assim.

— O duque lhe deu um novo professor de etiqueta para a cerimônia de maioridade?

— Não, na verdade fui elogiada por minhas habilidades perfeitas. Aparentemente eu não tenho mais nada para aprender. — Sorri enquanto respondia, o príncipe herdeiro semicerrou os olhos e riu.

Depois de um tempo, uma empregada abriu a porta de vidro e trouxe refrescos. De perto, o rosto da empregada estava pálido. Aparentemente era verdade que ele tinha nocauteado os guardas e invadido a mansão. Olhei com pena para as costas da empregada que deixava o cômodo como se estivesse fugindo, e logo me virei para o príncipe herdeiro.

— O que o traz aqui, Alteza?

— Eu trouxe seu presente para a cerimônia de maioridade.

— Um presente?

— Como há muitos, decidi trazê-los com antecedência. No dia da cerimônia, você receberá pilhas e mais pilhas de bobagens de todos os tipos.

Olhei para Callisto, e, com um pouco de surpresa, questionei-o:

— Você já me deu presentes da última vez.

— Aquilo era uma recompensa.

Já tinha me esquecido completamente dessa coisa de "recompensa" sobre os eventos de Soleil, mas, ao ser lembrada, assenti e voltei a discutir:

— Mas ainda assim você não tinha que vir e me entregar pessoalmente. Você está ocupado, por que não deixou seu subordinado encarregado disso como da última vez?

— Há... — Ele olhou para mim com uma feição incrédula. — Você está se fazendo de besta?

Inclinei minha cabeça com sua pergunta.

— Perdão?

— É óbvio que estou aqui para vê-la. Por que mais eu viria aqui quando tenho tantas coisas para resolver?

Por um momento, fiquei atordoada ao ouvir a resposta óbvia do rapaz. Ao contrário de minha cabeça lutando, meu peito estava entregue e palpitante. Em um instante, minha visão tremeu e o príncipe acrescentou com um rosto mal-humorado:

— Eu preciso te dizer isso todas as vezes? Será que isso faz com que você se sinta melhor? Até agora não acredito que alguém pode ser tão sonso assim.

— ...Vossa Alteza — quando voltei a mim, chamei-o com um suspiro. Meu coração não parava de bater. Não, não era por causa dele. Não podia ser. Apertei meus lábios e logo os abri novamente: — Na verdade, estou feliz que você tenha vindo. Acho que essa é uma boa oportunidade, afinal, imagino que não poderei lhe dar uma resposta no dia da festa por estar muito ocupada com as coisas da cerimônia.

— ...

— Gostaria de ser clara sobre o assunto e ir direto ao ponto. Sobre a proposta que você me fez da última vez... — Eu tentava terminar minha frase com certa dificuldade.

— Espere um pouco, princesa. — De repente, o príncipe herdeiro levantou a mão e me interrompeu. — Antes de ouvir, quero fazer uma pergunta. As questões financeiras do duque estão difíceis ultimamente?

— ...Como?

— Ou, ele não tem te alimentado porque você não é sua filha verdadeira? Você ainda está sendo discriminada por ser adotada mesmo hoje em dia?

— O que você quer dizer com isso...? — Não conseguia entender aonde ele queria chegar e, observando-o com perplexidade, ele de repente estendeu sua mão em minha direção.

— Você está só pele e ossos. — Meu pulso esquerdo, que estava apoiado aleatoriamente sobre a mesa, foi pego em um grande aperto e balançado para cima.

— O que você está fazendo?

— Por que você está tão espantada? — O príncipe herdeiro olhou para mim ferozmente. Eu apenas pisquei com espanto, ao vê-lo pular de seu assento enquanto ainda estava agarrado ao meu pulso. — Levante-se.

— V-Vossa Alteza! — Apertei sua mão inconscientemente por conta da surpresa. — O que há de errado com você de repente...?!

— Não posso mais ver isso. Nesse ritmo, você será a primeira aristocrata a morrer de fome e desnutrição no Império — disse ele em voz baixa, fazendo drama e balançou novamente meu braço.

Ao vê-lo chacoalhando no ar, pude notar como meus braços realmente estavam finos a ponto de formar uma visão grotesca, assim como ele havia indicado. Eu já tinha notado que meu rosto estava um pouco mais fino, mas tinha achado que era apenas por causa da preocupação e dos montantes de coisas que tinha que me preocupar nos últimos dias. Como não conseguia fazer com que as refeições me descessem, eu apenas passava fome sem notar que estava perdendo muito peso. Envergonhada, fiquei sem ter o que dizer para os pulsos finos que eram pressionados por Callisto.

— Vá fazer as malas imediatamente — ordenou ele. — Você deverá passar alguns dias no palácio imperial.

Ao ouvi-lo dizer para ir morar um tempo no palácio, eu voltei aos meus sentidos.

— Vossa Alteza... Vossa Alteza! — Puxei inutilmente meu braço que tinha sido agarrado com força e o príncipe me olhou com uma carranca feroz.

— O que você está esperando? Vá mandar que empacotem suas coisas.

— Vossa Alteza, por favor, acalme-se e sente-se. Isso não é nada de mais — gradualmente amansei o príncipe irritado. Mesmo que estivesse estressada, o corpo de Penelope era muito sensível e tão facilmente irritável quanto sua personalidade original. No entanto, as palavras usadas para acalmá-lo pareciam ter saído pela culatra.

— Há. Não é nada de mais? Então qual é o problema com a princesa? Hein? — Ele franziu o cenho e me fitou com frieza. — Para mim, passar fome e ser enterrada parece um grande problema, não?

— Não exagere. Eu não vou morrer por isso. E a propósito, o que Vossa Alteza tem a ver com isso? — Uma voz indiferente vazou.

Eu estava perguntando porque estava realmente curiosa. Por que ele estava tão bravo com o fato de eu ter perdido um pouco de peso depois de ter proposto um casamento político e sem envolvimento emocional recentemente? Assim até parecia que ele me amava.

— *...Amar? Princesa, essa não é uma definição muito ingênua para se falar de nós?*

As palavras que ele proferiu naquele dia ficaram gravadas na minha mente e voltaram à tona nesse instante. Além disso, seus 76% mostravam claramente que o que ele sentia por mim podia ser chamado de, no máximo, afeição, e não amor.

<Sistema>
Você gostaria de verificar a afinidade de {Callisto}?
[Quatro milhões de moedas de ouro] [Duzentos pontos de reputação]

Olhei para a janela quadrada no ar por um tempo antes de remover lentamente o pulso que havia sido pego por ele.

— Se estou morrendo de fome, se estou perdendo peso, se realmente estou sendo negligenciada pelo duque.

— ...

— Isso não tem nada a ver com você. Então não se preocupe — removi meu braço completamente de seu toque e o *pop-up* sumiu imediatamente.

Claro, se não agisse assim e fosse mais agradável, assim como era com Eckles, talvez eu conseguisse aumentar a afinidade rapidamente e até mesmo ouvir as palavras que tanto queria. Mas não tinha tempo para isso. Logo, tanto essa situação quanto a verificação de sua afinidade seriam coisas inúteis.

Achei que o príncipe herdeiro ficaria bravo e reclamaria do meu tom rude, mas ele me encarou em silêncio e imediatamente abriu a boca:

— Por que você tem que falar assim com uma pessoa que está preocupada com você? — Sua expressão estava calma, mas eu podia sentir resquícios de raiva no jeito que ele segurava sua respiração.

— Por quê?

— O quê?

— Por que Vossa Alteza está preocupada comigo?

— Princesa...

— O que você tem a ver comigo? — respondi com indiferença à voz cada vez mais fria do príncipe herdeiro, como se estivesse me avisando para parar. — Não é como se tivéssemos algum tipo de relacionamento, não é mesmo?

— Como não temos nenhum tipo de relacionamento? — A voz do príncipe era fria. — Eu te pedi em casamento e estamos oficialmente noivos — Callisto afirmou de maneira resoluta.

— Quando voltei para casa, pensei no que você tinha me dito.

Suas observações mordazes estavam cheias de uma convicção quase que irracional. Eu não conseguia entender de onde vinha sua confiança, mas, de qualquer jeito, essa era uma oportunidade de colocar os pingos nos is, então aproveitei a deixa para resolver os assuntos pendentes:

— Não importa o quanto reflita sobre isso, só posso recusar sua oferta. Minha resposta é não, Vossa Alteza.

— Há... Eu estou enlouquecendo — disse o príncipe quase que cantarolando e sorriu indignado enquanto levantou sua mão para esfregar o rosto.

Eu sabia que nossa conversa estava um pouco fora de hora, mas fingi que não tinha percebido. Para mim, era uma grande sorte poder falar sobre isso antes da cerimônia de maioridade.

O príncipe herdeiro, que estava esfregando o rosto por um tempo, logo abaixou a mão e olhou para mim. O branco de seus olhos estava um pouco vermelho.

— Princesa, estávamos falando sobre sua alimentação e saúde. Por que teve que voltar nesse assunto e falar isso nesta situação?

— Eu precisava te contar.

— Mas por quê? Me dê um motivo. — Callisto me interrompeu com impaciência e se mexeu. Ele voltou a se sentar na minha frente e eu finalmente senti que estava disposto a me ouvir. — Saiba que eu ter quase te cortado naquele dia não servirá mais como desculpa, princesa. Eu não consigo entender por que está agindo desse jeito. — De repente, em uma voz baixa: — Já lhe dei diversas oportunidades para se vingar de mim, mas você recusou todas elas.

Apesar de ser loucura, realmente fui eu quem não quis cortar sua garganta mesmo tendo a oportunidade e aval para isso. Eu tinha uma razão bem convincente, mas agora isso já não importava mais.

— Não é por causa disso.

— Então?

— É porque nós temos objetivos diferentes e não somos compatíveis com as expectativas do outro.

— "Objetivos diferentes"? Nossas expectativas não são "compatíveis"? Não lembro de termos discutido nada disso naquele dia...

O príncipe deu um suspiro profundo como se não conseguisse acreditar no que tinha acabado de ouvir. Por alguns segundos, ele ficou batendo os dedos na mesa pensativo e, então, com o cenho franzido, ele perguntou de repente:

— É tão difícil assim para você dizer para nossas famílias que vamos casar de acordo com nossa vontade e queremos ficar juntos?

Dizer isso não era o problema, mas sim a situação em que estava. Quando eu não o respondi, ele cochichou placidamente:

— Eu não pedi para você ser a princesa consorte. Eu só sugeri que sejamos parceiros e compartilhemos nossa vida um com o outro. Essa é a melhor escolha a se fazer, você não gostaria de um casamento puramente político com um estranho qualquer.

— Como você pode ter tanta certeza?

— Bem, eu sou mais bonito — disse ele com orgulho e levantou o queixo com arrogância. Mesmo que estivesse em um estado onde pensamentos complicados me dominavam, eu não consegui conter minha risada. —Você está rindo?

Callisto me olhou sério, mas não era possível controlar as risadinhas. Se eu fosse a Penelope de verdade, se eu tivesse nascido e sido criada ali como uma aristocrata, talvez essas palavras tivessem soado muito mais doces. Contudo, esse não era o caso.

— Vossa Alteza... — Finalmente o respondi com seriedade depois de engolir o riso: — Primeiramente, você passou do ponto quando me chamou de "patinho feio do duque", mas não era mentira.

Ele fez uma careta ao ouvir minha asserção fora de contexto.

— Do que você está falando?

— A verdadeira senhorita Eckhart está de volta.

— ...Verdadeira senhorita? — Ele franziu o queixo, mas não parecia nem um pouco surpreso com a notícia.

— Então você sabia.

— ...Cedric comentou que a atmosfera no ducado estava diferente do normal. Eu pensei que mais uma farsante tinha vindo em busca de uma vida de luxo, mas pelo que você disse, ela parece ser genuína — confessou ele, mas então já retrucou afiado: — De qualquer forma, o que isso tem a ver com nosso relacionamento?

— Eu sou falsa — afirmei dando de ombros. — Sendo falsa e tendo a verdadeira senhorita voltado para casa, é natural que eu vá embora.

— Em que lugar no mundo isso poderia ser "natural"? — Callisto parecia indignado. — Você viveu como a verdadeira e única senhorita Eckhart por seis anos e agora, só porque sua filha biológica apareceu, o duque vai te expulsar? Então é por isso que não estão te alimentando e deixando-a passar fome?

— Não é assim, Alteza. E pare com isso, se alguém ouvir vai acreditar que eu realmente estou passando fome.

— ...

O príncipe calou-se e seu olhar de compaixão fez com que me sentisse mal. Eu continuei o que falava fazendo uma careta:

— Mesmo se eu aceitasse ser sua noiva, em uma condição dessas, não seria de muito proveito para você.

— ...

— Você sabe muito bem que não há motivos para tratar uma filha de verdade e uma mera adotada do mesmo jeito, principalmente se tratando da aristocracia. Sangue sempre será mais denso que água.

— Ainda assim você não me escuta. — Até então, o príncipe herdeiro, que mantinha a boca fechada e me ouvia, me deu um "chacoalhão": — Foi você que eu escolhi, Penelope Eckhart. Não o ducado.

—Vossa Alteza...

— Assim não é até melhor para você? Agora que a filha dele está de volta, você não vai se envolver muito se sair da mansão.

— ...

— Como você disse, o duque não vai mandá-la embora imediatamente. Ainda não é um adeus.

— ...

—Venha para o palácio imperial antes de ser expulsa. Aí já não estaria tudo acabado e resolvido? Por que você gosta tanto de complicar as coisas? — ele me olhou atordoado e murmurou como se não pudesse me entender. — Nós nos damos muito bem e temos uma ótima afinidade. Nós gostamos um do outro, não?

O fato de ele reconhecer isso fez meu coração palpitar. Nós realmente tínhamos uma boa relação, mas essa emoção fraca nunca poderia se desenvolver além disso. "É por isso que nós dois não podemos ficar juntos", meu coração ficou pesado e, com uma voz abafada, eu voltei a conversar com ele.

— ...Ainda assim, essa afinidade não é amor.

—Você não é uma criança para ficar falando tanto sobre amor, princesa — respondeu Callisto bastante nervoso. — Essa brincadeira estúpida de emoções é apenas uma ilusão com um fim definido. Você sabe disso.

— ...

— A filha biológica do duque apareceu. E daí? Ela está longe de ser "ideal". Tudo o que você disse até agora só me parece um monte de desculpas. Me diga a verdade.

— ...

— Seria mais convincente você dizer simplesmente que não quer.

— Eu não quero.

Naquele momento, os motivos da rejeição, que eram sem sentido e difíceis até mesmo para eu explicar, ficaram claros como o dia. Eu levantei minha cabeça e olhei Callisto nos olhos.

— Eu não quero ficar com você sem amor, Vossa Alteza.

— ...

— Você não me ama, e eu também não o amo, por isso não quero aceitar sua proposta. Esse motivo é persuasivo para o senhor? — Em um instante, vi as íris vermelhas brilhantes tremendo fracamente e pensei: "Eu já deveria ter feito isso". Com uma voz pacata, recitei enquanto olhava em seus olhos perdidos: — Sempre vivi com medo de ser expulsa, Alteza.

— ...

— Claro, o fato de eu ter que partir agora se tornou palpável.

Palavras que valiam a compaixão dos outros saíram melancolicamente e fizeram a testa de Callisto franzir. Felizmente, não me importei em dizer essas coisas, afinal, essa não era realmente a minha situação, e essa era uma história de um jogo que já tinha sido decidida previamente. Independentemente do que eu fizesse, nada podia ser mudado.

— Ao contrário de suas sugestões, a premissa de que sempre serei uma nobre está errada.

Me confortei enquanto lidava com gosto amargo em minha boca e revelei para ele uma pequena parte daquilo que tanto me afligia e que tanto guardava para mim mesma durante todo esse tempo:

— Eu quero alguém que me ame o suficiente para me tirar deste inferno.

— ...

— Eu não preciso de alguém que tenha sentimentos mornos por mim ou que apenas me veja como uma nobre de alta posição. Não, eu preciso de alguém que me tire daqui.

— ...

— E essa pessoa... — Respirei fundo e soltei um suspiro. — Não é você.

O rosto de Callisto, que verifiquei de relance, havia ficado pálido e sem nenhuma expressão.

— Não... sou eu? — perguntou o rapaz, um pouco atordoado.

— Exatamente. — Assenti lentamente enquanto observava a íris vermelha tremer fracamente mais uma vez. — Porque você será o imperador. — Abaixei a cabeça para evitar seu olhar. — Se procurar, tenho certeza de que encontrará outras garotas para se casar. Alguém que anseie ficar ao seu lado, que seja divertida e agradável. Por exemplo…

— …

— A verdadeira senhorita Eckhart.

Depois de falar, de repente me lembrei da rota do príncipe no modo normal. Ele matou brutalmente a vilã perversa que estava incomodando a protagonista e mais tarde realizou uma cerimônia de noivado com a mocinha. Com o total apoio do duque Eckhart, ele derrotou as forças rebeldes e subiu ao trono, se casando com a heroína. Logo após o final, uma ilustração do esplêndido casamento do imperador e da imperatriz, que fazia parte do epílogo, passou pela minha mente. Para ser honesta, a atual Ivonne era totalmente repulsiva, mas o importante é que o príncipe herdeiro sobreviveu à sangrenta batalha ao trono por ter o apoio de Ivonne e assim conquistou o poder do Império. Na ilustração que tinha um *time skip* do final e Callisto já era um homem adulto, ele estava sorrindo brilhantemente como se fosse a pessoa mais feliz do mundo. No fundo, isso era o que mais importava e se precisasse eu me livraria desse sentimento raso e tremulante.

— Talvez isso seja mais útil e traga mais benefícios para você, Alteza.

— …Como? — perguntou Callisto de volta.

— Se casar com a verdadeira senhorita pode ser uma escolha melhor para você do que… — murmurei, olhando para a pequena flor branca que havia desabrochado entre a grama verde debaixo da mesa.

— Cale-se.

Naquele momento, com um som estranho de algo sendo esmagado e de ossos rangendo, eu fiquei congelada. Levantei minha cabeça em surpresa. O príncipe herdeiro me fitava com seus olhos vermelhos brilhantes:

— Até quando você vai me insultar, princesa?

— …Vossa Alteza.

— Agora você acha que é uma casamenteira e trata o príncipe herdeiro como um garanhão? Minha proposta é uma piada tão ridícula assim para você?

Eu não conseguia entender por que ele estava tão bravo de repente.

— Você sabe que não foi isso que eu quis dizer... — redargui em pânico, rolando os olhos.

— Não. Eu não sei — disparou o príncipe antes que terminasse de falar. — Droga, eu não sei o que há de errado com você. — Ele arrumou sua franja grosseiramente com uma mão. — Então você vai me jogar para cima dessa qualquer, encontrar outro desgraçado e fugir de casa?

— Por que você está falando assim de repente?

— Me diga. Quem é esse desgraçado?

Fiz uma careta para a súbita mudança de tópico da conversa. Minha fuga dependia única e somente de mim.

— Não há tal pessoa. E mesmo que houvesse, não seria da sua conta.

— Estou no meu limite, Penelope Eckhart. É melhor você tomar cuidado com o que diz — Uma veia azul estava visível nas costas de sua mão que pousava sobre a mesa. Ele estava falando sério.

— Por que você está tão bravo assim?

— Então agora eu pareço bravo para você?

Callisto não conseguiu conter sua raiva e – ***POW*** – socou a mesa. Dei um pulo surpresa com o pequeno estrondo e o encarei com estranheza. Eu realmente não podia entender. Por que ele estava fazendo tudo isso se não amava?

—Vossa Alteza precisa de uma mulher aristocrata que não queira envolvimento sentimental e tenha os mesmos interesses, e eu preciso de alguém que me ame.

— ...

— Qual o problema com isso? — Devolvi exatamente o que o príncipe herdeiro havia dito.

Callisto abriu os olhos sem saber o que dizer.

— ...Você...

Mas no fim era isso. Ele lambeu os lábios como se fosse dizer algo, porém permaneceu quieto. Por um momento, um silêncio sufocante se instalou na estufa de vidro. Calados, ficamos sentados ali sem nem sequer olhar no rosto do outro. De repente me senti profundamente cansada.

— …Não venha mais à casa do duque, Alteza.

Sem perceber, meus lábios se moveram incontrolavelmente. Callisto, que cerrou os punhos e reprimiu sua raiva, ergueu seus olhos vermelhos brilhantes em minha direção.

— Nem me dê presentes. E se me encontrar em algum lugar, finja que não me conhece.

— Por quê?

— Porque é assim que as pessoas se tratam quando não tem nenhum relacionamento entre si.

— Nós não temos um relacionamento, então?

— Não. — Balancei a cabeça e afirmei novamente: — Vossa Alteza e eu não temos nada a ver um com o outro e deveríamos continuar nossos caminhos separadamente. Agora e para sempre.

— Há… — Callisto riu surpreso e abriu os punhos que estavam cerrados com tanta força que suas veias podiam ser vistas, depois, ele esfregou o rosto de novo e de novo. O rapaz loiro parecia muito frustrado e com pensamentos complicados.

Depois de um tempo, o príncipe herdeiro tirou a mão do seu rosto. Por um momento, sua feição estava muito cansada.

— …Eu tenho que me certificar, princesa.

— Sim? O que foi?

— Agora mesmo, você está me dando um fora?

— Se você estiver se sentindo ofendido, pode considerar que na verdade foi a Vossa Alteza que me rejeitou — respondi de forma clara e seca. — Como uma "vingança" pelas atrocidades que disse no labirinto do jardim do palácio no outro dia.

— Sério… que estranho… — Acabando de respondê-lo, ele me fitou franzindo o cenho. — Eu… — Parecendo sem palavras, Callisto esfregou o rosto novamente e concluiu seu raciocínio: — Eu pensei que você pensava como eu.

— …

— Eu achei que você buscava as mesmas coisas que eu e que trilharíamos o mesmo caminho com a mesma determinação…

— …

— Mas quando você me diz isso… eu realmente me sinto estranho…

— Por mais que quisesse perguntar o que havia de errado com ele, achei melhor ficar calada.

Top, top, top – com seus sentimentos instáveis e confusos, Callisto bateu furiosamente com seus dedos na mesa.

— Obviamente, achei que você poderia negar meu pedido.

— …

— Mas porque você costumava parecer um peixe podre na minha frente e só escolhia palavras de ódio para direcionar a mim.

Era desagradável aquela escolha chula de palavras do rapaz, entretanto, mais uma vez, eu escolhi permanecer em silêncio. Isso porque queria que o príncipe, que tinha uma risada desiludida, terminasse seu discurso:

— No entanto, eu não esperava ser rejeitado dessa maneira, então… eu realmente me sinto…

— …

— Sujo.

Meu coração disparou com suas palavras. Mordi os lábios com força. Naquele momento, o príncipe pulou de seu assento. ***Drararam*** – a cadeira se moveu para trás com um gesto rude, mas nenhum de nós nos importamos.

— Eu entendi sua resposta.

— …Alteza.

— Te vejo na cerimônia de maioridade. — Ele disparou sem me olhar.

— O presente já foi dado, então você não precisa vir no dia…

Antes que pudesse terminar de respondê-lo, Callisto se virou com um vento frio e andava rapidamente em direção à entrada da estufa. ***Blam*** – em pouco tempo, a porta de vidro que havia sido aberta rudemente se fechou com um estrondo. A estufa de vidro ficou quieta em questão de segundos.

— …Bem, que bom, não é mesmo?

Depois que ele conhecesse Ivonne e se apaixonasse por ela, eu não seria capaz de conversar com Callisto e dizer essas coisas da mesma forma, então fiquei feliz em poder ser sincera com ele antes disso acontecer, por isso não me senti tão infeliz. Olhei para a porta de vidro fechada com desânimo e murmurei que na verdade estava com sorte.

Callisto, que tinha acabado de sair pela porta de vidro, deixando Penelope para trás, de repente olhou para algo que atingira seu pé.

— Que merda é essa?

Dois guardas estavam casualmente deitados no chão e alguém com um corpo bem pequeno estava agachada ao lado, os observando com atenção. "Ela é uma das empregadas?"

Antes de adentrar a estufa, eles que o impediam de entrar com seus próprios punhos e, mesmo depois de terem desmaiado, continuaram bloqueando seu caminho. Realmente não poderiam ter sido mais rudes. O rapaz de cabelos dourados se sentia profundamente desconfortável e chutou com o calcanhar o braço que estava embaixo de seu pé.

— Urgh!

— Argh!

Som de gemidos e de respiração aguda chegaram aos seus ouvidos, mas ele não ligou, afinal essas coisas sempre foram parte da sua rotina. Com o caminho liberado, ele seguiu em frente, ou pelo menos tentou.

— C-com licença... — De repente, a ponta de seu manto foi puxada. Ele virou lentamente e se deparou com uma cabeça cheia de cabelos rosa inclinada. Era a "empregada". — O-olá! Eu, eu... meu nome é Ivonne, e estou passando um tempo na mansão e gostaria de...

— ...

— Você sabe, os cavaleiros caíram no chão, então fiquei assustada e estava os olhando. — A empregada continuou a dizer coisas que ele não tinha perguntado e implorou como se tivesse cometido um erro: — S-sinto muito se eu sem querer bloqueei seu caminho e fiz você se sentir desconfortável...

— Me solte. — Callisto, que estava em silêncio até então, de repente abriu a boca.

— P-perdão?

A empregada balançou a cabeça suavemente. Sua expressão era tão estúpida que parecia que ela não conseguia entender o que ele dizia. Callisto sentiu uma sensação suja, como se estivesse preso na lama e, cerrando os dentes para conter sua raiva, ordenou novamente:

— Se você não quer que eu te corte ao meio, é bom me soltar agora.

— ...Uh? P-perdão? — Ela piscou ainda sem entender muito bem o que o outro estava dizendo.

Sling – como sempre, desembainhou sua espada e, em um piscar de olhos, ele murmurou baixinho enquanto colocava sua lâmina sobre o pescoço da mulher:

— Seu ouvido está entupido?

— Ugh!

—Você não sabe que tocar o corpo da família imperial sem permissão tem como pena a execução sumária?

— E-eu... Err, eu não sabia disso... Desculpe!

Uma lâmina afiada foi pressionada na parte inferior de seu pescoço. A garota tremeu como um potro e começou a soluçar com a dor intensa. O príncipe realmente não queria ouvi-la chorar. Quando era mais jovem, ele se lembrava de alguém que sempre o abraçava e chorava sem parar. Ele queria matar aquela garota imediatamente, mas conseguiu reprimir sua raiva respirando fundo. Isso por causa da mulher que deixara para trás na estufa, ela realmente não gostava de sangue e odiava crueldade. Mesmo que ele lhe desse as coisas mais bonitas e encantadoras, isso não bastaria, não se empunhasse sua espada e derramasse sangue na mansão do duque. Não, se fizesse isso, ele sabia que nunca mais nem sequer a veria novamente à distância.

— Haaa... — Callisto respirou fundo e devolveu sua espada à bainha. — Ouvi dizer que apenas pessoas cuidadosamente selecionadas são aceitas na mansão, mas pelo visto até a educação dos funcionários deste lugar é péssima.

Ele passou pela garota de cabelos rosa que tremia enquanto se curvava perante o príncipe como se ela não valesse a pena.

Não muito depois de o príncipe herdeiro agitar seu manto vermelho e desaparecer, Ivonne levantou a cabeça. Seu rosto, molhado de lágrimas, era verdadeiramente lamentável e bonito. No entanto, seus olhos azuis cheios de lágrimas olhando para onde o príncipe tinha ido era o completo oposto de belo. Sua mão escondida atrás das costas segurando firme um fragmento gasto tremia.

Eu só me levantei depois de ter passado tempo o suficiente para Callisto ter retornado para o palácio. Quando saí da estufa, me deparei com dois homens desmaiados no chão e uma figura pequena ao seu lado.

"Você realmente os nocauteou." À medida que a surpresa dos atos do príncipe passou, um grande desconforto logo me dominou. Isso porque vi que a cabeça de cabelos rosa olhou para mim de repente. Seus olhos estavam vermelhos indicando que ela havia chorado, talvez fosse de pena por ter visto os cavaleiros desmaiados. Mesmo chorando, seu rosto continuava bonito.

— …

No momento em que olhei para ela, fiz uma careta e então me apressei para sair dali.

— S-senhorita! — Ivonne deu um pulo e parou na minha frente.

Como a passagem estava bloqueada, uma voz fria saiu involuntariamente:

— O que foi?

— O-olá, senhorita. É que… e-enquanto caminhava, vi seus cavaleiros deitados…

— E?

— E-eu estava tentando chamar alguém, m-mas fiquei preocupada em deixar a senhorita sozinha…

Como esperado do cenário do jogo, a garota parecia muito boazinha e gentil. Depois de explicar por que estava ali perto, ao não receber uma resposta, ela gradualmente inclinou a cabeça para baixo.

— Desculpe, me desculpe. Eu não deveria ser assim.

Chacoalhando os ombros enquanto choramingava, ela parecia um filhote de veado e, mesmo sem ter feito nada, me sentia como se fosse a pior vilã do mundo. Aquilo já estava me dando dor de cabeça. "Seria ótimo se Derrick ou Reynold aparecessem do nada agora..." Para minha própria segurança, tinha que sair de perto dela o mais rápido possível. Abri a boca apressadamente:

— Não precisa se preocupar.

— C-como...?

— Eles vão acordar quando chegar a hora. Bem, acho que você veio visitar a estufa, por favor, vá em frente. Tchau.

— Uh...

Eu estava prestes a passar por ela, deixando-a sozinha, mas, de repente, um cheiro ruim alcançou a ponta do meu nariz. Parei de andar rápido e me virei para Ivonne. Algumas manchas de sangue estavam claramente visíveis na gola de seu vestido branco. Quando olhei para cima, vi um corte superficial no meio do seu cabelo rosa macio.

— Você... está machucada? — perguntei, arregalando os olhos.

— Ah... I-isto... — Ivonne cobriu seu pescoço com uma mão e deu um passo para longe de mim. — N-não é nada de mais...

— Venha aqui, deixe eu dar uma olhada — avancei o tanto que ela tinha recuado chegando bem perto dela e forçosamente removi a mão que escondia o ferimento. A garota respirou fundo quando eu, meio desajeitada, levantei seu cabelo rosa.

Examinei sua ferida com seriedade. Felizmente, o corte era bem raso, principalmente se comparado com o meu, aquilo não passava de um arranhão. Mas ainda assim não fiquei nem um pouco aliviada. "Aquele maluco! Essa é a filha verdadeira do duque, seu imbecil!", nem precisei pensar muito sobre isso para chegar à conclusão de que isso era obra do príncipe herdeiro.

Com a testa franzida, olhei novamente para o machucado da moça. Eu não estava realmente preocupada com a sua condição, e sim em como o duque e seus dois filhos reagiriam a isso. "Há... Eu tenho certeza que isso não aconteceu no modo normal..." Em todo caso, era inútil questionar uma coisa dessas. Graças a Eckles, tudo tinha saído do controle e não faria nenhuma diferença culpar esse maldito jogo.

— Se ficar assim pode acabar infeccionando e você ficará doente. É melhor ir tratar isso primeiro... — sugeri enquanto suspirava.

Já estava feito e não havia nada que eu pudesse fazer. Pior ainda, o próprio príncipe era o culpado e eu não queria ficar aqui correndo o risco de ser culpada por causa disso.

— Vá até o mordomo e peça para ele chamar um médico. Tenha um bom dia — soltei Ivonne gentilmente e virei as costas.

— S-senhorita... — Mas antes que pudesse dar um único passo, a ponta de minha saia foi segurada. Ao virar a cabeça com indiferença, a garota lambeu os lábios e perguntou com cuidado: — Ele... uh... Ele é da realeza? O loiro de olhos vermelhos...

— Ele é o príncipe herdeiro.

— V-vocês dois... s-são próximos?

Depois da minha resposta despreocupada, a pergunta que se seguiu me pegou desprevenida e fez com que minha expressão se enrijecesse. Respostas grossas como: "Não é da sua conta" vieram até a ponta da minha língua, mas eu as engoli com calma.

— Como você se atreve a falar das amizades do pequeno sol do Império como se fosse um assunto do povo? Isso diz respeito somente a ele.

— Ah... E-eu sinto muito — A cabeça de Ivonne se curvou novamente, contudo ela não parou de fazer perguntas: — Aliás...

— ...

— Quando alguém perguntar como eu me machuquei... seria melhor não o mencionar e apenas dizer que me arranhei, não? — Seus olhos azuis lacrimejantes me olharam tremulamente. Eu não aguentava mais aquele teatrinho e fiz uma careta.

— Por que você está me perguntando isso? Faça como bem entender.

— …

— Se você quer causar uma comoção, diga a verdade, se você quer seguir em frente como se nada tivesse acontecido, então fique quieta. — Ao final dessas palavras, eu sacudi a minha saia que estava presa em sua mão.

— Ah, d-desculpe… Me desculpe…

A garota que murmurou um pedido de desculpas impotente parecia realmente lamentável. Entretanto, eu segui olhando-a com olhos rígidos. Para ser mais precisa, olhava para um de seus braços, o que estava escondido desde que nos encontramos.

Voltei para a mansão deixando Ivonne para trás e, quando cheguei ao saguão para ir para o meu quarto, uma bagunça se desenrolava. Caixas luxuosas e joias brilhantes, vestidos e outros itens de luxo estavam empilhados por todo o lado. Era um número enorme de caixas que fazia o interior enorme da mansão do duque, que era duas vezes maior do que a mansão de qualquer outro nobre, parecer pequeno.

Os empregados ocupados me viram e me saudaram com rostos perplexos. Enquanto eu me movia com uma carranca no rosto, o mordomo que estava liderando as arrumações me cumprimentou:

— S-senhorita!

— Haa, eles já decidiram tratar ela como a verdadeira senhorita? — zombei fria e sarcasticamente.

— P-perdão? — O mordomo fez uma expressão de desentendimento diante do meu olhar de desagrado. Só havia uma razão pela qual eu me sentia contrariada e imunda.

— *...Não se preocupe com Ivonne, eu conversei com ela e concordamos em introduzi-la de maneira apropriada apenas depois de termos confirmado sua identidade.*

Foi ontem de manhã mesmo que o duque me disse isso, mas quando os vi comprando e carregando todos os tipos de bens de luxo em menos de um dia, parecia que meu coração calmo tinha sido esmagado.

— Já que eles já estão fazendo isso, por que não a pegam e a vestem dos pés à cabeça e levam para passear? Assim seria mais fácil de anunciar que a verdadeira senhorita está de volta.

Eu chutava – ***paft*** – nervosamente uma caixa dourada que estava na frente do meu pé. Quando pensei nisso, percebi que agia como uma vilã, mas era difícil para mim conter minha frustração com aquela cena.

— Não é isso, senhorita! Não é o que você está pensando…! — negou o mordomo apressadamente minhas conclusões. — T-tudo isso são presentes de aniversário para a senhorita, eles foram trazidos pelo príncipe herdeiro.

— …Como é? — Fiz uma pausa.

Espalhados pelo chão, dezenas de coisas que logo de cara não pareciam nem um pouco comuns e baratas. A quantidade de vestidos, sapatos, luvas, chapéus e bestas era enorme e estavam todos empilhados. Olhando novamente para o vasto e caótico saguão, eu perguntei incrédula:

— Tudo… isto?

— Sim, eu que os recebi, ele disse para você não se sentir pressionada.

— Há…

Atordoada, ri estupefata e pousei minha mão na testa. Eu lhe disse para não me dar nenhum presente, mas, em vez disso, ele encheu a entrada de minha casa como se tivesse roubado os bens de um reino inteiro.

— Ele… mandou muitos tipos diferentes de bestas. Como eu deveria organizá-las, senhorita? — perguntou o mordomo, olhando para mim com uma expressão perturbada no rosto. — Algumas são simplesmente para decoração, outras são encantadas e ainda há as que são usadas para uso letal em combate…

De fato, havia dezenas de caixas com bestas para onde ele apontou. Os criados que abriram alguns deles me olharam abismados. "Ele acha que eu só como, durmo e pratico tiro com bestas todos os dias?!" Pensei em mandar tudo de volta, mas então ele poderia voltar para a residência do duque. Subitamente eu me senti completamente exausta. Por causa disso, me virei e acenei para o mordomo.

— Cuide disso para mim, Pennel. Eu estou cansada, então vou subir primeiro.

— Sim, senhorita! Então eu vou cuidar de tudo pessoalmente. Bom descanso — O senhorzinho se curvou, despedindo-se educadamente. — Vamos! Primeiramente vamos separar os acessórios por categorias. — ***Clap*** – com um som de palmas, Pennel começou a dar ordens e arrumar as coisas a sério. De certa forma ele parecia animado com isso.

Quando voltei para o meu quarto, alguém estava esperando impacientemente por mim.

— Senhorita!

— Emily. — Aproximei-me lentamente dela, que parecia satisfeita. — Tudo bem?

— Sim, sim — ela ofegou pesadamente e acenou com a cabeça.

Tirei o xale que estava usando e entreguei-a, então caminhei até a mesa e perguntei calmamente como se nada tivesse acontecido:

— O que ele disse?

— ...No começo, ele verificou várias vezes para se assegurar se tinha sido realmente a senhorita a me enviar. Quando respondi sim muitas vezes, o dono do negócio se recusou a aceitar tal pedido...

— Emily, vá direto ao ponto, sim? — Resolutamente cortei a empregada fofoqueira. — Então ele não irá fazer?

— ...Mas aí eu fiz o que a senhora me disse. Com isso o homem garantiu que prepararia e enviaria tudo em breve — respondeu ela timidamente, abaixando a cabeça. As instruções secretas que lhe dei pareciam um fardo muito grande.

— Que ótimo! — depois de uma breve resposta e de alguns elogios, peguei um livro que havia lido há algum tempo.

— A propósito... — Como se ainda não tivesse terminado, Emily acrescentou cuidadosamente: — ...o dono da loja pediu que lhe desse um recado...

— O que é?

— Com isso, ele pagou toda a dívida que lhe devia e, portanto, não aceitará mais solicitações...

A mão que estava abrindo a capa do livro parou no ar e enrijeceu.

— ...Certo.

Depois de um tempo, eu murmurei como se conversasse sozinha:

— Não haverá uma próxima vez.

Naquela noite, um coelho apareceu no meu quarto com uma forte rajada de vento. Não era o coelho bebê que eu tinha visto antes, era um adulto grande. O animal me olhou silenciosamente por um tempo sem emitir nenhum som. Era uma ilusão? Com um olhar nebuloso, eu podia ver uma cor azul escura flutuando pela íris brilhante que me encarava.

— ***Blurgh.***

Depois de um tempo, o coelho abriu a sua boca e vomitou alguma coisa. Era uma cena grotesca, como um pesadelo horripilante. Depois de vomitar o objeto, com outra rajada de vento, ele desapareceu em um piscar de olhos.

Parecia um sonho, mas não era. Eu sabia disso porque a coisa que o coelho deixara para trás estava claramente presente na frente dos meus olhos. Agarrei-a e passei outra noite em claro.

O tempo passou tão rápido que pareceu escorrer entre minhas mãos. Finalmente, o dia da cerimônia de maioridade chegou.

Capítulo 15

Capítulo 15

Como todas as vezes em que havia um banquete, as empregadas me forçaram a acordar de madrugada. De qualquer forma, eu mal tinha pregado os olhos, então não fiquei irritada quando me obrigaram a sair da cama. Contudo, conforme o processo de aplicar algo sobre minha pele e esfregá-la com água e óleo várias vezes, quando saí do banheiro, estava toda enrugada.

— Todas sabem que dia é hoje, certo?

— Senhorita, hoje você deve brilhar mais do que nunca.

— Exatamente! Ela está certa! Deixe conosco, senhorita! Nós vamos colocar todo nosso coração nisso e fazer com que sua beleza se destaque mais ainda!

As empregadas, que normalmente nem conseguiam me olhar nos olhos, estavam superanimadas e tagarelas e cerraram seus punhos enquanto me faziam essas promessas tão dedicadas.

— Apenas terminem logo, por favor…

Claro, minha súplica impotente não foi atendida. As empregadas me maquiaram e arrumaram meu cabelo mais do que o de costume e, depois de muito tempo, quando as várias mãos laboriosas tinham saído de cima de mim, eu pude ver meu reflexo no espelho.

— Uau!

Eu abria lentamente os olhos quando alguém soltou uma pequena exclamação. Diferentemente do habitual, as empregadas estavam todas em silêncio. Eu logo descobri o motivo: minha imagem era tão linda que não havia o que se falar.

Os cantos dos meus olhos, normalmente monótonos, tinham sido acentuados e levantados pela maquiagem, fazendo com que eu parecesse mais animada, além disso, as cores utilizadas eram tão vibrantes e belas que minha aura ameaçadora tinha dado lugar a uma sensação de refinamento. Meu nariz delicado, as bochechas e lábios rosados e o cabelo rosa-escuro arrumado tão delicadamente pareciam extremamente amáveis.

Levantei minha mão com cuidado e a repousei em minha bochecha. "...Tão linda", eu não me lembrava que a Penelope que tinha visto na ilustração da cerimônia de maioridade no início do modo normal era tão bela. "Você... sempre foi linda", me senti desolada ao perceber que nunca tinha reconhecido a beleza da vilã naquela época.

Olhei para o espelho me sentindo um pouco triste. Eu me senti muito mal pela dona desse corpo que ficaria tão impotente sobre o que eu faria dali um tempo.

— Senhorita! Seu rosto! Não o toque hoje!

O momento de sentir pena de mim e da garota em minha frente desapareceu como poeira devido ao desespero das empregadas.

— Certo.

Abaixei minha mão com uma feição de desaprovação, mas não disse nada por julgar que seria melhor apenas seguir o ritmo das coisas por hoje. Afinal de contas, essa seria a primeira e última vez. Então, outra empregada disse:

— Senhorita, sobre o vestido...

Eu tentei instruí-las a trazer o mesmo de sempre e, por "mesmo de sempre" me refiria a algo simples e discreto que, de preferência, cobrisse meu pescoço. Entretanto, quando estava prestes a abrir a boca para lhes dar a ordem, as mocinhas abriram caminho e uma delas se aproximou lentamente trazendo um vestido pendurado em um cabide.

— Por favor, vista-o hoje, senhorita — pediu Emily.

— Isso...

— Não há momento mais apropriado para usá-lo. Você ficará estonteante, senhorita!

Vendo o vestido que elas me mostravam, eu não pude deixar de vacilar. O vestido escuro espalhava sua bainha pelo chão e suas decorações douradas brilhavam ofuscantemente. A cor, que gradualmente se intensificava, encontrou-se magnificamente com o bordado dourado em sua extremidade. Um vestido que lembrava uma noite calma vendo o mar sob a luz da lua. Era o presente que o príncipe herdeiro tinha me dado.

Admirando o vestido, senti como se meu rosto quebrasse e, ao perceber isso, Emily se desesperou um pouco e começou a me implorar:

— Esta é uma ocasião única na vida, é a sua cerimônia de maioridade e a senhorita deveria ser a pessoa mais bela e que chama mais atenção em todo o salão. Até mesmo os plebeus usam roupas mais ornamentadas e caras em dias como hoje, ainda que estejam endividados.

— ...

— Apenas hoje, senhorita. Por favor, faça o que estamos lhe dizendo. Pode ser?

— É verdade, senhorita. Todas as roupas que a senhorita usou até agora eram bem simples e sóbrias...

— Claro, a senhorita fica linda com todos os tipos de roupas! Mas...

Com a sugestão de Emily, uma após a outra, todas as empregadas deram as opiniões que guardaram para si por tanto tempo. O estilo recatado e modesto que tinha escolhido das últimas vezes parecia desagradar as mocinhas. "O que está acontecendo aqui?", com o meu silêncio, as empregadas que tentavam me persuadir pareciam ficar chateadas.

— Certo, certo. Eu irei vesti-lo, mas só desta vez — cedi e acabei assentindo levemente.

— Sério? Mesmo, senhorita?

— Então você irá vestir as joias e o vestido, né? O conjunto completo.

— Não pergunte algo tão óbvio assim, garota! — As empregadas pulavam de alegria.

Ao contrário delas, meu coração pesava um pouco por conta do presente do príncipe, mas agora isso era apenas uma história do passado. "Bem, talvez ele não venha hoje..." De repente lembrei das costas do rapaz de cabelos dourados deixando a estufa com raiva. Talvez eu nunca mais o visse por ele estar bravo comigo, que recusei suas propostas tantas e tantas vezes. Pesarosamente, engoli em seco um sentimento amargo que subia pela minha garganta.

Depois de vestir ambos o vestido e os acessórios, as empregadas me elogiaram e admiraram novamente. Provavelmente por não ter dormido nas noites passadas, eu estava muito cansada a ponto de nem sequer querer ver o resultado final no espelho.

Para descansar um pouco, pedi que Emily me trouxesse alguns refrescos. Pouco depois ela retornou e arrumou as coisas no sofá para que eu não amassasse o vestido. Com a voz baixa, perguntei-lhe enquanto me inclinava na almofada:

— Nós ainda temos que esperar muito? Quando começa a cerimônia?

— A recepção dos convidados é ao meio-dia. A cerimônia começa às duas em ponto, senhorita.

— O que ela está fazendo?

— Está no escritório do jovem mestre... tomando chá.

— A esta hora?! — exclamei com certa indignação.

Ainda era bem cedo e faltava muito para a hora do almoço, talvez o tempo estivesse passando ainda mais devagar para mim por ter começado a me arrumar antes do sol nascer. De qualquer forma, não era nem dia nem hora para eles tomarem chá juntos.

"Espero que nada de ruim aconteça...", ansiedade consumiu-me dos pés à cabeça, mas tinha que aguentar isso mesmo que algo estivesse errado. Além disso, não tinha como saber se ela já não tinha feito lavagem cerebral no Derrick. Uma voz cautelosa me acordou de meus pensamentos:

— Senhorita, sobre a solicitação ao coe-...

— Ssh. Cuidado com o que diz — estalei a língua e repreendi enquanto olhava em volta para ter certeza que ninguém ouviria nossa conversa. — Emily, você tem certeza que agiu secretamente e que ninguém percebeu nada, exatamente como te orientei?

— Sim! Sim! Claro, senhorita! — ela assentiu veementemente. — Aliás, senhorita… — De repente, a garota sussurrou com seus olhos castanhos espiando todas as direções: — Algo suspeito aconteceu na noite passada.

— O quê?

— Eu estava indo para o meu quarto depois de tomar banho e encontrei Becky na frente do alojamento. O estranho é que ela me perguntou o caminho para as lojas de informantes do centro da cidade.

— …Como?! — Becky era a empregada temporária e responsável por cuidar de Ivonne. Ao receber essa informação, eu dei um pulo e gritei: — E por que você só está me contando isso agora?!

— Já era tarde da noite… eu não podia lhe acordar… — Ela logo se desculpou fazendo uma cara de arrependimento. — Mas não se preocupe, senhorita! Eu disse que não sabia, aí ela falou que não tinha problema e eu fui para o meu quarto.

— …Muito bem. — Me encostei na almofada, respondendo meio insinceramente.

Bati meus dedos no braço do sofá perdida em meus pensamentos. Para que ela iria querer saber onde encontrar informantes? Ela já estava procurando por Winter? As chances eram altas… Mesmo no modo normal Ivonne procurava por ele, mas nesse caso ele tinha a ajudado a voltar para a mansão… Agora, diferentemente da história original, quem tinha a trazido até ali fora Eckles. A única coisa que eu conseguia pensar era que os dois já tinham se encontrado. No fim, Winter decidiu não a trazer de volta, então era difícil saber o que tinha acontecido entre eles.

Eu pulei do meu assento e fui direto para a escrivaninha.

— Emily, me dê um instante sozinha.

— Hã? Ah, claro.

Quando Emily saiu, o quarto foi envolto pelo silêncio. Por mais que eu dissesse que acreditava nela, a verdade é que eu não confiava em ninguém desse mundo. De frente para a minha mesinha, peguei a chave que sempre guardava comigo e destranquei a última gaveta. Dentro dela estava o papel que fazia minhas anotações desde o primeiro dia que tinha ido parar ali – informações sobre os personagens, o tempo que eu tinha até a cerimônia de maioridade e o avanço nas afinidades – estava tudo escrito ali. Fora isso, também tinham itens que tinha ganhado ao longo das missões, um item do Winter e o que recebi dele na noite passada através do coelho. Peguei a garrafa com líquido roxo que o coelho tinha vomitado ontem e então uma luz vermelha emanou de dentro da gaveta.

— ...Hm? — Parei por um momento e peguei a fonte de claridade. — ...Isto é...

Era o colar antigo e mágico que Winter tinha colocado em mim quando fomos fazer trabalho voluntário em Tratan. A grande conta incrustada no meio dos ornamentos em formato de estrela brilhava em um tom de vermelho muito escuro. Eu segui a direção que o colar indicava e fiquei atônita.

— ...Ah!

Ironicamente, quando vi a garrafa com o líquido roxo sendo iluminada pela luz vermelha, a primeira coisa que me veio à mente foi Eckles. Mais especificamente, a cor da sua barra de afinidade. Na época eu não me importei muito com esse detalhe, e só agora consegui perceber.

— ...Significava "morte".

Meu coração afundou. Não totalmente ciente do fato de que meu plano estava indo pelo pior caminho possível, ou talvez simplesmente cega pela pontuação e tentando negar os fatos, eu não admiti que aquele "amor" era letal. Um amor terrível e capaz de me matar. Perceber isso do nada me fez ficar assustada e a mão que segurava o colar tremia.

Toc, toc – alguém bateu na porta, me assustando. Alarmada, levantei a cabeça e – ***tak*** – fechei a gaveta violentamente com o objetivo de apagar a luz do colar, depois me levantei e imediatamente fiz questão de identificar quem era o visitante.

— Quem é?

— ...Seu pai.

"Por que o duque está me visitando a esta hora...?", minha mente ficou em branco por um momento, mas assim que o pensamento surgiu, – ***toc, toc*** – o homem bateu na porta novamente.

— Penelope, posso entrar?

— Oh, sim, sim. Entre — gritei com pressa, incapaz de manter o duque do lado de fora para sempre.

Click – a porta se abriu imediatamente. Ao entrar no cômodo e me ver, ele parou. Por algum motivo, seus olhos tremiam.

— ...Pai? — chamei-o e o homem fechou a porta, entrando completamente nos meus aposentos.

O duque foi até a mesa em frente à janela e sentou-se, exatamente como no dia em que conversamos sobre a transferência da mina. Desajeitadamente, eu o segui e me acomodei em sua frente. Em uma situação caótica, foi pesado e frustrante ter que lidar com o duque sem estar preparada. Respirei fundo várias vezes para acalmar meu peito trêmulo e quando o som da respiração ficou um pouco mais calma, disse:

— ...O senhor quer que eu peça um pouco de chá?

— Não precisa — dispensou ele brevemente.

Um silêncio constrangedor reverberou pelo lugar e, quando ele não mostrou nenhum sinal de que falaria algo primeiro, relutantemente voltei a falar:

— O que... te traz aqui? — O homem demonstrou uma rara expressão de constrangimento com minhas palavras.

—Você não pediu para que eu viesse lhe ver na manhã da cerimônia de maioridade?

—Ah!

Realmente tinha pedido para que ele fizesse isso, foi alguns instantes antes da protagonista aparecer. Eu já tinha me esquecido, afinal não era muito importante. Para ser sincera, naquela época, estava com pena do duque, que perderia sua filha adotiva que fingiu ser madura por tanto tempo, pois pensava que finalmente conseguiria escapar hoje. "Realmente não fazia ideia do que estava por vir..." Pensando nisso agora, tudo aquilo tinha sido um disparate. Eu respondi casualmente, tentando não expressar meu desconforto:

— Obrigada por vir.

— Hoje… — O duque hesitou um pouco. —Você está muito bonita hoje, Penelope.

Originalmente, ele não era o tipo de personagem que expressava seus sentimentos ou fazia elogios do nada, portanto, fiquei surpresa.

— Obrigada, pai — respondi relutantemente. Minha aparência adulta era, de fato, cheia de dignidade nobre. Olhando para seu casaco preto com o brasão da família Eckhart claramente gravado nele, adicionei sem graça: — O senhor também está bonito hoje.

— Eu nunca vi esse vestido e acessórios antes… Você disse que não queria encomendar nada do alfaiate da imperatriz, você comprou separadamente?

— …Sim.

— Ficou bem em você. Está linda.

Eu não poderia dizer que tudo aquilo era um presente do príncipe herdeiro, então apenas concordei, enquanto o duque repetia a mesma coisa novamente. A cada minuto que passava me sentia mais estranha. Meu estômago estava prestes a começar a doer e então cerrei meu punho o mais forte possível.

— A propósito, o que está na sua mão? — De repente, o duque olhou para ela. Seguindo seu olhar, abaixei a cabeça e vi um longo cordão de prata saindo entre meus dedos.

— Ah — soltei um som desconcertado. Estava tão nervosa que nem me lembrava que ainda segurava o colar.

— É um colar? — talvez por causa da forma incomum à primeira vista, os olhos do duque estavam interessados. Estendi a mão apressadamente e o pendurei no pescoço.

— Sim, eu ganhei de presente.

— Presente? De quem?

— O dono da loja de armas que costumava frequentar me mandou um colar mágico para comemorar a cerimônia de maioridade. Sabe, o lugar onde comprei seu amuleto.

— Ah, sim. Essa é uma loja muito boa. Da próxima vez, comprarei minhas flechas lá também. — Felizmente, o duque concordou prontamente com a minha desculpa esfarrapada. — Mas não acho que vai combinar com o vestido que você está usando hoje.

— Eu queria usá-lo em consideração. Foi realmente muito gentil da parte dele.

Claro que não tinha a intenção de realmente fazê-lo e, assim que o duque fosse embora, eu o guardaria na gaveta novamente.

— ...Você tem um coração tão bom.

A reação que obtive como resposta foi completamente diferente de qualquer uma que eu pudesse esperar. "O que há de errado com ele hoje?"

— ...O senhor tem algo a me dizer? — o olhei com estranheza e perguntei com cuidado.

— Não, na verdade não. Eu só queria fazer o que você me pediu...

— Entendo. Que bom que pude lhe ver antes da cerimônia, pai. Bem, acho que já estou tomando tempo demais do senhor, e você deve ter muita coisa para fazer.

O que eu queria dizer era "já chega, pode ir embora", porém o duque hesitou como se tivesse algo para dizer. Depois de uma longa pausa, ele disse o que queria com um longo suspiro:

— ...Me desculpe.

— Pelo quê? — questionei, sem entender do que ele falava.

— ...Você deve ter se sentido frustrada com os guardas que lhe designei, não é mesmo? Depois da cerimônia de maioridade irei substituí-los.

"Ah, então é isso", pensei enquanto me lembrava do quanto realmente me senti irritada no começo.

— Está tudo bem, pai. Eu entendo e faria o mesmo se estivesse em seu lugar — afirmei compreensivamente.

Depois de termos conversado naquele dia, o duque deve ter ficado com a consciência pesada. Esse tipo de coisa acontecia corriqueiramente e, se ele se sentisse muito mal, normalmente me dava alguma compensação material ou financeira. Esse era o jeito que ele sabia se desculpar. "Ele veio pessoalmente se desculpar. Nunca imaginei que faria isso..." Como sempre, disse o que ele provavelmente queria ouvir, ou que, pelo menos, acalmaria seu espírito. De qualquer forma, essa era a última vez e depois nunca mais teria que lidar com isso.

— Você precisava ficar de olho em mim para garantir que eu não ia fazer nada de mal à Ivonne. Como eu não tinha nada para fazer e não precisei sair, realmente não foi nada de mais.

— ...O quê? — O duque parou e me olhou surpreso. — Do que você está falando Penelope? Ó céus, querida! Não é nada disso.

— Não?

— Eu fiz isso por você, por estar preocupado com você.

— ...Perdão?

— Aquele rapaz que você trouxe para casa, Ivonne... Você... você me olhando com aquela cara...

— Do que você...?

Senti uma grande incongruência no que o duque me dizia com os olhos tão sérios. Desde a última vez que tinha o visto, sua resposta tinha mudado levemente do que quando tínhamos conversado sobre isso. Antes ele não tinha confirmado que a escolta era para proteger Ivonne, mas tampouco tinha negado.

— Do que você está falando, pai? — perguntei, confusa.

O duque permaneceu em silêncio por um tempo e depois, com uma feição ainda mais séria, ele voltou a abrir a boca:

— ...Logo depois da competição de caça.

— ...

— Reynold veio me ver dizendo que tinha algo para confessar.

— O que era?

— Você se lembra do que aconteceu há muitos anos, pouco depois de você vir para a mansão? A razão por eu ter proibido que fosse no terceiro andar.

— Sim, claro…

Mesmo não sendo a Penelope verdadeira, isso era algo que eu jamais poderia me esquecer. A injustiça que senti ao saber disso e a miséria que Penelope sentiu para fazê-la ficar sem escolhas, senão chamar o duque de "duque" em vez de "pai".

— Reynold… me contou a verdade. Ele disse que, na verdade, você não tinha roubado o colar da Ivonne naquela época. — Arregalei meus olhos com a revelação repentina que nunca achei que fosse acontecer.

— Você… já sabe de tudo?

Mesmo que aquilo não fosse algo que eu mesma tivesse experienciado, algo subiu queimando pela minha garganta. No jogo, a vilã era culpada por várias coisas, inclusive isso, mesmo depois de morrer. Caso ela não morresse, ela era exilada no campo e ficava à deriva até que morresse de desnutrição com um corpo tenebroso.

— Que não fui eu quem o peguei… mas Reynold? — minha voz trêmula perguntou e então o duque assentiu.

— Ele pediu… para que eu o punisse. — Sem poder aguentar mais, acabei deixando uma careta transparecer e o duque continuou em tom sombrio: — …Eu não o puni o suficiente, tudo o que fiz foi aumentar seus treinos e coisas do tipo…

— …

— Eu queria bater nele o mais forte que conseguia, mas, então, me questionei se era eu quem deveria fazer isso.

— …

— …Penelope. — O duque me olhava com os olhos vermelhos cheios de remorso e arrependimento. — Da primeira vez em que te vi, você era tão magra e pequena. Você veio pedir comida com os olhos tão mortos, tão incomuns em uma criança e eu, que estava sempre procurando pelos olhos de Ivonne, passei a temer que ela tivesse que passar pelo mesmo.

— …

— Um dia, quando você veio aqui, eu ia te dar algo para comer, mas em vez disso, lhe dei uma moeda de ouro e aquela foi a primeira vez que vi você sorrir. Tão bonita.

— …

— Eu não podia te deixar sozinha passando fome ao lado do cadáver de sua mãe, então decidi que a acolheria e jamais a deixaria de estômago vazio novamente. — Ouvi com atenção a história da adoção de Penelope que nunca fora contada no jogo. — Mas eu fui tolo e impulsivo ao te trazer sem ter nenhum preparo e tampouco condições de prestar atenção e criá-la direito. Não só você, mas Derrick e Reynold também.

— …

— Por isso, naquela época, depois do incidente, eu passei a achar que ficaria tudo bem e que você apenas queria artigos de luxo, portanto, como seu pai, eu simplesmente tentei garantir que você pudesse ter tudo o que quisesse. Que idiota eu fui… Se ao menos soubesse que esse comportamento faria com que você passasse a me chamar de "duque" em vez de "pai" pelos próximos seis anos eu certamente não teria o feito. — Se lembrando daquela época, seu rosto estava desolado enquanto ele murmurava a história.

"Por que agora…?", mordi meus lábios. Era tarde demais, logo nos primeiros dias em que tinha conhecido os filhos do duque foi quando tudo começou a dar errado e Penelope começou a sofrer os inúmeros abusos, então ela saiu de controle e acabou com um final miserável.

Sem dizer nada, o homem com alguns cabelos grisalhos parecia perdido em seus pensamentos. Foi com dificuldade que ele terminou de dizer o que queria:

— …Eu tinha me esquecido disso, mas a expressão que você me olhou naquele dia continua nítida em minha memória.

— …

— E, alguns dias atrás, eu a vi novamente. Quando aquele rapaz trouxe Ivonne de volta para casa, você fez a mesma cara de seis anos atrás.

— …

— Naquele instante, tudo o que eu conseguia pensar era que precisava manter ele o mais longe possível.

— Que tipo de cara eu fiz?

— Bem… — Ele me espiou e balbuciou como se não conseguisse falar direito: — Desde criança, você frequentemente fica irritada, mas quando sua raiva chega ao limite, você tende a ficar calada e esconder seus sentimentos.

Fiquei surpresa ao ouvir isso, pois esse era exatamente o método que eu usava para acabar com as emoções. Se você forçosamente suprimisse aquilo dentro de você e prendesse a respiração até se sentir sufocada, então todos os problemas desapareceriam e a paz voltaria. Quando me lembrava das incontáveis vezes que tinha feito isso na minha antiga casa, o duque disse com uma voz inquieta:

— Mas seus olhos… todo o brilho deles some, sua vitalidade desaparece e a aparência se torna estranha…

— …

— Parece… parece que você está morta. — Com sua última palavra amarga, ele fez uma careta.

"Ah", naquele momento percebi algo. Eu podia dizer por instinto, Penelope estava morta. Para matar as emoções, ela prendeu sua respiração de novo e de novo e de novo por incontáveis vezes até que acabou morrendo. Nesse derradeiro momento da vilã detestável, eu vim para esse mundo e assumi seu corpo. Com esse pensamento macabro, eu congelei. "Se isso for verdade, então o que será de Penelope quando eu escapar?" Não importava quanta magia houvesse nesse jogo fantástico, os mortos nunca podem voltar à vida. O que aconteceria naquela casa, com essa família que eu já tinha me acostumado? Isso certamente não era um assunto meu, mas não conseguia me livrar da sensação ruim que percorria meu pescoço.

"Qual é a história deste jogo, afinal? A Ivonne não consegue ficar com nenhum personagem conquistável sem o envolvimento de Penelope?", meu cérebro já não funcionava mais direito. A coisa mais importante era minha fuga… "Mas então, e eu? Como eu fico? Eu realmente posso sair deste jogo no fim das contas?", minha cabeça girava como se tivesse ido parar em um labirinto sem saída. Eu não conseguia respirar. Surpreso com meu ataque de pânico, o duque tentou me acalmar:

— Foi apenas um comentário bobo, esqueça isso.

Todavia, ele não sabia do que se tratava e, portanto, não foi bem-sucedido. Meu coração acelerado não dava nenhum sinal de que diminuiria a velocidade e minha pressão parecia cair. Ao perceber que eu empalidecia, o pai da garota ficou alarmado:

— Penelope, você está doente? Quer que eu chame um médico?

— Não. Não, pai… — Balancei a cabeça com dificuldade. Como de costume, abri minha boca tentando capturar o máximo de ar que conseguia para depois prendê-lo e forçar meu coração a se acalmar. — …Eu só fiquei um pouco surpresa pelo senhor ter percebido.

Meio a contragosto, ele aceitou minha desculpa esfarrapada e fez um beicinho.

— Penelope, eu…

— …

— Eu sou um pai tão imaturo e patético que ainda não sei como deveria lhe tratar.

Enquanto prendia a respiração, eu silenciosamente assisti o homem ser o mais franco possível comigo pela primeira vez.

— Eu pensei que se desse tudo o que você queria e passasse pano para você na maior parte das vezes que ficasse brava e jogasse as coisas por aí, tudo daria certo…

— …

— …Eu achei que seria o suficiente…

Ele estava errado. Pude ver que perceber isso era algo que lhe doía. Dado momento, ele fitou a filha adotiva, que não disse nada, e voltou a falar:

— …Eckles, ele realmente é bom assim? — Sua questão repentina me pegou desprevenida.

— Do que o senh-…?

—Você é uma criança de bom coração. De mente aberta.

— …

— Mas ele trouxe Ivonne e eu temi que você ficasse de coração partido. Fiquei com medo de que algo ruim pudesse te acontecer e, por isso, não deixei mais que você o visse.

— …

— Contudo, se você realmente quiser… Eu posso nomeá-lo como seu cavaleiro novamente depois que a cerimônia acabar. Então… pense bem até lá.

Olhei-o com certa melancolia. Se ele tivesse me dito isso há três dias… Não. Na verdade, nada teria mudado mesmo se pudesse encontrar Eckles naquela hora. No momento em que sua barra de afinidade ficou vermelho-sangue, eu já tinha falhado em sua rota.

— …Não é isso, pai. — Balancei minha cabeça lentamente — Eu só fiquei muito surpresa naquele dia. Ele é apenas alguém que me ajudou em uma emergência no passado, não é alguém importante.

— Eu sei que isso não é verdade.

Ele estava errado, tudo o que disse era verdade, mas talvez por ter insistido tanto sobre Eckles, o duque não acreditou em mim.

— …Mas, e Ivonne? — questionei, rouca. — Ela não tinha dito que queria tê-lo por perto?

O duque pareceu embaraçado com minhas palavras e respondeu calmamente:

— Como você já sabe, teremos que morar na mesma casa por enquanto, então, assim como você disse, será bom se vocês puderem manter um bom relacionamento entre irmãs.

— Eu não sabia que já estava decidido que nós somos irmãs.

— …Penelope — ele me chamou carinhosamente como se desse uma bronquinha.

Se você parar para pensar, Ivonne era a irmã mais velha. Assim que a garota voltou, eu tive uma epifania ao me lembrar de alguns detalhes que foram revelados no modo normal, como sua cerimônia de maioridade feita às pressas.

"Ele mudou de ideia de novo", percebi novamente a mudança de atitude no comportamento do duque em relação a três dias atrás. "Naquela ocasião, ele tinha me dado quase certeza de que Eckles ficaria com Ivonne", enquanto tentava entender quais eram as vontades e sentimentos genuínos do duque, notei que tudo aquilo não fazia mais sentido. "...Afinal, qual o ponto de remoer essas coisas agora?" Depois de perder tantas oportunidades, agora já estava chegando ao fim do modo difícil.

— Duque — proferi o título que havia deixado de usar há muito tempo. As pupilas do homem em minha frente se dilataram de surpresa ao me ouvir chamando-o dessa maneira, e eu continuei calmamente: — Não se preocupe muito comigo.

— Penelope.

— Eu passei seis anos na mansão do duque no lugar de Ivonne e recebi uma ótima educação e vários benefícios. Eu aprendi muito, e por isso sei que saber quando se deve partir também é uma virtude nobre.

— Do que... do que você está falando? "No lugar de"?

— Eu não quero que o ducado nem que a família inteira seja alvo de piadas e fofocas por minha causa. É por isso que eu quero ir embora sem fazer alarde.

— I-ir embora?! V-você não pode...! — gaguejou ele atônito e soltou sua fúria em um rugido. — Por que você continua falando essas coisas? Onde você pensa que vai? Uma moça jovem que nem tem um marido!

— Sua filha voltou.

— Haa... — suspirando, ele levou sua mão até as têmporas e as esfregou. Seus olhos eram tão vagos que eu não consegui entender. — Do que diabos você está falando, Penelope? Você também é minha filha.

— Ainda dá tempo, duque. Por favor, cancele a cerimônia de maioridade.

— Penelope Eckhart! — Ele voltou a gritar. Eu não dizia isso só para evitar a cerimônia. Não, já era tarde demais para isso. Isso se tratava mais de um conselho para o duque, que tinha chamado vários membros da aristocracia, tanto do Império quanto estrangeiros.

— Se você está preocupado em como sua reputação ficará por causa disso, apenas adie o evento e faça a cerimônia de maioridade de Ivonne no lugar.

— Eu não estou insistindo na cerimônia apenas por causa da minha reputação!

Sua voz raivosa reverberou novamente no cômodo e então ele se calou. Me encarando firmemente, ele logo relaxou seus olhos e, depois de alguns segundos, conversou comigo como se eu ainda fosse uma criança de dez anos:

— ...Eu só queria fazer que a sua única cerimônia de debutante fosse a melhor de todas. — Quando ele abriu a boca, entendi por que não queria cancelá-la de jeito algum. — Para você ficar feliz. Eu quero que você me perdoe, ainda que saiba que é um pouco tarde... — Com suas palavras, meu rosto incontrolavelmente se distorceu novamente. — Ivonne... sim.

— ...

— Fiquei tão feliz quando aquele garoto trouxe de volta a criança que eu achei que já havia morrido. Sabe, eu me sinto muito mal só de pensar em todas as coisas horríveis que ela deve ter passado e quão difícil não deve ter sido para ela, e além disso eu também me sinto muito mal por estar fazendo esse banquete sem a sua aprovação, com você tendo me dito para cancelá-lo mais de uma vez.

— ...

— ...Mas você também é minha filha, Penelope. Desde que a trouxe para esta casa, não houve um único dia em que eu não pensei em você como tal.

Minha visão começou a ficar turva. Pela primeira vez era difícil para mim dizer coisas duras e injustas.

— ...Então por que você não atende meu pedido?

— Eu estou cometendo um erro novamente? — questionou ele com um tom cansado. — Não posso esconder Ivonne e fazer sua cerimônia a mais glamurosa e espetacular de todas?

— ...Duque.

— Me desculpe por não ter feito o que você me pediu. Mas há convidados que já tinham chegado de muito longe, então como eu poderia cancelar tão em cima da hora? — gentilmente ele me explicou o seu motivo de recusar tanto as minhas preces. — Eu prometo que apenas tornaremos o retorno de Ivonne algo público depois que sua cerimônia tiver acabado e alguns meses passado. Então, por que você não se preocupa apenas em ter um bom dia e aproveitar sua festa...? — O duque parou de balbuciar e voltou a falar firmemente: — Penelope.

Seus olhos azuis se arregalaram e – ***vomp*** – ele empurrou sua cadeira, se levantando abruptamente.

— Q-querida... o-o que há de errado? O que aconteceu?

Seus dedos se esticaram em minha direção. Uma sensação morna tocou gentilmente abaixo dos meus olhos. Foi só então que eu percebi que estava chorando.

— Hoje é um dia tão feliz, tão único. Por que você está chorando?

— ...

— Oh, meu amor, é tudo culpa minha. Não chore, ok? — O duque, que não tinha ideia de como proceder comigo aos prantos, me abraçou e me confortou.

Eu não sabia por que continuava chorando ininterruptamente, nada daquilo era tão triste assim. Ele era apenas um personagem de um jogo. Contudo, apesar de tudo, mesmo tendo negligenciado a Penelope por tantos anos e ter me feito passar por situações tão miseráveis quando possuí esse corpo, naquele momento ele realmente se pareceu com um pai.

— ...Pai.

— Sim, me conte. Você pode me falar tudo o que quiser.

"Adeus", murmurei uma despedida indizível para o duque.

— Você poderia vir se despedir de mim na manhã da cerimônia?

— Despedir?

— Sim... Se despedir da sua filha caçula e imatura.

E assim completei minha despedida do duque, que não pôde ser feita em voz alta.

— Está na hora de ir, senhorita. — Pouco depois que o duque saiu, Emily veio me buscar.

— Certo. — Assenti e lentamente me levantei.

Segui Emily escada abaixo, e o ambiente estava mais quieto do que eu pensava. O local que foi decorado para a cerimônia de maioridade foi o quintal, não o salão de banquetes dentro da mansão ou o jardim da frente. Isso foi feito de acordo com a vontade do duque. Como eu costumava passar boa parte do meu tempo lá, senti como se não fosse nada de mais.

Depois de suprimir meu estômago embrulhado novamente, caminhei sem pressa pela porta dos fundos que estava aberta. O sol brilhava ofuscantemente lá fora, iluminando o local que tinha sido interditado por dois dias devido aos preparativos para a festa e sido transformado em um ambiente totalmente diferente.

As cortinas e tendas brancas bordadas com fios esplêndidos de ouro, o pedestal e as numerosas mesas decoradas generosamente com flores, cristais e várias joias. Além disso, ocupando o centro do jardim, uma enorme fonte, que definitivamente não estava ali até poucos dias atrás, jorrava água majestosamente. Como se para dar um toque final na decoração, flores cor de ameixa caíam delicadamente pelo ar.

— Não é fantasia, mas mágica de verdade, senhorita! — sussurrou Emily alegremente. — O duque contratou um grande número de magos para a festa de hoje.

Ao ouvir essas palavras, eu entendi um pouco melhor o porquê do duque ter falado com tanta convicção que o evento não podia ser desmarcado. A cerimônia era o ápice do luxo e parecia ter sido regada com toneladas de dinheiro.

— Está tudo tão lindo, senhorita… — murmurou a garota enquanto olhava para o céu. Seus olhos cintilavam como se ela estivesse em um sonho.

Eu estendi meu braço e uma pétala que caía graciosamente pousou na palma da minha mão. Naquele momento, não consegui evitar que meu rosto ficasse nebuloso. A identidade das pétalas rosa-carmim que flutuavam eram as rosas Alnwick que eu tinha elogiado na frente do duque apenas para evitar discutir com Reynold. Eu as encarava de queixo caído quando, de repente, alguém agarrou minha mão que estava esticada no ar.

— O que você está fazendo parada aí que nem uma idiota?

Olhei para cima e vi cabelos rosa muito familiares.

— O que foi? — questionei, fazendo uma careta.

— Nenhum cavaleiro disse que lhe acompanharia até a cerimônia, né? Ugh, o que você teria feito sem mim?

— Não precisa, eu posso ir sozinha. E já lhe disse para não falar comigo por um tempo — disse rispidamente ao dar um tapa em sua mão e a afastei.

— Ei, ei! — Reynold rapidamente agarrou minha mão novamente.

— Me solte, você não ouviu o que eu acabei de dizer?

— O-o que acontecerá com o prestígio dos Eckhart se você for sozinha assim? Você tem dois irmãos mais velhos, se nenhum deles te acompanhar, depois vão ficar apontando os dedos e fofocando.

— E daí?

Enquanto eu contorcia os braços sem parar, Reynold procurou uma desculpa:

— Pai! Sim, foi o pai que disse para eu cuidar de você e prevenir que algo de ruim aconteça. Ei, você, diga, não foram ordens do meu pai? Ele não ordenou que eu fizesse isso? — O de cabelos rosa se virou para a empregada.

— I-isso mesmo, senhorita! Eu também ouvi! O jovem mestre irá acompanhá-la até a cerimônia... — Assustada, Emily assentiu.

—Viu só, ela também ouviu!

Claramente aquela era uma mentira improvisada. Suspirei discretamente e tirei as forças dos meus braços. Eu não queria lidar com Reynold, mas achei que a atenção de todos seria atraída se continuássemos discutindo assim. O rapaz que assumiu que eu não tinha acompanhante veio atrás de mim e rapidamente me alcançou. Sem dizer uma palavra, eu também não queria ver seu sorriso e fixei meu olhar no que estava em minha frente.

Havia uma boa distância até o palco que tinha sido posicionado além da fonte. Enquanto descia o tapete vermelho com Reynold, que segurava minha cintura e minhas mãos como um cavalheiro, ouvi alguns sussurros:

— Parece que os rumores de que a filha queridinha do duque amadureceu eram verdadeiros.

— Bem, apesar de ela ter sido violenta até agora...

— Não é seu próprio irmão que está a escoltando...? A propósito, o que é toda esta decoração? Céus, tudo parece tão caro.

Escutando os cochichos, uma luz brilhou em frente aos meus olhos.

> <Sistema>
> **Melhora nas relações com as pessoas do ducado!**
> **Seus pontos de reputação aumentaram em +100.**
> **(Total: 460)**

Li a notificação da ascensão da reputação no último dia do modo difícil com um olhar frio. Depois de muitas reviravoltas, finalmente cheguei onde estava hoje.

Reynold ergueu mais nossas mãos entrelaçadas como se gostasse da conversa dos figurantes e não saiu do meu lado mesmo depois de completar sua "missão". Se continuasse prestando atenção, seria a única a ficar estressada, então foquei em assistir à fonte esguichar água, porém o sentimento repugnante de medo não me deixava em paz.

— ...Você ainda está chateada com aquele d–...?

— Não — respondi imediatamente antes que ele pudesse terminar suas palavras. Reynold soltou um "huh" e riu de mim com sarcasmo.

— Fingindo me ouvir e fingindo me responder, hein?

— Não estou fingindo, eu te ouvi.

—Você com certeza ainda está chateada.

Tentei ignorá-lo, mas palavras de ódio escalavam minha garganta e fizeram meus olhos estremecerem.

— Por que você acha que eu estou chateada? Eu realmente não me importo com isso.

— O jeito que você está falando é o mesmo de quando está prestes a gritar.

— Me desculpe se não pude corresponder às suas expectativas, mas é uma perda de tempo gastar esses sentimentos com você.

— Ah, nosso bebezinho. Ela está até fazendo biquinho — sussurrou ele, beliscando minha bochecha de leve.

Eu apertei sua mão e gritei em choque:

—Você está louco?!

— Olha só, eu te peguei.

— Haa… — respirei fundo e fixei meu olhar na fonte novamente. Mesmo que a cerimônia nem tivesse começado, parecia que muito tempo já tinha se passado e, pelo bem da minha saúde mental, decidi simplesmente ignorar o mais novo dos irmãos.

— …Desculpe, entendi errado.

Ouvi um pedido de desculpas baixinho. Estranhando, eu me voltei para o rapaz, mas dessa vez, ele não me olhou de volta.

— Não foi de propósito.Você sabe disso. Às vezes eu soo como um completo idiota. — Fiquei genuinamente surpresa que ele soubesse disso.

— É, você sempre age como se estivesse ansioso por uma briga.

— Não é minha culpa se você também é volátil como álcool — provocou ele, depois franziu a testa e murmurou: — Na verdade, pensando bem, nem sei por que fiz aquilo aquele dia… droga, deve ter sido por causa daquele sonho estranho.

— …Sonho? Que sonho?

— Ah, eu sonhei com aquela cena no dia anterior, mas você batia na menina. Aí achei que a mesma coisa estava acontecendo, sabe, como se fosse um déjà-vu. — Reynold inclinou a cabeça e voltou para o assunto principal: — Então, só aja que nem sempre, certo? No fim das contas, não é como se você estivesse fazendo um joguinho, né?

De repente, senti meus cabelos arrepiando. Parecia que ele sabia vagamente o que estava acontecendo e ficou claro que Ivonne estava tentando fazer uma lavagem cerebral não só no duque como em Reynold também. Coloquei minhas mãos trêmulas atrás das costas e abri a boca:

—Você não está triste?

— Com o quê?

— Por causa da minha cerimônia de maioridade, a garota que pode ser sua irmã de verdade tem que continuar se escondendo.

— Do que você está falando? Ainda não temos certeza da identidade dela. Se o pai não pode dizer se ela é ou não de verdade, então não há por que sentir pena dela — Reynold deu de ombros.

Livre da influência da lavagem cerebral, o rapaz parecia não ser muito sensível ao tópico. Um pouco atordoada, eu sentia que era a única que mantinha minhas guardas e estava nervosa. De qualquer forma, a família do duque já havia lidado com inúmeras farsas em busca de recompensa. Se isso fosse verdade, então isso seria apenas natural...

Vomp – Minhas considerações sobre o caso foram cessadas pelo comportamento estranho de Reynold. De repente, ele se inclinou e puxou algo que estava enrolado no pano que cobria o palco.

— Aqui, pegue.

O que ele me deu foi uma caixa de madeira bem grande.

— O que é isto?

Olhei para ele sem saber o que estava acontecendo. Então ele forçou a caixa em minhas mãos. Assim, abri a tampa sem hesitar. Ao checar seu conteúdo, meus olhos se arregalaram aos pouco; quatro bolinhas brancas do tamanho da palma de uma mão parecidas com algodão estavam amontoadas e adormecidas.

— São...

Eram coelhinhos: um branco, um cinza, um preto e o último tinha uma mancha verde em um fundo incomumente azul-celeste.

— ...coelhos?

— São os coelhos que você me disse para soltar, eles tiveram um monte de filhotes. Eu os achei perto do campo de treinamento. Eles já têm três meses.

— Ah!

Já tinha me esquecido completamente. Depois da competição de caça, o rapaz me perguntou insistentemente o que eu queria e, para me livrar dele, respondi "coelhos" sem pensar muito. Quando fiz um barulho estúpido, Reynold franziu a testa com raiva.

—Você nem olhou para eles direito, não é?

Não só não tinha os olhado, como tampouco sabia que Reynold estava cuidando deles. Olhando perplexa para a caixa, o rapaz apontou para um dos filhotes e disse:

— Este é o meu presente.

Era o coelho estranho com um fundo azul-celeste e um ponto verde. Olhando fixamente para ele, Reynold explicou silenciosamente:

— Comprei um coelho verde do sul por um preço alto e combinei com azul-celeste, mas nenhum dos que nasceram tinham a cor dos seus olhos.

— E desde quando eles funcionam como tinta? Você achou que ao "misturar" eles, sairia algum da cor desejada?

— Eu não posso falar mais nada também, por acaso pareço um idiota ou o quê? — caçoando dele, ele gritou com raiva de volta. No entanto, seu rosto ficou vermelho, talvez porque acertei em cheio qual tinha sido sua intenção. — Mas quando ele corre, ele parece turquesa! Então, no fim das contas, eu consegui! — depois de resmungar por um tempo, ele gritou, entretanto com medo de que os coelhos acordassem, ele rapidamente olhou dentro da caixa e fechou cuidadosamente a tampa se mantendo em silêncio.

— Cuide bem deles. Agora você é a mãe.

— E mãe de verdade deles? Onde está?

— Eles ou foram abandonados por serem fracos ou seus pais morreram. Se os deixasse à solta e sozinhos, todos morreriam de fome.

A última observação me deixou séria. Chamei Emily, que estava esperando, e estendi a caixa. Infelizmente, não podia cumprir com a promessa de Reynold de cuidar bem dos coelhinhos, mas diferentemente do pássaro raro de Derrick, eu não podia recusá-los friamente, isso porque eles eram recém-nascidos e fracos; além de sentir que não deveria virá-lhes as costas depois de Reynold ter cuidado deles com tanta ansiedade.

— ...Obrigada pelo presente, irmão — sussurrei tardiamente e, com isso, o rapaz sorriu radiantemente.

— Feliz aniversário, Penelope.

Sua barra indicadora de afinidade rosa-clara brilhou sobre sua cabeça. Ao olhar para ele de forma estranha, uma parte do salão ficou barulhenta. Reynold, que virou a cabeça para ver do que se tratava, disse com uma careta:

— Ei, o vovô chegou. Acho que ele está prestes a começar a reclamar...

Como membro sênior da família Eckhart, ele havia ido fazer o discurso da cerimônia. Apesar de não ter aparecido no jogo, o mordomo tinha me falado disso com antecedência e por isso eu já estava ciente de sua presença.

— Vou buscar o pai, fique sozinha só por um segundo, eu já volto. — Por ser um membro da família, Reynold também estava ocupado com o evento. — Mas onde diabos ele está? Por que eu deveria fazer o que ele tem que fazer? — Ele foi embora resmungando.

Quando virei minha cabeça para outra direção, minhas bochechas de repente começaram a queimar. Ao mover meus olhos inadvertidamente pelos convidados, meus olhos se encontraram com os de alguém. No meio dos assentos que ainda não estavam completamente ocupados, uma barra roxa de afinidade piscava solitariamente em uma das mesas. Era Winter Verdandi.

Uma frieza pairava sobre seu rosto nu sem máscara, que aliás eu não via há muito tempo. A cautelosa íris azul parecia ter voltado aos primeiros dias quando invadi seu esconderijo secreto. "Bem, isso não é bom o bastante?", suportei seu olhar frio em silêncio. Ele era um ótimo informante, então certamente já devia saber que Ivonne estava de volta em algum lugar da mansão do duque.

Winter era originalmente um personagem que era tão devotado a ela a ponto de trazer a heroína no dia da cerimônia de maioridade de Penelope. O que será que ele estava pensando agora quando me viu forçando um pedido, chantageando-o com os erros que cometeu em Tratan? Foi então que seu olhar frio, que estava pregado em mim, deslizou. Ele olhava para o vestido, não para o meu rosto.

"Merda", quando baixei o olhar, percebi o que ele estava olhando e soltei um pequeno xingamento. Eu tinha esquecido de guardar o colar por causa da conversa com o duque. Era um acessório que não combinava com a roupa perfeitamente chique. "O que eu faço? Devo tirá-lo agora?" Claro que nada aconteceria, afinal tinha deixado a garrafa no quarto. Olhei para a conta de mármore brilhante em meu pescoço e estava em conflito sobre como deveria proceder quando, de repente, uma sombra me cobriu.

— Princesa. — A voz familiar fez com que eu lentamente levantasse minha cabeça. O homem loiro iluminado pelo sol estava parado em minha frente.

— ...Vossa Alteza.

Segurei minha risada ao ver a figura em minha frente mesmo depois de ter lhe dito para não vir. De fato, não tinha o que eu pudesse fazer com o homem teimoso que estava parado tão confiante com sua capa vermelha flutuando no ar.

— Saudações ao pequeno sol do Império. — Abaixei a cabeça em silêncio, cumprimentando-o.

O príncipe herdeiro, que não respondeu minha saudação, falou depois de um tempo:

— ...Olhe para cima. — Com isso, levantei minha cabeça e o encarei.

— Eu disse para você fingir não me conhecer, mas você está fazendo o contrário de novo.

— É lindo.

Sua resposta não-condizente tornou minha expressão azeda. Um dos motivos de ter concordado em usar o vestido era por achar que ele não iria, mas com a presença de quem me presenteara com o vestido, fiquei constrangida. Mesmo que eu não conseguisse fazer contato visual e não soubesse o que fazer, o príncipe herdeiro continuou sem se importar:

— Muito mais do que eu imaginei.

— ...

— Pensei que só eu pensava assim... mas ao olhar em volta, percebi que todos os outros rapazes estavam te olhando também — ele me fitou com um rosto inexpressivo e disse sem rodeios.

Fiquei surpresa ao ver o príncipe dizendo coisas tão estranhas. Era a primeira vez que ouvia um elogio tão esquisito, então ri novamente. Calmamente resolvi aceitar seus presentes e elogios:

— Estou lisonjeada.

— Eu não estou brincando, princesa. — Abaixando a cabeça ligeiramente em minha direção, o príncipe sussurrou baixinho: — Eu mal estou me segurando. No fundo, se pudesse, arrancaria os olhos de todos esses desgraçados que estão te secando.

Em resposta a sua piada brutal, franzi o cenho.

— Pois então continue assim até a cerimônia acabar.

— É isso que a protagonista do dia vai me dizer?

— Ou... você pode levá-los para algum lugar onde eu não veja. — Só então Callisto relaxou sua expressão severamente rígida e riu.

— ...Sim, afinal a princesa não gosta de coisas cruéis — ele balançou a cabeça fazendo uma observação. — Você recebeu os meus presentes?

— Sim, são tantos que nem sei se conseguirei usar todos, mas... de qualquer forma, obrigada, Vossa Alteza.

— Não sinta muita pressão, eu os escolhi especialmente para você.

Quando o mordomo entregou a mensagem anteontem, eu pensei que ele talvez só estivesse exagerando, mas foi realmente o que ele disse. Eu não podia acreditar em seu blefe e abri minha boca:

— Sempre que vem ao ducado, você luta uma guerra para ter tantas coisas assim?

— Bem, há um lugar que você queira ter? Se for o caso, apenas me diga e você o terá, contudo eu não sabia que você era tão beligerante.

— Não, na verdade não há. — Callisto riu brevemente com a minha resposta mais uma vez. Então, de repente, seus olhos ficaram presos ao ver algo em meu colo.

— A propósito, você não estava usando isso em Soleil?

— O quê? Isto… — Seguindo seu olhar, abaixei minha cabeça e encontrei o colar mágico antigo que há pouco me preocupava. — É.

— Que estranho… — Em outras palavras, aquilo não combinava nem com o vestido nem com a ocasião. — Por que você gosta tanto disso? É um ultraje você usar tal coisa com um presente do príncipe herdeiro, oras! — acrescentou ele com uma voz desagradável.

Entendendo seu descontentamento, eu respondi gentilmente com uma boa desculpa:

— É um presente de William.

— William? Quem é esse?

— Você o conheceu, sabe? O mago estrangeiro que estava conosco na caverna. O que usava uma máscara.

— Ah, o homem descalço que estava possuído por espíritos malignos!

Tendo deliberadamente se esquecido da maior parte dos detalhes, depois de ficar em silêncio por alguns instantes, ele exclamou, indicando que se recordava do outro homem, porém a única coisa de que se lembrava eram da história dos espíritos malignos e seus pés descalços. Senti um pouco de pena de Winter logo atrás dele e apenas ri sem jeito.

— Por que você está o usando? — perguntou o príncipe herdeiro de repente, abrindo os olhos.

— Ele protege aquele que o usa.

— Como?

— Aparentemente, a cor da pedra no centro muda quando há um perigo ao seu redor… Deve ser como um amuleto no país dele. — Para ser precisa, era para detectar uma mudança no ambiente causada por veneno ou magia, mas ilustrei grosseiramente.

— Você me deu um presente parecido com esse.

Só então o príncipe herdeiro parou de fazer perguntas obsessivas e comentários sarcásticos. Eu estava um pouco curiosa sobre o que era “parecido” para ele, mas optei por tirar rapidamente o colar em vez de questioná-lo.

— Não o tire. — No momento em que peguei o cordão de prata, Callisto me parou.

— Por quê?

— Em um dia como hoje, várias pessoas com intenções diferentes aparecerão. Não dá para se saber o que pode acontecer.

— Mas você disse que era um ultraje usá-lo com o seu presente.

— Ainda assim, ele tem uma habilidade mágica confiável — respondeu o loiro, dando de ombros de modo animado.

Quando ele disse isso, fiquei envergonhada por estar prestes a tirá-lo às pressas. Sua mão que segurava o cordão de prata estava relaxada e houve um breve silêncio entre nós. Na verdade, eu senti isso desde o início. Assim como eu, ele estava se esforçando o máximo possível para não discutirmos hoje. Era surpreendente que nós, que nos separamos há dois dias como se nunca mais fôssemos nos ver, estarmos conversando tão casualmente assim.

"...É o bastante", pensei. Aparentemente, isso era o suficiente para que não me restassem arrependimentos.

— ...Alteza. — Olhei ao redor por um momento, e lentamente abri minha boca: — ...As pessoas estão nos observando.

A saudação aos nobres na cerimônia de maioridade foi adiada por algum tempo e já havia muitos olhares espiando na direção em que estávamos.

— Já está...

— ...Estranho. — Prestes a dizer algo para encerrar a conversa, Callisto me interrompeu abruptamente. — Até ontem, você estava me enlouquecendo por ser tão malvada e rude.

— ...

— Mesmo até hoje de manhã, fiquei pensando se deveria ou não vir. — Apesar de suas preocupações, Callisto riu como se estivesse rindo de si mesmo. — Mas no momento em que te vi hoje... a luz iluminando seu cabelo...

— ...

— Eu não conseguia tirar meus olhos de você. — Por um momento, parei de respirar. Sem fazer contato visual comigo, e com os olhos abaixados, ele murmurou baixinho como se estivesse falando sozinho: — Pensei que obviamente era por causa da luz do sol…

— …

— Porém, mesmo que esteja perto, você continua assim, princesa. É ofuscante. — De repente, o príncipe franziu as sobrancelhas e me olhou enquanto lentamente estendia a mão para mim. A ponta dos dedos do homem tocou o cabelo fino que havia escapado de trás da minha orelha. — …Que estranho. Você está usando alguma magia de emissão de luz?

Ele inclinou a cabeça como se realmente não entendesse o que estava acontecendo. Eu o olhei acariciar meus cabelos com os olhos trêmulos. O príncipe herdeiro estava expressando os mesmos sentimentos que sempre senti quando o via – seu cabelo de fios de ouro sempre brilhava intensamente. Eu usava uma tiara, brincos e outros acessórios que poderiam refletir a luz do sol e lhe dar aquela impressão. No entanto, era como ele disse, quando eu o via, mesmo com a coroa, que eu nem notava, algo parecia estranho. Meu coração estava batendo incontrolavelmente… Não, eu já não aguentava mais essa tremulidade tão indefesa.

<Sistema>
Você gostaria de verificar a afinidade de {Callisto}?
[Quatro milhões de moedas de ouro] [Duzentos pontos de reputação]

"Só porque esta é a última vez", pensei e escolhi [Quatro milhões de moedas de ouro] com as mãos trêmulas.

<Sistema>
Verificando a afinidade de {Callisto} por [Quatro milhões de moedas de ouro].
(Fundos restantes: 999.999.999+ moedas de ouro)

Afinidade: 89%

Só então eu consegui expirar lentamente. Olhei para os números brilhantes acima da barra vermelha brilhante de afinidade. A sensação de vazio e decepção que senti da última vez parecia uma mentira. Fiquei realmente aliviada ao saber que ele ainda não me amava.

— ...Não é nada disso, Alteza. Deve ser por causa dos diamantes. — Desesperadamente tentando não desmanchar minha expressão facial, consegui erguer os lábios e sorrir. — Disseram que o diamante que você me deu é muito valioso.

— Sério?

— Sim.

— ...Entendi. — Callisto assentiu e gentilmente removeu a mão que estava tocando meu cabelo. — Se você diz, então deve ser isso.

Sua mão se afastou, e aquele momento pareceu uma eternidade. Quando nossos olhos se encontraram...

— Ora, é a Sua Alteza, o príncipe herdeiro.

De repente, a voz de alguém nos interrompeu. O rapaz loiro virou a cabeça para o duque e Reynold, que tinham voltado depois de buscar o avô.

— Como está o pequeno sol do Império?

O tempo, que parecia ter parado há alguns instantes, voltou a passar.

— Levante-se, por favor. — O príncipe herdeiro deu sua permissão gentilmente e, depois de me olhar com um rosto inexpressivo pela última vez, ele forçou um sorriso por educação. — Quanto tempo, duque.

— É uma honra infinita para nós que você tenha vindo participar enquanto está em uma época tão ocupada.

— O duque é líder de uma família de prestígio que será de grande ajuda para mim no futuro, então é claro que eu arrumaria tempo para vir — disse o príncipe herdeiro, levantando o queixo orgulhosamente.

As sobrancelhas do duque se contraíram em desagrado.

— Gostaria de conversar mais, mas infelizmente a cerimônia deve começar agora, Vossa Alteza.

— Ah, de fato. Sim, a cerimônia de maioridade da princesa não pode ser adiada. — Callisto logo virou a cabeça para mim e me cumprimentou casualmente. — Feliz aniversário, princesa.

— Obrigada — respondi olhando para baixo.

Callisto se virou e foi para o lugar que lhe foi designado, mas eu não olhei sua capa esvoaçante se afastando. Quando ergui os olhos novamente, ele já estava sentado em uma grande mesa preparada para vários nobres.

— Agora, vamos começar a celebração.

Com a voz solene do duque, a cerimônia finalmente começou. A cerimônia de maioridade da cadela louca foi realizada por uma família tão poderosa cuja influência era alta o suficiente para derrubar até uma montanha com uma simples ordem. A família do duque, inclusive eu, estava lado a lado atrás do pódio.

— Parabéns pela cerimônia de maioridade de Penelope Eckhart, a única filha da família Eckhart. Como uma nobre honrada e uma cidadã leal do Grande Império Eorka, deixe seu sobrenome e nome serem conhecidos pelo mundo ao longo de sua vida…

Em nome do imperador, que não pôde vir pessoalmente por motivo de doença, seu servo direto leu o decreto. O discurso chato foi repetido mais umas vezes. Segundo a ordem da cerimônia, a próxima etapa eram as felicitações dos membros mais velhos da família.

— Mesmo que no começo fosse apenas uma pequena criatura lutando para sair do casulo, agora que atingiu a maioridade, você tirou sua camada antiga e se tornou um membro valioso da família Eckhart…

Ele falou de um jeito muito elegante e demorado, mas basicamente o que queria dizer era que agora que tinha me tornado uma adulta, eu não podia mais correr levianamente por aí fazendo o que quisesse. Quando olhei para o lado, Reynold apontou para o velho e pareceu mexer os lábios dizendo: "As reclamações estão prestes a começar". A fala do senhorzinho, que parecia ser muito dura comigo, continuou como se nunca fosse acabar.

— ...Portanto, reconheço e declaro formalmente que Penelope Eckhart atingiu a maioridade.

Paf – Finalmente, o avô terminou seu discurso e fechou cuidadosamente a pasta de veludo que estava segurando. Com isso, os convidados ovacionaram a cerimônia. Contudo, eu apenas escutei em silêncio, sem sorrir ou ter qualquer tipo de reação. Isso porque essa era a única coisa que poderia fazer enquanto recebia a cerimônia de maioridade sem ser sua verdadeira dona.

— Mordomo... — À medida que os aplausos diminuíram gradualmente, o duque piscou para o mordomo, que estava encarregado da cerimônia.

Pennel imediatamente se moveu e trouxe uma bandeja preparada com antecedência. Aquele era o último passo. Compartilhar um tipo de licor com familiares imediatos como sinal de celebração e respeito. Claro, esse não era o fim da festa, e depois haveria uma recepção. De qualquer forma, deixei isso de lado por um momento porque estava ansiosa para terminar isso rápido e em segurança.

— A propósito, onde diabos está Derrick? — disse o duque a Reynold com uma voz cheia de raiva.

Foi só então que eu percebi que Derrick não estava presente durante a cerimônia inteira.

— Ah, eu procurei ele um tempo atrás, mas não o encontrei. Devo ir buscá-lo, pai? — Reynold olhou ao redor do jardim e franziu a testa.

— Vá log-...

Antes que pudesse terminar de dar sua permissão, o mordomo chegou. O duque rapidamente fechou a boca e fez uma cara amigável novamente. Na bandeja trazida pelo mordomo, uma garrafa de licor e quatro taças de ouro foram colocadas lado a lado.

— Mordomo, vá encontrar Derrick e traga-o para cá — pediu o líder da família em voz baixa para o homem que entregava as taças, depois, se desculpou com os convidados. — Por favor, esperem um momento.

A cerimônia parou. Fiquei surpresa ao ver que não era Reynold, mas Derrick, sempre tão meticuloso, que tinha causado um problema. Nessa mesma hora, eu olhei com mais atenção para as taças que a empregada, que passou a fazer essa tarefa no lugar do mordomo, colocava em cima da mesa. ***Clink*** – um copo de ouro mal-acabado estava na minha frente. Era um copo sem graça e sem nenhum nome gravado nele, bem diferente das taças chiques e bonitas do duque e seus dois filhos que, além de seus nomes escritos em uma bela caligrafia, ainda tinham o brasão da família.

Esses copos de ouro eram usados apenas em ocasiões especiais, tal qual as cerimônias de maioridade, então eles não eram novos, mas de muito tempo atrás. Eles simbolizavam o laço familiar e o carinho que se tinha pelo "protagonista" do dia. Portanto, nesse mundo era um costume dar uma taça de ouro com o nome gravado de presente quando um bebê nascia, em vez de uma pulseira de ouro.

Fazia poucos dias que Emily tinha me contado que Penelope também tinha um copo. Quando a garotinha veio para a mansão com o duque, a cerimônia de maioridade de Derrick estava se aproximando, então, como não tinham tempo o suficiente, minha taça acabou ficando sem meu nome gravado nela. Contudo, até a cerimônia de Reynold muitos anos se passaram e até a minha mais ainda, porém minha taça continuava esquecida e sem um nome nela. Eu encarava os recipientes dourados com apatia e os nobres ficavam cada vez mais agitados com a celebração que tinha sido pausada. O mordomo, que tinha ido atrás de Derrick, ainda não tinha retornado.

— Penelope. — Não era possível esperar mais, e o duque não tinha escolha senão pegar a garrafa sem hesitar. — Levante seu copo.

Fiz como me foi orientado sem dizer nem uma palavra sequer. A cerimônia continuou. ***Gulp*** – um líquido vermelho-sangue foi despejado dentro do copo de ouro e então o duque me passou a garrafa enquanto cochichava algo para mim:

— Essa bebida é muito forte, apenas finja que bebe e a derrame no chão.

Fiquei contente em saber que podia fazer isso, afinal eu realmente não queria bebê-la. Virei a garrafa no copo do duque e assenti de leve. Logo depois – ***clink*** – nós batemos as taças umas nas outras enquanto brindávamos.

— À Penelope! — gritou o homem contente e derramou o líquido em sua boca. Novamente os convidados começaram a aplaudir e, assim como o duque tinha orientado, eu fingi beber o licor, mas joguei-o no chão.

O processo feito com o duque foi repetido novamente, mas dessa vez com Reynold. Derrubar o licor tinha ficado mais fácil e natural nessa oportunidade. Depois que terminamos, o duque abriu sua boca, inquieto:

— Infelizmente, meu filho mais velho, Derrick, tinha algo para fazer e não pôde…

— Desculpe pelo atraso. — O duque foi interrompido por alguém que subia solenemente no palco.

Os olhos de todos se voltaram para a figura discreta, mas a primeira coisa que me chamou a atenção foi a cara atordoada do mordomo. Se aproximando, o rapaz alto chegou perto de nós. Como sempre, sua expressão era fria ao me encarar e eu o observei um pouco surpresa e hesitante.

"A barra de afinidade…", sobre sua cabeça, a barra que até pouco tempo era laranja, mudara de cor. Agora ela estava amarela. Meus olhos ficaram arregalados. Eu estava tão distraída com a mudança de cor da sua afinidade que não percebi. Eu não percebi a pequena silhueta atrás dele.

— Quem é essa moça?

— É a amante secreta do jovem mestre? Mas que diabos…?

Os sussurros começaram a se espalhar por todo o salão. Foi o duque e não eu quem reconheceu a garota primeiro.

— Derrick, você… você…! — O patriarca não conseguia falar e encarava a mão de seu filho mais velho que estava agarrado a um pulso finíssimo.

Vendo seu pai atônito, Derrick disse calmamente:

— Esta é uma ocasião em que todos os membros imediatos da família deveriam comparecer. Eu me atrasei ao ir buscar Ivonne.

— P-pai… — Um corpo pequeno e trêmulo emergiu das costas do rapaz alto. Era a protagonista.

Ivonne lentamente levantou sua cabeça e olhou para mim enquanto seus ombros chacoalhavam, então ela abaixou a cabeça novamente com medo. Parecia que ela tinha sido forçada a se esconder por causa dos caprichos e influência da "falsa senhorita", mas então seu heroico irmão mais velho tinha trazido a coitadinha para lá.

— Ela disse… "pai"?

— Bem, então quer dizer que essa garota…

Mais e mais sussurros começavam e logo se tornaram um grande burburinho. Eu assistia a cerimônia, que tinha se tornado uma bagunça, com frieza.

— Derrick Eckhart! O que diabos você… O que você pensa que está fazendo?! — Sem conseguir se conter mais, o duque urrou com raiva enquanto seu corpo inteiro tremia.

— Não importa o quanto eu pense nisso, eu não consigo entender, pai. — Derrick falava com convicção de que estava fazendo a coisa certa. — Por que deveríamos adiar o anúncio de que Ivonne voltou por causa da cerimônia de maioridade de Penelope? Por que temos que esconder sua presença?

—Você, seu…! Seu…! Como você se atreve?!

— Como a maior parte dos convidados que são membros da nobreza já estão presentes, assim como os empregados da casa, é melhor que aproveitemos essa situação para anunciar… — Seus olhos que até agora estavam voltado para o duque, foram em direção aos convidados. — … que a senhorita Eckhart, que se perdeu quando criança, está de volta.

Nesse momento, nossos olhos se encontraram. Tudo aconteceu de um jeito menos surpreendente do que eu imaginava. Talvez fosse porque já suspeitava que isso aconteceria quando ouvi que eles estavam tomando chá mais cedo. Ao ver meus olhos apáticos, as íris de Derrick tremeram. Ele não gostou de ver que eu não tive nenhuma reação? Provavelmente era esse o caso, já que sua mandíbula fora tão pressionada que eu podia a ver claramente. Depois de olhá-lo, eu espiei o local da cerimônia.

"O que será que vai acontecer agora?" O ambiente que estava tão quieto há pouco, parecia uma feira agora. Ivonne se aproveitou da confusão e saiu de trás de Derrick, ficando ao lado do duque e o olhou com cara de coitadinha. Foi então que…

<Sistema>
O período do modo difícil acabou.

<Sistema>
Calculando afinidades.

<Sistema>
…

<Sistema>
…

<Sistema>
O cálculo das afinidades foi finalizado!

Meus olhos se iluminaram e…

<Sistema>
Você não conseguiu concluir o final com nenhum dos protagonistas.

A janela do sistema me avisou que eu tinha falhado em completar o jogo. Estava tudo bem, afinal já tinha me preparado para aquilo. Mas isso não era tudo…

<Sistema>
Como penalidade por não ter conseguido completar nenhuma rota…

"Penalidade?", minha mente ficou em branco com a novidade inesperada. "O quê? Que tipo de penalidade eu...", antes de compreender bem a situação, as palavras na janela do sistema trocaram rapidamente.

<Sistema>
A penalidade {diminuição da afinidade de todos os protagonistas} foi aplicada.
Eckles: ▼-20%
Derrick: ▼-20%
Reynold: ▼-10%
Winter: ▼-10%
Callisto: ▼-10%

Tudo colapsou em um piscar de olhos. Letras brancas com o símbolo de negativo em sua frente apareceram em todos os cantos do meu campo de visão. Em um instante, as pontuações que dei meu sangue, suor e lágrimas para conseguir tinham sido reduzidas.

<Sistema>
Fim do modo difícil.

— Há, há... há, há, há, há, há... — Meus olhos ficaram vermelhos. No meio de tanta tristeza, revolta e desespero, ao ver impotentemente meu castelinho de areia sendo desmanchado, eu ri.

— Ei, você... — Reynold me chamou ao ver minha figura grotesca rindo como uma louca varrida.

O burburinho foi diminuindo gradualmente sob minha risada macabra. O duque, que estava furioso e Derrick que estava em choque com a minha reação calma, olharam para mim surpresos.

Tudo estava acontecendo perfeitamente como o esperado. O modo difícil terminou com nada além de miséria, e eu ainda continuava nesse jogo. Eu continuava presa nesse jogo de merda. "...Está tudo bem", minha mão que segurava a taça tremia. "Mas não posso ficar aqui parada sem fazer nada", era cedo demais para ficar frustrada. Ainda havia um método que eu não tinha usado.

Nesse ritmo, eu viraria a "falsa senhorita" malvada que perseguia e maltratava a pobre e adorável protagonista, não? Claro que eu não ligava para isso se fosse embora desse maldito lugar, mas se acabasse sendo vista como uma vilã, assim como no cenário preestabelecido pelo modo normal, a morte me esperava. Sinceramente, me senti muito mal por mim mesma e por Penelope por ter que continuar me curvando e pedindo desculpas para poupar minha vida. Com os dentes cerrados, eu disse:

— O primogênito está certo.

Olhei para os convidados em volta com o queixo erguido, assim como Penelope, sempre arrogante e mandona. Então fixei meus olhos na garota magrela que tremia.

— Ivonne. — Andei até ela sem hesitar.

— Penelope...! — O duque voltou a si tardiamente e me chamou com urgência, mas já era tarde. Eu já tinha caminhado por todo o palco e chegado ao lado dela.

Sem me importar com o olhar perfurante de Derrick, peguei gentilmente na mão da menina.

— Senhoras e senhores, é com muita felicidade que digo que graças aos céus, minha única irmã finalmente voltou para casa.

Ivonne me olhou com os olhos arregalados. Não apenas ela, mas todos os protagonistas e os demais presentes. Eu sorria com todas as forças que me restavam.

— Meu pai queria anunciar o retorno de Ivonne, mas eu pedi para que ele o fizesse apenas na recepção, com medo que sua presença na cerimônia os deixasse confusos.

— ...

—Você disse que estávamos tentando escondê-la, mas acho que houve algum mal-entendido entre vocês, irmão. Não é mesmo, pai? — Olhei para o duque pedindo que ele concordasse comigo. — Hoje mesmo, quando o senhor veio me ver pela manhã, discutimos sobre isso.

Mentiras saíam livremente pelos meus lábios e, sem saber o que fazer, o duque hesitou. O homem abriu a boca para dizer algo, mas acabou fechando-a novamente. Assim como eu, ele sabia que esse era o único jeito de evitar um escândalo. O salão inteiro estava em silêncio e eu aproveitei para puxar a garota sem nem sequer olhar para Derrick, que devia estar com uma cara feia.

— Venha, Ivonne.

Um arrepio horroroso correu pelo meu corpo quando segurei sua mão terrivelmente gelada, mas não deixei que isso transparecesse. Levei-a para o outro lado do palco, onde estava parada antes, e a posicionei ao meu lado. Depois de tudo isso, coloquei meu copo na frente da protagonista, que parecia envergonhada. — Você derramaria um pouco de licor para mim? Nós somos família agora.

— Penelope!

O duque chamou-me com uma voz severa, mas eu pedi com uma voz manhosa e uma feição exageradamente amuada:

— Pai, é o meu aniversário...

— ...

O duque se calou e eu sorri com seu silêncio permissivo. Alguns instantes depois ele chamou o mordomo e pediu para que ele trouxesse outra taça. A atmosfera tinha ficado tão estranha que parecia que as coisas tinham saído do trilho, mas, aos poucos, consegui reger tudo para que a cerimônia fosse completada de acordo com a minha vontade.

Pouco depois, sob as instruções do mordomo, uma empregada trouxe um copo a mais. Coincidentemente, era justamente a empregada temporária de Ivonne. Ao lado do meu copo sem graça, outro copo sem graça foi colocado. Imediatamente peguei a garrafa e entreguei para a garota de cabelos rosa-claros.

— Você colocará um pouco de licor para mim? — perguntei e, os olhos de Ivonne que chacoalhavam finalmente pararam e se encheram de alegria.

— E-então... — Ela pegou a garrafa e discretamente me olhou com olhos meio mortos para qual eu respondi estendendo uma das taças. —

O-obrigada, Penelope. E me desculpe por ter arruinado sua festa de debutante... — cochichou ela cuidadosamente enquanto me servia o licor.

— Não diga isso. O que você quer dizer com "arruinou"? —Tomei a garrafa sorrindo e passei a servir como uma irmã benevolente. —Você não precisa se desculpar por nada. Está tudo... — Naquele momento, – *jiiing* – senti uma leve vibração em meu peito. Olhei suavemente para baixo e parei tanto de falar quanto de servir a bebida.

Era o colar mágico antigo que o príncipe herdeiro me impediu de tirar. O branco reluzente da conta tinha mudado para amarelo. Eu levantei meus olhos em direção à Ivonne, meu rosto estava completamente rígido e petrificado. Não sabia se ela tinha percebido ou não por causa do sol que brilhava no jardim, mas ela estava me encarando por ter parado de lhe servir.

— O estranho é que ela me perguntou o caminho para as lojas de informantes do centro da cidade.

A voz de Emily ecoou em minha mente e me lembrei da garrafa com o líquido roxo na gaveta do meu quarto. O último recurso que eu ainda não tinha usado – escapar através da morte.

Com o final do modo difícil chegando, isso era tudo o que eu conseguia pensar para me tirar dali, mesmo que significasse que eu corria o risco de morrer de verdade. Para isso, pedi para que Winter me desse um veneno que matasse alguém calma e tranquilamente, como se a pessoa apenas tivesse pegado no sono. Originalmente, o plano era fazer isso durante a cerimônia de maioridade. Mas aquele era um plano sórdido. "Me assistam morrer e duvidem da protagonista angelical", foi o que pensei.

Tinha mudado de ideia pouco antes de descer para a celebração, isso porque as palavras de Emily e minha conversa com o duque foram agradáveis. O duque queria fazer o melhor possível para Penelope em sua festa de debutante e a jovem já não estava realmente ali. Quando pensei nisso, cheguei à conclusão de que não podia fazer isso e acabar com o esforço de todos. O veneno estaria disponível o tempo todo e eu também queria ver como seria o final do modo difícil, então acabei desistindo temporariamente e trancado o veneno em minha gaveta. Obviamente, logo depois que a festa tivesse acabado, eu iria bebê-lo sem que ninguém soubesse...

— Penelope... — Ivonne me chamou cautelosamente.

Aparentemente eu fiquei um bom tempo parada sem me mexer. Movi meu punho e voltei a derramar a bebida em seu copo e, conforme fazia isso, a luz do colar ficava mais e mais forte.

— Seu colar...

No fim das contas, ela acabou percebendo que a joia de meu colar estava brilhando e o olhou vacilante. ***Gulp*** – terminei de encher a taça e coloquei a garrafa na mesa dizendo:

— Ivonne.

— H-hã...? — Ela me encarou surpresa, tirando os olhos do colar. Me decidindo, eu acalmei meu coração.

— Nós trocamos de copo.

— H-huh?

— Essa é a minha taça. Acho que nos confundimos por não ter nada que as diferenciasse. — Apontei para o copo cheio de licor que ela segurava.

Era mentira, sua empregada tinha colocado o copo dela bem à sua frente, então não tinha como termos confundido.

— S-sério? Oh, m-me desculpe... — Eu tomei o copo da garota lacrimejante que parecia confusa.

O licor que preenchia toda a taça foi derramado nas costas de minha mão com o vento que soprou. O líquido vermelho pingou como se fosse meu sangue.

— Ugh, Penelope. S-sua bebida está caindo...

— Levante sua taça — interrompi a protagonista que parecia preocupada e, sem me importar se ela já tinha levantado seu copo ou não, continuei: — A estrela do dia é Ivonne, que retornou depois de muito tempo; não eu — disse aos convidados enquanto levantava a taça que tinha pegado de Ivonne. Mais uma vez todos começaram a murmurar entre si. Eu continuei, sorrindo alegremente. — Deem seus parabéns, pessoal. A verdadeira senhorita Eckhart finalmente está em casa. — Pude ouvir Reynold e o duque soltando uma interjeição baixinha para mim com preocupação e surpresa.

Tanto fazia se esse era o final da história ou apenas uma cilada para a protagonista. Isso já não era mais problema meu. Se morresse ali ou se escapasse, estava acabado. "Isso acaba agora", não era o que tinha planejado, mas, já que aconteceu naturalmente, me senti aliviada. "Acho que é como as coisas deveriam terminar mesmo".

Eu já não sabia mais do que tinha temido tanto. Pela última vez, olhei para os rostos dos protagonistas. Derrick, que tinha cruzado os braços e assistia minhas ações inexpressivamente; o príncipe herdeiro, que fazia uma careta com o caminho inesperado dos acontecimentos; e Winter, que estava com um rosto cheio de ansiedade e preocupação.

Era estranho, a barra de afinidade continuava no topo da cabeça de todos eles, mas eu já não ligava mais. Tinha acabado, eu nunca mais veria aqueles rostos.

— À protagonista — murmurei suavemente e bebi todo o líquido da taça na minha frente. Quando terminei de engolir e coloquei o copo de volta na mesa...

— Senhorita!

Vrompt – alguém se levantou com pressa de seu assento. Era Winter, seu rosto estava completamente distorcido. Parecia que ele finalmente tinha percebido a cor do colar. Alguns convidados olharam espantados para o marquês Verdandi.

Eu também o encarei, mas sem expressão alguma no rosto. De repente, senti uma sensação quente em meu peito. Meus batimentos cardíacos aceleraram continuamente. Perdendo o controle sobre meu corpo, cambaleei sentindo uma grande tontura e dor de cabeça que deixavam minha visão turva.

O príncipe, com os olhos arregalados, parecendo ter notado alguma coisa, também pulou de seu assento e parecia estar gritando, mas eu não ouvia direito.

— Um médico! Precisamos de um mé-...

Winter continuava me olhando com ansiedade e, quando um som alto veio de onde todos estavam sentados...

— Ugh...

Meu coração começou a queimar e eu já não enxergava bem por causa da dor aguda. Eu tossi fraco e senti algo pegando fogo em minha garganta.

— Cof!

De repente, minha vista ficou vermelha. Não apenas isso, mas senti uma grande quantidade de sangue saindo da minha boca.

— Uááááá!

— PENELOPE!

Os gritos das pessoas ficavam cada vez mais distantes. O jardim ficou uma bagunça. Eu senti meu corpo caindo lentamente. ***Blam*** – quando consegui me apoiar na mesinha pouco antes de cair completamente, meus olhos foram iluminados.

<Sistema>
~Missão Principal: O paradeiro das crianças desaparecidas~
{Parte 3: Salve as crianças raptadas pelas forças do mal}

<Sistema>
Recompensa não catalogada foi ativada!

"O que é isso?", no meio da visão borrada do cenário, a caixa de diálogo do sistema brilhava nitidamente.

<Sistema>
Depois de resolver missões tão difíceis, você não ficaria chateada em acabar o jogo assim? Por isso, como prêmio especial, te daremos a chance de ver o final secreto como agradecimento por ter jogado o modo difícil tão animadamente!
{Preço: um bilhão de moedas de ouro → quinhentos milhões de moedas de ouro}
[Pagar] [Recusar]

"…Final secreto?"

Me senti acordando no meio de tanta tontura e confusão. Eu me esforcei para levantar, mas meu corpo continuava mole e meus olhos continuavam fechando e meus braços caindo. Enquanto isso, o escrito no *pop-up* mudou.

<Sistema>
Como você tem fundos suficientes,
a oferta será aceita em cinco segundos.

5

4

"Quê?! Mas que droga! Não! Não!", balancei minha cabeça e estendi minha mão para pressionar [Recusar].

— Urghn! — Mas antes que conseguisse cumprir meu objetivo, vomitei mais um monte de sangue e cambaleei.

— Penelope Eckhart! — Alguém me abraçou apertado e meu dedo que quase alcançava o botão de recusar foi levado para longe. — Chamem os médicos! Agora! Chamem os médicos! — A pessoa me segurou mais forte e gritou desesperada.

3

2

De qualquer forma, eu continuei balançando minha cabeça e tentando alcançar a janela do sistema.

— Não, não, recu-… — Eu preciso pressionar [Recusar] logo, preciso recusar! — *Cof, cof, cof!* — Me chacoalhei violentamente outra vez e cuspi mais sangue. Minha visão escureceu ainda mais.

Gritos desesperados, espanto, caos, mais gritos, lamentações, pessoas correndo e caos por toda a parte. "Não, saia do caminho! Não, merda!" No fim das contas, não consegui recusar a oferta do sistema por causa da grande quantidade de pessoas que se amontoaram em mim.

<Sistema>
Você pagou [Quinhentos milhões de moedas de ouro] para entrar na rota secreta!
(Fundos restantes: 999.999.999+ moedas de ouro)

A última coisa que minha visão nebulosa viu não foi nem o duque nem algum dos personagens masculinos, mas sim a janela do sistema que parecia ter recém-saído do inferno. A contagem regressiva tinha sido completada. ***Poof*** – eu ouvi o som de algo caindo.

"Por favor... parem de... me... matar..." Meus olhos se fecharam com a minha súplica silenciosa.

Apesar da aparição repentina da filha verdadeira do duque, ela permaneceu calma. Sua reação para evitar o caos e uma atmosfera pesada ao continuar com a cerimônia foi algo tão elegante e digno que ele nunca tinha visto nada parecido antes entre qualquer outro dos demais nobres. Ela certamente não combinava com o apelido de "cadela louca dos Eckhart".

— À protagonista.

Naquele momento, em uma voz tão baixa que parecia estar recitando um encantamento, todos os convidados congelaram. Enquanto isso, a bela garota levou a taça aos seus lábios e bebeu tudo com apenas um gole.

— Ugh! — Ela colapsou, vomitando sangue. Seus cabelos rosa-pinks, quase vermelhos, lentamente caíram como as pétalas de flor.

Derrick não conseguia dizer o que estava acontecendo. Não apenas isso, mas Ivonne, Reynold e o duque, que estavam em pé ao seu lado, estavam todos congelados sem saber o que estava acontecendo. A mulher que caía conseguiu de alguma forma se segurar na mesa antes de cair completamente.

— Urghn! — Mais uma vez, a moça delicada vomitou mais sangue.

— Senhorita!

— Uááááá!

Com um grito tardio, a cerimônia virou uma bagunça.

— Pene-… — murmurou Derrick e deu um passo à frente instintivamente. Mas então…

— Penelope Eckhart…!

Vush – alguém o empurrou para longe. Enquanto ele cambaleava por ter perdido o equilíbrio, Derrick viu o vulto rápido de cabelos dourados passando por ele.

O príncipe herdeiro, que estava sentado no fundo do salão, foi correndo como se se teletransportasse e conseguiu, por pouco, segurar o corpo que caía, abraçando-o forte em seus braços e sujando sua roupa branca de vermelho. Foi só então que Derrick percebeu que o que tinha saído da boca de Penelope fora sangue e, ao mesmo tempo, algo pesado começou a escalar em seus ombros. Ele não conseguia se mover, e ficou apenas olhando os cabelos rosa-escuros nos braços do príncipe herdeiro.

— Chamem os médicos! Agora! Chamem os médicos! — Segurando Penelope, Callisto gritava desesperado. Com sua voz grave como um trovão, o clima no jardim começou a ficar cada vez mais agitado. Um por um dos convidados petrificados de susto, começaram a se mover. — Abra seus olhos, princesa. Está bem? Não feche seus olhos. Não, você não pode fechá-los, certo? Por favor, por favor… — Sem se importar com o sangue em suas mãos ou roupa, o príncipe herdeiro acariciava o rosto de Penelope e sussurrava. Havia uma estranha afeição e intimidade entre os dois que eram o foco dos rumores recentes.

O duque, que só conseguiu voltar a si nesse momento, se aproximou com o rosto pálido.

— …V-vossa Alteza.

— Merda! Quando diabos os médicos vão aparecer? Vocês não percebem que ela está morrendo? — Assim que o duque abriu a boca, o príncipe explodiu de raiva, parecia que ele temia que o duque fosse tirá-la de seus braços.

— E-eu posso salvá-la — gritou alguém com urgência.

— Marquês Verdandi...

Não era ninguém menos que Winter Verdandi que emergiu no meio da multidão. Ele rapidamente se aproximou de Callisto, que segurava a senhorita inconsciente e pálida.

— Vossa Alteza, por favor me deixe vê-la por um momento.

— O que você vai fazer?

— Tem um antídoto que carrego comigo para o caso de emergências.

— A-alguém no ducado tentou envenená-la?! — O duque reagiu sensivelmente à sua sugestão. Isso porque esse era um assunto delicado que poderia levar a problemas políticos. Para todos que não sabiam do funcionamento do colar, parecia cedo demais para tirar tais conclusões.

— Isso... não é algo que eu me atrevo a responder. — Winter olhou para o príncipe herdeiro e as outras pessoas que rodeavam Penelope. — Eu só quero lhe prestar os primeiros socorros que tenho ao meu alcance.

— E como você pode ter certeza? — o príncipe o olhou e disse com seriedade. — Mesmo se ela foi envenenada, você não sabe qual foi o veneno que ela tomou e, portanto, não pode lhe dar o antídoto adequado.

— É um antídoto toxicológico usado em casos extremos — respondeu Winter calmamente. — Será difícil desintoxicá-la completamente pelos motivos que você disse, mas, pelo menos, ele irá neutralizá-lo até certo ponto.

— ...

O príncipe herdeiro encarou Winter com os olhos estreitos. Ele parecia estar analisando quão confiável ele era. O duque assentiu com uma feição sombria.

— Vossa Alteza está certa. Nós não temos certeza se Penelope foi realmente envenenada. É melhor esperar pelos médicos...

— Se é veneno ou não tanto faz. Se não for prejudicial, dê o antídoto para ela logo.

— Reynold.

Reynold, que estava paralisado até então em choque, se precipitou para seu pai com os olhos vermelhos.

— Mas...

—Você não confia no marquês Verdandi, pai? Ele disse que é procedimento de primeiros socorros. Se continuar desse jeito, ela morrerá antes mesmo dos médicos chegarem.

— ...

O duque, que olhou na direção que o dedo de seu filho apontava, retorceu o rosto e se calou. Até agora o corpo de Penelope tremia e vomitava sangue, mas, de repente, tinha se acalmado. Seus olhos, que Callisto tinha implorado várias vezes para que ela não os fechasse, tinham sido cerrados tão belamente quanto os de uma boneca e não apresentavam nenhum movimento. O corpo segurado firmemente pelo príncipe estava perfeitamente frio e imóvel igual ao de um cadáver. Assim, o jovem de cabelos de ouro ordenou com uma voz firme:

— Dê-lhe o antídoto.

—Vossa Alteza!

— Mas se qualquer coisa der errado... — Ignorando o chamado do duque, o príncipe continuou recitando sua ameaça para o Winter: — ...é melhor você estar pronto para enfrentar as consequências, marquês.

Com sua permissão, Winter colocou sua mão dentro de seu casaco com um rosto calmo. Apesar de sua tranquilidade exterior, sua mão que procurava pelo antídoto tremia. Ele tinha trazido o remédio apenas por precaução, mas não sabia que acabaria tendo que usá-lo em uma situação assim. "...Eu deveria ter recusado seu pedido independentemente do que dissessem", uma onda de remorso ocupava sua mente.

— Então pague a dívida que tem com a senhorita desde o outro dia em vez de fazer como um serviço comum.

Entretanto, ao ouvir as palavras da empregada, ele não conseguiu dizer não. Ele tinha cometido um grande erro com ela. Um crime de duvidar dela e testá-la, sendo que ela não tinha nada a ver com Leila.

— *Mas você não deveria enganar as pessoas com bobagens como "interesse" e "curiosidade".*

Ao mesmo tempo, ainda tinha o crime de tê-la enganado com suas palavras quando ele não conseguia nem sequer controlar seus sentimentos.

Depois de ser ordenado a não entrar mais em contato com ela, ele constantemente se encontrava agonizando entre a necessidade e vontade de falar com a senhorita e o dever de cumprir com sua palavra e desistir enquanto aguentava firme.

Então, quando ela finalmente mandou a empregada para seu escritório e recebeu aquele pedido, ele se sentiu mais aliviado e preocupado do que desapontado. Ele percebeu que aquela era uma blasfêmia que estava muito longe das crenças que sustentava tão firmemente. No entanto, ao fazer o veneno sem antídoto, ele nunca pensou que ela mesma fosse beber. Ele realmente não achava que ela desmaiaria com o veneno que tinha lhe dado no fim das contas... "Mas por quê?"

Ela claramente sabia que aquele copo estava envenenado. A cor da conta do colar tinha mudado e não havia como ela não ter percebido, já que ela brilhava tão claramente que mesmo uma pessoa sentada longe poderia vê-la. E por que ela o bebeu com uma expressão tão digna? Seu estômago estava revirado com toda aquela confusão. No entanto, esse não era o momento para pensar e fazer perguntas que não tinham uma resposta.

Winter cerrou os dentes e tirou a garrafa que tinha enfim encontrado em seu casaco. Ele abriu a tampa do pequeno frasco de vidro com um líquido roxo e se inclinou para baixo. Apesar de ele mesmo ter ordenado, o príncipe herdeiro segurava a senhorita Eckhart com força e escondia seu rosto, o que causou uma sensação amarga em sua boca. O marquês, tentando reprimir todas essas sensações disse ao príncipe:

—Vossa Alteza, eu preciso ver o rosto da senhorita...

O príncipe herdeiro olhou para ele com olhos tristes e relutantemente mostrou o rosto da moça, tirando-o de seus braços. Um rosto manchado de sangue foi revelado. Winter fechou os olhos por um momento com horror, depois abriu os lábios da garota cuidadosamente com uma das mãos e inclinou a garrafa. Uma gota, duas gotas, três gotas. Um líquido parecido com o veneno que ele lhe dera recentemente pingou em sua boca. Um som fraco de respiração continuou como se estivesse prestes a parar, mas felizmente voltou ao normal depois de um tempo. Sua pele, que estava pálida como um cadáver, também começou a ficar corada.

— Duque! Eu trouxe os médicos!

Bem na hora, Pennel voltou com os médicos e vários remédios. Depois dos primeiros socorros de Winter, Penelope foi rapidamente movida para dentro da mansão.

— Ooof...

Um suspiro de alívio saiu da boca de todos que assistiam à cena com a respiração presa. Todos exceto uma pessoa: Derrick. Ele estava atrás de todos e observava tudo com tranquilidade, silêncio e distância.

PLAFT – só com a sensação quente em suas bochechas depois de ter levado um tapa na cara que ele voltou à si.

— O que diabos você estava pensando? — Quando abriu os olhos, o rapaz viu o rosto furioso de seu pai: — Como você se atreve a fazer uma coisa dessas quando os representantes da Sua Majestade, o imperador, bem como o príncipe herdeiro estão aqui?! — O duque já não podia mais conter sua raiva e gritava a plenos pulmões.

Derrick era muito responsável desde criança. Se ele soubesse que tinha algo para ser feito, ele iria e faria sozinho, mesmo que não tivesse que fazê-lo ou que ninguém tivesse o pedido. Por isso, diferentemente de Reynold, o duque nunca tinha batido em seu filho mais velho.

Um único fio de sangue saiu de sua boca. Derrick sentiu uma sensação de formigamento em seus lábios além de estranhamento ao ver seu pai tão bravo. Lentamente voltando ao seu estado normal, ele abriu sua boca:

— Em primeiro lugar, nada disso teria acontecido se tivéssemos revelado o retorno de Ivonne logo em vez de escondê-la. Se nós não tivéssemos adiado esse anúncio apenas para saciar os caprichos de Penelope, então...

— Seu filho da puta maldito, você está louco?! — O duque levantou sua mão mais uma vez, todavia dessa vez ela não acertou o rosto do rapaz e apenas tremeu no ar — ...Fui EU quem quis e quem decidiu adiar o anúncio do retorno de Ivonne, não Penelope!

A família, que havia se separado pouco a pouco, estava agora em um estado de catástrofe que não podia ser reconstruída. O duque gritou com uma voz cheia de desespero:

— Essa não é a única cerimônia em sua vida que ela teria a atenção toda para ela? Esse era o momento mais especial de toda a sua vida!

— ...

— Eu decidi fazer a cerimônia desse jeito para calar a boca de todos os desgraçados que falavam coisas ruins nas costas dela e diziam que ela não era minha filha de verdade, que ela era um problema e malquista!

— ...

— Mas, ainda assim, mesmo hoje de manhã ela ainda pedia para que eu cancelasse a cerimônia porque a Ivonne tinha voltado...! — O duque, que estava dizendo coisas ao acaso, respirou fundo e fechou a boca.

Os olhos azuis de Derrick tremeram por um instante. No entanto, com seus olhos distantes, o duque não pôde perceber tal mudança sutil. Seu filho mais velho, que era confiável e orgulhoso, perdeu a irmã mais nova e passou a não falar quase nada. Ainda assim, ele teve um tempo para se recuperar, então pensou que ele havia aceitado Penelope como membro da família até certo ponto. Mas isso não passava de uma ilusão, Derrick não aceitou Penélope. Ele nunca aceitou e provavelmente nunca aceitaria.Tudo o que ele tinha feito era valorizar sua posição pública mais do que seus sentimentos pessoais e agir de acordo.

Foi ali que, mais do que nunca, o duque lamentou ter negligenciado seus filhos sob a desculpa de estar ocupado. O homem esfregou o rosto com as mãos e murmurou como um lamento:

— ...Eu não sabia que você odiava a Penelope tanto assim.

— …

— Eu, eu fiz algo terrível. Com você e com seus irmãos…

A expressão de Derrick mudou sutilmente. Ele não entendia o que seu pai estava dizendo.

— Não é que eu a odeie. — Ele nunca pensou que odiava Penelope. — Não é por causa de um sentimento tão infantil assim, é só que se rumores de que escondemos a presença da sua filha de verdade por causa da cerimônia, então o prestígio dos Eckhart…

— Chega.Vamos parar de falar sobre isso. — O duque levantou a mão e o parou. Ele caiu na cadeira, sentindo-se cansado pela diminuição da adrenalina e falou um pouco friamente: — Isso não é mais sobre prestígio ou sobre a cerimônia da Penelope. Agora isso é um caso de tentativa de envenenamento da senhorita Eckhart.

— Envene-… namento? — Os olhos azuis de Derrick se arregalaram naquele momento.

A garota que sorriu brilhantemente e levantou sua taça de ouro, de repente caiu cuspindo sangue. Ele não conseguia se lembrar de todas as coisas que tinham acabado de acontecer. Era como se toda sua memória tivesse sido cortada em pedaços e colada. A única coisa que ele se lembrava vagamente era do cabelo rosa-escuro caindo como uma flor.

Como se as palavras do duque tivessem sido um gatilho, de repente seu pulso aumentou. "Por que estou fazendo isto? O que há de errado comigo?", o suor escorria das mãos que seguravam uma à outra enquanto ele ficava imóvel. Assim como seu pai, Derrick tentou recuperar a compostura.

Ele olhou para os acontecimentos passo a passo com um olhar objetivo. Imediatamente depois de beber, ela vomitou sangue e desmaiou, o que os faziam suspeitar de veneno. Mas ninguém, exceto o marquês Verdandi, estava tão convencido. Era porque o duque e Reynold, que tinham bebido o mesmo licor, estavam bem. Além disso, quem ousaria cometer tal insolência contra os Eckhart?

Derrick lambeu os lábios enquanto olhava para o rosto sombrio do duque. Então, como Penelope estava? Ela está consciente? Que tipo de veneno era? As coisas que ele queria perguntar estavam na ponta da língua, mas…

— Tem… certeza? Que ela foi envenenada…? — Mas as palavras que saíram eram completamente diferentes do que as que ele queria.

O duque simplesmente olhou para seu filho e deu uma breve resposta:

— O médico acabou de confirmar o diagnóstico.

Naquele momento, Derrick sentiu que suas mãos estavam escorregadias.

— Quem ousa fazer isso contra os Eckhart…

Ele apertou ainda mais suas mãos tentando escondê-las.

— A empregada chamada Becky está sob custódia e Ivonne trancada em seu quarto — informou o duque.

Derrick levantou seu rosto e retorquiu:

— Por que Ivon-…

— Foi a empregada de Ivonne que trouxe a taça.

— Pai.

— A empregada pessoal de Penelope deu um testemunho. Poucos dias atrás, a empregada temporária de Ivonne perguntou secretamente para Emily se ela não sabia onde ficavam as lojas de informante e afins no centro.

Derrick ficou surpreso com a afirmação do duque, ele não sabia que a investigação já tinha avançado tanto assim em tão pouco tempo, então também queria perguntar o que tinha acontecido depois disso.

— Mas, Ivonne… Não pode ter sido Ivonne, pai.

Mas aquele não era o momento de colocar seus sentimentos pessoais como prioridade, e sim prestar atenção no que tinha acontecido antes do incidente. Esse era o seu trabalho como jovem mestre da família Eckhart. Colocando seus pensamentos confusos de lado, ele questionou o que seu pai tinha dito:

— Eu não estou a defendendo, eu realmente nem tenho o direito de fazer isso, mas… qual seria o benefício que ela teria ao envenenar Penelope?

— …

— Eu não entendo por que a Penelope seria alvo de alguém. O mais lógico teria sido almejar o senhor ou eu.

— …

— Talvez a empregada tenha a envenenado, ou até mesmo outra pessoa. O marquês Ellen seria o mais suspeito. Eu andei recebendo algumas atualizações recentemente dizendo que ele estava quieto, mas é possível que ele estivesse planejando algo em segredo devido ao rancor dos acontecimentos da competição de caça… — Derrick que estava falando tudo o que tinha em mente a esmo com uma expressão séria levantou a cabeça. — Eu vou para o porão onde prenderam a empregada e a interrogarei. O quanto antes melhor. Se lhe dermos muito tempo, pode ser que ela pense em alguma desculpa e…

— Derrick — o duque o chamou antes que ele saísse do escritório e lhe fez uma intimação: — Fique de fora deste caso.

— …Perdão? — Diferentemente de seu eu habitual, o rapaz parecia confuso e atordoado. — Desculpe, pai. Eu acho que entendi errado, você poderia…

— Eu disse para você ficar de fora deste caso. Eu mesmo cuidarei disso.

Ele não tinha ouvido errado. Seu pai tinha lhe dado uma ordem em alto e bom som para ele não se meter. Tendo então entendido, Derrick cerrou sua mandíbula:

— …Eu me tornei suspeito por ter sido quem levou Ivonne para a cerimônia?

— Não é isso.

— Se não é isso, então por quê? — questionou ele mais uma vez, parecendo não ter se convencido. — Além de termos que checar todas as garrafas e copos, também temos que investigar secretamente todos que foram convidados. Você sabe muito bem que é coisa demais para Reynold ou para o mordomo fazerem sozinhos.

— O marquês Verdandi ofereceu sua ajuda.

Ao ouvir essa novidade, Derrick riu.

— Ele é o líder de outra família. Ainda assim, você quer deixar que ele se envolva em assuntos privados e pessoais dos Eckhart?

— …

— Além disso, ele é o maior suspeito. Ninguém além do marquês tinha notado que Penelope tinha sido envenenada. Você não acha…

— Se não fosse pelo marquês Verdandi! — ***BLAM*** – o duque, que escutava quieto seu filho até então, de repente esmurrou sua mesa e começou a gritar: — Se não fosse pelos primeiros socorros do marquês, eu estaria preparando um funeral agora!

— …

— Por que ela vomitou sangue, por que ela desmaiou?! Diferentemente de você, eu não duvidei do que aconteceu, eu só…! — O duque estava muito irritado e se calou. Ele não tinha como ter dúvida alguma de que tinha sido envenenamento. Sem nem desconfiar de nada, ele viu sua filha caindo e não fez nada, apenas ficou de pé, congelado.

A cerimônia de maioridade, que tinha sido forçosa e ganranciosamente empurrada à sua filha que tinha pedido várias vezes para adiá-la enquanto o homem tentava dar seu melhor nos preparativos, tinha terminado da pior forma possível. O duque cerrou seus olhos vermelhos e deu mais um murro em sua mesa, depois cobriu seu rosto cansado e abatido com as mãos.

— …O veneno que ela tomou não era um letal, que a mataria na hora, mas um raro que causaria hemorragia e faz o coração parar de bombear o sangue aos poucos, causando enorme sofrimento e dor se o antídoto não for tomado a tempo.

— …

— No fim das contas, o marquês Verdandi salvou Penelope, que estava morrendo aos poucos.

— …Morrendo?

O duque descobriu os olhos ergueu-os, mal reconhecendo a voz trêmula que ouvira. Foi então, Derrick que estava com um olhar estranho e ficou parado. Sua face estava pálida e suas íris azuis tremiam descontroladamente. Aquela era a primeira vez que o duque tinha visto seu filho naquele estado.

— Ela… estava morrendo…?

— Derrick, querido — seu pai lhe chamou com espanto.

Todavia, ele parecia não ter ouvido o chamado e ele estendeu as mãos, que até então estavam pressionadas em suas costas, na frente de seu corpo e as observou. Suas palmas estavam encharcadas e trêmulas.

— Ela... não morreria assim...

Naquele instante ele se lembrou de algo que já tinha se esquecido. Era uma cena do sonho que ele tinha tido na noite anterior. Ivonne estava encharcada de sangue e morrendo em seus braços.

— ...Derrick?

Era estranho, seu sonho tinha sido o contrário. Sua memória estava toda bagunçada, como se alguém tivesse apagado algumas partes. Mas, mesmo assim, aquele era apenas um pesadelo, um sonho bobo e horroroso...

"...Se é assim, não era Ivonne que tinha que ser envenenada...? Era Penelope quem deveria ter preparado o veneno, mas então, por que ela mesmo teria o tomado e quase morrido de hemorragia?", sua cabeça estava uma bagunça. Ele não conseguia sentir suas mãos e suas costas estavam encharcadas de suor.

Derrick sacudiu sua cabeça novamente e murmurou sem fazer sentido:

— ...Ela não pode morrer. Não... ela, hmm deve ter, ela deve ter envenenado a si mesma...

— Derrick, você... — O duque o olhou embasbacado e recomendou em um tom suave: — ...É melhor você ir para o seu quarto e descansar um pouco.

— ...Mas e o interrogatório?

— Eu estou mandando.

Derrick se calou com a rispidez de seu pai.

— ...Entendo.

Depois de encerrar a conversa com uma breve resposta, ele saiu do escritório. Lá fora havia alguém esperando por ele.

— Jovem mestre... — Era a chefe das empregadas.

— O que foi?

— Bem... você poderia ir ver a senhorita Ivonne? — perguntou ela com o rosto cheio de suor. — Ela não faz nada além de chorar e tremer desde que voltou. Ela deve estar ansiosa por ter sido presa em seu quarto. — Derrick hesitou ao ouvir esse comentário.

Fora ele quem a arrastara para a cerimônia de debutante de Penelope. Mas depois de nem mesmo metade do dia ter se passado, ela estava trancada em seu quarto e sendo tratada como uma criminosa, então era claro que ela se sentiria com medo e injustiçada, não é mesmo? Ela era sua irmãzinha mais nova, então ele deveria se preocupar com ela.

Considerando tudo isso, ele tentou ir ao quarto de Ivonne. Entretanto, contrariando sua mente, seu corpo não se moveu. Aquilo era muito estranho, de repente ele sentiu que alguma coisa estava errada. O nervosismo que corroía sua mente durante a conversa com o duque agora atacava seu corpo.

— ...Mais tarde eu vou. — Sofrendo para conseguir dizer algo, ele finalmente respondeu.

— Mas, ela não quer comer nada e está chamando pelo jovem mestre sem...

— Depois, eu vou depois.

Derrick foi embora como se estivesse fugindo do pedido da empregada. Ele caminhou sem destino sem saber quando e onde iria parar.

"Por que eu me sinto assim?" Por um momento, quando ele ouviu que Penelope poderia ter morrido, ele não conseguiu se livrar da sensação de culpa. Mas tudo o que ele fez foi levar Ivonne, que mal conseguia respirar de tanto que chorava.

— Irm-... Digo, jovem mestre. Você... tem algum tempo livre?

De manhã, Ivonne apareceu em seus aposentos com uma bandeja de chá. Ela tentou fingir que estava animada e feliz como sempre, mas seu rosto estava obscuro. Fazia sentido, ninguém tinha dado atenção ou importância a ela nos últimos dias por causa dos preparativos do aniversário de Penelope, então ela não teve como não se sentir mal. Além disso, ela ainda estava sendo escondida em seu quarto por causa de sua outra irmã, mas ele realmente não sabia o que fazer para animá-la e isso fez com que o rapaz se sentisse constrangido.

— E-eu estou bem. Logo a cerimônia começará, não é mesmo?

Ao dizer que estava bem, toda a escuridão de seu rosto desapareceu e o sol parecia iluminá-la novamente.

— Em vez da cerimônia... na verdade eu me sinto mal por não ter podido ver o festival do Império juntos... Para comemorar a vitória, os fogos do festival foram muito mais coloridos e lindos do que em qualquer outro ano... Ah, se eu ao menos tivesse recuperado minhas memórias antes... Aí eu teria conseguido voltar a tempo eu finalmente poderia ter os assistido com meu irmão...

Com essas palavras proferidas em uma voz vacilante, Derrick foi transportado para aquele dia que ele já tinha se esquecido. Há mais de doze anos, o dia em que sua irmã sumiu. Os três irmãos tinham fugido pelo buraco dos cavaleiros de noite sem que o duque soubesse, afinal ele os tinha proibido de ir ao festival durante a noite dizendo que era perigoso demais. Entretanto sua irmã realmente queria muito ver os fogos de artifício de perto. As ruas noturnas durante o festival eram muito divertidas – aquela era a primeira vez que eles iam. Quando eles estavam comprando acessórios baratos, comida de rua e dançando as músicas que tocavam por ali, uma parada apareceu e os separou.

— Irmão!

— Ivonne!

Sua irmãzinha foi arrastada para longe por um mar de gente em um piscar de olhos. Seus olhos azuis, cheios de lágrimas, gradualmente foram desaparecendo. Sua pequena mão, estendida na direção dos dois garotos, nunca foi alcançada.

Com essa lembrança, Derrick fechou seus olhos e, quando os abriu novamente com uma voz suave lhe chamando de "irmão", ele a viu em sua frente, com o rosto cheio de preocupação. Foi ali que Derrick soube. A plebeia que o escravo tinha trazido para mansão era, de fato, a irmã mais nova que ele tinha perdido há muitos anos.

— M-me desculpe, jovem mestre. Eu receio ter te magoado ao dizer algo que não deveria. É só que eu me lembrei... e... eu realmente senti sua falta. Mesmo sem me lembrar direito de algumas coisas, eu sempre senti saudades.

Quando ela viu seu rosto distorcido, Ivonne pulou de seu assento. Mesmo depois daquele incidente, em vez de culpá-lo e ressenti-lo, ela estava mais preocupada em confortá-lo do que qualquer outra coisa. Mesmo depois de voltar para sua própria casa, ela ainda estava completamente desencorajada e receosa de chamar seu irmão de "irmão", bem diferente da outra garota que ocupava o segundo andar. Foi por isso que, pouco antes da cerimônia de maioridade, ele decidiu levá-la consigo. Era a coisa certa a se fazer com a pobre garota que chorava desesperadamente em busca de ajuda.

Ao contrário de Penelope, que estava prestes a ter uma festa espetacular; por ter vivido com plebeus, Ivonne nem sequer tivera a oportunidade de celebrar propriamente seu aniversário de maioridade. Além disso, o sonho que ele tivera no dia anterior também tinha lhe incentivado a chegar em tal resolução. "Não importa o quanto ela desgoste disso, tenho certeza de que ela não será rude na frente das outras pessoas."

— Vamos juntos.

— Hã? M-mas a senhorita...

— Você também é uma senhorita. Seria um absurdo a filha mais velha do duque não ir à festa que todos os membros imediatos da família comparecerão.

Enquanto ele levava sua irmã de sangue, que parecia tocada com suas palavras, ele de repente se questionou: como Penelope reagirá ao ver que trouxe Ivonne comigo? Ela ficará brava e fará coisas maldosas? Ou talvez ela simplesmente ficará calada e fará aquela cara de sempre? Ou... ela daria um sorriso adorável igual ao dia em que ele a presenteou com o lenço, ou ainda ela dirá que cometeu vários erros até hoje e que eu não posso a abandonar...

Surpreso com esse pensamento estranho que lhe ocorreu, ele parou por um momento.

— Aqui...

Ele não sabia como tinha chegado ali. Olhando ao redor, o rapaz já tinha subido o último degrau da escada central e, à distância, viu o mordomo e uma empregada parados com uma feição nervosa. Depois de pestanejar por um momento, ele logo voltou a se mover.

— Jovem mestre... — O mordomo, levantando sua cabeça, tinha um olhar espantado ao vê-lo ali inesperadamente.

— Ela está... aí dentro? — perguntou Derrick.

O mordomo, surpreso com sua pergunta vaga e súbita, logo o respondeu com um leve aceno:

— Ela está sendo examinada pelo médico.

— Eu gostaria... de ver como ela está.

— Oh, isso...

Pennel estava visivelmente desconcertado com a ideia de ele entrar no quarto. Ao perceber essa reação do mordomo, Derrick ficou confuso, mas logo ouviu uma voz conhecida de dentro do quarto.

— E então? O que nós podemos...? — Era a voz grave de um homem.

Quando Derrick, que estava indignado, segurou na maçaneta e estava pronto para arreganhar a porta que já tinha revelava uma frestinha...

— Jovem mestre, Sua Alteza está aí — o mordomo se apressou para bloquear o caminho e informou em voz baixa.

Com essas palavras, o corpo de Derrick enrijeceu ainda segurando a maçaneta. A figura de dois homens foi refletida em seus olhos turvos – o médico e o príncipe herdeiro estavam em pé ao lado da cama de Penelope.

— O risco de morte já passou, mas os sangramentos ainda não pararam completamente. Quanto a quando ela vai recuperar a consciência... — O homem balançou sua cabeça terminando a frase vagamente e suspirando.

Talvez ele tivesse esquecido de limpar, mas suas mãos estavam manchadas de vermelho. Como se tivesse perdido toda a força em suas pernas, o príncipe cambaleou e caiu sentado em uma poltrona ao lado da cama. Ele segurou a mão que saia do cobertor e a levou até sua boca enquanto abaixava a cabeça. O silêncio que prevaleceu no quarto era mortal.

— ...Eu fui tão maldoso com você. É por que te enchi o saco esses dias atrás? Você está se vingando de mim agora?

Depois de uns segundos que pareciam ter durado horas, Derrick ouviu o príncipe herdeiro murmurando alguma coisa. O jovem duque prendeu sua respiração, prestando atenção nas palavras do homem loiro.

— Na verdade, eu sei muito bem disso. Eu sei que você está muito longe de ser a vilã maluca sem sangue ou lágrimas que os rumores dizem.

— ...

— Mas toda vez que menciono isso, você revira os olhos e me olha de um jeito que... eu só consigo pensar em como você é linda e não consigo parar de te observar.

— ...

— Por isso, continuei fazendo esse tipo de brincadeira. Mas não estava falando sério. Eu nunca falei sério sobre isso. — Sem titubear, o príncipe segurou a mão de Penelope e recostou seu rosto nela. — Algumas vezes, por conta dos rumores, você tentava assegurar sua pose de mulher maldosa e desalmada... Porém, é completamente o contrário, eu sei tão bem que, na verdade, você é alguém que odeia crueldade e conflitos. Você é uma moça delicada e, diferentemente do que possam dizer, sangue corre nas suas veias.

— ...

— Mas talvez seja isso o que você odeia, não é? Ainda estar viva e aqui... — Não havia calor nas mãos da garota, tão pálidas quanto um cadáver. O príncipe herdeiro esfregou seus lábios e bochechas nelas, transmitindo a temperatura de seu corpo. — Você disse que quer sair deste inferno... Eu posso fazer isso... Então, por favor, acorde.

— ...

— Não morra, Penelope.

— ...

— Não me deixe sozinho neste inferno...

No momento em que ele ouviu esse sussurro – ***crash*** – era como se algo tivesse quebrado com um enorme estrondo nos ouvidos de Derrick.

"Isso... não era isso que eu queria. Eu só estava curioso. Eu só queria saber como você reagiria ao ver que eu tinha levado Ivonne. Não era isso que eu queria... Não." Sem que percebesse, seu rosto estava distorcido.

— Isso foi encontrado no quarto da empregada. — Uma pequena garrafa com líquido claro – ***tok*** – foi colocada sobre a mesa. — Eu fui até o centro alto da cidade e descobri que esse é o antídoto do veneno que a Penelope ingeriu. — Reynold, que tinha se levantado para apresentar a evidência, voltou para seu lugar e se sentou.

Atualmente, cinco homens estavam sentados na sala de estar com rostos sombrios – o duque, Derrick, Reynold, Callisto e Winter. Aquela era uma reunião para levantar pistas sobre o incidente. Derrick estava banido das investigações e do caso por ordem de seu pai, entretanto, como jovem mestre dos Eckhart, sua presença foi permitida nessa reunião preliminar.

— ...O que a empregada disse? — foi o duque quem quebrou o silêncio.

— Que a Penelope pediu para buscar aquilo para dar à Ivonne.

— Então você está dizendo que ela se envenenou propositalmente com o veneno que tinha pegado para dar à outra pessoa igual uma idiota?

O príncipe herdeiro retorquiu irritado. Ouvindo-o, Reynold fez uma careta.

— Se isso for verdade, então pode ser que ela tenha confundido os copos, já que eles eram parecidos... — O marquês levantou uma hipótese.

— Cuidado com o que diz, marquês — o duque o olhou surpreso.

— ...Segundo o testemunho da empregada. — Winter olhou para Reynold que estava sentado do outro lado da mesa e concluiu o que tinha começado a dizer.

O homem de cabelos rosa assentiu com uma feição desconfortável.

— Foi Penelope que deliberadamente pediu que trouxessem outra taça, uma muito similar e que estava envenenada.

— Mas a senhorita Penelope não é a culpada — o marquês imediatamente contrapôs o que tinha acabado de dizer.

Derrick, que se manteve em silêncio até então, levantou sua cabeça e reagiu à sua declaração:

— Como você pode ter tanta certeza disso?

— Porque a senhorita Penelope… — Winter parou de falar e hesitou por um instante, mas não demorou muito para que revelasse a verdade enquanto suspirava. — …antes mesmo de beber o vinho, ela já sabia que sua bebida estava envenenada.

Todos na sala ficaram paralisados.

— …Como? — A primeira pessoa a reagir foi Callisto. — Do que você está falando?

— É exatamente o que vocês ouviram — respondeu Winter brevemente.

Três pares de olhos azuis consternados tremiam incessantemente. O duque gaguejava, com o rosto pálido:

— …O-o que você q-quer dizer com… e-ela bebeu q-quando já sabia? Eu n-não consigo acreditar…

— Como você pode ter tanta certeza, marquês? — Em vez do duque, foi Derrick quem o questionou com hostilidade.

— Err…

— Me diga logo, marquês! Você disse que ela já sabia que estava envenenado e ainda assim o bebeu. Como você sabe disso?

— Por causa do colar que a senhorita estava usando… — Com o pedido desesperado por explicações do duque, Winter confessou a verdade: — Depois que a senhorita encheu o copo de vinho, a pedra central de seu colar mudou de cor.

— O que você quer…?

— Aquele colar é um artefato que reage a toxinas. A pedra central dele muda de cor quando há algum componente tóxico nas proximidades e eu vi que seu colar estava amarelo quando ela pegou o copo.

O rosto do duque e do príncipe herdeiro, que tinham recebido explicações breves e não muito detalhadas sobre a joia, ficaram pálidos e desolados simultaneamente.

— Então ela... viu isso e ainda assim bebeu o licor? — perguntou o homem com cabelos cor de ouro lentamente com uma voz abafada.

— Eu não tenho certeza se a senhorita viu a alteração de cor em seu colar, mas tenho certeza de que ela notou que algo tinha mudado.

— Como?

— Bem, ele emanava um brilho tão intenso, que mesmo a distância eu pude vê-lo.

— Há... — Callisto suspirou fundo e empurrou sua franja para trás rudemente.

O duque levantou sua mão trêmula e esfregou o rosto várias vezes e Reynold ficou olhando para o nada, como se sua alma tivesse saído do corpo. O único que continuava o mesmo era Derrick, que permanecia parado com um semblante usualmente inexpressivo. Winter o olhou involuntariamente e, por um momento, ficou intrigado.

— A propósito... — Então, o príncipe abriu a boca. Ao virar a cabeça, o mago se deparou com um par de olhos vermelhos que brilhavam intensamente em sua direção. — Como você sabe tanto sobre aquele artefato? Pelo que eu sei, ele é muito raro no Império.

Seus olhos se estreitaram, fazendo com que, por sua vez, os olhos ultramarinos do marquês estremecessem ligeiramente. No entanto, foi por um instante fugaz o suficiente para passar despercebido.

— Ele é realmente um item raro no Império... — respondeu Winter, olhando diretamente para o príncipe herdeiro, inabalável. — Mas eu também já tive um igual. No seu país de origem, há o costume de usar vários artefatos por causa do medo que os nativos têm de espíritos malignos.

— Você realmente tem tudo. De antídoto a itens raros de países distantes.

— ...Isso...

— Que coincidência você ter o mesmo amuleto que a senhorita, huh — o príncipe herdeiro, que olhava para o marquês com estranheza, inclinou lentamente a cabeça. — Você conseguiu se proteger contra os espíritos malignos?

— É claro — respondeu Winter com um rosto amigável e naturalmente voltou seu olhar para o duque. — Portanto, o testemunho da empregada de que Penelope havia ordenado que ela pegasse o veneno para dar à Ivonne não pode ser verdade.

— ...Na verdade, é mais provável que tenha sido o oposto — falou outra pessoa, que estava calada até então. — A plebeia pode ter pedido para Becky fazer isso por ela. Para sua segurança ou sei lá o quê.

— Reynold! — O duque olhou para seu segundo filho atônito.

Mas antes que pudesse dizer qualquer coisa, seu filho mais velho deu um aviso rápido.

— De que tipo de segurança você está falando? Tome cuidado com suas palavras.

— Ainda não está claro se ela recuperou a memória ou não, então como você pode ter certeza de que ela não quer se livrar da nossa irmã adotiva irritante?

— Ivonne...! — Veias grossas surgiram na testa de Derrick quando ele viu seu irmão mais novo sendo sarcástico — ...Ivonne originalmente não deveria comparecer à cerimônia de maioridade de Penelope.

Ele era um pecador para sua irmã mais nova que tinha desaparecido por dez anos devido a um lapso seu. Essa era uma dívida grande demais para se pagar apenas com um pedido de desculpas, além disso, ele não poderia ser tão cruel depois dela ter recém-voltado. Palavras como "você nem sequer se sente mal pela nossa irmãzinha" vieram até sua garganta, porém ele jamais poderia dizer isso.

— Como ela poderia ter planejado envenenar Penelope se nem sabia que iria comparecer à cerimônia?

— E o mesmo não vale para a princesa?

Apesar de Derrick ter se dirigido ao seu irmão, não foi Reynold que o respondeu, mas o príncipe herdeiro:

— Me diga, jovem duque, então Penelope profetizou que você traria sua irmã mais nova?

— ...

Os lábios de Derrick foram finalmente fechados com a zombaria de Callisto. Um silêncio pesado se estabeleceu por um tempo.

— ...Então estamos divididos em duas possibilidades. — Depois de um tempo, Winter cuidadosamente esclareceu a situação: — Ou alguém subornou a empregada almejando a senhorita Penelope ou Ivonne, ou... — O duque ouviu as palavras que ficaram borradas em sua mente e que não conseguia pronunciar: — ...foi tudo um plano de Penelope.

Como ninguém viu que ela havia deliberadamente trocado de copo com Ivonne pouco antes de beber, o resultado foi que a filha biológica do duque foi naturalmente excluída da lista de suspeitos. ***Tap, tap*** – o príncipe herdeiro estava pensativo, batendo no apoio de braço da cadeira com os dedos, e perguntou abruptamente:

— ...Qual seria o motivo para a princesa fazer tal coisa do nada?

— Não precisa existir um motivo. — Derrick, que sempre esteve encarregado de lidar com as consequências de suas confusões, respondeu quietamente: — Tenho vergonha de admitir isso, mas Penelope costumava fazer esse tipo de coisa para receber atenção.

— Você também concorda com o jovem duque? — À pergunta de Callisto, o duque e Reynold abaixaram os olhos silenciosamente, mas não deram nenhuma resposta.

O que Derrick disse era nem mais nem menos que a verdade. Penelope muitas vezes chamava a atenção de forma autodestrutiva e, apesar de parecer ter amadurecido um pouco nos últimos tempos, parando para ver isso como um ato dramático planejado por ela mesma, tudo ficava mais claro e plausível.

Como o príncipe herdeiro estava no campo de batalha naquela época, e a família do duque deu seu melhor para impedir a propagação de rumores dentro da mansão, nem o marquês conseguiu entender do que eles estavam falando. Contudo, a culpa do filho é culpa do pai.

— ...Eu não acho que Penelope tenha feito isso. Ela não iria tão longe assim.

O duque abriu a boca com um rosto pesado, ao que Reynold assentiu rapidamente.

— Meu pai está certo. O que ela ganharia fazendo isso? De qualquer forma, ela está sempre ocupada brincando, tomando refrescos e gastando dinheiro.

— Penelope odiou o retorno de Ivonne. — Somente Derrick foi contrário. Parecia que ele realmente acreditava que a conclusão do caso fosse realmente um drama armado pela irmã adotiva. — Os empregados disseram que sempre que as duas se encontravam ao acaso, Ivonne voltava chorando.

— Há… — Reynold riu surpreso. — Como você pode estar tão cego? Ela não disse nem fez nada em nenhuma das vezes, em vez disso era apenas a plebeia que começava a chorar do nada.

— Se você olhar para as palavras e ações dela, é ela quem não consegue nem se adequar ao mundo social.

Era verdade que, ao contrário de sua bela aparência, a língua da jovem era como uma faca afiada. Reynold que já tinha sido mutilado várias vezes pelas palavras brutais de sua irmã ficou quieto por um momento, e então respondeu seu irmão:

— Então você está dizendo que ela se envenenou para conseguir desviar a atenção da plebeia para si?

— Não pule em conclusões. É apenas especulação de que essa pode ser a razão de toda essa cena.

— Parem vocês dois! — o duque ficou zangado e os interrompeu. — Não está claro se foi um plano de Penelope ainda, mas não há motivos para especularmos sobre isso agora! Precisamos investigar mais e…

— Plano, teatrinho, cena. É fácil demais para vocês dizerem isso — alguém interveio na briga familiar.

Descontente com isso, o duque inclinou a cabeça em direção ao príncipe herdeiro.

— Alteza…

—Vocês realmente estão considerando que ela fez isso justamente no único dia de sua vida que ela tinha toda a atenção do mundo voltada para ela, só para... chamar atenção?

—...

— Jura que não pensaram nem por um instante que isso não fazia sentido e que tinha alguma coisa estranha? Essa é a justificativa de vocês: "ela bebeu licor envenenado em seu aniversário unicamente porque queria chamar nossa atenção"?

Os rostos do duque e de seus dois filhos endureceram. Não se sabia se o príncipe estava querendo implicar que a atenção deles não valia tanto a ponto de Penelope ter cometido tal ato ou se ele estava criticando o fato de ela teoricamente ter que cometer tal atrocidade para conseguir ter um pouco do interesse de sua família. De qualquer modo, o duque abriu sua boca, porém Callisto continuou seu monólogo:

—Além disso, quando eu escutei em silêncio... Me pareceu que desde o início o jovem duque está ansioso para jogar a culpa da comoção de hoje nas costas da senhorita Penelope.— Seus olhos vermelhos passaram do duque para Derrick. —Você sempre lidou com os assuntos relacionados à senhorita de forma tão desleixada? Sem qualquer intenção de descobrir a causa exata, simples e rapidamente conclui que ela é a culpada por tudo que acontece de errado e então joga a culpa nela? Esse é o jeito dos Eckhart resolverem os problemas?

— ...

— Diziam que as coisas no ducado e sua reputação eram exímias, mas, céus, isso é tão...

— ...

— Decepcionante.

Os rostos do duque e de Derrick estavam distorcidos ao mesmo tempo pelo murmúrio do príncipe herdeiro, que terminou como se fosse uma conversa interna. O duque respondeu, contendo a ira com o rosto vermelho de vergonha:

— Alteza. Sinto muito, mas isso é um assunto pessoal. Não tem nada a ver com a Coroa Imperial, então embora agradeça por sua preocupação...

— Prometi ficar noivo da princesa.

Prevenindo que a história de "esse é um assunto familiar", Callisto revelou suas intenções, deixando claro que independentemente do que eles dissessem, aquilo era algo que dizia respeito a ele. As faces dos Eckhart ficaram em branco.

— O-o quê?

— Agora mesmo... o que você disse?

— Após a cerimônia de maioridade, eu estava me preparando para apresentar oficialmente a proposta de casamento para a família da futura princesa consorte.

— ...

— Então, se a princesa morrer assim, não se tratará meramente de um problema familiar, duque. — Callisto olhou para as pessoas na sala uma a uma, revelando seus dentes e sorriu lentamente. No entanto, ao contrário da boca alegre, seus olhos vermelhos estavam cheios de sentimentos e intenções desconhecidas.

Por causa do príncipe sorridente com um rosto feroz e cruel, o salão congelou como se água fria tivesse sido jogada em suas cabeças. Winter, que ficou calado o tempo inteiro no meio daquela atmosfera sangrenta, conseguiu dizer algo:

— Eu também acho que a senhorita não planejou nada disso...

Toc, toc – foi então que alguém bateu à porta.

— Duque, é o Pennel.

Com a apresentação urgente do mordomo – ***cheng*** – o gelo do cômodo foi quebrado.

— ...Entre — o duque deu sua permissão e, imediatamente, com um clique, o mordomo entrou.

— Desculpe, mas eu tenho algo urgente para lhe dizer. — O mordomo, que abaixou a cabeça e pediu desculpas, rapidamente anunciando a emergência com o rosto pálido: — A empregada que estava sendo mantida em custódia, Becky, está morta.

— O... o quê? — Os rostos de todos os homens, incluindo do duque, ficaram atônitos.

— A empregada está morta...?

— Sim, ela voluntariamente mordeu a própria língua — anunciou Pennel com um semblante sombrio.

— Como... como isso... Reynold? — O duque voltou-se para o segundo filho, encarregado do interrogatório.

— M-mas não pode ser! Eu procedi com o interrogatório de maneira sutil, não usei nenhum tipo de tortura, então como... — murmurou Reynold com uma das sobrancelhas arqueadas, parecendo confuso.

A empregada, que insistia que tinha feito exatamente tudo de acordo com as ordens de Penelope tremia o tempo todo durante o interrogatório, mas sua feição parecia genuína e solene. Entretanto, homicídio era uma prática comum de assassinos e criminosos que tinham sido pegos e falhado em sua missão. A atmosfera rapidamente se tornou séria. Houve um silêncio grotesco na sala de estar.

— ...Antes de tudo, investigue minuciosamente as ações da empregada morta. — Depois de muito tempo, o príncipe herdeiro deu uma ordem em tom pesado: — Onde ela conseguiu o veneno, o que costuma fazer na residência do duque, o que estava fazendo antes da cerimônia de maioridade e quando e quantas vezes ela teve contato com a princesa até agora. Descubra tudo isso.

— ...

— É uma pena que ela tenha morrido. Eu queria descobrir pessoalmente se a princesa tinha sido realmente a pessoa a dar tal ordem para ela usando algumas técnicas que aprendi em guerra. — Embora ele tenha dado de ombros como se aquilo fosse uma piada, Callisto definitivamente não estava sorrindo nem um pouco.

Olhando para ele, que ainda parecia crente que alguém tinha armado isso para tentar matar Penelope, o duque o advertiu cuidadosamente:

— Na verdade ela era... a empregada de Ivonne...

— Então, seria melhor incluir essa garota na investigação também.

— Alteza!

— Se eu não me engano, ainda não foi confirmado se ela é, de fato, sua filha ou não, não é mesmo?

— Sobre isso, bem… — o duque não conseguia falar.

Era verdade, mas havia um limite para tudo. O rosto do homem estava pingando de humilhação ao ver o príncipe tomando conta de um assunto tão delicado da família. Gostasse ou não, de qualquer forma o rapaz chegou a uma conclusão:

— Que bom. A essa altura, você deveria investigar cuidadosamente todos os detalhes da vida dessa plebeia, duque.

— O marquês já não disse que mesmo sabendo que sua bebida estava envenenada ela a bebeu por livre e espontânea vontade? — Alguém fez uma pergunta com seriedade.

Callisto virou sua cabeça. Mais uma vez era o duquezinho que estava ansioso com a possibilidade de sua, autoproclamada, "irmã biológica" ser incriminada.

— Oh, é mesmo — O príncipe assentiu levemente, então desviou o olhar de Derrick para outra pessoa. — A propósito, marquês Verdandi, por que você acha que a princesa não forjou tudo isso?

Mesmo tendo passado vários minutos, ele se lembrou que o homem de cabelos brancos estava prestes a dizer algo antes do mordomo entrar.

— Bem… — Winter não pôde responder de imediato e lambeu os lábios.

Definitivamente, não era algo planejado através da empregada morta – ele estava certo disso, afinal a empregada pessoal da aniversariante tinha sido enviada. Além disso, antes de beber, ela tinha olhado para o colar e feito contato visual com ele. Obviamente, ela sabia que a cor do colar havia mudado. Uma possibilidade era que talvez ela tenha bebido sem saber que aquele era um veneno diferente do que ele tinha lhe dado. De qualquer maneira, ele não conseguia entender o que ela pretendia com aquilo e nessa situação, ele também não estava muito seguro se deveria ou não contar tudo o que sabia para o príncipe.

— …Marquês? — Callisto inclinou a cabeça e o chamou, estranhando ainda não ter recebido uma resposta.

Winter mordeu seus lábios sob a sensação intimidadora que aqueles olhos vermelhos causavam e então finalmente disse algo:

— Ela já tinha uma empregada pessoal... — Uma boa desculpa acabou lhe ocorrendo. — Por que ela deixaria que a empregada temporária de Ivonne cuidasse de um assunto tão secreto e delicado quanto esse em vez de pedir para a sua própria empregada, que já tem sua confiança?

— Concordo plenamente. É exatamente disso que estou falando, essa história não faz sentido.

Então, Derrick interrompeu refutando-os novamente:

— Mas se não foi algo ensaiado, então por que a empregada teria o antídoto e por que ela teria bebido quando sabia que seria envenenada?

— Então vamos proceder com a investigação, jovem duque — disse Callisto piscando. — Quem envenenou a princesa? Ou foi ela mesma que manipulou a todos apenas para conseguir sua atenção?

— ...

— ...Ou ainda, será que a princesa não percebeu que outra pessoa estava forjando algo e tentou impedir?

— Ora, isso...!

—Vamos descobrir juntos. Que tal?

Três pares de olhos azuis lentamente cresciam. Naquelas íris surgia uma dúvida, uma possibilidade que nenhum deles tinha pensado até agora. A Penelope que Callisto conhecia era muito inteligente, ela era tão esperta que aquela parecia uma decisão que ela tomaria. Agora ele entendia por que sua família a considerava tão estúpida e burra por todos esses anos.

— Investigue tudo muito bem, duque. — Callisto olhou alternadamente para os três e rangeu os dentes. — Antes que eu intervenha como membro da família imperial, e não como testemunha.

Callisto saiu em passos largos da sala de estar do duque. Ele participou da discussão para descobrir quais eram as circunstâncias do envenenamento da sua princesa, mas tudo não passou de uma grande perda de tempo. Durante toda a reunião ele estava ocupado pensando no que aconteceria com a donzela inconsciente.

Quando ele corria pelo saguão, cheio de preocupações com a moça, e estava prestes a subir as escadas:

— Vossa Alteza. — Alguém sentado no corredor levantou em um pulo e o chamou enquanto se apressava em sua direção.

Callisto virou hesitante e lentamente:

— O que é?

Em outra ocasião, o príncipe teria o cumprimentado desdenhosamente com um "Ah, é você Cedric Porter", mas, dessa vez, ele encarou seu empregado com uma horrenda cara inexpressiva.

O rosto de seu chefe, que ele tinha visto pela última vez alguns dias atrás, era feroz. Então, em momentos como esse, ele sabia muito bem que deveria tomar muito cuidado com o que dizia e fazia perto de seu superior.

— Feha me pediu para levá-lo de volta para o palácio, senhor.

— Por quê?

— Os rebeldes de Kronia invadiram a borda do norte do Império, senhor.

— Há... — O príncipe caiu na gargalhada e logo terminou de subir as escadas bruscamente. — Eu não posso ir, estou ocupado. Diga a eles para cuidarem disso sozinhos.

— M-mas eles estão acampando no norte e gradualmente aumentando suas forças por estarem firmando parcerias com remanescentes de outros reinos derrotados... — O desespero de Cedric era em vão. — Antes de ontem, as terras do marquês Kert foram tomadas. As ordens são para ir e reprimi-los agora mesmo.

O território de Kert fazia parte da fronteira do norte do Império. Era uma das barreiras mais fortes e tinha muitos dos soldados mais bem-treinados. Se ela tinha caído, significava que o assunto realmente era sério e que os rebeldes já tinham conseguido reunir uma boa quantidade de guerreiros.

— Mas que merda... — O príncipe apertou o corrimão da escada e virou para seu empregado novamente. Seus olhos vermelhos brilhavam como se fossem faróis enquanto ele descia de volta para o saguão.

— Não há nenhum outro general neste Império que não seja eu? Você sempre traz esses relatórios e os esfrega na minha cara. Por que sou eu quem sempre tem que ir correndo limpar a bagunça dos outros?

— ...

— Por quase uma década eu rolei que nem um cachorro no campo de guerra e agora eu ainda tenho que brincar de guerra de novo quando nem sequer sei se a mulher que eu amo vai conseguir sobreviver?

—Vossa Alteza...!

"Eu vou apanhar", pensou Cedric com os olhos fechados e temendo a mão do príncipe que tinha se levantado no ar.

— Sua Majestade disse que será a favor do noivado do senhor com a senhorita Penelope se ele receber relatórios positivos quando você concluir essa missão. — Então o empregado abriu os olhos e tentou persuadir o príncipe com uma voz cautelosa. — Sabe, Alteza... sem a bênção da Sua Majestade não é possível acontecer um noivado...

Era verdade. Não importava o quanto ele insistisse e se esforçasse no pedido, nada faria sentido se o imperador e o duque não concordassem. Mas, antes disso, também não seria de nenhuma utilidade se Penelope também não quisesse, contudo dessa vez ele estava confiante. Agora ele sabia o que ela desejava e, independentemente do que fosse, ele tinha o poder, a riqueza e a disposição para atender qualquer desejo que ela pudesse ter. Claro, isso seguindo a premissa de que o noivado aconteceria.

— Droga!

Seu punho que estava pronto para ir de encontro com Cedric dado momento tremeu e foi abaixado e socou o corrimão da escada. ***Quang*** – uma decoração de madeira tinha sido deformada e Cedric estremeceu pensando no que poderia ter acontecido se o alvo fosse seu rosto.

No começo de sua adolescência, depois de ser jogado no campo de batalha sem saber de quase nada no mundo, rolando por aí que nem um cachorro, Callisto deu um jeito de sobreviver. Ao voltar para a capital, trazendo consigo a vitória, ele jurou mais de mil vezes que não seria mais usado pelo imperador outra vez. Se ele aceitasse a ordem que lhe era dada agora, ele sabia que estaria basicamente entregando sua coleira para seu pai novamente e teria que fazer tudo o que ele quisesse, mas...

— Espere... — Ele respirou exasperada e lentamente.

— Ugh, Alteza! A situação é urgente!

— Cacete, eu nem posso me despedir?! — gritou Callisto e se virou subindo as escadas novamente antes que fosse pego.

Cedric não conseguiu alcançar a capa vermelha que esvoaçava como sangue atrás do príncipe.

O homem de cabelos dourados subiu até o segundo andar e imediatamente abriu a porta de Penelope fazendo com que a empregada pessoal da jovem, já acostumada com sua presença, fugisse às pressas sem demonstrar qualquer sinal de surpresa. ***Paf, paf*** – ele andou sem pestanejar pelo cômodo e, em pouco tempo, um par de sapatos grandes estava parado na frente da cama.

Ervas de desintoxicação queimavam pelo quarto, e a fumaça era espessa. Através do cheiro de ervas medicinais, a senhorita continuava com os olhos fechados, parecendo que estava morta. Com a pele pálida, lábios inchados, cheiro de remédio e seu cabelo rosa-carmesim que havia perdido o brilho e se tornado quebradiço... era como ver um cadáver. Nem quando ela se maquiou horrivelmente para enganá-lo dizendo que estava doente era tão ruim quanto seu estado atual. Ele se lembrou de como tinha achado graça nela naquele dia. Sua aparência ridícula com o rosto branco e os olhos pintados de preto.

"Foi tão... fofo." Ela estava tão determinada em não o ver que até mesmo tinha se maquiado e se vestido como uma doente. Contudo, mesmo assim, mesmo naquele dia, Penelope Eckhart era completamente estonteante.

— ...Penelope Eckhart. — O príncipe herdeiro estendeu a mão e tocou os lábios acinzentados da garota.

Agora já fazia três dias desde que ela tinha tomado o veneno e desmaiado. Ele podia sentir que seu sangue secava cada vez que o sangue dela pingava. Com medo de que ela morresse quando ele não estivesse por perto, Callisto nem sequer dormiu durante esses três dias e ficava ali, a observando apreensivo. Felizmente, sua hemorragia tinha parado, mas sempre que ele a via de olhos fechados, se lembrava do sangue escorrendo por sua boca. Ultimamente aquela era uma cena que se passava pela mente dele centenas, milhares de vezes por dia.

Quem teria feito isso? Enquanto pensava nisso, uma chama raivosa se acendia dentro de si e ele ficava enfurecido. O príncipe olhou para a mulher com olhos que ferviam com emoções desconhecidas e murmurou baixinho:

— ...Quem te envenenou ou se você o tomou por vontade própria por querer morrer... não importa. Eu não ligo para nada disso agora.

— ...

— Enquanto eu estiver vivo e de olhos abertos, você não pode morrer.

— ...

— Me espere. Eu vou voltar e esmagar todas as pessoas que fizeram você sofrer. Eu congelarei seus corações para que eles não morram e vou rasgar cada órgão deles ao meio fazendo com que todo seu sangue escorra assim como eles fizeram você perder o seu. Vou enfiar o pé deles em suas bocas e... — O príncipe herdeiro, que tinha seus olhos vermelhos piscando e proferindo em voz alta, parou abruptamente de falar.

Quando ele dizia coisas cruéis, a jovem desaprovava sua atitude arrogante e lhe respondia fazendo uma careta ou respondendo algo sagaz com sua língua afiada.

— Pois então continue assim até a cerimônia acabar. Ou... você pode levá-los para algum lugar onde eu não veja.

Parecia que ela estava prestes a se levantar e lhe dar uma bronca. Entretanto, o corpo frio nem se mexeu.

— Não, não... — O príncipe desmoronou lentamente. — Não era isso que eu queria dizer. — Ele se ajoelhou ao lado da cama, acariciando o rosto de Penelope com as duas mãos. — Finja que você não ouviu o que acabei de dizer, princesa. Eu vim para me despedir, preciso partir agora.

— …

— Eu juro que voltarei em breve. Então, quando eu voltar, me receba de olhos abertos, certo? Era isso que eu queria lhe dizer…

Callisto, normalmente ignorante com esse tipo de coisa, murmurou com um rosto desesperado. Então, ele gentilmente se curvou para dar um beijo de despedida em sua amada. Seus lábios ásperos se tocaram e ele os pressionou com mais força na moça gélida, seca e pálida. Parecia que ele queria dar a ela sua vitalidade, sua respiração.

— Eu farei de tudo por você — sussurrou o loiro. Aquele era um segredo que ninguém além dela deveria ouvir. — Se você quiser sair daqui, te levarei para onde quiser.

— …

— Te darei todo meu amor, eu farei qualquer coisa que você desejar.

— …

— Só… só não morra. — Ele beijou novamente os lábios secos da jovem e suplicou desesperado: — Por favor, não morra, Penelope.

Continua no livro 4

O Único Destino dos Vilões é a Morte

Livro 3

DIRETORES
Gilvan Mendes Fonseca da Silva Junior
Ana Paula Freire da Silva

ADMINISTRATIVO
Cibele Perella & Monaliza Souza

EDITOR
Junior Fonseca

TRADUÇÃO
Beatriz F. Santos

CAPA & DIAGRAMAÇÃO
Caio Cezar

REVISÃO
Débora Tasso e Nathalia Viana

www.newpop.com.br
contato@newpop.com.br